NORBERT DÜWEL
HANS KÜPPER
1 2 3 4 5 6 7 8 9 10 11 12
1984 1985 1986 1987 1988

Niederländische Bibliothek

HUGO CLAUS

Die Verwunderung

Aus dem Niederländischen
und mit einem Vorwort
von Udo Birckholz

LIMES VERLAG

Titel des niederländischen Originals
De verwondering

Alle Rechte vorbehalten für die
Bundesrepublik Deutschland, Österreich, Schweiz.
Lizenzausgabe des Limes Verlages Niedermayer und
Schlüter GmbH, Wiesbaden und München, 1979
Mit freundlicher Genehmigung
des Verlages Volk und Welt, Berlin-DDR

Umschlagentwurf: Klaus Neumann
Druck: Sachsendruck Plauen
Printed in the German Democratic Republic
ISBN 3-8090-2151-2

Begegnung

Der Lehrer legte die zwölf Meter von seinem Zimmer zum Fahrstuhl in einem Zustand der Verwunderung zurück. Wartete vor dem Gitter des Schachts. Schob drei Finger durch die Maschen.

(Dies ist ein Anfang. Auf einem Flur, der nach Belladonna riecht. Und es gibt die Chance, zu einem Ende zu kommen, so, wie man die Chance hat zu gewinnen, wenn man sämtliche Lotterielose kauft.)

Außer dem Summen des Fahrstuhls war kein Laut zu hören. Kein Schlurfen von geblümten Pantoffeln mit Gummisohlen auf dem weinroten Läufer, der vom Zimmer der Zigeunerin zum Fahrstuhl ausgelegt war, speziell für sie, wie es schien, für ihre behenden, stets ungewaschenen Füße in den Kappen mit der Veilchenstickerei. Nicht einmal das unbeherrschte Lachen der Zigeunerin. Obwohl sie Besuch hatte. Soviel hatte der Lehrer wahrgenommen, als er an ihrer Zimmertür vorbeiging, auf die sie, dem vom Hotelbesitzer wiederholt ausgesprochenen Verbot zum Trotz, erneut das Zeichen der Fische getuscht hatte. Und ihr Belladonnageruch hing in der Luft.

Als der Lehrer den Fahrstuhl betrat, vergaß er die Zigeunerin. Das war auch das beste. Unten angelangt, grüßte er Bogger, den Portier, nicht, einen Schleimer mit hellem Haar, der so tat, als fege er hinter der Glastür, die das Restaurant vom Hoteleingang trennte.

Wie wirkte der Lehrer an diesem Nachmittag voller Sonne, Badegäste, Luftballons und Straßenbahnen? Schwer zu bestimmen. Wahrscheinlich verwundert. Auf jeden Fall gelassen. So wie fast immer in den siebenunddreißig Jahren seines Lebens. Wie war die See? Sie rauschte ziemlich heftig zwischen dem Geschrei der Kinder und Eltern. Nahebei war sie jedoch flacher, als ihr Getöse es einen vermuten ließ, wenn man auf dem Deich stand. So etwas wußte man; ebenso, daß sie sich unweit des Ufers sanfter kräuselte als bei den Sandbänken, die der Lehrer vom Deich her sehen konnte. Er blinzelte in dem grellen Licht und schob die Bügel der Sonnenbrille, über die seine Schüler immer lachten, weil sie ein so altmodisches, billiges Modell mit Glimmerumrandung war, unter das dichte Haar, das er wegen seiner abstehenden Ohren zu lang trug. »Reißnägel müßte man dir da abends vor dem Schlafengehen reindrücken«, hatte der Vater einmal gesagt, »nach ein paar Monaten wirst du dann eines Morgens wach und hast Ohren, wie es sich gehört: griechisch klein und eng am Schädel anliegend.«

Zwischen den feindseligen Leuten mit den nackten Schenkeln, den sich häutenden Schultern, den sandigen Knien, Augenbrauen und Haaren, quer durch ein Gewirr hektischer Gesten und Stimmen, an Reifen, Großvätern in Tennisschuhen, Vätern mit flaschengrünen Visieren, ölglänzenden Kindern, einem von zwölf Eiswagen (zwei Nonnen und ein Fischer leckten eifrig) vorbei ging der Lehrer auf dem Deich entlang. Der war gelb und in Sechsecke eingeteilt, durch gut zusammengefügte Platten für die Rollschuh laufenden Mädchen. Gegenüber dem Strand und der Meerenge, die zu einem Hafen ausgebaut worden war, dessen Mole regelmäßig alle fünf bis sechs Jahre einen Sturmschaden hatte, ragte vor den Häusern ein Schiffer aus Quadersteinen auf, den Schädel in Höhe des zweiten Stocks. Vom Deich aus gesehen, kniff er die Hinterbacken zusammen. Wer ihn jedoch von See her betrachtete, von einem Schulschiff, einem Touristendampfer oder zu zweit von einem Paddelboot aus, nahm sehr bald, nein, auf der Stelle das harmlose Lächeln der Figur mit dem mongoloiden Quadersteinkopf (glatt wie eine Eichel selbstverständlich) wahr, die über die Stadt, das Wasser und die Gedenkinschrift zu ihren Füßen für die 1914–1918 und 1940–1945 ertrunkenen Fischer und Matrosen wachte.

Der unwillkürlich verwirrte Lehrer dachte an den Strand im vergangenen Winter: an die Hotelfassaden mit den samt und sonders geschlossenen Fensterläden, an den verlassenen

Deich, an die Löcher, die von den allerletzten Trümmerhaufen übriggeblieben waren, an die bauchigen Überreste des Hotels »Titanic« mit den zwei dicklippigen Grazien und daran, wie er dazwischen umhergewandert war (nicht gehastet wie jetzt) und in den Hohlraum von Kälte, den der Wind in seinen Mund wehte, gemurmelt, zu murmeln gewagt hatte: »Magic. Casement, opening on the foam of perilous seas ...« Und wie er etwas später in der vierten Lateinklasse die Zeilen aussprach, sie hoffnungslos zerhackte, bis es andere Zeilen geworden waren, die seine schlaftrunkene Klasse in die Hefte schrieb. Erfolg hatte der Lehrer nämlich nur – und das war er seit Jahren gewohnt – mit der Beschreibung des ertrinkenden Shelley, des hustenden Keats und des bettelarmen Jacob Michael Reinhold Lenz. »Geben Sie nun genau Obacht, meine Damen und Herren, wie der Dichter den Gesang der Nachtigallen mit seinen Worten einzufangen trachtet ...« Diese Laute erkannten die Schüler, Silben verwandelten sich in Gezirp, Gezwitscher. Sie ahmten Vögel nach, hauchten die Sätze gemäß dem vom Zeigefinger des Lehrers angegebenen Takt. Dies, und was der Lehrer ihnen von seiner sehr eigentümlichen Atemtechnik beim Englischsprechen beibrachte, half ihnen, wenn sie abends in den Tanzlokalen die aus der Juke-Box dringenden amerikanischen Schlager mitsangen.

Der Lehrer hatte keinen Blick für den Deich – jetzt Promenade der Fremden –, er war auf dem Weg zur Schule. Zielstrebig ging er durch den Park, wo Familien Minigolf spielten, die Franciskus Breestraat entlang, wo er im ersten Jahr seiner Ehe zwei Monate gewohnt hatte – zwei Zimmer, kein Bad, ein quietschendes Bett, Blumenkohlgeruch –, schnurstraks in Richtung Schule. Folgte dem Kai. Passierte das Kriegsschiff »Antoinette«, auf dessen Deck, den rostigen Stahlplatten, Matrosen Turnübungen veranstalteten – eine laue, zahme Kriegskunst. Kam an einem Schiff vorbei, das Mehl oder Düngemittel löschte, ging unter dem Kran neben einem Lastwagen, auf dem zwei weißbestäubte Arbeiter

Säcke schichteten. »He, feiner Pinkel!« rief einer von ihnen, der jüngere. Hochrot eilte der Lehrer zwischen den Autos auf die andere Seite hinüber, die Büchertasche gegen die Rippen gepreßt. Bei der Brücke, wo die zwei warzigen Spitzen der Kathedrale neben dem Lehrer in die Höhe ragten, flatterten die Segel des »Belgian Yacht Club«. Ehrwürden Herr Slosse, Religion, fuhr auf dem Rad vorbei und hob seine fleischige Hand, in dem weiten Ärmel seines Überrocks wurde der eines blaugrau karierten Hemdes sichtbar. »Tag, Mijnheer de Rijckel. Sie sind nicht zu früh unterwegs!« Der Überrock bauschte sich, die darunter strampelnden Waden steckten in schwarzen, faltigen Strümpfen. Hin und wieder, wenn wie bei der Albertburg eine Anhöhe zu steil wurde, schoben einige Schüler Ehrwürden Herrn Slosse, Religion, unter dem Jubel der Umstehenden bergauf. Dann ließ Ehrwürden Herr Slosse die Pedale unberührt und verabschiedete sich – oben angelangt – mit einem triumphierenden Winken. Man hat Ehrwürden Herrn Slosse auch oft sehr virtuos radfahren sehen, die Hände auf dem Rücken. Er verteilte großzügig gute Zensuren und war sehr beliebt. Auch glücklich. Woher man so etwas weiß? Nun, Lehrer de Rijckel wußte es eben. Bisweilen, wenn Ehrwürden Herr Slosse im Lehrerzimmer zwischen den Unterrichtsstunden die Zeitung las, seine Zigarre zu drei Franc rauchte, sie senkrecht zwischen Daumen, Zeige- und Mittelfinger drehte und mit wohligem Vergnügen nach der Aschenspitze blickte, kam sich de Rijckel so klein vor, daß er es nicht wagte, die sich ihm förmlich aufdrängende Frage auch wirklich zu stellen: »Was geht eigentlich in Ihnen vor, Ehrwürden? Wie können Sie hier im Lehrerzimmer so herausfordernd ruhig, so beleidigend gelassen sein?« Lehrer de Rijckel kannte die Antwort im voraus. Ehrwürden Herr Slosse würde ihm sein rosiges, vollwangiges Gesicht zuwenden und mitleidig sanft wie zu einem Schüler der sechsten Klasse sagen: »Das Vertrauen, Freund de Rijckel ...« Oder: »Der Glaube, Amice ...« (Amietchee)

Den Spielplatz vor der Schule – ein weitgestrecktes Terrain für Rollschuhläufer – überquerte Lehrer de Rijckel in steiferer Haltung, mehr wie jemand, der belauert, verspottet und verleumdet wird. Das Geschrei der kleineren Schüler schallte ihm entgegen. Nouda, Griechisch/Latein, stand händereibend da. Kurpers, »Nase«, Geographie, kam auch schon, reckte den Hals und suchte seine Klasse. Meistens erschien Kurpers, »Nase«, Geographie, zu spät und begab sich dann schnurstracks zu der Schülerkolonne, an deren Spitze noch kein Aufpasser stand. Lehrer de Rijckel war in den vier Jahren, die er nunmehr am Athenäum unterrichtete, dreimal zu spät gekommen, und dreimal hatte der Direktor seine Schüler in die Klasse gejagt, vermutlich schon, bevor es zum zweitenmal geläutet hatte. Mehr noch. De Rijckel hatte festgestellt, daß der Direktor nicht ein einziges Mal auf dem Platz erschienen war, wenn er – wie an diesem Tag – früh keinen Unterricht hatte. Als tauche er dort nur auf, um de Rijckel, Englisch/Deutsch, zu erwischen. Als bliebe er, wenn er keine Chance sah, ihn zu erniedrigen, am liebsten in seinem Büro, in dem Glaskasten weiter hinten, der wie ein kubischer Keil aus der Fassade schoß. Von dort spähte er nach draußen, unerreichbar. Allerdings wirkte er weniger unerreichbar, wenn er sich unter die anderen Lehrer mischte, das Gesicht unbewegt und faltenlos, allem und jedem zugewandt.

Lehrer de Rijckel näherte sich dem Direktor, der bei Nouda, Griechisch/Latein, stand. Die beiden schienen ein amüsantes Geheimnis zu teilen. »De Rijckel«, sagte der Direktor.

Nouda, Griechisch/Latein, der nie grüßte, erkundigte sich, ob de Rijckel die Fernsehreportage von der Überschwemmung in Dänemark verfolgt hätte. Der Direktor drückte ihm die Hand, wobei er die Handschuhe anbehielt, was er bei den anderen Lehrern nie tat. De Rijckel ließ die mit grauem Schwedischleder bekleidete Rechte nicht los. Was ist mit mir? dachte er. Was fällt mir ein? Der Direktor befreite seine Hand aus der de Rijckels und begab sich zum Haupteingang.

Als Lehrer de Rijckel auf seine Klasse zutrat, wurde es still in der Kolonne. Er wandte den Schülern den Rücken zu und hörte, daß sie sich in Bewegung setzten; die Jungen scharrten mit den Schuhspitzen, die Mädchen klapperten mit den Absätzen. Sie ahmten ihn nicht nach, wie sie es bei Malaise, Chemie, taten, dessen schwankenden Gang sie manchmal so hemmungslos übertrieben, daß ihm ein Trupp Epileptiker krampfgeschüttelt und ächzend treppauf zu folgen schien. Sie ärgerten ihn auch nicht, was Lehrer de Rijckel bisweilen beunruhigte. Hin und wieder ertappte er sich dabei, daß er sie am liebsten nach seinem Spitznamen gefragt hätte. Im Lehrerzimmer war nämlich nichts davon bekannt, und er hatte schon versucht, sich selbst einen möglichst gemeinen, niederträchtigen Namen zuzulegen, aber irgendwie paßte keiner so richtig. Warum wurde Camerlynck, Turnen, »Föhn« genannt? Wieso hatte Fräulein Maes, Kunsterziehung, den Beinamen »Nase« wie Kurpers, Geographie, obwohl ihr Riechorgan so unscheinbar war? Lehrer de Rijckel hatte sich der Funde in bezug auf seine eigene Person geschämt. Es war doch einigermaßen erniedrigend, sich selbst verächtlich zu machen, auf eine bestimmte physische oder andere charakteristische Eigenschaft zu reduzieren. Von all den Namen, die er an jenem Abend für sich ersonnen hatte (fast wie ein Autor, der für sein Buch einen Titel sucht, fand er), war ihm nur einer im Gedächtnis geblieben, den er noch für den passendsten hielt, als er endlich zermürbt ins Bett kroch: »Schwachkopf«. »Schwachkopf« de Rijckel, Englisch/Deutsch.

Für Kurpers, Geographie, schien ihm »Nase« noch am ehesten zuzutreffen. Der Mann war ein Trunkenbold. Einmal hatte er völlig bezecht vor der Tür seiner Klasse gestanden, aus viel zu großer Entfernung vergeblich mit dem Schlüssel nach dem Schlüsselloch gestoßen und gelallt: »Ich schaffe es, ihr Bastarde. Ich schaffe es, sage ich euch.« Und dann hatte er – den Kopf auf dem Ellbogen – die ganze Stunde verschlafen. Als ein Schüler dies am nächsten Tag dem Direktor hinterbrachte, war es diesem offensichtlich schwergefallen, Kurpers, Geographie, die Sache übelzunehmen.

Lehrer de Rijckel ließ ein Diktat schreiben und wanderte durch die Bankreihen. Die Klasse – soundso oft ein Name, eine Stimme, eine Hausarbeit, eine Anzahl Zensuren – war folgsam. Warum diese Schüler – und auch die der anderen Klassen – ihn als eine Ausnahme betrachteten, würde ihm wohl immer ein Rätsel bleiben. De Rijckel transpirierte, wischte sich verwundert den Schweiß ab. Auch wenn er seine Eigenheiten und Untugenden gegen die der anderen Lehrer oder seiner wenigen Bekannten außerhalb der Schule abwog, zum Beispiel gegen die seiner Exfrau, kam er zu keinem Ergebnis. Es äußerte sich auch niemand dazu, und er konnte schwerlich jemanden aushorchen. Gewiß, er war streng, aber das war Camerlynck, Turnen, auch, und es hinderte die Schüler keineswegs daran, ihm gegenüber eine normale Haltung einzunehmen, Streiche auszuhecken, ihm zu schmeicheln, einander und ihn anzuschwärzen. Bei »Schwachkopf« de Rijckel, Englisch/Deutsch, kam das niemals vor. Er war eben eine Ausnahme. Ach was, Ausnahme – was für eine überspitzte und alberne Bezeichnung! Das war er eben nicht. Vor etwa zwei Jahren hatte Tienpondt, Mathematik, eine ähnliche Erfahrung machen müssen. Tienpondt übernahm damals eine Vertretung. Da er in der Stadtauswahl spielte, glaubte er, dies würde ihm Popularität, Beliebtheit und Anerkennung einbringen. Er versuchte, seine Fußballglorie auszubeuten, indem er die erste Viertelstunde des Unterrichts darauf verwandte, das Spiel vom Sonntag zuvor fachkundig zu kommentieren. Ohne Erfolg. Anschließend erzählte er de Rijckel – vielleicht aus Sympathie für einen Kollegen in gleicher Lage – von der unbegreiflichen Gleichgültigkeit der Schüler. »Ich spüre keinen Widerstand«, meinte er. »Widerstand« war eine Umschreibung für das Kräftemessen im Team. Was de Rijckel damals im Lesesaal darauf gesagt hatte, wußte er nicht mehr, vermutlich etwas von einer Ehe, wo man ähnliches erleben könne, von einem unabhängigen Nebeneinanderherleben oder so ... in Worten, die ...

Das Diktat war zu Ende. De Rijckel schrieb einen Text an die Tafel, den die Schüler übersetzen sollten. Auf dem Dach der Turnhalle stiegen Arbeiter himmelwärts und zerrten an einem Kabel. Unter ihnen ertönte ein Marschlied.

Lehrer de Rijckel arbeitete sich durch den Nachmittag. Vokale dehnten sich, der Unterricht führte ihn von der Fünften Naturwissenschaftlichen zur Dritten Lateinischen. Die Horde in den Bänken war zahm, gab Antwort, stotterte, so, wie es den Sitten und Gewohnheiten dieses feindlichen Lagers entsprach. Wenige Minuten vor dem Klingelzeichen, der Lehrer hatte zum x-tenmal mit dem klammen, übelriechenden Lappen die Tafel gesäubert, Handfläche an Handfläche trockengerieben und die Röllchen grauen Schmutz in den Papierkorb befördert, trat der Direktor ein, eine frische Zigarre im Mund. Er klopfte der dicken Verlinde auf die Wange und blieb hinter der letzten Bank reglos stehen, ohne ein Nicken, ein Zeichen, ein Wort. Kostete es ihm so viel Mühe, zum Katheder vorzudringen? Offenbar. Endlich, da der Lehrer abwartete, nickte der Direktor. Ja, ja, du Stümper, du kannst Schluß machen, bevor es geläutet hat. Hör schon auf und beweg dich her, aber dalli! Der Mund zwischen den glattrasierten Wangen schnappte gierig nach einem Toffee.

Auf ein Zeichen des Lehrers klappten die Schüler die Pultdeckel herunter, geräuschloser als üblich, erhoben sich – auch leiser als sonst – und versammelten sich flüsternd auf dem Flur. Nachdem die Klasse leer war, sagte der Direktor, daß am Abend eine Versammlung stattfinde und der Referent (er, der Direktor, der beliebte Redner!) eingeführt werden müsse. Der Lehrer wandte ein, daß er zwischen achtzehn und neunzehn Uhr Aufsicht im Studiensaal habe. Dann bleibe ihm hinterher noch genug Zeit, meinte der Direktor, der wußte, daß der Lehrer geschieden war und sein Abendessen hastig in billigen Restaurants zu sich nahm.

Der Studiensaal lag tiefer als der Spielplatz, ein Kellerraum mit Glaswänden, der in der Mitte von der Backsteineinfassung des riesigen Geländes zerschnitten wurde. De Rijckel saß auf dem Podest, löste das Kreuzworträtsel der Tageszeitung und nahm wahr, wie die Sonne über den Dächern der Schule an Höhe verlor. Das Licht ging an und verwandelte den anheimelnden Raum in ein giftgrünes Aquarium. Federn kratzten, Papier raschelte, Schweißgeruch, Kreidestaub, gesenkte Kinderköpfe – am liebsten wäre der Lehrer dort geblieben, bis es dunkel war. Er wollte sich eine Tasse Kaffee aus der Küche holen, doch die dachten dort immer gleich, man wolle auf Kosten der Gemeinde und des Staates sparen. Was ist bloß mit mir? fragte er sich verwundert. Die Zeit verging; schließlich wiesen ihn drei Vandalen aus der Rhetorikklasse durch die Selbstverständlichkeit, mit der sie aufsprangen und eine laute Unterhaltung anfingen, darauf hin, daß es neunzehn Uhr war. Ein anderer Lehrer hätte scharf und von oben herab gesagt: »Meine Herren, Sie verlassen diesen Raum erst, wenn ich es Ihnen gestatte, nicht eher!«, und der Direktor hätte nur geschnaubt: »Meine Herren!« Doch ehe de Rijckel sich das noch so recht vergegenwärtigte, waren die anderen bereits dem Vorbild der Lümmel gefolgt. Der Lehrer rollte die Zeitung zusammen und stopfte sie in den Papierbehälter. Auf einmal hatte er das Verlangen, ein brennendes Streichholz zwischen die Papierlagen der Zeitung zu schieben, doch zum einen waren sie in dem metallenen Zylinder zu sehr eingeklemmt, zum anderen lagen zu viele Apfelsinenschalen darin, und drittens stand er auf Betonboden – das Feuer würde sich nicht ausbreiten. So zwängte sich der Lehrer von Schülern umgeben nach draußen, obwohl er sie durch einen Anschnauzer leicht hätte auseinandertreiben können. Die Luft war kühl und der Himmel noch hell.

Nachdem der Lehrer die rücksichtslose Meute hinter sich gelassen hatte, schlug er den Weg zu seinem Hotel ein, langsam, nach vorn gebeugt, wie ein zehn Jahre älterer Mann. Ich richte mich schon auf meine vierziger Jahre ein, dachte er. Niemand war da, den er grüßen konnte. Er schaute flüchtig nach den Frauen und kaufte am Albertdijk in einem kleinen Laden Zigaretten. Der Verkäufer nagte mit den Vorderzähnen an etwas Schmalem, erzählte ihm, daß an diesem Abend viele Leute im Kursaal sein würden, und meinte dann, dies sei der richtige Zeitpunkt, Zimmer zu vermieten. In der Nacht würde so mancher Herr dreimal Kostüm und Frau wechseln. Dann tat er etwas, was er noch nie getan hatte: Er schenkte dem Lehrer zwei Schachteln Streichhölzer.

Gleich einem Mörder aus Leidenschaft, der instinktiv den Ort erkundet, wo er sich später an seiner widerspenstigen Verlobten vergreifen wird, legte Victor-Denijs de Rijckel, ein Lehrer, an diesem Abend seinen Weg so, daß er am Kursaal vorbeikam. In allen Fenstern erblickte man Plakate, und oben aus der Kuppel hingen die Fahnen Belgiens und Frankreichs. An dem neugotischen Rundbogen über dem Eingang pendelte an glänzenden Nylondrähten ein riesiges weißes Kaninchen. Es hatte menschliche Augen (bei einem Spezialisten gekauft, in einem Optiker-Laden, der vornehmlich von Einäugigen aufgesucht wird?), deren Iris das Licht vollendet reflektierte; das Weiß hatte einen blauen Schimmer und erinnerte an entrahmte Milch. Die Schnurrhaare waren ebenfalls aus Nylon, allerdings vergoldet, und an der Schwanzspitze glühte ein elektrisches Lämpchen. Obwohl Windstille herrschte, bewegte sich das Kaninchen. Vermutlich war es eben erst aufgehängt worden, und ein Arbeiter hatte ihm aus Spaß einen Stoß gegeben. Das Kaninchen lachte. Während der Lehrer von unten das Fell des künstlichen Tierkörpers bewunderte, dessen Haare in dem orangefarbenen Licht wie miteinander verklettet wirkten, hatte er auf einmal die Eingebung, es sei auch im Innern naturgetreu nachgebildet und enthalte eine weiche, blutwarme Masse. Sollte sich das Kaninchen vom Draht oder dieser vom Rundbogen lösen, was leicht möglich wäre, dann würde es auf seinen – de Rijckels – Schädel herabschießen, zerplatzen und wie ein schweres, nasses, warmes Kissen seinen Kopf umhüllen. Ein glitschiger Brei würde ihm über die Ohren rinnen, und er bekäme das Engelhaar aus Nylonfäden in die Augen. Schnell entfernte er sich von dem Portal.

Im Restaurant »De witte Zee« aß er ziemlich gierig das Tagesgedeck. Beim Kaffee unterhielt ihn die Kellnerin wie immer mit Geschichten über ihren Mann, der ihrer Meinung nach besser in ein Kloster gegangen wäre. Was habe man schon von jemandem, der am liebsten nach Island fahre und monatelang wegbleibe? Für ein bißchen Hering vertue er sein Eheglück. Dann las der Lehrer hastig die Zeitung, so hastig, als träte er in einem Stummfilm auf. Die Worte überlappten sich zwischen den Zeilen. Seit er die Schule verlassen, nein, seit das Kaninchen über seinem Kopf gependelt hatte, wurde er von jagender Eile getrieben.

Er stürmte in sein Zimmer – war da jemand auf frischer Tat zu erwischen? Vielleicht zu bestrafen? –, wo die See, die mehrere Stock tiefer nur Schaumkronen gehabt hatte, nun auch durch ihr Rauschen auf sich hinwies. Auf dem Deich schrien Touristen einander etwas zu, Kutter fuhren ein. Er bereitete sich mit dem lauwarmen Wasser aus der Leitung über dem Waschbecken einen Nescafé, setzte sich aufs Bett, nippte. Aus dem Zimmer der Zigeunerin drang Gequietsch und Gerassel. Er starrte lange auf die Büchertasche, ein Geschenk seiner Frau. Der Pulverkaffee klebte an seinem Gaumen, zwischen den Zähnen. Er verließ den Raum, blieb vor dem Zimmer der Zigeunerin stehen, klopfte mit der flachen Hand auf den Bauch eines der Fische, dessen Flossen wie ein Hahnenkamm hochstanden. Drinnen wurden Möbel gerückt.

»Ah«, sagte die Zigeunerin und stieß einen nach Meinung des Lehrers völlig unangebrachten Freudenschrei aus. Das Hotel, in dem nur verirrte englische Touristen logierten, reagierte nicht. »Ich wußte, daß Sie kommen würden«, erklärte die Zigeunerin.

Ob er störe?

»Nun ...« Dies alles spielte sich in der Türöffnung ab. Oder war er da schon im Zimmer? (Ich war schon eingetreten. Doch, das weiß ich genau.)

Er fühle sich nicht wohl, sagte der Lehrer.

Das sei nicht verwunderlich, meinte die Zigeunerin. Jupiter und Saturn stünden einander im Wege.

»Saturn? Ich hör wohl nicht recht?« rief ungefragt ein junger Matrose, der zusammengesunken auf dem Kopfkissen des Bettes saß, den Rücken an der Wand. Er war mit seinem langen, bleichen Fuß beschäftigt, dessen Zehen er bewegte.

»Warum nicht?« sagte der Lehrer und blieb an der Tür stehen, weil er befürchtete, die Zigeunerin würde ungeachtet der Anwesenheit des Matrosen, der sich nun tüchtig die Zehen kratzte, ihre Grafiken und Sternkarten hervorholen.

»Warten Sie.« Die Zigeunerin wollte in der Tat zu ihrem Schrank huschen, doch in diesem heißen, unseligen, schwerwiegenden Augenblick murmelte der Lehrer, er werde ein andermal wiederkommen. Ihre Belladonna-Augen und ihr Mund in dem pikant zurechtgemachten, wächsernen Gesicht sagten: »Ja, ein andermal, das ist besser ...«

»Ein andermal? Ich hör wohl nicht recht?« rief der Matrose. »Setz dich doch, Kerl.«

»Mein Neffe«, sagte die Zigeunerin zu dem Lehrer. Dann tastete sie nach ihrem zweihundertachtzigmal ent- und gefärbten Haar, das seine definitive Form in den zwanziger Jahren erhalten hatte, und erläuterte mit Lippen, die zu einem vierzigjährigen Herzmund geschminkt, nein, gelackt waren, daß es für ihn jetzt schwer werde, da Ram, der Saturn ... »Nehmen Sie sich vor dem Skorpion in acht«, sagte sie, »obwohl der Mond gegenwärtig ...« Ihre preußischblauen Lider mit den stachligen Wimpern bedeckten die Augen. Meine Mutter, dachte der Lehrer.

Kurz darauf ging ein gewarnter Mann die Straße entlang, doch was wußte er schon? Der Weg zu dem Lokal »Ons Huis«, wo die »Associatie voor Vlaams Kulturleven« – die »Vereinigung für Flämisches Kulturleben« – an diesem Abend einen Vortrag des bekannten Redners, Pädagogen und Vorsitzenden des Vereins »Freunde der Musik«, des Direktors vom Athenäum, Dr. Verbaere, über die Funktion der klassischen Musik in unserer Gesellschaft hören wollte, führte eigentlich durch den Park, doch der Lehrer schlug ihn nicht ein. Er zwang sich, langsam zu gehen, und verharrte vor jedem Ladenfenster, vor jedem Café. Für einen Augenblick, es war eben zwanzig Uhr zwölf, bewegte er sich im Gammlerschritt vorwärts, einen Fuß in der Gosse und einen auf dem Bürgersteig. Was war bloß mit ihm? Er umklammerte die beiden Streichholzschachteln in der Manteltasche, das erste Geschenk seines Lebens von einem Verkäufer, und bat einen Passanten auf deutsch um Feuer für seine Zigarette. Dann erklomm er hastig die links und rechts abgerundete, spiralförmige und staubige Quadersteintreppe zur Vorhalle des Kursaals. Hinter einem Kiefernholzverschlag stand ein Zerberus, eine Rolle Eintrittskarten wie einen wurfbereiten Diskus in der Hand, und sagte schläfrig, es sei noch viel zu früh. Vor zweiundzwanzig Uhr und später käme nie jemand. Er hielt den Kopf etwas schräg, auf den er eine papierne Festmütze mit der Aufschrift »Be sociable, have a Pepsi« gestülpt hatte. »Ich habe noch nie erlebt, daß jemand vor zweiundzwanzig Uhr zum ›Ball des Weißen Kaninchens‹ erscheint. Was für eine Idee!« Der Lehrer wanderte an drei Ordnern mit ebensolchen Papierhelmen vorbei, die die Chancen von Almeida beim Trabrennen um den Großen Preis erörterten, und ging am Thronsaal und dem Spanischen Hofsaal entlang. Man schien sich viel von dem Ball zu versprechen, Hausknechte, Arbeiter, Mädchen und Kellner waren emsig tätig. Im Renunziationssaal brachte man Lampen an, Techniker errichteten unter ärgerlichem Gemurmel ein Gerüst für Fernsehkameras. Der Lehrer verhielt den Schritt, machte kehrt. Im Lesesaal ließ er sich auf ein dunkelgrünes Sofa sinken; das

Kunstleder bewirkte, daß seine Hose an der Haut klebte. Er blätterte in »Het Nieuwsblad voor de Kust« und schlief ein. Wurde wach, als ein kleines Mädchen in einem Tirolerkleid, das neben ihm Platz genommen hatte, in einen Apfel biß.

Weg. Hinaus auf die Straße. Draußen strömte der Geruch der See stärker denn je stadtwärts. Die Tanzlokale waren fast leer. In jeder Wohnung legte man nun das Festgewand an. »Es ist zu spät«, sagte der Lehrer laut, während er dachte: Nun rede ich schon mit mir selbst. »Niemand kann mehr das Kostüm, die Frisur, das Gesicht verändern. Der Ball beginnt, die Würfel sind gefallen. Die Versammlung der Musikliebhaber hat auch angefangen, jeder Ausweg ist versperrt. Man sucht nicht mehr nach dem Mann, der den Redner einführen sollte. Und doch ...« Weg. Weiter. Der Lehrer strich an den Häuserfronten entlang, hob die Stimme: »Meine Damen, Herren und Fräulein, guten Abend. Bevor ich den geschätzten Redner einführe, muß ich Sie auf einige Facetten seines moralischen Hintergrunds hinweisen. Denn sein Hintergrund ist moralisch. Er ist nicht nur geizig, gemein, lästig, unehrlich und feige, sondern dessenungeachtet, demzufolge, trotz, selbstverständlich auch, ich möchte sogar sagen ...«

Eine Dame fiel ihm ins Wort. Sie trug einen Pelz. In dieser Saison. Ja. Sie behauptete, ihr Hund sei ihr entlaufen, eine gelbliche Hündin, chamoisfarben, man könne es auch als sehr helles Havanna bezeichnen, und sie trage ein Halsband mit Glöckchen.

»Tut mir leid«, sagte der Lehrer und rief mit ihr gemeinsam: »Mitsoeko!« Mitsoeko zeigte sich nicht, und er gab es auf. Setzte sich im Park auf eine Steinbank neben zwei Fischer und einen bebrillten Monomanen, der sich unablässig mit einem zusammengerollten Stadtplan auf die Knie klopfte. Die Strahlen des Leuchtturms erfaßten sowohl die letzten Touristen als auch die ersten Ballbesucher, Tangoklänge erfüllten das Parkdunkel. Acht gleiche grasgrüne Lieferwagen fuhren vorbei, beschrieben einen eleganten Bogen, und aus dem ersten drang eine jungfräuliche, bedächtige Mädchenstimme, überlaut und doch nahe am Ohr: »Das ›Fest des Weißen Kaninchens‹ lädt ein, und jeder trinkt dort Saint-Joriswein – Saint-Joriswein, ein herrlicher Kuß aus dem sonnigen Süden.«

Der Lehrer wünschte sehnlichst mehrere oder auch nur einen Schüler aus seiner Klasse herbei. Wie schön, wenn so ein Bursche jetzt auf der anderen Straßenseite entlangschlenderte und den Zeigefinger über die gerippten Fensterbänke gleiten ließe. Dann würde er, de Rijckel, die Feindschaft des verflossenen Tages rigoros offenbaren. Wie würde er toben! »Ist das zweite Kapitel von ›Das Leben eines Taugenichts‹ schon analysiert, junger Mann? So fix? Das werden wir uns morgen früh« (und wieder wurde die Blutrache aufgeschoben) »mal genau anschauen. Wir sprechen uns noch!« Aber er sollte nicht toben.

Die Straßenbahnen fuhren spärlicher. Alsdann, geehrtes Publikum vom Verein der Musikfreunde, lauscht eurem Hirten und Redner! Der Lehrer stand auf und begab sich zu einem Laden, wo stadtübliche Souvenirs feilgeboten wurden, Aschbecher mit der Kathedrale in Zinn, Muschelschalen mit Abbildungen vom Fährschiff, Stickereien, die Fischkutter zeigten. Unter Stapeln von Masken, höckrigen Riesennasen aus Pappe, Ku-Klux-Klan-Gewändern, Spitzhüten, Ballons und Papierlaternen suchte er sich eine schwarze Halbmaske aus Samt aus. Die Ladenbesitzerin setzte ihm das Ding auf, und er blinzelte in den Spiegel, trat einen Schritt auf den Fremden darin zu, näherte sich ihm noch mehr, weil er diese merkwürdig roten Augen nicht wiedererkannte, diese absonderlichen, kalten, auseinandergetriebenen Muscheln hinter den Schlitzen. Sie gehörten zu niemandem. Schnell schob er die Maske in die Stirn. Sein Gesicht hatte sich verändert. Er musterte sich genau. In dem Neonlicht über einem der elektrischen Lämpchen, die in verschiedenen Schweinsmasken glühten, entdeckte er plötzlich Schatten auf der Haut, die er noch nie wahrgenommen hatte. Flecke und übergroße Kerben, wie auf einem Foto, das zu schwarz abgedruckt worden war. Ein Lehrer in Schwarzer Kunst. Er bleckte die Zähne, die Flecke und Kerben falteten sich mit. Die Ladenbesitzerin kannte die Spiegelspiele ihrer Kunden und störte ihn nicht. Diese Exzesse der Verwunderung waren ihr täglich Brot. Er zog ein Kaninchenmaul und mümmelte. Verformte sein Gesicht zu einer solchen Angstgrimasse, daß ihm die schwarze Samtmaske von der Stirn über die Augen rutschte und er nichts mehr sehen konnte. Dann bezahlte er und trat auf die Straße. Suchte noch nach der gelblichen Hündin, nach Mitsoeko, aber kein Glöckchen bimmelte, nirgendwo. Von See her lief noch ab und zu ein ruhiger Schiffsdelphin ein, dessen Maul von dem scheuen Licht des Leuchtturms abgetastet wurde. Es war Stunden her, seit der Direktor das Wort ergriffen hatte.

Inmitten von Männern, die sich über das Radrennen unterhielten, trank der Lehrer zwei Glas Bier. Erfuhr, daß Belgien dreizehn Weltchampions dabei hatte. Auch, daß ein Antwerpener angespült worden war, seit einer Woche verschwunden und die ganze Zeit ertrunken. Tastete nach der Leiche der Schrumpfmaske in seiner Tasche, fuhr gegen den Strich über den Samt, zwängte einen Zeigefinger in die Augenhöhle. Die Frau des Wirts erkundigte sich nach dem Betragen ihres Sohnes, Doelman, Franciskus, zwölf Jahre.

Der Lehrer beruhigte sie. Doelman, Franciskus, werde es bei ein wenig mehr Anstrengung weit bringen. Ob ihr einziger Sohn etwa faul sei? Nein, das nicht. Übrigens, gnädige Frau, ist Faulheit eine Krankheit oder eine Untugend? Sie lackierte ihre Fingernägel und sagte, Doelman, Franciskus, sei sportlich veranlagt. Manchmal turne sie morgens mit ihm zusammen zur Frühgymnastik im Radio.

Der Lehrer, der selten trank, spürte, daß sein Gesicht an den Stellen, wo die Maske gescheuert hatte, zu glühen begann. Während er sich das vierte Glas zu Gemüte führte, betrachtete er lange eine Najade an der Wand, die bei ihrem Versuch, nach einer Flasche mit kirschroter Flüssigkeit zu greifen, beinahe von einem Fels abglitt; die Flasche war anderthalbmal größer als sie. Zwischen den Hüften und Schuppen der Flußnymphe lag etwas undefinierbar Rundes und Blankes, und weit hinter den Höhen, in einem nebelhaften Land, pflügte ein Bauer, umgeben von Vulkanfelsen. Die Frau des Wirtes hauchte auf ihre Nägel und musterte dann aufmerksam den Lehrer. Ein erregender Augenblick. Er wußte nicht mehr ein noch aus. Ihm wurde heiß. Mäuse im Blut? Fieber? Was überkam ihn da so jäh an einem Freitag mitten im August?

Drei Möwen glitten aus einem Schwarm herab und ließen sich dicht vor der Schwelle des Cafés nieder. Das hatte doch irgendeine Bewandtnis? Sie mußte ergründet werden! Drei Möwen spazierten also da umher, dick und weiß. Ich brauche sie nicht einmal auf meine Tür zu zeichnen, dachte er, ich kann sie einfach festnageln, als Zeichen der Möwen. Der Hotelbesitzer kann nicht viel dagegen einwenden, was einer Zigeunerin erlaubt ist, muß mir, de Rijckel, Lehrer in Englisch/Deutsch, Lizentiat der germanischen Sprachen, siebenunddreißig, geschieden, nicht vorbestraft, erst recht gestattet sein. Auch wenn eine echte Möwe mit Gedärm und Blut an meiner Tür nicht so elegant aussehen dürfte wie die beiden Fische an der nebenan, die einander Kieme an Kieme folgen, wie sie mit dem Band verbunden sind, auf dem hebräische Buchstaben stehen. Dieses Fischband – nicht unähnlich dem Darm von einem Tankflugzeug zu einem Bomber, der in der Luft Sprit aufnimmt. Wann werden sie aufsteigen? Jede Stunde kann es Alarm geben, da in Cottesmore, und in zwei Minuten werden dann die drei Elemente vorschriftsmäßig vereinigt: Pilot, Flugzeug, Nuklearsprengsatz. Anschließend fliegen sie fünfundvierzig Minuten lang mit dem Ei in der Hülse zu einem bestimmten Ziel, und wenn kein Funkbefehl kommt, kehren sie zahm zurück, zahme, dicke weiße Möwen, und gehen bei dem Dorf mit den Lehmhäusern, den Strohdächern und den Kindern, die in Cottesmore die Schule besuchen, nieder.

Der Lehrer bestellte ein sechstes Glas Bier, diesmal ein »Geuze«.

»Ein ›Geuze‹ von de Snip?« fragte der Wirt.

»De Snip?«

»Die Brauerei macht das beste ›Geuze‹.«

»Ausgezeichnet«, sagte der Lehrer, »dann geben Sie mir ein ›Betelgeuze‹.«

»›Betelgeuze‹? Was ist das für eine Sorte?«

»Das ist arabisch und bedeutet ›Die Schultern des Orients‹.«

»Amüsier dich mit deiner Mutter darüber«, knurrte der Wirt.

Der Lehrer schämte sich.

Fünf Minuten vor dreiundzwanzig Uhr, nachdem sich der Lehrer in einer Vitrine mit Pelzmänteln gespiegelt und für würdig befunden hatte, kaufte er eine Eintrittskarte, die der schiefköpfige Kanzlist elegant von dem Diskus riß, den er noch immer am Eingang schwenkte, und tappte durch den Perlenvorhang, der den Weg zum »Ball des Weißen Kaninchens« freigab. In den Festsälen ging es drunter und drüber. Es herrschte ein geregelter, planmäßig herbeigeführter Wirrwarr, und obendrein, dazwischen, allenthalben: ein Chaos. Fünf Säle, fünf Orchester. Fünf offene Türen ragten in die runde Vorhalle, über jedem Rahmen waren exotische Blumen in Form eines Buchstabens um ein scharlachrotes Blinklämpchen angeordnet. Die fünf Buchstaben über den fünf Türen bildeten das Wort GLÜCK. Im Saal L nahm der Lehrer bei einem zittrigen Wiener Walzer wahr, daß er nicht als einziger einen gewöhnlichen Anzug trug, wenn sich auch die meisten derjenigen, die einander in diesem Augenblick in einer komplizierten, aber nachvollziehbaren Tanzfigur von Flucht und Begehren verfolgten, mit der erforderlichen Kostümierung versehen und damit das Ritual respektiert hatten. Er kehrte in die Vorhalle zurück, in der sich fünf verschiedene Tanzmusiken kreuzten und wo auch das dichteste Gedränge herrschte, als fühlte sich das verkleidete Völkchen dort wohler, wo man keinem harten, schrillen, die Aufmerksamkeit voll beanspruchenden Rhythmus ausgesetzt war.

Durch die verirrten Klangfetzen der Calypsos und Cha-Cha-Chas aus Saal G, der Walzer aus Saal L, der New-Orleans aus Saal C, der schmachtendsten Tangos aus dem Saal mit dem Hufeisen über der Tür, wo das Blinklämpchen bereits erloschen war, und weiter durch Saal K mit den Foxtrotts, zwischen dem Geschrei, Geschwätz, Genörgel, Getrampel, Gespringe, Gekreisch und Gejohl der ganzen schwitzenden Provinz und einiger Besucher aus der Hauptstadt hüpfte der Lehrer, stieß gegen die Hinterteile und Rücken von Frauen und orientierte sich – auf einmal nicht mehr so verunsichert außerhalb seiner gewohnten Geographie Hotel-Schule-Hotel – nach dem regelmäßigen Pochen eines Holzhammers gegen etwas Dumpfes, bis er weit hinten im Saal bei den Toiletten, zwischen vier Ordnern auf einer von zwei Pikkolos festgehaltenen Leiter, einen kleinen Mann entdeckte, der Bretter zu einer Brustwehr zusammennagelte, damit ein Kameramann vom Fernsehen den Festtrubel aus einem ungewöhnlichen Winkel filmen konnte, wie er erklärte. Die Ordner ermahnten den kleinen Mann, sich etwas mehr zu beeilen und weniger zu reden. Damen in Louisquinze-Gewändern, in ägyptischen und mexikanischen Kostümen drängten sich kichernd vor der Tür mit der Aufschrift »Damen«. In einer Nacht wie dieser mußte alles, aber auch alles fröhlich vor sich gehen! Der Lehrer dachte daran, was Fontainas, Geschichte, hier wohl zu tun bekommen hätte. Bestimmt hätte er an den historischen Kostümen der verkleideten Tänzer nur Fehler, Weglassungen und Entstellungen entdeckt und dies den Schamlosen, die, von keiner Sachkenntnis getrübt, nur ihrem Impuls nach inkarnierten, wovon sie träumten, mit seiner nasalen Stimme in einem unaufhörlichen, ärgerlichen Strom von kritischen Bemerkungen vorgehalten. Der Lehrer zählte sieben Marie-Antoinettes, drei Kaiser Karl, viele Neros. Doch höchstwahrscheinlich würde Fontainas, Geschichte, ebenso überwältigt wie er, sehr schnell seinen Lehrerstand verleugnen, sein Amt wie Goldpapier von Nougat abstreifen und, ausgelassener, als de Rijckel, Englisch/Deutsch, je sein könnte, gleich einem Schuljungen in dem historisch am wenigsten korrekten und seriösen Kostüm umhertollen.

Tarantella, tella, tella. Reihentänze durchwogten den Saal. Die vor der Tür wartenden Damen wurden von vermummten Fremdlingen weggeschnappt und in die Tanzgirlande aufgenommen. Der Lehrer hatte seine Maske zu schmal gekauft, die Pappe scheuerte an den Wimpern, die Augen tränten. Da jedoch jeder die Maske aufbehielt, nahm er die seine auch nicht ab. Tränen nun allen die Augen, oder haben sie ihre Masken schon vor Wochen sorgfältig angepaßt? fragte er sich. Auf einmal war er sich auch völlig sicher, daß Fontainas, Geschichte, in einem seltenen, historisch unanfechtbaren Kostüm auf diesem Fest erschienen wäre, denn er hätte die Schaustellung als einen Wettstreit aufgefaßt, dessen Ergebnis – bei Lehrern und Schülern – in gradweiser Abstufung Anerkennung heischte. Für ihn, de Rijckel, Englisch/Deutsch, hätte Fontainas, Geschichte, nicht einmal einen Blick übrig gehabt. Er hätte ihn verraten, sich selbst überlassen. Ein unerträglicher Gedanke.

Ein Drache näherte sich, unter dem kupferfarbenen Pappbauch bewegten sich sechs in schwarze Wolle gehüllte Beine, das Drachenhaupt nickte in die Runde. Der Lehrer hopste inmitten der mit bunten Lumpen behängten Meute in einem Mischmaschschritt von Quadrille und Volkstanz durch den Park der lebenden Bilder und stieß gegen die Wabbelhüften der Walzer- und Jitterbugtänzer. Das muß ich öfter tun, dachte der außer Rand und Band geratene Lehrer an diesem Freitag und trank drei Whisky zum dreifachen Preis einer Nachhilfestunde für Minderbemittelte, oder zum Preis von drei Stunden Sprachkunde für einen begriffsstutzigen Hendrik Martens.

Dann unterhielt er sich mit einem Zwerg, der ein Pantherfell trug, über die Zahl der Anwesenden, verglichen mit der Zahl der Anwesenden im Jahr zuvor. Wirklich schöne Frauen seien im Gegensatz zum vergangenen Jahr nicht dabei, meinte der Zwerg, und da sei – »Erinnern Sie sich nicht?« – doch sogar eine erschienen mit Vergißmeinnichtaufklebern auf der nackten Haut und sonst nichts, hihihi. Der Kursaal toste, siedete. Die wabernden Umhänge der Tänzer beiderlei Geschlechts erinnerten an die aufgewühlte See. De Rijckel ließ sich in einer in eine Lustlaube verwandelten Nische auf ein Sofa sinken, rauchte drei Zigaretten und rieb sich mit einem Finger die nasse Braue zwischen feuchter Stirn und Maske. An den falschen Weinblättern der Plasteranken hingen Papierschlangen, und jedesmal, wenn ein ungestümes Tanzpaar gegen den Zaun der Laube stieß, rieselte farbiger Konfettischnee herab. Völlig glücklich, gleich einem Helden, der in dem Augenblick, da die Götter über ihn zu Gericht sitzen, am stolzesten und übermütigsten ist, lehnte er sich zurück und legte die Füße auf den vor ihm stehenden eisernen Gartenstuhl. Zwei verkleidete Gestalten tauchten auf.

Eine davon schrie. Die Frau. Alles war so deutlich, so aus nächster Nähe wahrzunehmen, als handele es sich um eine Vorstellung in einem Minitheater, dessen Ausmaße nur für ein Einmannpublikum zugeschnitten waren, dazu mit einem Privatlautsprecher, speziell auf sein Gehör abgestimmt, der das Gejohl und den Musiklärm aus fünf Sälen Glück zurückdrängte, daß der Lehrer auf seinem Sofa verharrte und sich wie unter einer dunklen Glasglocke unsichtbar, abgesondert wähnte. Der Mann war ein graumelierter, beleibter venezianischer Höfling mit silberner Halbmaske, die auf dem Steg über der Nase mit einem Edelsteindreieck geziert war, mit einem Venushügel aus Quarz. Er trug einen tiefroten, mit schwarzem Moiré gefütterten Mantel. Kniestrümpfe. Als er neben der Frau – wie war sie vermummt? – niedersank, keuchte er heftig, sein Adamsapfel bewegte sich, und er suchte mit seiner beringten Hand einen Halt an der Lehne, um sich bequemer zurechtzusetzen. Hämorrhoiden oder ein schwaches Herz. Ein Vogel für die Katze. Und die Katze schrie. Es ging ums Bezahlen. Um einen bestimmten Preis. Und um ihrer Forderung Nachdruck zu verleihen, tat sie etwas, was der Lehrer nicht für möglich gehalten hätte, auch nicht in dieser winzigsten und dunkelsten Zufluchtsstätte im »Haus des Weißen Kaninchens«, denn es war noch längst nicht Mitternacht, noch längst nicht die Stunde der Demaskierung auf Befehl – sie nahm die Maske ab und behielt sie in der Hand. Der Höfling schien so etwas bei ihr gewohnt zu sein, denn er zeigte weder Erstaunen noch Unruhe und ließ ihren wütenden Ausfall über sich ergehen. Der hielt an. Sie hätten einen bestimmten Preis abgemacht, schrie sie, na schön, aber daran brauche sie sich nicht zu halten.

Der Lehrer saß in seiner Wolke aus unsichtbar machendem Puder und verfolgte interessiert die Einmannvorstellung der Frau in der Lustlaube, in seinem Theater für eine Person. Wie war sie vermummt? In welcher Rolle trat sie auf? Wen verkörperte sie? Sie trug ein Kostüm aus dem neunzehnten Jahrhundert, echt oder zumindest sehr genau nach Dokumenten kopiert; es wirkte in der üppigen Pracht rundum zu streng, zu natürlich, stach zu sehr von den Kostümen des Maskenballs ab, so daß die Strenge ihrer Kleidung mehr Verkleidung und Mummenschanz war als die wildesten Phantasiegebilde der Tänzer. Die Frau saß mit dem Rücken zu ihm und skandierte ihre Anschuldigungen mit der Maske. Das Mieder umschloß eng die Rippen des Korsetts, ein breites Lederband, ähnlich den Gurten, mit denen Motorradrennfahrer ihre Lenden stützen, der Rock war rosa gestreift und reichte ihr bis zu den Waden, darunter trug sie Stiefel aus schwarzem, verwittertem Leder mit eisernen Absätzen, die den Federhaltern glichen, mit denen Kinder in den Dorfschulen schreiben. Ihr Rücken war nackt und mit sechs dunklen Schönheitsflecken betuscht. In ihrem kastanienbraunen Haar staken Spangen mit Perlenköpfen. Eine dunkle, zurückhaltende, strenge Erscheinung. Eine überwältigende, rauhe, gewöhnliche Stimme. George Sand? Die Gräfin Potočka? Sie spielte jemanden, das war deutlich, doch zuweilen kam ihr wahres Ich zum Durchbruch, wie bei einer Schauspielerin nach der Premiere, die nach dem Fallen des Vorhangs noch einige Augenblicke zwischen Rolle und Abschminken zaudert. Dann begann der Höfling zu reden. Mit Mühe konnte er vor dieser Schauspielerin seine Persönlichkeit behaupten, doch er hielt durch. Und was sagte er in Richtung des Lehrers, dem Publikum entrückt, in tänzelnder Distanz? Daß er sie nicht begreife, daß er alles für sie getan, sich den Abend verdorben, seine Freunde, die nun ihren Spaß trieben (»Spaß« klang wie eine altmodische, ansteckende Krankheit), ihretwegen im Stich gelassen habe, daß sie im Unrecht sei, daß ein vereinbarter Preis ein vereinbarter Preis sei und nicht verändert werde.

Der Geruch der Frau war: Vanille. Der Höfling richtete sich nunmehr auf, ging zur Attacke über, wurde heftig, sagte böse Worte, fegte Rauchschwaden weg. Erst da bemerkte der Lehrer, daß sich ihm gegenüber ein Spiegel befand, in dem er saß, ein junger Bürger im Konfektionsanzug (schwarzer Flanell, im ersten Jahr meiner Ehe mit Elizabeth gekauft; ich gliche darin einem Engländer, sagte sie stolz, dieses Kalb!), mit einer dummen schwarzen Maske. Er bitte um Entschuldigung, sagte er laut, es liege ihm fern zu lauschen, er ruhe sich nur ein wenig aus, wegen seines Herzens, seiner Aortenerweiterung. Die beiden hörten ihn nicht. Neben sich, neben dem Herrn auf dem Bummel, sah er die breiten Schultern der Frau in dem Spiegel, ihren langen Hals, auf dem sich deutlich die Schlagader und die Nickmuskeln abzeichneten, ihr kalkweiß geschminktes Gesicht mit den Kohleaugen und dem unkeusch geschwollenen Mund, der zu dem Höfling sagte, daß es ihr leid tue, daß er dann eben zu seinen Freunden zurückkehren müsse, wenn er seinen »Spaß« haben wolle. Sie wandte das Gesicht von ihrem Widersacher ab, legte den rechten

Stiefel mit dem rissigen Spann auf das Gartentischchen, wobei der Rock willig hochrutschte und den kalkweißen Oberschenkel, die glänzende Kniescheibe sowie die in dem mit Maulwurfsfell umrandeten Stiefelansatz endende Wade freigab, und streichelte mit ihrer schwarzen Handschuhhand ihre Knie. Drei Finger berührten die Innenseite ihres Oberschenkels.

Der Höfling gähnte.

»Du Judenbengel«, sagte die Frau, sprang unvermittelt auf und eilte aus der Laube. Der Höfling wischte sich den Schweiß von der Stirn und trocknete die Hand an seiner Perücke ab, die schlecht saß und an den Ohren sowie im Nacken graues Haar preisgab. Er nickte dem Lehrer zu. Dieser stand auf und folgte ihm. Sie schlängelten sich durch Tiroler Rundtänze, passierten Wesen, die auf Papptrompeten bliesen, passierten Hunderte von Ku-Klux-Klan-Vermummten und Nofretetes.

Dann kamen sie durch einen Nebenausgang – den der Höfling gut zu kennen schien – auf die nächtliche Straße. Brüderlich warteten sie auf eine Eingebung. Apachen, Napoleons und Mönche hämmerten gegen die Blechverkleidung einer verlassenen Straßenbahn. Der Höfling zeigte in eine bestimmte Richtung. Die Frau in dem Kostüm aus dem Jahr 1870 lief auf den Deich zu, forderte zur Jagd heraus. Ihr nackter Rücken, ein Keil in dem Kleid, war weißer als die weißen Häuserfronten. »Sie hat ihren Pelzmantel vergessen«, sagte der Höfling heiser. »Was für ein Dilemma! Warten Sie.«

Die Frau ging unter den Hotelbalkons und einem spärlich erhellten Himmel weiter, blieb dann aber vor einem Tabakwarengeschäft stehen. Ein Wild, das auf die Schritte des Jägers im Unterholz lauert. Drehte sich jäh um. Verharrte mit gegrätschten Beinen. Aus einem Fenster über ihr im ersten Stock rief ihr ein Mann etwas zu. Sie setzte den Weg fort. Wurde schmaler.

»Kommen Sie.« Der Höfling hatte einen Astrachanmantel über dem Arm. Er zog den Lehrer zu einem Buick. Während sich der Lehrer noch unbeholfen auf den Vordersitz schob, startete der Höfling schon den Motor. Das Radio spielte. Die Seitenfenster glitten hinab. Der Höfling redete, bis sie sich in Höhe der Frau befanden, die, seit sie ihre Verfolger nahe wußte, schneller ging. Die Tanzmusik aus dem Wagen begleitete ihre Schritte. Sie erreichten das Ende der Straße und bewegten sich dann auf dem Deich mit den sechseckigen Platten an der ruhigen See entlang. Eine Brise ließ die Haare der Frau aufflattern und wehte ihre Röcke hoch. Sie machte eine jähe Wendung, ging quer über den Deich und hielt sich mit der schwarz behandschuhten Rechten an einem Treppengeländer fest. Das Auto bremste. Der Höfling zog die Maske herab, die gleich einem Beffchen aus Edelsteinen sein Kinn umschloß, und fluchte. Die Frau schaute ihn fest an und eilte dann die Treppe hinab. Aus ihrer stromlinienförmigen Kiste auf Rädern sahen die beiden Männer die Frau unter dem dünnen Mond auf dem nassen Sand der Mole zustreben; sie hastete breitbeinig vorwärts, plump, ungeschickt. Hielt mit der einen Hand ihr flatterndes Haar fest und drückte die andere – ihren vorgeneigten Schultern nach zu schließen – gegen den Unterleib. Erreichte die Mole, einen Pfeil in der mit Schaumkronen bedeckten See. Sprang über eine Schutzwehr. Wedelte mit den Armen, als vertriebe sie Mücken. Der Höfling hinter dem Steuer zitterte und bebte, seine Knie bewegten sich vor dem zusammengefalteten, buckligen, gekräuselten, pechschwarz glänzenden Pelz.

Dies ist mein Heft

(18. Oktober)
Dieses Heft hat mir Fredine gegeben. Niemand werde es je erfahren, hat sie mir versprochen. Heute ist es fünf Tage her, seit ich von Korneel einen Packen Schreibpapier, einen Ord-

ner und einen runden Federhalter aus sehr fasrigem Holz bekommen habe, der in rote Tinte getaucht worden ist. Wenn man kräftig darauf kaut, schmeckt man sie.

Erst meinten die Wärter, ich sei ein Zeichner, erzählte Fredine. Aber Korneel habe sie aufgeklärt. Er habe ihnen auch verboten, mich zu belästigen, wenn ich schreibe.

Und ich schreibe von spät bis früh. Es wird kälter, und sie denken nicht daran, die Heizung anzustellen. Wenn man still sitzt, so wie ich seit fünf Tagen, spürt man die Kälte erst nach geraumer Zeit, doch dann ist es zu spät, und man geht mit Eisfüßen ins Bett.

Ich habe den kleinen Tisch dicht ans Fenster geschoben, denn hier wird es schnell dunkel. Das Fenster läßt Wind und Regen durch. In diesem Augenblick kühlt der Regen das Land und dieses Haus ab. Das Regenwasser läuft gleich hinter dem Fenster nach unten und platscht auf ein Schutzdach. Ich werde es nie sehen, denn das Fenster läßt sich nicht öffnen. Es sei denn, jemand zerrt mit aller Gewalt daran. Dann ist es möglich, daß eine Scheibe zerspringt. »Keine Dummheiten«, hat Fredine mich gewarnt, »sonst wandern Sie wieder in den Keller.« Das hier ist ein Abstellraum, wie ich begriffen habe. Niemand kommt je her. Jetzt bin ich dieser Niemand.

Viele Stimmen. Vor allem das nölige Salbadern einer Frau, die sich mit ihrem Kind beschäftigt. Oft schneuzt sich auch irgendwer. Durch das Fenster kann ich ausgebreitete Wäsche sehen. Dutzende von Unterhemden und Handtüchern. Die Wäsche wird klatschnaß. Aber es sind ja nicht meine Sachen. Solange mich von draußen keiner sehen kann, ist schon alles in Ordnung. Ich sitze hier sehr gut.

Auf dem Hof liegen Bretter, alle cremegelb gestrichen, eine Farbe, die mein Vater so sehr an einer Küche, einer Inneneinrichtung schätzte. Cremefarbene Möbel seien ordentlich und bürgerlich, sagte er. Bürgerlich bedeutete distinguiert. Ferner: zerbrochene Rahmen, eine Leiter mit einem Waschlappen, ein plattgedrückter Gummireifen in Englischrot, zu klein, um ein Autoreifen zu sein. Eimer. Durchweichte Pappkartons, Behälter mit ausgedientem Elektromaterial. Ich bin glücklich. Das Fenster, mein Fenster, bietet Raum für eine mindestens dreitägige Inventur.

Man braucht bloß anzufangen, zum Beispiel bei der angefressenen, schimmligen, farblosen und doch so buntschillernden Mauerverkleidung mit den Fingerabdrücken darauf, dem Muster des Mörtels. Ich werde alles notieren, ordnen. Nicht jetzt. Im Augenblick habe ich keine Zeit, denn Korneel verlangt, daß der Packen Papier beschrieben wird. Den Anfang habe ich schon notiert. Wie es angefangen hat. Aber so hat es nicht angefangen. Es war ganz anders. Doch ich muß versuchen weiterzumachen. Abstand gewinnen, wie Korneel sagt. Was bleibt dann? Eine verdrießliche Geschichte, ein Bodensatz, eine Leere sondergleichen, während es ganz anders ...

In diesem Abstellraum, der eine Fläche von sechs mal dreieinhalb Meter hat und zwei Meter bis zur Decke mißt — das schätze ich nach meiner Größe, denn ich bin einssechsundsiebzig, und bis zur Decke ist es noch etwa einen Kopf höher —, in diesem Abstellraum wird es bald durchregnen. Links, ungefähr im letzten Viertel vor der Ecke, ist nämlich ein ovales, an den Rändern unregelmäßig gezacktes Loch in der Decke, das graue Latten freigibt, die sich infolge irgendeiner Belastung nach unten biegen. Außerdem sind überall schwarze Schimmelringe. Die beiden Bleirohre in der Mitte erreichen einander nicht. An den Enden hängen sieben mit Isolierband umwickelte Drähte heraus, wie die Finger einer Puppe, die Freund Hein vorstellt.

Sechs Meter lang, das genügt mir völlig; ich gehe ja doch nicht durch den ganzen Raum von Wand zu Wand. Am liebsten sitze ich auf diesem weißen Küchenstuhl an diesem wackligen Tisch; wenn ich zu kräftig auf mein Heft drücke, schwankt er. Es gibt hier noch drei andere Stühle, aber ohne Sitz, und einen Nachttisch aus Mahagoni ohne Platte. In einer Ecke, sorgsam mit Kartoffelsäcken abgedeckt (sie wissen also, daß es hier durchregnet!), liegen säuberlich gestapelt die geflammten Holzteile eines Bettes. Ob das, was da dick und schwarz einen Ellbogen aus der Wand zwängt, das Abflußrohr ist? Hin und wieder leckt es daraus auf die Kartoffelsäcke. Ich muß es im Auge behalten. In den letzten fünf Tagen habe ich allerdings nichts davon wahrgenommen, so sehr war ich beschäftigt. Außerdem passiert ja alles immer dann, wenn man schläft.

Eine Frau stößt mit dünner Stimme Drohungen aus. Sie gelten jemand anders. Wahrscheinlich einem anderen Eingesperrten. Mir drohen sie auch. »Warum tun Sie dies nicht? Das nicht? Warum haben Sie jenes nicht getan?«

Jemand schlägt zur Antwort mit einem Deckel gegen ein Eisengeländer.

Der zweite Nachttisch hat eine Platte. Aus weißem Triplex. Darauf stehen Tonic-Flaschen. Von Schweppes. Das sehe ich, ohne daß ich die Buchstaben je gelesen habe. An dem gelben Etikett. Gin-Tonic für die Damen. Die Papiertapete ist ein gelbes Karo auf Weiß, sogar die Decke war einmal tapeziert, da und dort sind noch Spuren zurückgeblieben. Ich sehe alles. Und doch haben sie schon ein paarmal zu mir gesagt: »Aber sehen Sie denn nicht, daß dies, daß jenes ...«

Spinnweben, Staubfäden, Risse, Sprünge, Putz, Harztropfen, ich sehe alles. Vergiß das nicht, Korneel. Jede Wasser-, Gas- und Stromleitung kreuzt eine andere Leitung. Die Bahnen des Fußbodenbelages sind ungleich. Reste wahrscheinlich, die sie billig gekriegt und einfach aneinandergestückelt haben. Billig und gut genug für uns. Bei einem Ausverkauf. Oder als Zugabe auf einer Tombola. Was für ein Schmutz sich in den Spalten zwischen den Bahnen festgesetzt hat.

Ferner mehrere Packen Papier, auch voller Steinchen, Zement und Staub. Ein Mülleimer, das von der Gemeinde vor zwei Jahren empfohlene Modell. In dem Waschbecken rechts liegt eine Kugel aus Mattglas, außerdem ein zusammengerolltes Plakat mit den sichtbaren Buchstaben »Il st kr 1 dtd« und eine Glasscherbe, die in einem Rahmen gesteckt hat, was man an dem Randstreifen von der Klebemasse erkennt. Das Waschbecken hat keinen Abfluß. Am ersten Abend, in der ersten Nacht, nachdem man mich hergebracht hatte, merkte ich das nicht gleich. Am Morgen hat Fredine natürlich geschimpft.

Gestern hatte Fredine Nachtdienst. Sie fragte, ob ich in diesem Heft lieber schriebe als auf dem Papier von Korneel. Ich bejahte, und sie freute sich. Sie hat das Heft hereingeschmuggelt.

Die Tür ist auch wichtig. Hellblau wie das Schlafzimmer eines Mädchens. Aber es wird wohl lange her sein, seit dieser Raum ein junges Mädchen beherbergt hat. In die Türscheibe, durch die sie mich sehen können, aber ich sie nicht, weil hier alles nur in eine Richtung durchlässig ist, zum Vorteil einer Seite, ist ein Zeichen geritzt. Sie können es lesen, ich nicht. Auch nicht spiegelverkehrt. Es wird wohl mein Name sein. Ich muß Fredine danach fragen.

Später werde ich auch die Flaschen zählen, die in der Ecke stehen. Zweiliterflaschen, längliche Rheinweinflaschen, Kognakflaschen mit Sternen auf dem Hals. Ich werde sie in Reih und Glied aufstellen, sie nach Größe, Marke und Form sortieren. Sie sind staubig. Vor allem an der Abschrägung unten am Hals. Das bedeutet wieder: Hände waschen. Um zusätzliches Wasser bitten.

Wie kann ich hoffen, je eine korrekte Beschreibung von Almout zustande zu bringen, wenn die hier schon so kläglich ist? Ich vergesse alles. Eine Pfanne, mehrere rostige Spekulatiusdosen, Farbpinsel, eine Büchse mit braunem Leim, vermutlich zum Kleben des Fußbodenbelages benutzt, eine Ventilatorschraube, einen Wasserhahn mit der Aufschrift »Froid«, eine Kiste »Produce of Turkey«, Marmeladengläser in einem Kessel, blaues Ölpapier. Und den Standort all dieser

Dinge. Und meinen Federhalter. Meine Hand. Mein Hemd, das Korneel gehört hat. Den Geruch von Staub, Glas. Den Uringestank, der unten durch die Tür hereindringt. Und den Geruch der anderen jenseits der Tür, den von Tabak, Seife, Haar, von Frauenhaar.

Nein ...

(18. Oktober. Zwei Stunden später)
Ich bin noch klatschnaß. Sie trocknen mich hinterher nie gut ab.

Ich habe geschrien, und natürlich haben sie mich geschlagen.

Ein Glück, daß ich weiß, unfehlbar weiß, wann ich schreien werde. So habe ich noch Zeit, dieses Heft zu verstecken. Ich habe mein Heft in ... Nein, selbst diesem Heft vertraue ich nicht an, wo ich es lasse.

(19. Oktober)
Stimmen. Kindergeschrei. Vor allem aber: Dort draußen, nicht weit vom Fenster, doch weit genug, daß ich es nicht sehen kann, wird ein Gerüst errichtet, auf das man eine Kamera montieren will, die mich filmen, mich auf einen Streifen bannen soll, den sie untersuchen können. Oft hört man ein trockenes Knacken, wie von Triplex, das bricht. Dann wieder sind da dumpfere Schläge, als träfe ein Gummiknüppel eine Schulter oder ein Genick. Gestern sang eine junge Mutter »Sonny Boy«. Wasser rauscht. Ein Telefon. »Komm, komm«, sagt eine krächzende Stimme. Ein Kind antwortet, ein Mädchen wahrscheinlich: »Nein.«

»Ich werde dir nichts tun«, sagt der alte Mann.

»Du darfst mir nichts tun«, schreit das Kind.

»Warum nicht?«

»Weil ich zur Schule muß.«

Die Zeitungen werden mit Verspätung gebracht. Stets kriege ich von Fredine die Zeitung vom Tag zuvor. Was wollen sie damit erreichen? Dieser Tage werde ich formell dagegen protestieren, auf dem Papier von Korneel, das schwöre ich.

Kinderschritte, federleicht. Und der alte Mann keuchend hinterher. Das Kind stößt kleine Schreie aus, unablässig; beide rennen, das Kind wird fallen.

Mein Schuh scharrt über den Fußbodenbelag, und nur ich kann das hören und habe es soeben gehört, es ist vorbei, und niemand außer mir weiß, was vorbei ist. Nun steht jemand hinter der Tür, vor dem lackierten Becken, das einen starken Geruch absondert. Ich höre ihn. Manchmal stehen da drei, vier und unterhalten sich. So habe ich einmal mit anderen Lehrern vor den lackierten Becken der Schule gestanden, Schulter an Schulter, zwischen zwei Unterrichtsstunden, und über dies und jenes geredet. Das ist lange her. In einem Aquarium. Einem Saal. Manchmal sieht oder hört man nichts. Nebel kommt auf. Nacht, die von dunklerer Nacht durchdrungen wird.

(Später)
Reglos. Nur meine Hand bewegt sich. Und hin und wieder mein Bauch am Tischrand.

Es ist ein Kohlenverschlag. Obwohl hier – das weiß ich genau – mit Öl geheizt wird. Warum heizen sie mit Öl? Warum, denke ich, heizen sie mit Öl? Nein, nein. Warum denke ich, daß sie mit Öl heizen? Ich gebe nicht auf, ich muß es ergründen. Sonst bleibt mir nichts anderes übrig, als mich dem rasenden Galopp der Bilder zu überantworten, die durch mich hindurchstürmen, aber ich will nicht, hörst du, Korneel, ich will nicht, denn dabei hetze ich mich zuschanden, weil ich immer ein paar Bilder zu spät bin, um eins zu erfassen. Was sagt Fredine? »Keine Dummheiten, oder Sie wandern in den Keller!« – »Keine Dummheiten, oder Sie wandern unter die Dusche!« Dieser Verschlag ist aussätzig. Aber gut genug für mich. Vor einiger Zeit wanderte ich noch selbstsicher durch blitzblank geschrubbte Räume, dachte ich noch, es gebe keine andere Landschaft. Aber siehe da.

Fredine beginnt ihre Abendrunde. In fünf Minuten ist sie hier. Ich habe noch drei Minuten Zeit. Es gibt nichts zu berichten.

Gestern habe ich etwas Kalk von der Wand gekratzt, kurz bevor sie mich geholt haben, um mich zu schlagen und unter die Dusche zu halten. Der feuchte Puder von der Wand sitzt noch unter meinen Fingernägeln, Fredine.

(21. Oktober)
Was? Ich sei selbstsicher umhergewandert? Daß ich nicht lache! Etwa in den lokalartigen Lokalitäten, in denen ich mich aufhielt: Hotel, Schule, Versammlungssaal, Kino, Restaurant? Nein, andere eilten beschwingt von der häuslichen Stätte zur Arbeitsstätte und umgekehrt, ich nicht. Verwunderung und Widerwille waren damals ebenso wach in mir wie jetzt, nur dachte ich nicht daran, deshalb zu wehklagen. Ich glaubte, es liege an den Mißhelligkeiten in meinem Leben, an dem unerwachsenen Umhergeschlender zwischen Erwachsenen in erwachsenen Straßen und Lokalen. Fanden die anderen ihr Dasein etwa ihrer würdig? Ihnen angemessen? Mir egal. Ich jedenfalls nicht. Oder taten sie nur so als ob? Vielleicht. Ich wohl auch. Aber möglicherweise mit kühlerem Blick und schwerfälligeren Schritten.

Dieses Heft darf Korneel nie sehen.

Es handelt sich übrigens weniger darum, herauszufinden, wie ich war, als darum, wer ich war. Die Schüler grüßten mich: »Guten Tag, Mijnheer!« Ich betastete mein Kinn, meine Lenden, die Haut war nun etwas schlaffer als zu der Zeit, da ich vierzehn war, aber mehr konnte ich nicht feststellen. Ich war für mich ein Fremder, den ich nicht mochte. Minder und minder mochte. Und ich war verwundert, daß die anderen mich nicht durchschauten, daß mir Lehrer oder Schüler nicht plötzlich auf dem Spielplatz einen Tritt gaben und brüllten: »Aus dem Weg, du Lauselümmel!« Ich wäre aus dem Weg gegangen. Damals.

Durch Crabbe ist das anders geworden. Crabbe hat mich herausgerissen aus meiner Manier zu sprechen, zu gehen, zu existieren. Er hat den Lauselümmel in mir nach außen gekehrt. Früher: überzuckerte Sätze, breitgetretene Wendungen, kalkige Begriffe, ein Air von Selbstverständlichkeit. Jetzt: Nichts mehr von alledem. Und vielleicht gar nichts mehr. Außer diesem Heft.

Ohne Crabbe wäre ich glücklich-unglücklich älter und der Harnisch um mich herum nach und nach in gewissem Sinne »natürlich« geworden; vermutlich hätte ich mit den Jahren den Unterschied zwischen meinem mir fremden Ich und den anderen Fremden nicht mehr für wesentlich gehalten. Oder nicht mehr bemerkt.

Nun befindet sich zwischen meinem Harnisch und mir Luft, eine bösartige Schicht. Die beiden Krusten, Häute, Wände, die aus Kupfer und die aus Fettgewebe, werden absterben, aber nicht mehr miteinander verschmelzen. Sie bleiben getrennt, Dr. Korneel van den Broecke, getrennt wie das Papier mit meiner Geschichte, die ich Ihnen brav abliefern werde, und dieses Gewimmer hier, dieses Heft, das Sie nicht zu sehen bekommen.

Ruhiger jetzt.

Der Regen hört auf. In meinem Verschlag, meinem Abstellraum, wird es heller. Ein Regenbogen muß sich gebildet haben. Über die mir gegenüberliegende Mauer gleitet der Schein von zweifach reflektiertem Sonnenlicht. Einmal wird es von dem Fenster auf der anderen Seite – ein in Blei gefaßtes Oval – aufgefangen und zurückgeworfen, zum anderen von den Zinkplatten des Schutzdaches daneben. Das hat nichts weiter zu bedeuten, es ist nur ein Zusammentreffen verschiedener Umstände, und doch macht es mich froh, durchflutet es mich heiß.

Ich habe meine Geschichte über das andere Zusammentreffen von Umständen nicht mehr fortgesetzt. Ich werde es wohl tun, aber nicht so, wie Korneel es will. Als ich ihm von

Crabbe erzählte, schnitt er mir das Wort ab. »Zufall«, sagte er, »zufällige Fakten.« Als wäre in meiner Geschichte ein Zufall möglich! Sie war und ist von einem fest umrissenen System abhängig, das vergewaltigt, betrügt und lahmlegt, was nicht hineinpaßt.

Nicht, daß ich dieses System erfassen könnte, nein, ich kreise um die Tatsachen, aber wenn ich vielleicht... Es gibt keine Wahl. Ich muß weitermachen, nachdem ich nun einmal angefangen habe. Nichts wird sich offenbaren, das weiß ich wohl, aber was bleibt mir übrig? Wie sonst kann ich das hier hinter mich bringen? Ich sitze fest.

Aufgestanden. Zwei Schritte nach links. Keine Bewegung hinter der Tür. Gleich wird Fredine kommen. Sie hat ihre innere Uhr. So wie alle in diesem Haus, die junge Mutter mit dem Baby, das kleine Mädchen und der Alte, der es verfolgt.

»Regentropfen, die an dein Fenster klopfen, das merke dir, sie sind ein Gruß von mir.« Wie habe ich früher gegrüßt? Den ehrwürdigen Herrn, der Religionsunterricht gab, grüßte ich sehr gemessen, das heißt, eigentlich grüßte ich nur die Furche, die sich zwischen seinen Brauen befand (befindet); ich starrte darauf wie auf den Buckel zwischen den Augen eines Krokodils, bevor man es mit dem Mauser dort treffen will, aber der Schuß, der Gruß selbst, ging nicht los.

Verschlossen wie ein Haus kann man sein. Kälte kriecht an meinen Hosenbeinen herauf. Schlaflosigkeit erwartet mich, wenn ich mich auf dem Feldbett unter den Decken der amerikanischen Armee (von der Art, wie die Belgier sie kurz nach der Befreiung als Mantelstoff benutzten) ausstrecke. Wäre ich zu Hause, nähme ich ein paar Pillen. Merkwürdig, daß ich jetzt sogar jenes Zimmer für zwölfhundert Franc im Monat als »Zuhause« bezeichne, den Raum mit dem morgendlichen Staubsaugerlärm (irgendwo mußten die Zimmermädchen ja in aller Herrgottsfrühe anfangen, aber sollten sie etwa die Zimmer für dreitausend Franc monatlich zuerst mit ihrem Reinemachegetöse erfüllen?) im sechsten Stock des Hotels mit den englischen Touristen, dem mürrischen Hund von Portier und dem Besitzer, der in allen Zimmern herumschnüffelte, einen Zollstock in der Hand, weil er angeblich die Maße für neue Heizkörper ermitteln wollte. Ja, verglichen mit diesem Loch hier, nenne ich das ein Zuhause.

Jemand steht auf Strümpfen hinter der Tür und liest die Zeichen, die ich nicht lesen kann. Ein Stück entfernt spricht die Mutter (jung, stolz, vergnügt) mit ihrem Kind.

Ich mache morgen weiter. Schlacke anfachen. Vorhin ist ein Käfer über das Papier gekrochen. Nachdem er eine vollendete Kreisbahn zurückgelegt hatte, blieb er so reglos sitzen wie ich, der ihn ansah. Still jetzt. Bin schon still.

»In meinem Soledad sonora«, zitierte er selbstzufrieden.

Personen u. a.

DER DIREKTOR (ist glatt. Ich habe viel von seinem Vorgänger gehört, von einem gewissen Normand, der nach der Befreiung Scherereien hatte, obwohl er o so gerecht gewesen war, wie die anderen Lehrer behaupten. Dennoch bin ich mit diesem Herrscher zufrieden. Vielleicht, weil er mir *zu* glatt ist.

Sein Haar, schon graumeliert, ist glattgelackt, wie das der Filmstars in den zwanziger Jahren. Ich sehe seine etwas zu weit vorgeschobene Kinnpartie und seinen Adamsapfel. Die Kalbslederhandschuhe, die er anbehält, als er meine ausgestreckte Rechte ergreifen muß. Knarrende Schuhe, gestärktes Hemd – o was für ein nobler Jäger.

Manchmal behagt es ihm, Unterricht zu erteilen. Geschichte und das Noten-Abc. Wenn er den Takt angibt, erhebt er sich ein wenig auf den Zehenspitzen. Doredo. Redo. Mifamido. Solasotido. Aber Geschichte ist sein Hobby, seine Briefmarkensammlung, seine Taubenmolkerei. So ist es nicht verwunderlich, daß er sich aktiv der Jugendbewegung der Partei widmet. Evident. Er hat auch einen Schulchor gegründet. Gezwitscher. Seligkeit. Die kleinen Sänger vom hölzernen

Galgen. Langsam bekommen die Sopranisten geschwollene Hälse und Flaum unter der Nase und werden hinausgeworfen. Ordnung muß sein. Der Direktor ist der glatteste Mann, den ich kenne. Deshalb ist er Direktor. So viel Beherrschung, Menschenkenntnis und Geschlingelschlängel auf der Domäne des Möglichen muß belohnt werden. Ah, nun tippt er mir mit dem nackten Finger dicht unters Schlüsselbein. Obwohl ihn kein anderer sehen kann, denn die Jungen stehen auf dem Flur, und wir sind allein in der Klasse, posiert er – er holt tief Luft, wie ein Fernsehkommentator vor dem ersten Satz, blinzelt und verbeugt sich halbwegs): »De Rijckel!«

Ich ...

Der Direktor (eingekapselt in seine Haltung wie eine Larve in ihren Kokon. Keine Höflichkeit ist grausamer als die seine. Wie kühl elegant und empfindsam distanziert er den Kopf vorstreckt, als lausche er dem langsam anschwellenden Lärm auf dem Flur, wo die Jungen unruhig werden. Dann hebt er den Kopf und schnüffelt; er riecht etwas, die Anwesenheit von Menschen, etwas Ranziges. Wir Menschen gehören wohl zu seiner Art, aber nur halbwegs. Diese runde, von keinem Nikotin befleckte Fingerspitze mit dem gewölbten, mattglänzenden, von einer seiner drei Töchter sorgsam gefeilten und polierten Nagel, dessen Halbmond ebenso gewissenhaft freigestoßen wurde, gleitet über seine glattrasierte Wange und sucht nach einer Bartstoppel, einer Falte, zögert, gleitet zurück – ein mit Horn bewaffnetes Glied auf einem ebenso vertrauten Weg wie der, den nun seine Stimme nimmt): »De Rijckel.«

Die Hand an seiner Wange hält – das sehe ich erst jetzt – eine graue, abgestreifte Hand fest, ein Bündel verbrauchter Finger, einen zerbissenen Daumen, eine Lederhand außer Dienst (ihr Dienst: mich öffentlich erniedrigen), die fast sein Gesicht streift, das Gesicht Des Mannes.

Er schlägt sich mit dem Handschuh auf den Schenkel, spornt das Pferd in sich an, zügelt es sofort, als es sich aufbäumt, und blickt auf mein linkes Ohr – der Lümmel beansprucht seine ganze Aufmerksamkeit. Er riecht nach Mandelholz, nach zu stark gebranntem Kaffee und nach etwas Metallischem. Das grüblerische Blatt seiner Stirn entfaltet sich nicht. In dem bedrohten Reich eines Direktors ist alles schwierig. Wenn Wir, Direktor eines spiegelblanken Spielplatzes, einer Domäne, auf der man zur Zerstreuung Rollschuh zu laufen hat, nicht wären, Wir, Herrscher und Bezwinger, Förderer des Talents und der Disziplin unter den unmündigen Lehrern! Wir kennen die täglich wiederkehrenden Übel, und eins davon, eins von den Stapeln Formulare, die jeden Morgen erneut auf Uns warten, Uns schwer auf dem Magen liegen, also, das hervorstechendste Übel von heute, ja, das erste eigentliche Übel des Tages, das Wir – obwohl Wir schon von früh an in der Bresche gestanden haben, gepeinigt und verfroren im Eisschrank Unseres eisernen Willens – nun bekämpfen müssen, und dazu sehr schnell, bevor es sich wie eine Lungenpest ausbreitet, das ist dieser de Rijckel hier.

Und der Direktor sagt: »Bester de Rijckel, verzeihen Sie, daß ich Ihren Unterricht abgebrochen habe, es ist nämlich wichtig, nicht wahr, nicht wahr, ich dachte nämlich, denken Sie nur, Ihnen könnte vielleicht die Versammlung heute abend entgangen sein, und das wäre ja, gelinde gesagt, bedauerlich, nicht wahr, denn ich habe viel mit Ihnen vor, Sie wissen ja auch, bester de Rijckel, daß ich eine Menge für Sie übrig habe, nicht wahr, und ich werde auch unterderhand einiges für Sie tun, doch von Amts wegen kann ich mich hier noch nicht darüber verbreiten. Ich rede also heute abend, nicht? Nach der Bekanntgabe der Tagesordnung und dem Bericht des Vorstands über die Beteiligung an der Jahresreise nach Salzburg, nicht wahr? Zuerst ein paar Worte über den Landesausschuß und dann zum Thema ›Was bedeutet Mozart eigentlich für unsere Jugend?‹. Vielleicht könnten Sie in Ihrer Einführung mein starkes Interesse an der Jugendfürsorge hervorheben. Doch es steht Ihnen natürlich frei, worüber Sie ...«

Weiter? Ich will nicht. Weiter! Seine Zähne, die das »S« schwer durchlassen. Und dann sein altertümliches »A« – ein »A« aus der Zeit des Sonntagsflämischen. Sein kalter Blick, die Augen, die klar sind wie die Bäche, in denen eine mittelalterliche Heldin ertrinkt, jawohl, und erfriert. Der griesgrämige Mund, der Tauben aus einem üblen Gehege entläßt. Wörter wie »nicht wahr«, »nicht«, »ist es nicht so«, die nach Teilnahme lechzen, nicht wahr? Nicht? Ist es nicht so? Als würde er ständig zurückgesetzt. Und überall schimmert der Krebs hindurch, der mit jenen Wörtern überschwemmt wird, die geheimes Mitgefühl heischen. Als wäre sein Eiter melodiös und sein Stil Fin-de-siècle! Etwa der Art: Dieser Herr hat bessere Zeiten gesehen, doch nur die Allüren sind ihm geblieben. Bange Zweifel, armselige Verzweiflung berühren diesen Lebemann nicht, ist es nicht so? Ja, fürwahr, etwas Geheimnisvolles tropft wie eine Soße über diese unbewegten, vollendet erwachsenen Gesichtszüge, und ist nicht die Soße die Seele des Gerichts?

Wie mächtig er ist! Er ist der wichtigste Wirbel im Skelett der Schule, die unentbehrliche Schraube in der Mechanik des Alls, ohne ihn würden die Meridiane klappern. Und seine langsam polkenden Finger mit dem leblosen Handschuh, die an seinem Gesicht entlangwandern, stocken, sind die Achse der Welt.

Er sagt: »De Rijckel, hätten Sie vielleicht einen Augenblick ... Heute abend werden Sie etwas früher erwartet als sonst. Ich spreche nämlich gleich nach dem Vorsitzenden. Fassen Sie sich also in Ihrer Einführung etwas kurz. Und seien Sie um zwanzig Uhr da, ja? Wir rechnen auf Sie.«

Der Direktor (ist für die Entmündigung, die Wiederherstellung, die Zusammenfassung, die Gesundung aller Schichten, für die Einheit mit dem, was uns so sehr am Herzen liegt, für die Verbundenheit mit, im Rahmen von, nach den heutigen Gegebenheiten, auf allgemein menschlicher Ebene, nicht wahr?

Ich bin ein Kind, wenn er mich anschaut, ein Lauser. Ich warte auf Bestrafung. Nie würde ich es wagen, einen Feuerwerkskörper in sein Büro zu schmuggeln, denn nach der Explosion würde er mir unversehrt, unbeeindruckt, frisch und munter mit seiner trockenen, duftenden Handfläche wie einen zu hart ausgefallenen Segen eine Kopfnuß verabreichen. Er sagt): »De Rijckel, einen Moment, einen kleinen Augenblick bitte. Unsere Stadt, mein Bester, hat Führungskräfte nötig. Ich bin durch Ausdauer und Energie eine solche geworden. Folgen Sie meinen Spuren, und Sie werden gut dabei fahren. Die Einführung, kurz nach zwanzig Uhr, müssen Sie mit Ihrem üblichen Brio absolvieren. Ich bin sicher, daß Sie mich und die Partei nicht im Stich lassen. Es gibt noch viel zu tun, mein Bester, und der heutige Abend ist eine Kraftprobe für die Kulturpolitik unserer Partei. Man schaut auf uns. Bis dann also, nicht wahr?«

DER ZIGARETTENVERKÄUFER (verwunderte Brauen, bedenkliche Augäpfel, die zu sehr vorstehen, hinter dem zu weiten Hemdkragen die weißsamtene Schwellung eines Kropfes; Zähne, die emsig Chewing-gum beißen, Zucker und Pfefferminz sind längst zu einer Erinnerung zerkaut, die durch den Schleim, den Speichel und das Gurgelwasser in der Kehle wachgehalten und wieder aufgewärmt wird; der Geruch von Wervikse Tabak, Zigarren und Schokolade; er lebt mit dem delikaten Zeug im Hals wie ein anderer mit seiner Frau, das heißt, es ermattet ihn, scheucht ihn auf, erregt und verhext ihn; seine Stimme ist hitzig und entstellt, eine kindliche Erhitzung; er kratzt sich den Schädel und reibt seine Fingernägel an dem fahlen Kittel sauber, der vor langer Zeit, während der sieben fetten Jahre, seiner Mutter gehört hat, und bringt sorgsam die aufgestapelten Zigarettenpäckchen verschiedener Marken unter, denn heutzutage muß man alles dahaben, der Kunde muß auswählen können, und hinter dem Mann, der es längst nicht mehr wahrnimmt, sitzt im Schatten einer Sphinx eine ägyptische Prinzessin auf einem Löwen, amazonenhaft, saugt an einer goldenen Zigarettenspitze und bläst den Rauch in meine Richtung, in Richtung eines Fremden, der hier schon zwei Jahre lang seine Virginia mit Filter kauft, zwei Päckchen sechsundzwanzig Franc. Heute kriege ich zwei Schachteln Streichhölzer geschenkt.)

Er sagt: »Ah, Tag, Mijnheer. Am Abend kühlt es wohl auch nicht ab. Ist auch besser so. Ich kann ja doch nicht schlafen. Habe solch Brennen in den Beinen. Sie kennen das sicher, Mijnheer. Zur ›Toten Ratte‹ heute abend? Nein? Da wird es wohl von Leuten wimmeln. Man erwartet an die zehntausend Gäste. Hat im ›Nieuwsblad voor de Kust‹ gestanden. Die Leute haben Geld in Hülle und Fülle. Sie sagen zwar, der Kongo, aber es gibt Gäste, die zwei- oder sogar dreimal das Kostüm wechseln auf so einem Ball. Mal sind sie Pierrot, mal Julius Caesar, aber das kennen Sie ja. Ich bin noch nie dort gewesen, obwohl ich nun schon seit vierundzwanzig hier wohne, aber wir können nicht weg, das verstehen Sie sicher, es sind unsere besten Tage, bei solchen Anlässen schauen die Leute nicht aufs Geld.

Scheint ja hoch herzugehen auf dem Ball! Besonders die jungen Gäste sollen es bunt treiben. Wir verstehen uns ja doch nicht mehr auf die jungen Leute von heute. Es heißt, daß sie es sogar auf den Diwans des Kursaals machen. So was muß man sich mal überlegen, Mijnheer! Nichts dagegen, wenn jemand sich amüsieren will, aber ein seriöser Mensch tut das, ohne jemand anders zu genieren. Übrigens, nicht, um fürs Geschäft zu sprechen, aber sollten Sie auch zum ›Ball der Toten Ratte‹ wollen, dann genieren Sie sich nicht. Wir stehen Ihnen jederzeit zu Diensten, verstehen Sie? Ein Vergnügen ist das andere wert. Ein Zimmer, nicht pompös, aber ordentlich, verstehen Sie? Viele Herren werden heute abend kommen, wie sonst zur Ballsaison, und wir haben noch nie Klagen gehört über unsere Räumlichkeiten. Also, wenn es Ihnen paßt, immer zu Ihrer Verfügung, Mijnheer. Sie brauchen bloß zu erscheinen und ›Arthur‹ zu sagen, dann weiß ich Bescheid und führe Sie zu Ihrem Zimmer. Und Sie müssen nicht denken, daß jemand auf die Uhr schaut, wir werden nicht kommen und klopfen, hahaha. Nun, Mijnheer, wenn's gefällig ist ... Danke Ihnen. Au revoir. Merci. Wiedersehen, Mijnheer. Verbindlichsten Dank.«

DER KURSAAL (wie lang? Wie breit? Wie hoch? Ich muß es später nachtragen. Das ist dringend nötig. Es sind so wenige konkrete Dinge übriggeblieben.

Die Nische, wo ich kurze Zeit auf dem Diwan saß, die Füße auf einem eisernen Gartenstuhl, war ein Empfangsraum, ein Büro, durch den Druck des Balls erschüttert und abgetrennt. Immerhin waren noch so viele Wände und Vorhänge übrig, daß ich den beiden Tänzern ungestört zuhören konnte. Jedes Wort drang so deutlich an mein Ohr, als wären in der Täfelung aus birmesischem Rosenholz schallabweisende Glasfiberplatten verborgen ...

Unter dem Kronleuchter aus Atlasbronze und geschliffenem Glas: ihre Rückenwirbel und die sechs Schönheitsflecke.

Und zum Anfang war ich hinter den Türen aus Silberbronze, in dem mit Smaragdgranit besetzten, überhängenden Gewölbe, zwischen den Wänden aus weißem pentelischem Marmor durch den Warmluftvorhang des Haupteingangs geschritten – zum erstenmal wie getrieben.)

DER HÖFLING (seine venezianische Vermummung betont das Flämische seiner Erscheinung noch. Die Perücke, silberbepudertes Nylon, läßt die Schläfen- und Nackenhaare frei. Immer wenn ich eine Perücke auf einem Schädel sehe, muß ich an meinen Vater denken, der mit einer Laientruppe in dem Lustspiel »Beim Onkel Pastor« auftrat. Meine Mutter sagte: »Sieh mal, dein Vater!« Sie zeigte zur Bühne, wo ein mürrischer, dünner Mann in schwarzem Gewand einen Monolog hielt. Sein Flachshaar, weiß durchflammt, lag lockig auf dem Kopf. »Siehst du ihn denn nicht? Da, du Schlafmütze, der Pastor, das ist er. Erkennst du ihn denn wirklich nicht?« Kreideweiße Farbe auf dem Gesicht, Rußstreifen auf den Wangen, eine vertikale Drei an jeder Seite der Nase, deren Flügel von einem Grau bedeckt waren, das sich mit dem Grau unter und über den Augen vereinigte. Dies alles zeigte Alter, Elend, Krankheit an. Der Mann, der da gebeugt und hustend im gleißenden Rampenlicht stand, war nicht mein Vater, niemals, und ich verlor mein Interesse für den Pastor, überzeugt, die Mutter wolle mich – wie immer – in die Irre führen, um mich hinterher wegen meiner Leichtgläubigkeit auszulachen. So starrte ich angestrengt auf die anderen Personen, in der Hoffnung, meinen Vater in dem Dorfnotar oder in einem der Bauern zu erkennen, die auf der Bühne endlos irgendwelche Erinnerungen austauschten, aber sie waren zu klein, zu dick oder zu behend. Doch dann wandte der Pastor in einem rührenden Augenblick, als er seiner Nichte zuflüsterte, er hätte nicht mehr lange zu leben, dem Publikum den Rücken zu, und ich erkannte plötzlich unter der Perücke und den weißgekalkten, abstehenden Ohren ihres Onkels einen vertrauten, ungeschminkten, blutroten Nacken. »Papa!« schrie ich aufgeregt. Meine Mutter bemühte sich, mich zu beruhigen, bis ich vor lauter Schreck zu lachen und zu weinen anfing ...

Das Spitzenhalstuch des Höflings ist ungeschickt geknotet, woran das Publikum erkennt, daß dieser Mann weder eine Frau noch eine umsichtige Mätresse hat und mühsam und unbeholfen allein in sein teures Kostüm geschlüpft ist, das obendrein schlecht sitzt. Er probiert die höfischen Gesten, die seiner Meinung nach dem Kostüm angemessen sind, aber alles gelingt nur halb: die gezierte Art, mit der er die Zigarette hält, ist zu herausfordernd, der Schwung, mit dem er ein Bein über das andere legt und den Fuß in dem Pastorenschuh mit der silbernen Schnalle baumeln läßt, ist nicht elegant, und das Hochziehen der fuchsroten Augenbrauen, die über der Maske auf und nieder tanzen, wirkt fahrig. Wenn das Publikum genauer hinschaut, wird ihm klar, daß dieses Kostüm geliehen ist, das Publikum sieht es in einem Kostümverleih zwischen griechischen Togen, Rubensmänteln und nachtblauen Smokings hängen, und ebensowenig wie dort wird es auch hier von jemandem ausgefüllt; sein Träger sucht hinter den Schößen des venezianischen Rocks nach einem Halt, und später bohrt er sich mit einem seiner spachtelförmigen Finger unter den beweglichen Schuppen der Maske in der Nase. Er sagt zu seiner Begleiterin): »Kommst du dir hier unglücklich vor? Gib es ruhig zu. Dann gehen wir wieder. Dann fahre ich dich nach Hause, Ehrenwort. Nein, ich werde unterwegs nirgendwo anhalten. Warum willst du mir nicht deinen Namen nennen? Ich heiße Albert. Den Familiennamen verrate ich dir nicht, wir sind ja schließlich auf einem Bal masqué. Pascale? Dominique? Cathérine? Nein? Schön, dann eben nicht. Ich kenne deinen Namen ja doch. Sehr gut sogar. Nein, mir machst du nichts vor. Natürlich bezahle ich deinen Champagner.

Was!? Nein, höher gehe ich nicht. Kommt nicht in Frage. Abgemacht ist abgemacht. Tausend Franc sind tausend Franc. Kein Franc mehr. Hier, ein Tausendfrancschein. Du willst nicht? Gut, dann eben nicht.

Nun, nun. Hab dich nicht so. Es ist schnell erledigt, und du hast tausend Franc. Wir haben doch Bal masqué. Ich bringe dich sofort zurück, Ehrenwort, kein Hahn kräht danach. Na gut, ich verschwinde jetzt, such dir einen anderen Dummen. Erst versprechen, und dann, pardauz, sich anders besinnen. *Was!?* Dreitausend Franc? Sag mal, bist du von allen guten Geistern verlassen? Das hat in ganz Belgien noch keiner bezahlt, nicht mal der Schah von Persien.

Bilde dir bloß nicht ein, daß ich dich nicht kenne. Ich kenne dich sehr gut, Mädchen. Heutzutage ist es doch, verflixt noch mal, überall dasselbe. Schön, ich will nicht kleinlich sein, ich lege fünfhundert Franc drauf. Nicht genug? Verflucht und zugenäht! Ich kenne dich, hörst du? Du hast die schönsten

Augen, die ich je gesehen habe. Und dein Kostüm ... Ein Judenbengel, ich? Das wird ja immer toller! Nun hör sich das einer an!«

Der Höfling (gröber jetzt, in seiner alltäglichen Manier. Die spachtelförmigen Finger umklammern das Steuer. Vor uns liegt der Weg, der in der Ferne unmerklich in die See mündet, auf der jetzt ein erleuchtetes Schiff fährt. Das Autoradio spielt, der Motor summt. Fahnen flattern.)

Er sagt: »Was denkt die wohl, wen sie vor sich hat? Fünfzehnhundert Franc, das wird nirgendwo bezahlt. Herrgott im Himmel, bin ich dafür auf den ›Ball der Toten Maus‹ gegangen?

Nun, jedenfalls habe ich ihren Pelz, und den sieht sie nicht wieder. Es wird ihr eine Lehre sein. Du hast es ja selbst gehört, Kamerad, sie hat mich einen Juden genannt. Gut, wenn ich ein Jude sein soll, dann behalte ich auch ihren Pelz. Herrgott im Himmel, hätte ein Mann so was zu mir gesagt, ich hätte ihm sämtliche Knochen im Leibe gebrochen. Solch ein Gerücht macht im Handumdrehen die Runde, und das kann ich bei meinem Job nicht gebrauchen. In einer anderen Branche ist es vielleicht nützlich, als Jude zu gelten, aber im Autogeschäft? Teddy Maertens ein Jude – was werden wir noch alles zu hören kriegen! Da läuft sie, die gleißende Schlampe!

Daß ich ausgerechnet an sie geraten mußte! Man hat mir gesagt, sie käme nie mehr nach außerhalb. Sie sei nach Brüssel gegangen wegen ihrer krummen Touren. Und ich mach das Spielchen auch noch mit, den ganzen faulen Zauber! Dabei lag es mir ständig auf der Zunge, um ein Haar hätte ich sie gefragt: ›Hast du etwa Teddy Maertens vergessen, der zusammen mit Crabbe im Krieg war? Der mit Crabbe bis in die Morgenstunden Schwarzer Peter gespielt hat?‹ Aber so was tut man ja nicht, wenn man fair sein will. Obendrein ist ja Bal masqué. Entweder ist man ein Gentleman, oder man ist es nicht.

Darf ich mich vorstellen? Teddy Maertens, Autohändler. Das hier ist der neue Buick. Achsstand wie beim Vierzylinder-

Tempest. Die Zylinderköpfe sind Aluminium, aber der Zylindermantel ist natürlich aus Gußeisen. Hundertfünfzig Pferdchen unter der Haube. Allerdings, der Verbrauch ...

Nun sieh dir das an! Sie läuft in die Irre. Sie weiß nicht, wohin. Aber wenn Mademoiselle glaubt, ich würde aus meinem Wagen steigen, dann hat sie auf Sand gebaut. Verflixt, sie müßte es doch besser wissen! Sieh dir mal diesen Hintern an!

Sie fängt sich bestimmt eine Lungenentzündung ein. Hast du die Augen gesehen, Freundchen? Purpur! Solche Augen sind wie Eisen, wie reines Eisen, die schauen quer durch dich hindurch. Und kein bißchen verändert hat sie sich in all den Jahren. Sie ist wie ein verrückter Kreisel. Wohin läuft sie denn bloß?

Ich halte das nicht mehr aus. Schau dir dieses Hinterteil an. Was denn, läuft sie etwa in die See? Sei still. Ich weiß es ganz genau. Kein Wort. Sag nichts. Ein Biest ...«

Sie

Kein Sternbild ist vollständig. Oder vollständig sichtbar. Oder in seiner früheren Ordnung vorhanden. So, wie sich die Sterne auf den Karten der Zigeunerin gruppieren, gibt es sie nicht mehr, wird man sie nie wieder vorfinden.

Der Deich wird bei dem Geländer vom Himmel, von kleinen grünen Pfählen mit glühenden Kreisen, von den Masten des Spielgeländes und von zwei Fernrohren begrenzt, durch die einst der Führer nach England hinübergeschaut haben soll, aus Spaß (ein altmodisches, ansteckendes Wort). Der Führer ließ fünf Franc in den magischen, die weitsichtige Netzhaut reizenden Schlitz gleiten und hatte England vor Augen.

Kein Mond. Ein Lichtfetzen bricht sich in den Schaumkronen. Die Frau bewegt sich in einem vom Himmel und von den – einem Schnittpunkt zustrebenden – Schuppenrücken von vier, fünf Molen abgesteckten Rahmen und schneidet ein

Loch hinein. Wo ihre Schultern hin und her tanzen, weil ihre Füße auf dem nassen Sand festen Halt suchen, springt seitlich noch eine Mole hervor, ein spitzer Weg ins schwarze Wasser. Das glimmende, zerrissene Papier fällt aus der Luft auf ihr Haar, ihren Rücken und erhellt ihre Gestalt (»die gleißende Schlampe«).

Wir sind jetzt am Geländer. Es ist kalt. Unter uns im Sand, zwischen den Spuren von Pferdehufen und Fahrradreifen, stehen dicht am Deich die Strandwagen.

Die Frau geht nun mit sichereren, ausgreifenden Schritten die Mole entlang, knickt nicht mehr ein in den Knien. Doch noch immer gleicht sie auf dem gewellten Rücken des Schuppentiers längs der moosbewachsenen Stümpfe ein wenig einem Läufer auf Stelzen. Die Mole wird glatter, und sie geht langsamer. Hinaus in die See. Bis sie kaum noch sichtbar ist. Unter uns kichern, hinter den Strandwagen verborgen, drei Männer. Die Frau – der wir nun doch ein Stück gefolgt sind, obwohl Teddy Maertens gesagt hatte, er werde seinen Wagen wegen der »gleißenden Schlampe« nicht verlassen, und der ihr nun beschwörende Sätze hinterhermurmelt, obwohl er Schweigen geboten hatte – steht noch da, als ein verspäteter Fischkutter zum Hafen einschwenkt und mit seinem Scheinwerfer die Sandbänke abtastet. Nachdem ich meine Brille aufgesetzt habe, sehe ich, daß die Frau wieder ein paar Meter zurückgegangen ist, das Gesicht unablässig dem Kutter zugewandt. Holt man sie ab? Ihre Röcke flattern um die gegrätschten Beine. Den Tänzen und dem Gegeneinander der Hafenstadt entrückt, wird sie von der ihr näheren Gewalt des Wassers aufgesaugt. Das flüssige Element umfängt sie grausig sanft und bezieht uns so in sein gespenstisches Spiel mit ein. In diesem Augenblick vergessen wir Tölpel ihre beleidigenden, dummen Beschimpfungen, ihre zur Schau gestellte Geilheit, als sie ihr Knie und die seidige Innenseite ihres Schenkels streichelte, und ihre kuhhaft plumpen Schritte auf den glatten Steinen der Mole.

Teddy Maertens und ich stehen Seite an Seite. Das uns vierteilende Rauschen bringt Organe zum Flimmern, trocknet das Zäpfchen aus. Auf einmal lacht die Gestalt auf dem Stacheltier, das sich da zwischen die Strudel legt, und das auf uns zuschnellende Wasser rollt ihr Lachen mit. Schweiß beschlägt meine Brille. Der Autohändler neben mir sagt, er hätte seinen Wagen nie verlassen dürfen. »Sie wirft sich in die Suppe, ich sehe es schon, und dann haben wir noch mehr auf Sand gebaut.«

Ich denke an meine Unterwäsche, die ich bereits eine Woche lang trage, und an meine schwarzen Füße; wenn ich in wenigen Minuten aus der See wate, die Frau auf den Schultern, werden die herbeigeeilten Deichbewohner (Teddy Maertens jault und blafft) den Retter und die Gerettete hilfreich umkleiden wollen und die Unaussprechlichen sehen. Und die Frau wird lachen. Sie und wir sind wie benommen von der Flut, uns schwindelt. Die Füße haben keinen festen Halt mehr, der Deich – sechseckige Platten für Rollschuhläufer – schwankt und will sich aufrichten, ein zweiter, langgestreckter Tierrücken. Hinter der hölzernen Palisade bei den Badehütten kichern die drei Männer. Die Frau hebt eine Hand, greift nach Vögeln, schlägt nach Mücken. Sie wehrt sich gegen Tiere.

Weil Teddy Maertens weg will und weil ich nicht möchte, daß er verschwindet und mich als einen miesen Lauscher in einem die Geräusche dämpfenden Salon in Erinnerung behält, als einen mitschuldigen Lauscher in seinem Buick, und weil ich außerdem... Ich kenne noch andere Gründe, aber welche?

Korneel verlangt, daß ich so präzis wie möglich bin. »Tatsachen«, sagt er, »nichts als Tatsachen ...« Nun, Tatsache ist, daß ich Teddy Maertens einen Tritt gegen den Knöchel gab, dicht über dem Schuh mit der Silberschnalle. Durch den grauen Belag meiner Brille nehme ich wahr, wie er zwischen Schrei und Fluch schwankt und die Zähne bis aufs Zahnfleisch entblößt. Er schließt den Mund. Er ist auf frischer Tat ertappt.

Schuldig. Er wird bestraft. Wo die Maske in seinen Hals dringt, bilden sich Fettfalten. Er sucht meine Augen. »Ist das eine Art, ein Fest zu feiern?« sagt er. »Bin ich deshalb mit dir auf den Ball gegangen? Ist das der Dank, nachdem ich dich den ganzen Abend mit Champagner traktiert habe?« Er humpelt auf einem Bein.

Die drei Männer unter uns kriechen nun einer nach dem anderen hervor. Schweigend gehen sie zu den Treppen, die zum Deich hinaufführen.

»Das hättest du nicht tun dürfen, Kamerad«, sagt Teddy Maertens. Ich kehre in mein Hotel zurück. Es gibt nichts mehr zu tun. Die Mole hinter mir – von den Wogenkämmen überwältigt – ist leer.

Erschöpft, von hilfreichen Deichbewohnern abgetrocknet, mit heißem Grog bewirtet, den Reportern zulachend, vom Gemeinderat gefeiert, lasse ich der Nacht in meinem Zimmer ihren Lauf. Ich falte meine Hose, nicht zerknautscht, unbefleckt, und lege sie unter die Matratze. Meine Augen tränen noch immer von dem Scheuern der Maske. Das Fenster steht offen, die Strahlen des Feuerturms belecken mich. Später füllt Nebel das Zimmer mit dem Geruch von Metall und Frauen.

Der Geruch von Metall und Frauen

»Hier dürfen Sie nicht rauchen«, sagte Elizabeth und kitzelte meine Handfläche. Ein Sommer mit Tauben und dem Brummen schwerer Motoren auf der Straße, fern von uns. Der Geruch von feuchtem Holz und ihr Geruch von jungem Mädchen. Dazu der Gestank des Schlicks vom Fluß, der hinter den Lagerplätzen der »Holzhandlung Haakebeen« träge vorbeiströmt und den ganzen Abfall der Stadt mit sich führt. Der scharfe Dunst, der von den riesigen Rundhölzern und den Balken um uns herum aufstieg, legte sich auf meine Augen.

»Ich will es nicht«, sagte Elizabeth, doch statt mich abzuwehren, zog sie an meiner Wolljacke, schlug sie ihre Krallen in mich. Ich dachte an die vier Nachtwächter der »Holzhandlung Haakebeen«, die bewaffnet waren. »Du bist aber sofort mitgegangen, Kind«, wollte ich entgegnen, »ich brauchte dich nicht zweimal zu bitten.«

»Ich würde es gern wollen«, murmelte Elizabeth, stockte, stotterte etwas, kletterte auf einen Bretterstapel, um des merkwürdigen Zitterns Herr zu werden, das sie überfiel, und hockte sich dort hin, mit gespreizten Knien, zwischen denen Dunkel war. Ich zog mich zu ihr hinauf. »Dachten Sie, ich sei nur mitgekommen, weil bald Examen ist und ich überhaupt keine Ahnung hätte? Das dachten Sie doch, nicht wahr? So ist es nicht, Mijnheer. Ehrlich, Mijnheer.«

»Warum dann?« fragte ich ruhig.

Sie biß sich auf die dicken, jungen Lippen. Kratzte sich das Knie. »Was meinen Sie?«

Ich zögerte die Antwort hinaus.

»Wenn das die anderen Mädchen wüßten«, sagte sie, »Emmy Verdonck und Cecilie Meert.«

»Sie werden es schnell genug erfahren.«

»O nein, Mijnheer, ich schwöre es. Kein Wort werde ich sagen.«

»Es wird das erste sein, was du ihnen morgen auf dem Spielplatz erzählst.«

»Nein, Mijnheer, ich schwöre es. Ich werde nichts verraten. Übrigens – da würden Sie wohl ganz schöne Scherereien kriegen, nicht?«

»Ja, Elizabeth.«

Eine Taube gurrte. Eine Holztaube? Die waren nur im Wald zu finden. Die Bretter quollen und knackten. Ich würde den Gestank von Teer und Terpentin wohl nie aus meiner Kleidung bekommen. Schon sah ich den Direktor an meinem Zeug schnüffeln. Jeden Augenblick konnten sechs Nachtwächter mit Maschinenpistolen auftauchen, herbeordert, mich festzunehmen, einen Lehrer mit einer Minderjährigen in den Schuppen von Haakebeens Holzhandlung.

Das Mädchen, dessen Namen ich in der Klasse nur mit Mühe laut aussprechen konnte, so daß die anderen es wohl merken mußten, die laueräugigen Pickelköpfe um sie herum, auch, weil ich sie oft ausließ, wenn sie an der Reihe gewesen wäre, und weil ich den Buchstaben »E« – sobald er als Versalie vorkam – immer etwas dicker mit Kreide an die Tafel schrieb (ich war damals achtundzwanzig), dieses Mädchen, jetzt dicht neben mir, sagte mit triumphierendem Augenaufschlag: »Ich dachte, Sie würden mich nie ansprechen. Als Sie es dann heute abend an der Brücke taten, wußte ich, daß Sie gleich von den Hausaufgaben anfangen würden. Das war wohl auch gar nicht anders möglich, nicht?« Sie sprach bereits in der Terminologie des Siegers, aalte sich in ihrem Triumph. »Sie konnten nicht anders, wie?« flüsterte sie. »Ich bin ja Ihre Schülerin.«

Untertänig. Unschuldig. Dann war ihr das zuviel Mühe, sie fuhr sich mit der Zunge über die Oberlippe und legte ihre Finger auf meinen Puls, gleich oberhalb der Uhr, hielt meine Hand fest. Zeit verging. Schließlich sagte sie: »Hören Sie zu, hören Sie gut zu: ›What if I say shall not wait‹.« Sie lachte nicht mehr in dem trüben Neonlicht, das die kindlichen Rundungen ihres Gesichts ausradierte. Ich mußte nach Luft schnappen, einen Mundvoll von dem stickigen Holzdunst inhalieren, so unerwartet und abrupt war der Übergang zu der Zeile aus dem Gedicht von Emily Dickinson, das ich ihr und den andern in der Fünften beigebracht hatte und das an einen Toten gerichtet ist. Nun waren diese Worte scheußlich-schön, entzückend unkeusch aus ihrem Mädchenmund gedrungen. Kennt sie noch die zweite Zeile? dachte ich. Will sie, daß ich sie ihr vorspreche, ebenfalls in diesem schmutzigen, alles betastenden Licht? »What if I burst the fleshly gate ...«, begann ich und kam nicht weiter. Ich biß auf Brennessel, mein Gaumen brannte. Heiser sagte ich etwas, kaute mühsam daran, und sie legte wie zufällig ihre geschlossene Hand in mein Kreuz. Heiser sagte ich etwas, und sie ließ sich gegen mich fallen, wie sie es im Kino gesehen hatte, die Arme weit auseinander, schleckte gleich einer Katze meine Wangen und bedrängte mich mit ihren Brüsten. Ich packte ihre Schultern und schüttelte sie. Sie gab ein paar Knurrlaute von sich, suchte – die Augen zusammengekniffen – in den Falten ihres Rocks, fand ihr Taschentuch und betupfte damit ihre Lider. Ein Schlammklumpen schmolz in mir, sie bemühte sich um Fassung, doch es mißlang. »Ich will es nicht, Mijnheer«, stammelte sie, nahm abermals meine Hand und drückte sie gegen ihre Brustwarze unter dem schwarzen Jerseypullover. Wachhunde blafften, bewaffnete Nachtwächter näherten sich. Wir knieten hinter dem Stapel grünes Holz, in der Finsternis von Süßholz, Elizabeth und ich; sie hat die Knie über meinem Gesicht gespreizt und preßt das Dunkel in meine Kehle, ich röchle bei dem Geruch von Metall und Frau, meiner Frau Elizabeth.

Haakebeens Holz- und Möbelzentrum

Wir betrachten die »Holzhandlung Haakebeen« als eine Zierde unserer Stadt. Edmond Haakebeen, der Gründer des Geschäfts, und seine beiden Söhne Jan und Herman, ein Hallodri und ein Anwalt, sind uns wohlbekannt. Nicht nur durch ihre Energie, ihren Starrsinn und ihren Hang zur Sachlichkeit, sondern auch durch weniger populäre Familieneigenheiten, als da sind: ihre Vorliebe für Künstlerfeste mit nackten Frauen, ihre Leidenschaft für das Segeln, ihre Auslandsreisen und ihr Kokettieren mit dem ländlichen Adel. Dies und noch vieles andere haben wir als Kinder in mannigfachen Details den Gesprächen unserer Eltern und Bekannten entnommen, wenn sie voller Neid und Mißgunst von den Haakebeens redeten. Als wir in den Kriegsjahren vierzig-vierundvierzig das Athenäum unserer Stadt besuchten, wurde uns die Haltung der Familie Haakebeen nicht verschwiegen. Wir wußten, daß die Haakebeens nicht nur Holz und Möbel zur Verstärkung des Atlantikwalls lieferten und bei den Zusammenkünften der

Schwarzen mit erhobener Hand von Deutschland sangen, sondern auch die Weißen mit Geld und Mundvorrat versahen. So konnte es wie in einem grimmigen Märchen nicht ausbleiben, daß es schon während der Besetzung Krawall gab. Dazu kam es, als Herman Haakebeen, der Leiter der Deutsch-Flämischen Arbeitsgemeinschaft »De Vlag«, machtlos mit ansehen mußte, wie sein einziger Bruder Jan von den Teutonen wegen Sabotage verhaftet wurde und drei Wochen in dem Gefängnis unserer Stadt schmachten mußte, das wir »De Wandeling« – »Der Bummel« – nennen. Diese Spaltung im Schoße einer unserer Großen Familien erregt nicht unser Mißfallen, die Tugend der Altehrwürdigen wird durch solcherart Uneinigkeit gestärkt. Jan Haakebeen entkam übrigens drei Wochen nach seiner Inhaftierung, weil die RAF die Stadt bombardierte und das Gefängnis traf. Nicht wenige von uns erwarteten in den folgenden Monaten, daß Jan, der untergetaucht war, plötzlich im elterlichen Heim auftauchen und dort Skandal machen würde, zum Beispiel, indem er seinen Vater schlug oder seinen Bruder ermordete oder den Geldschrank plünderte. Doch dergleichen wurde nie bekannt; statt dessen erschien Jan Haakebeen nach der Befreiung im richtigen Augenblick, um in der Gerichtsverhandlung gegen Vater und Bruder zugunsten der beiden auszusagen. Die Haakebeens sind merkwürdige Menschen. Zweimal sind die Lagerplätze der Holzhandlung abgebrannt. Einmal infolge eines Bombardements durch die RAF und einmal nach der Befreiung, als der Betrieb unter Sequester stand. Der zweite Brand brach natürlich auf Anweisung vom alten Edmond Haakebeen aus, daran zweifelt niemand, und dennoch haben sich selbst die hartnäckigsten Schnüffler der Versicherungen blind gesucht nach einem Beweis. Eine solche Tüchtigkeit im Bösen wissen wir zu würdigen, deshalb grüßen wir Edmond Haakebeen – mit vielen zivilen Auszeichnungen geehrt – auch höflich und aufrichtig, wenn er um fünf Uhr nachmittags zu seinem Bridgeklub am Markt spaziert.

Den ersten Brand erlebten wir – damals noch Kinder – gezwungenermaßen aus nächster Nähe. Die Stadtbewohner eilten nämlich beim Ertönen der Sirene gewöhnlich den Hügel hinauf, der etwas außerhalb der Stadt liegt und wo die Haakebeens ihre Niederlassung haben. Dort fand die Menge eine Zufluchtsstätte, die zwar nicht so sicher schien wie die eigenen Luftschutzkeller, dafür aber mehrere Vorteile bot: so konnte man a) das Bombardement in allen Phasen verfolgen, weil die Stadt von dort gesehen sozusagen im Tal lag, b) Kraft aus dem Zusammengehörigkeitsgefühl schöpfen, das sich durch das gemeinsame Gebet, Erzählen von Witzen oder Biertrinken entwickelte, und c) damit rechnen, daß die (damals) feindlichen Flugzeuge die eindeutige Anweisung hatten, die Möbelfabrik Haakebeen zu schonen, weil man nach Beendigung der Kampfhandlungen auf Haakebeens Material, Maschinen, Organisation und Direktorenhirne zurückgreifen wollte. (Ist es nicht so, daß die Großen überall aufeinander Rücksicht nehmen? Eben.)

Wir könnten noch viel mehr Gründe dafür anführen, daß die Stadtbevölkerung zu Haakebeens Hügel zog, um dort unter freiem Himmel zu kampieren, doch dies sind die wesentlichsten, die wir als Kinder zu hören bekamen, wenn das Summen der Tausende von Hornissen kurz vor dem Fallen der Bomben über uns war. Eines Nachts fielen sie entgegen allen Erwartungen auch auf die »Holzhandlung Haakebeen«. Wir waren damals in die Jugendbrigade des Luftschutzes eingegliedert, und sowie das Signal – der Sirenenton – die Luft zerriß, fuhren wir per Rad zur Zentrale, wo man uns gewöhnlich darüber instruierte, wie wir uns nützlich machen konnten. Aber in jener Nacht war auch die Zentrale von einer Bombe zerstört worden, und wir trafen vor dem qualmenden, flammenden Loch in der Häuserreihe nur drei in Panik geratene Luftschutzleute an, deren Gebrüll nicht den Charakter von verständlichen Anweisungen hatte. Uns wurde nur so viel klar, daß die »Holzhandlung Haakebeen« brannte.

Jules Metzemaekers, der Leiter des Luftschutzes, sagte schließlich: »Kommt.« Er brachte uns in seinem Wagen zum Hügel. Dort herrschte Angst und Schrecken. Der materielle Schaden war ebensowenig zu überschauen wie die Opfer an Menschenleben. Alles rannte wild durcheinander, man konnte keine vernünftige Auskunft erhalten, kein Machtwort sprechen, nichts ordnen. Jedermann schrie, als sei er verwundet oder als liege er im Sterben. Es war einer jener Augenblicke, in denen niemand seinen Verstand gebraucht.

Wir, die Jugendbrigade, vier Mann und Jules Metzemaekers, waren hilflos. Aber nicht lange. Sehr bald begriffen wir, daß der Brandherd nicht unser Hauptziel (helfen! Helfen! Wie helfen?) sein konnte, denn eigentlich flammten da nur ein paar Holzstapel gen Himmel, hier und dort mit einer Person. Nein, unsere Hilfe wurde von einer stilleren, fast schon erstickten Masse beansprucht. An eine der Riesenmauern der Möbelfabrik hatte man nämlich eine Art Baracke angebaut, die den Arbeitern als Kantine diente, und in dem mit Bänken und Tischen vollgestellten Innenraum – der, nebenbei bemerkt, auch als Festsaal benutzt wurde, wenn die Freunde von Haakebeens »Harmonie« ihr jährliches Bankett veranstalteten – versammelten sich bei Fliegeralarm mit Vorliebe ältere Leute, um dort das Ende des Bombenhagels abzuwarten. Nun war auf der anderen Seite der riesigen Mauer, an der die Baracke stand, eine ziemlich schwere Bombe explodiert, und dort lagerte ein ebenfalls riesiger Vorrat an Koks und Kohlen, der für den Betrieb benötigt wurde. Durch den Luftdruck der Detonation – um es simpel zu sagen – hatte die gewaltige Mauer nachgegeben, und die Kohlen und der Koks hatten die Baracke zerquetscht und begraben.

Die Umstehenden, die dies der Jugendbrigade zur Kenntnis brachten, waren zu verstört und zu verängstigt, um etwas anderes zu tun, als zu wehklagen. »Herhören!« rief Jules Metzemaekers und gab uns den Befehl zu graben. Wir taten es. Mit Schippe und Spaten. Die anderen um uns herum ballten die Fäuste und schüttelten sie in Richtung der englischen Flugzeuge, die nach wie vor über uns brummten, schworen heilige Eide, schrien ihnen Verwünschungen nach. Wir suchten unter den glatten Kohlen nach den älteren Leuten, fanden in jener Nacht aber nur wenige, denn sie hatten vermutlich die Seite der Baracke für die sicherste gehalten, die von der Mauer begrenzt worden war, und dort Aufstellung genommen. Nun bildeten deren Trümmer den Mittelpunkt des Kohlenhaufens. Während Jules Metzemaekers mit gezogenem Revolver zu verhindern suchte, daß zu viele Umstehende mit Kohlen und Koks entschwanden, gruben wir bis zum Morgen.

Wir haben das Holz- und Möbelzentrum Haakebeen immer als eine Zierde unserer Stadt betrachtet, nicht nur, weil im Krieg so viele tapfer oder ergeben ihr Leben zwischen seinen Mauern ließen – nein, wenn wir Zierde sagen, so meinen wir das in der vollsten Bedeutung dieses Wortes, enfin, in aller Kürze: die »Holzhandlung Haakebeen« ist für uns Mahnung, Strafe, Sünde, und wenn wir sie hin und wieder aufsuchen – einige von uns haben ihre Frauen hingeführt –, so müssen wir bei dem scharfen Geruch von Harz und Teer stets an Leben und Tod denken. Wie oft widerfährt uns dies schon in unserem Dasein, das mehr an Brot und Spiele erinnert werden möchte?

Erkundung

Als der Lehrer daran dachte, daß er nirgendwo pünktlich zu erscheinen brauchte, weil er seinen unterrichtsfreien Wochentag hatte, ging er langsamer durch den Stadtpark. Er war erst spät in der Nacht eingeschlafen, mehrmals hochgeschreckt, und nun – kein Hund ließ sich auf der Straße oder im Park blicken – war es sechs Uhr zehn. Über den Asphaltweg, der den Park kreuzte, und aus dem Strauchwerk trieb pudriger Dunst, den der Lehrer in Richtung auf den verlassenen Tennisplatz und die protzigen Hügel mit den exotischen Pflanzen durchwatete. Einmal, in einer noch nahen, unbewölkten Vergangenheit, deren Gleichmaß ihm jetzt unerklärlich schien, hatte der Lehrer alle lateinischen, französischen und englischen Pflanzennamen auf den gelben Brettchen gelesen. Nunmehr konnte er ohne Brille nicht einen der von Schülern mit Hilfe eines Gummistempels – angefertigt von einer kleinen Druckerei – auf die Brettchen gesetzten Buchstaben entziffern. Er gab es auf.

Wo der Lehrer entlangschritt, trieb er den Dunst auseinander; dann blieb er auf einer Stufe des Pavillons stehen, vor dem sonntagmorgens Musikkapellen nach einer bestimmten Rangordnung einen nationalen Wettstreit austrugen, und wollte eine Ansprache an das Volk (das noch schlief, aber im Schlaf bereits den Hals dem ersten Weckerklingeln entgegenreckte) halten, als ein kleines Mädchen vorbeikam, wie eine erwachsene Frau gekleidet. Die Kleine trug seidene Strümpfe, hochhackige Schuhe und einen Astrachanpelz, der ihr lose um die Schultern hing und viel zu groß war, so daß er beinahe über den Erdboden schleifte. Dann stockte sie, erblickte am Wiesenrand eine Schafgarbe, nahm sie hoch und führte sie an die Lippen. Der Lehrer musterte ihr ausdrucksloses, volles Gesicht, das umrahmt war von kastanienfarbenem Haar. Ihre Lippen zeigten die verschwommenen Spuren eines violetten Lippenstiftes, und ihre Brauen waren voller Ruß. Obwohl er sich nicht geregt hatte, verriet etwas – seine Aufmerksamkeit? Sein Widerwille? – die Anwesenheit des Lehrers. Die Kleine schaute ihn an, zerdrückte die Schafgarbe und hastete sodann – unbeholfen auf den hohen Absätzen – über die Wiese. Schließlich verschwand sie hinter dem Schilf des Teiches. Der Lehrer folgte ihr, gelangte ans Wasser, wo die Motorboote lagen, konnte aber das Kind (oder die Zwergin, die von einer Feier bei Zirkusleuten heimgekehrt war) nirgendwo entdekken. Vermutlich versteckte sich die Kleine im Gebüsch, das den Tennisplatz umgab. Er suchte sie bis zu dem Bronzetiger auf dem hellgrünen, porösen Sockel. Der Tiger, unter Moos, wandte sich nach Westen und bewachte ein Verzeichnis gefallener Zivilisten. Eine kreißende Sonne brach durch. Der Lehrer pflückte eine der Fuchsien, die an den Altweiberfäden des Eisendrahtes um den Tiger festklebten. Weiter. Hinter einer Anhöhe, einem Prisma, dessen vordere Abplattung mit verschiedenartigen Blumen bepflanzt war, die das Zifferblatt einer Uhr bildeten, deren Zahlen aus Flieder bestanden, geriet er wieder in den Gesichtskreis der Stadt mit ihren grauen Schieferdächern, Plakaten und bereits aktiven Verkehrsampeln.

Abgeneigt, den kühlen, zementierten Stapelplatz von Häusern und anderen Bauwerken zu betreten, ging er wieder in den Park und schlug den Weg zum Minigolfplatz ein. Erreichte eine Bank, auf der ein weißhaariger Herr saß, einen dunkelgrün gekleideten Jemand hinter sich, der beide Hände auf die Lehne preßte. Der alte Mann bewegte den Oberkörper rhythmisch vor und zurück, so daß er regelmäßig die Hände des hinter ihm Stehenden berührte. Es war ein Spiel. Oder der Greis hatte eine Schaukelkrankheit. Die Bank war die längste im Park, nachmittags sonnten sich dort viele Frauen und Kinder. Als der Lehrer den alten Mann passierte, grüßte ihn dieser mit einer tiefen Verbeugung. Oder er schaukelte in dem Augenblick gerade zu weit nach vorn. Sein weißer Bart schlug dabei auf der strahlend weißen Hemdbrust Falten. Die tränenden, blutgesprenkelten Augen mit den erbsengroßen Pupillen sahen den Lehrer nicht. Der Greis stützte sich auf einen Ebenholzstock, dessen silberne Spitze halb im Sand steckte, und sang einen Marsch mit vielen Traritraras. Der Mann hinter ihm, Wärter, Pfleger, Kerkermeister, blickte auf den Nacken seines Herrn. Oder Opfers. »Guten Morgen«, sagte der Lehrer munterer, als er war. Servil warf ihm der Pfleger einen lauernden Blick zu und schob die Schultern gleich einem großen dunkelgrünen Vogel schützend vor, als sich der Lehrer, Victor-Denijs de Rijckel, ein Fremder an ihrem Eisloch, am anderen Ende der Bank niederließ. Der Greis, nobel, mißraten, vereinsamt, genoß die Sonne und sang: »Malbrough s'en vert'en guerre ...« Dabei öffnete er den lippenlosen Mund zwischen dem weißen Gestrüpp hin und wieder sehr weit. Lange saß der Lehrer bei den beiden auf der Bank. Kein Wort wurde gewechselt. Das Licht, deutlicher, schärfer zwischen den Zweigen der Bäume, warf unter der Bank Schlagschatten, wurde von den gekreuzten Latten des Pavillons reflektiert und färbte die Baldriangewächse, die ein Marmorbild umkränzten, dem der Greis gegenübersaß. Es war ein Abbild seiner selbst – die gleiche kräftige Nase, der gleiche puritanische Mund –, ein Geschenk der dankbaren Stadtverwaltung. Eines Nachts hatten Studenten der Akademie sein Andenken dadurch geehrt – er war nämlich zu einem Bestandteil der Vegetation geworden, der von dem gräßlichen Bedienten umhergerollt wurde –, daß sie die Büste mit grüner, roter und schwarzer Farbe beschmierten. Doch nun konnte nichts geschehen, denn die beiden paßten auf. Der Greis hob seine knotige Hand in die Sonne. Die Knochen knackten. Auf den Handrücken waren Schuppen, die Knöchel und das Daumengelenk waren verformt. Der Greis streckte einen Finger nach einem Käfer aus und sang sein Kriegslied etwas langsamer, als wolle er das Krabbeln des schildflügligen Wanderers begleiten. Der Pfleger stand noch immer sprungbereit vorgebeugt da. Die Kinnladen des Greises bewegten sich, seine rot gemaserten Lider bebten wie die zartesten Blättchen einer Pflanze, in die der Wind fährt. Der Lehrer ließ die Bank los.

Straßenbahnen bimmelten, immer mehr Leute tauchten auf und hasteten irgendwohin. Es war ein schöner Augustmorgen, der Lehrer ging über das Spielgelände, einen Platz, auf dem man Rollschuh laufen, jemanden füsilieren oder Blindekuh spielen konnte. Die Blocks mit den Klassenräumen und den Rippen der Feuerleitern und Dachrinnen waren rund um den Aussichtsturm des Direktors gruppiert, das Büro steckte in einer Haut aus Efeu.

Niemand. Was kann ich hier Unwiderrufliches, Bestialisches, Denkwürdiges tun? dachte der Lehrer. Jetzt und hier, mitten auf dem Tanzplatz für Riesen? Doch nichts konnte sich entwickeln oder geschehen ohne das geheime Einverständnis der vielen anderen, der Schüler, Lehrer oder des Henkers mit dem Fernrohr hoch droben in seinem Turm mit dem zähen Wurzelwerk. Andererseits war es gerade ihre Anwesenheit, die bewirkte, daß sich nichts Denkwürdiges ereignete, denn sobald sie dem Lehrer nahe kamen, zwängte ihn das Gerippe – das er um sich wußte – noch lähmender ein, so daß er ins Glied trat, vor die erste Reihe des Viehs, das er unterrichten mußte. Dort marschierte er gern und still. Bis jetzt jedenfalls. War er für sie auch ein Henker? Er war sich nicht sicher. Was war er dann? Unbedeutend? Auch nicht. Ein Richter, der Anordnungen auszuführen hatte und bei Abwesenheit von Anordnungen selbst Befehle, Urteile ersinnen konnte. Er hatte keinen Namen, keinen Decknamen, keinen Spitznamen. Der Lehrer stapfte in einer haargenauen Diagonale auf die Fünfte Lateinische zu, wo er in zwei Tagen in der ersten Stunde Unterricht haben würde, Bühnenaussprache für Wiederkäuer.

In den Fenstern, deren untere Scheiben unbegreiflicherweise tiefer lagen als der Boden des Spielgeländes – welchen Raum hatte der Kriegsarchitekt einsparen wollen, als er die Keller in Klassenräume umwandelte? –, sah er sich selbst näher kommen; zuerst wurde er enthauptet und sodann auf Knie und Schuhe reduziert.

Durch seine Hose in der Scheibe nahm er die Tafel, die Gummibäume, die Naturkundebilder und die Landkarte von Westflandern wahr, in der noch die vielfarbenen Reißzwecken steckten, mit denen die Lehrer früher den Feldzug von 1940 verfolgt hatten. Unter dem steinernen Schild mit dem Adler, der daran erinnerte, daß dieses Gebäude eine Schenkung der Stadtverwaltung war, hinter der Glastür, die miaute, in dem Kellergang, wo es nach Kreide, faulenden Brettern und stillstehendem Wasser roch, sank der Lehrer in die Tiefe. Die Tür der Fünften Lateinischen war verschlossen, das hätte er wissen können. Er setzte sich auf die Treppe, zündete ein Streichholz an, drehte es herum, warf es in eine Ecke, streckte sich der Länge nach auf den Treppenstufen aus, stützte sich auf einen Ellbogen und schlief ein.

Im Schlaf hörte er regelmäßig scharrende Schritte, wurde langsam wach und dachte träge: Hier geht jemand *zu Recht* um diese Zeit umher! Dann merkte er, daß das Geräusch hinter der Fünften Lateinischen ertönte, wo es am dunkelsten war, weil dort vier Balken die niedrige Decke stützten und das durch die Türscheibe fallende Licht fernhielten. Schließlich stellte er fest, daß jenes Scharren nicht von Schuhsohlen herrührte, sondern von einem spitzen Backsteinsplitter, den ein schmächtiger Junge an den Wänden entlangführte. Wahrscheinlich schon von den Luftschutzkellern, den Kohlenverschlägen an der anderen Seite der Schule her. Neben der Tür zur Fünften Lateinischen, an einer Stelle, wo der Putz dick und glatt war, begann der Junge mit seinem Backsteinsplitter Buchstaben zu schreiben. Der Stein kratzte, und der Lehrer spürte einen Nerv an seinen Augenrändern zucken; der Stein durchdrang dehnbare, unverputzte Eingeweide. Der Lehrer stand auf. »Was treibst du hier?« fragte er. »Das darfst du nicht tun. Du bist viel zu früh. Wie heißt du? In welcher Klasse bist du?« Das hartnäckige Gefühl, man ritze ihm etwas in das empfindsamste Fleisch, hörte auf. Kinder mit rostigen Dolchen, dachte der Lehrer. Und: Kinder richten den größten Schaden an. »Wirst du das, verdammt noch mal, sein lassen?« sagte er und begab sich damit seines Standes als Erzieher, Lehrer und Erwachsener; auf einmal war er – zu seiner Verwunderung – kein Richter mehr, sondern ein aufgebrachter Kamerad, der gegenüber seinesgleichen seine Wut bezwang. Er las die Buchstaben »ALESA«. Und wieder fragte er den Jungen, was er da treibe.

Der Junge sagte, er heiße Verzele. Er hatte schlichtes, feuchtes Haar. War er schon so lange da, daß die klamme Kellerluft den Glanz von entfettetem Wasser in seine Zotteln gebracht hatte, oder hatte er im Vorraum der Turnhalle geduscht? Der Junge, blanke Wangen, den Mund offen, spitzes Kinn, stand am Türpfosten der Fünften Lateinischen und erklärte, er sei lieber zu früh als zu spät. Dabei lächelte er unverschämt und drehte den Splitter zwischen den rotbestaubten Fingern. An den Basketballschuhen sah der Lehrer, daß er in die Sechste ging; die Sechste hatte an diesem Tag in der ersten Stunde Turnen. Weit auseinanderstehende, verdeckte Augen. Der Junge befürchtete keine Strafe, er wähnte sich außerhalb des Bereichs jeglicher Drohung und lächelte, als habe er den Lehrer zu dessen Unbehagen im Schatten der Balken bei etwas erwischt. Er steckte seinen roten kleinen Finger in die Ohrmuschel und schüttelte ihn hin und her.

»Die Poesie-Klasse ist offen, wissen Sie.«

Ich stehe gut hier, dachte der Lehrer, was soll ich in der Poesie-Klasse? Was hast du Lümmel in der Poesie-Klasse zu suchen? Der Junge, nicht älter als vierzehn, fuhr auf einem Bein herum, konnte dann die Stille in dem Gang (die Stille des Lehrers) nicht mehr ertragen.

»Ich habe Sie gesehen«, sagte er, »gestern abend.«

»Mich?«

»Auf dem ›Ball der Ratte‹.«

»Mich?«

»Sie waren nicht verkleidet, aber ich.«

»Du? Warum? Wann denn?«

»Ich habe noch Ihren Namen gerufen. Laut.«

»Das weiß ich nicht. Davon weiß ich nichts.«

»Haben Sie mich wirklich nicht gehört? Ich habe sogar an Ihrem Ärmel gezogen.«

»Warum?«

»Ich habe geschrien wie ein altes Weib. Wissen Sie das nicht mehr? Ich bin als brauner Pater gegangen.«

Ein Zwerg? Ein Pater? Da waren so viele gewesen. Der Lehrer setzte sich wieder auf die Treppe, steckte sich eine Zigarette an.

»Und Sie haben nicht ein einziges Mal getanzt. Die ganze Zeit nicht.«

»Nein.«

»Da waren viele Leute, he? Aber es waren keine guten Leute.« Der Junge hatte einen westflämischen Akzent, aus der Gegend von Tielt. Dann sprach er sehr hastig, als müsse er mit seinem Bericht in fliegender Eile etwas erfassen, was am Vorabend ebenso flüchtig gewesen war. Nein, der Ball sei nichts Besonderes gewesen, im Vorjahr wäre es da viel toller zugegangen (als erschiene er jedes Jahr dort!) – es seien zu wenige Brüsseler gekommen, und kaum einer habe sich an das Thema für die Kostümierung gehalten. Das Thema für das nächste Jahr stehe übrigens auch schon fest: »Die Welt von James Ensor«.

»Und was war das Thema für dieses Jahr?«

»Haben Sie das denn nicht gemerkt? ›Die Indische Compagnie‹. Alle Weiber waren braun geschminkt, und die Männer mit ihren weißen Perücken ...«

»Schon gut«, sagte der Lehrer. Jeden Augenblick konnte der Direktor – auch zu früh – auftauchen. Er erhob sich.

»Sie haben Ihren Schlüssel nicht mit?« fragte der Junge.

»Nein«, antwortete der Lehrer und las dann laut: »Ales-i-a.«

»Was, Mijnheer?«

»›Ales-i-ai‹, der lateinische Name für Paris.«

Der Junge lachte abermals, grimmig und zugleich herausfordernd, so daß er älter wirkte, und ritzte mit seinem Splitter ein »N« hinter das letzte »A« in die Wand.

Ich muß es ihm verbieten, dachte der Lehrer; das Wort stand nun ärgerlich, in Englischrot, sinnlos dicht neben der Klassentür, in regelmäßigen Großbuchstaben, und der schmächtige Schreiber wartete, herausfordernd, bis der Lehrer seine Absicht erriet, erkannte. Er war höchstens dreizehn.

»Da ist ein Fehler drin«, sagte der Lehrer.

»Das Wort ist noch nicht zu Ende«, erwiderte der Junge, aber der Lehrer redete ihm dazwischen und erklärte, es müsse Ale-zzz-an heißen, wobei er hoffte, mit der Geringschätzung, die er in die »Z« legte, zum Ausdruck zu bringen: »Wenn du Lümmel auf Bälle gehen kannst, die 150 Franc Eintritt kosten, und dort die ganze Nacht herumhängst, dann gehst du sicher auch zum Pferderennen, nun, du Flegel, so lerne wenigstens, die Anschläge richtig zu lesen und das Wort ›Alezan‹ korrekt zu schreiben.« Und er dachte: Was für ein eigenartiges Wort, es gibt die Atmosphäre wieder, erinnert an die guten Götter und die schnellen Hufschläge an einem sonnigen Nachmittag in der Rennbahn des Thermen-Palastes.

»Ich bin noch nicht fertig«, sagte der Junge, und der andere, der nun definitiv sein Amt als Erwachsener und als Lehrer niederlegte, wobei er dachte: Was geschieht mit mir?, wandte sich dem empörten Gott von dreizehn Jahren zu und fragte: »Was? Was?«

»Es ist ihr Name, aber das Wort ist nicht zu Ende geschrieben. Ich hab's noch nicht getan.« (*»Ich* habe das nicht getan«, verstand der Lehrer).

»Alesandra«, sagte der Junge; er korrigierte nicht das Wort, sondern die Rolle, die der Lehrer sich jetzt angemaßt hatte. »Ich habe Sie gesehen, gestern abend, Sie haben die ganze Zeit bei ihr gesessen und nicht einmal mit ihr getanzt.«

»Wie?« (Lahm, ein Lehrer mit einem nassen Fuß neben dem Katheder. Niemand hört zu.)

Der Junge tat, als wolle er den Namen an der Wand vollenden, unterließ es aber und sagte: »Sie heißt Alesandra.«

Mußte dann kein zweites »S« eingefügt werden? Oder ein »X«? Lautete der Name nicht Ale-x-andra? Draußen klirrten Eimer, Müllbehälter, Milchkannen. Der Spielplatz wurde von dem Heer alter Frauen eingenommen, die kamen, um die Klassen zu fegen.

»Ich kenne keine Alesandra«, sagte der Lehrer ungeduldig. »Übrigens, das geht dich gar nichts an, verstehst du? Ich habe nichts damit zu tun.« Seine Stimme klang kläglich, eintönig.

»Ja, dann ...« Der Junge rieb sich mit dem Zeigefinger die Brauen, er spannte einen Stolperdraht, um den Lehrer zu Fall zu bringen, konzentrierte sich auf einen Angriff, das war deutlich.

»Ich wußte nicht, daß sie Alesandra heißt«, erklärte der Lehrer sich entschuldigend. »Ich habe sie nur einmal gesehen. Zum erstenmal gestern abend.«

Der Junge trug schwarze Bluejeans, obwohl der Direktor den Schülern die »Tracht der amerikanischen Hafenarbeiter« verboten hatte. Sein glattes Haar verbarg zum Teil seine Ohren, sein Gesicht war noch ungeformt, hell. Während die Weibsbilder draußen auf dem Fischmarkt von Spielplatz nacheinander schrien und Eimer schleppten, sagte der Junge, Alesandra wohne auf dem Schloß Almout, zu Hekegem, bei Veldonk über St. Laurentius-ten-Distel.

»Was geht mich das an?« fragte der Lehrer.

»Ich dachte, es würde Sie interessieren.«

»Nun ja ...« Der Lehrer zögerte. »Ist sie denn jetzt dort?«

Der Junge zuckte die Schultern. »Wo sollte sie sonst sein?«

Später konnte sich der Lehrer nicht mehr erinnern, wer als erster den Entschluß gefaßt und gesagt hatte, sie könnten ja nach Almout fahren, wem zuerst klargeworden war, daß der andere ihm durch dick und dünn folgen würde. Der Vorschlag, Almout aufzusuchen, war nämlich so gemeint, daß sie es sofort tun sollten, bevor die Reinemachefrauen hereinkamen und die Schule begann, und nicht erst in einigen Tagen gleich nach Unterrichtsschluß. Allerdings wußte der Lehrer noch, daß der Junge seinen Steinsplitter heftig zu Boden geschleudert und »Selbstverfreilich!« geschrien hatte, worauf er ihn mit den Worten: »Natürlich, meinst du wohl?« pedantisch korrigierte.

»Natürlich«, wiederholte der Junge. Draußen steckte er die Hände in die Hosentaschen, so unabhängig fühlte er sich schon.

In einem eintönigen, schleimweißen Sonnenlicht gingen sie über den Spielplatz. Die alten Weiber hielten in ihrer Geschäftigkeit inne, stützten sich auf die Besen, wechselten Blicke, gaben keinen Kommentar. Der Lehrer schlenderte ohne Hast, aber auch nicht ziellos voraus, überquerte den Spielplatz und erreichte den Torbogen des Eingangs, wo der Pförtner allzu vertraulich, allzu kriecherisch an die Mütze tippte. Er wollte den Jungen zurückhalten, sah dann aber, daß der mit dem Lehrer unterwegs war, und teilte dies jemandem (dem Direktor?) in der Pförtnerwohnung mit.

Als sie den Kai verließen und zum Deich hinaufgingen, tänzelte der Junge wie ein vertrauter Diener, der seinen Herrn zu nächtlichen Ausschweifungen begleiten darf, neben dem Lehrer her. Wieder hatte sich das Verhältnis zwischen den beiden geändert. Der Junge war nun ein Überläufer, der sich gut betragen mußte. Oder war der Lehrer in ein anderes Lager desertiert? Mit Mühe gelang es ihm, dem unzusammenhängenden Geplapper des Jungen zu lauschen, der hervorsprudelte, die Frau wohne in Hekegem bei ihren Eltern, der Bus fahre sechsmal am Tag dorthin, brauche dazu eine halbe Stunde und durchquere die Dörfer Smitsvoorde, Rijsegem und Robberzeke. Schüler, bereits auf dem Weg zum Unterricht, grüßten den Lehrer, wagten aber nicht, den Jungen anzusprechen, denn sie vermuteten, er sei in Begleitung, weil er einen Fahrradreifen aufpumpen, Instrumente einladen helfen oder im Haus eines Mentors eine Sonderlektion erhalten sollte.

In dem Wartehäuschen der Straßenbahn beim Hazegras-Viertel kaufte der Lehrer zwei Busfahrkarten. Der Junge blieb auf Distanz. Dann setzten sie sich. Hazegras war verlassen, die Gemüsehallen und Matrosenkneipen hatten geschlossen. Der Junge zog drei Päckchen Kaugummi aus einem Automaten, sprang in den Straßengraben und spielte mit einer Margarinedose Fußball. Der Lehrer, kein Lehrer mehr und noch kein Vater oder Freund, verbot es ihm nicht. Der Junge trat mit einer nach innen gerichteten Bewegung seiner Schuhspitze kräftig zu, als gäbe er einem Mitspieler ständig Vorlagen. Nachdem die Dose zerfetzt war, wurde er müde, setzte sich neben den Lehrer, schwieg und gewährte ihm Bedenkzeit, sich abzusondern. Sobald ein Schüler dem Gehege entronnen war, dem riesigen Fangnetz, das Direktor und Lehrer über die Schulgebäude und den Spielplatz gespannt hatten, der Reihe vor dem Klassenraum, der Bankreihe, der an nationalen Feiertagen hinter dem Direktor mit seinem Kranz reglos vor dem Denkmal für die Gefallenen verharrenden Reihe der Marschformation, dann wurde dieser Schüler ein anderes Kind. Wenn der Lehrer einem seiner Zöglinge in der Stadt begegnete, ertappte er sich oft dabei, daß ihn der hilflose Gruß, das scheue Beiseiteschauen eines solchen Kindes weich stimmten. Du bist vogelfrei, dachte der Lehrer dann, wir – der Direktor, ich und die anderen Lehrer – können dir jetzt nichts anhaben, andere, weitreichendere Mächte halten dich in ihren Schlingen.

Aber diesen Verzele, diesen Vogel nicht, dachte der Lehrer nunmehr. Der hat nichts von seinem Argwohn, seinen Listen, seinem strategischen Können und seiner Wachsamkeit eingebüßt, die ihm in dem Taubenschlag von Schule nützlich sind. Sein mädchenhaftes Lächeln ist eine Waffe, seine Bereitwilligkeit soll Wunden schlagen. Die länglichen, zu weit auseinanderstehenden Augen mit dem Blauweiß, dem kindlichen Weiß und den grauen Pupillen, notieren alles, vergessen nicht.

Der Junge saß steif da, wartete darauf, daß der Lehrer nach einer angemessenen Zeit der Besinnung wieder das Wort an ihn richtete. Allmählich füllte sich der Platz vor ihnen mit Autos, Leuten, Polizisten, Fahrrädern. Der Morgen war im Gange. Einen Augenblick lang fürchtete der Lehrer, jemand aus dem Hotel – der hündische Portier Bogger oder die Zigeunerin – könnte auftauchen, ihn sehen und zur Rede stellen, weil er zu einer Zeit in nachlässiger Haltung nonchalant auf einer Bank saß und sich sonnte, in der er (ihrer Meinung nach) Sprechkunst oder Phonetik zu unterrichten hatte. Aber für die Hotelbewohner war es noch zu früh, höchstens ein Zimmermädchen könnte auf dem Rad vorbeifahren. Auf einmal erfüllte ein Geruch von Schweiß und Dreck das Wartehäuschen – ohne daß es dem Lehrer aufgefallen war, hatte sich ein blinder Fischer an der Mauer unter dem Schalterfenster am Rand der Bank niedergelassen. Gleich einem zusammengesunkenen Bündel stinkender Kleidungsstücke, aus dem ein Kopf mit einer Mütze ragte, hockte er dort. Der Fischer nahm die Mütze ab und legte sie flach vor seine Schuhspitzen, das schweißglänzende, abgewetzte Lederband faltete sich nach innen, ein eigenartiger Schlitz bildete sich. Reglos saß der Blinde da, als hätte man ihn aus einer der nahen Kneipen getragen und neben die Bank geworfen. Der Blinde spürte den aufmerksamen Blick des Jungen. »Jedem einen schönen guten Tag«, sagte er. Er hatte den Star. Der Junge warf bedächtig ein Francstück zwanzig Zentimeter neben die Mütze. Der Blinde tastete danach. Seine rissigen Finger und die Farbe seiner roten Augenränder fanden das Geldstück nicht. Er beugte sich so weit vor, daß seine ganze Schädelfläche mit ihren schorfigen Beulen auf den Lehrer gerichtet war; seine Finger kratzten über den Boden. »Leute, Leute«, stöhnte er,

»sieht denn keiner das schöne Geld?« Der Junge schaute den Lehrer an und legte einen rotbestaubten Finger auf die Lippen. »Allee, Jungs, macht doch keinen Quatsch«, krächzte der Fischer und grapschte, »hier muß irgendwo ein Geldstück sein. Allee, Jungs, ein schönes Stück Geld.«

Der Bus kam, hupte, hielt. Mit was für einer Erniedrigung belastet mich dieses Früchtchen, dachte der Lehrer, und ich stehe offenen Auges daneben, schaue zu, rühre keinen Finger und lasse ihn gewähren mit seinem gemeinen Lächeln.

Der Junge warf eine zweite Münze neben die Mütze, diesmal eine von fünf Franc.

»Noch was, Onkel«, sagte er leise und freundlich, »diesmal ist es ein Zwanzigfrancstück.«

»Allee, allee!« rief der Fischer.

»Aber jetzt müssen wir weg, mit dem Bus«, sagte der Junge.

»Wirf doch das Geld in meinen Deckel.«

»Kommen Sie«, forderte der Junge den Lehrer auf, und dieser folgte ihm.

»Geht man!« rief der Fischer. »Wünsche gute Voyage. Das Geld finde ich schon.«

Obwohl im Bus noch Plätze frei waren, blieb der Junge stehen und hielt sich an einer Schlinge fest. Als der Bus die Innenstadt verließ und die Kaserne der Seewacht passierte, verhieß der Lehrer dem Jungen eine ernsthafte Strafe. Binnen kurzem. Der Junge nickte. Ohne Herausforderung. Er verstand die Sprache der Gerechtigkeit, hatte nichts anderes erwartet.

Vorbei am Hafen mit der belgischen Kriegsflotte, den Docks, durch die Vorstadt mit den Fischerhäusern, an offenen Feldern, Villen, Wäldern mit Pylonen und Kränen und Wolken im Hintergrund entlang, an Autofriedhöfen, amerikanischen Armeeblocks, Kühen, Bauern und Restaurants mit französischen Namen in gotischen Lettern.

Schließlich sagte der Junge, sie seien da. Der Lehrer kannte das Dorf nicht. Es glich allen anderen westflämischen Ortschaften: eine Kirche, ein Gemeindehaus, acht Geschäfte, achtzehn Wirtshäuser und ein Denkmal, das einen schieferfarbenen, schwerbepackten Soldaten in dem Augenblick darstellte, da er – von einer Frau mit Palmzweig unzureichend gestützt – in die Knie sank. Ferner: Reklamesäulen für Autoreifen und Margarine, Bekanntmachungen von öffentlichen Versteigerungen, zwei Zedern, einzelne Spaziergänger.

Der Lehrer stapfte hinter dem Jungen her, der, als sie den Marktplatz überquerten, munter drauflosredete. Alesandra und vor allem ihre Mutter seien für den Tod eines gewissen Crabbe verantwortlich, plapperte er, dieser Crabbe sei eine bekannte Persönlichkeit in der Gegend, und die Zeit werde kommen, wo man ihm auf diesem Dorfplatz ein Denkmal errichten und es jeden Tag mit frischen Blumen schmücken werde, wie es sich gehöre. Die Nebenstraße, in die sie einbogen, war schmal, ein Traktor, der ihnen entgegenratterte, gelangte nur mit Mühe vorbei. Der Fahrer, ein junger Mann im Overall, grüßte den Jungen fröhlich.

»Wohnst du denn auch hier?« fragte der Lehrer, als sie mitten auf der mit groben Steinen gepflasterten Fahrbahn weitergingen.

»Nein.«

»Hast du hier Verwandte?«

»Nein.« Die Stimme des Jungen klang mürrisch.

»Aber du kennst dich doch hier aus?«

Wie sich zeigte, hatte er vor fünf Jahren in Hekegem gewohnt, als sein Vater noch der Meinung gewesen war, man könne sein Leben durch das Züchten von Hühnern fristen. Der Junge ließ sich jedoch nicht gern ausfragen, das erinnerte ihn wohl zu sehr an die Schule. »Haben Sie keinen Hunger?« erkundigte er sich unvermittelt und vereitelte damit die Absichten des Lehrers.

»Nein«, antwortete dieser. Sein Flanellanzug war zu warm,

und er fragte sich auch, warum er seine Büchertasche mitgenommen hatte.

Die Straße teilte sich in eine Landstraße und einen asphaltierten Weg. Der Junge zögerte. Wußte er nicht mehr, welche Richtung er einschlagen sollte? Später kam der Lehrer zu der Auffassung, daß der Junge wohl nur eine letzte Atempause eingelegt hatte, eine Minute des Verharrens vor dem Sprung, vor einer unvermeidlichen, notwendigen Begegnung. Jedenfalls blieb er dort stehen, wo sich die enge, stille Straße gabelte.

»Weißt du nicht Bescheid?« Die Frage klang gehässig.

»Wir müssen noch eine Viertelstunde laufen«, sagte der Junge, wählte den äußersten Rand des asphaltierten Weges und marschierte weiter; die Außenseiten seiner Basketballschuhe streiften das Gras. Ein prickelnder, säuerlicher Geruch von Verwesung, Heu und Vieh wehte in jähen, langen Fetzen über die Stoppelfelder. Er konnte nicht vom Flachs herrühren, die Gegend, wo Flachs angebaut und gewässert wurde, lág Kilometer entfernt. Auch der nahe, fast mit den Händen zu greifende schwarze Qualm von einem Haufen brennender Lumpen war es nicht. Die würzige Luft, in der die Sonne nun loderte, war auf eine andere Art als die Seeluft, die der Lehrer manchmal unerträglich fand, aggressiv, das beunruhigte und lähmte ihn zugleich. Ohne erkennbare Ursache, denn die Landschaft hatte sich nicht verändert, der asphaltierte Weg wurde durch nichts unterbrochen, man sah keine Markierung, keinen Zaun, sprang der Junge über den Graben am Wegrand, kroch unter einem Stacheldraht hindurch und ging weiter über eine Weide. Der Lehrer folgte ihm, rückte zu ihm auf; der Junge beschleunigte den Schritt und erklärte, er sei im Begriff gewesen, einen Fehler zu machen, denn es sei günstiger, tagsüber nicht bei Alesandra zu erscheinen. Da er aber zu schnell und außerdem vorgebeugt ging, als suche er zwischen Gras und Kuhmist nach einem Tischtennisball oder verlorenen Münzen, bekam der Lehrer seine

Beweisführung nicht recht mit. Auf der anderen Seite der Weide krochen sie unter einem Stacheldraht hindurch, der elektrisch geladen war, und schlugen einen Feldweg ein, entlang an einer Reihe Weidenbäume.

»Ich habe Hunger«, sagte der Junge. »Sie nicht?« Der Flecken vor ihnen hieß Rode Hoek; der Junge steuerte schnurstracks auf ein Wirtshaus zu. »Denn«, sagte er und schaute auf seine Uhr, die er wie ein Fallschirmjäger innen am Handgelenk trug, »es ist schon zwei. Wissen Sie das denn nicht? Oder essen Sie nie Mittag?«

Der Lehrer suchte in dem Jungengesicht nach einem verächtlichen Zug, fand ihn nicht und dachte: Trotzdem steckt in allem, was er äußert, Taktik, und ich lasse mich zu leicht leiten. Er macht den Eindruck, als wolle er eine Festung einnehmen, zwar gibt er keine Befehle, wohl aber eine Reihe von verdeckten Anweisungen. Würde ich ihm widersprechen oder mich weigern, ihm zu folgen, würde er das sofort akzeptieren, und dennoch ...

Drinnen, in dem kühlen Halbdunkel, bestellte er zwei Käsebrote und zwei Pils. Die Bauersfrau, die sie bediente, war schwanger und wischte sich dauernd die Hände an der Schürze ab. Danach bestellte er eine Cola für den Jungen und für sich einen Kaffee. Der Schüler las das »Het Nieuwsblad van de Kust«, und der Lehrer beobachtete das stockende Treiben von Rode Hoek: ein Kohlenhändler, ein Pastor, ein Notar oder ein pensionierter Schulvorsteher auf einem Spaziergang, mehrere Kinder, vier stürmische Weiber. Danach spielte der Lehrer mit drei Bauern und einem Bauarbeiter drei, vier, acht Partien Vogelpick, bei dem man mit kleinen Pfeilen nach einer Scheibe werfen mußte, er verteidigte sich wütend, angefeuert von den lauten Rufen des Jungen, der, seit sie die Schule verlassen hatten, entschieden jünger aussah oder sich jünger aufführte als ein Vierzehn-, Dreizehnjähriger. Nach jeder Runde tranken die Vogelpickspieler ein Glas Bier. Die Mittagszeit verstrich, der Lehrer wurde hochrot. Seit er Soldat gewesen war und seit einer kurzen Periode im Anschluß an das Scheitern seiner Ehe mit Elizabeth hatte er nicht mehr soviel getrunken. Der Junge aß nach jeder Partie einen Streifen Schokolade, den ihm der jeweilige Verlierer (nicht ein einziges Mal der Lehrer) mit der Mahnung anbot, in der Schule vor allem brav und gehorsam zu sein.

Der Lehrer hatte schon vergessen, wodurch er in dieses Nest verschlagen worden war (zumindest hatte er den Gedanken daran verdrängt, beiseite geschoben wie eine korrekturbedürftige Hausarbeit auf einem Bett in einem Hotelzimmer, an die man nicht erinnert werden will), als der Bauarbeiter ihn fragte, was er in Rode Hoek zu tun habe. De Rijckel, ein glucksendes, unstetes Reißen im Bauch, war sprachlos, doch der Junge versetzte dem pockennarbigen Arbeiter jäh einen einschmeichelnden Ellbogenstoß in die Lenden und sagte, er mache mit seinem Onkel einen Spaziergang. Ja, die Natur sei schön in dieser Gegend, meinte die schwangere Wirtin. Und so gesund für Städter, pflichteten die Bauern ihr bei. Der Bauarbeiter wollte ihnen nicht nachstehen und erklärte, in der Stadt sei die Luft durch den Fabrikqualm verdorben und das Wasser durch die Abflußrohre der WCs vergiftet, die, behauptete er, porös seien. Immerhin, führten die Bauern an, selbst auf dem Lande sei die Luft durch den Rauch aus den Schornsteinen verschmutzt. Wohlwollend, beinahe begeistert, nickte der Lehrer. Ich bin nicht betrunken, dachte er, aber ich habe soviel intus wie noch nie; gleich ziehe ich mich mitten im Wirtshaus aus und tanze mit dem hochschwangeren Weibsbild. Dann füllte das Abendrot die Türöffnung aus, das Haus auf der gegenüberliegenden Seite wurde grell orangefarben, die Baumgruppe dahinter tiefgrün. Der Lehrer starrte verzückt hinaus. Ein lärmender Bauer drückte den Jungen gegen ihn, daß das Glas Bier in seiner Hand schwankte. »Lassen Sie mich durch«, sagte der Junge, »warten Sie einen Augenblick.« Er zwängte sich nach draußen. Man hatte ihn nach Würstchen geschickt.

Der Lehrer zählte die Anwesenden durch den Nebel des Tabakqualms. Mittlerweile waren es vierzehn Mann geworden. In dem Maße, wie der Abend sank, sprachen sie anders, träger, feierlicher. Nun waren sie bei den Bombardements, dem letzten Krieg angelangt. Sie warfen einander Stichwörter für Erinnerungen zu, als repetierten sie einen Text, den sie für eine spätere Aufführung benötigten, oder als wollten sie einander an eine stattgefundene Aufführung erinnern, indem sie die Texte wiederholten, jahrelang. Mit lautem Hallo begrüßt, teilte der Junge Schinken, Sülze und Würstchen aus, wobei er der Wirtin zurief, was es gekostet hatte, und die Anwesenden mit grimmigen Schimpfnamen bedachte. Er war ausgelassen. Dennoch stellte seine Ankunft die heitere, aufgelockerte Stimmung des Vogelpickspiels nicht wieder her. Die Geschichten, stereotypen Wendungen, Einleitungen und unbegreiflichen Epiloge zu den Erzählungen der Bauern erfüllten weiterhin den Raum, begannen von vorn, stockten nach und nach, sanken zu einem Murmeln herab. Einige Stimmen klangen besonders unsicher, und der Bauarbeiter forderte mehrere Anwesende auf, mit ihm vor die Tür zu gehen. Wie ein Fallschirm, der sich entfaltet und als unregelmäßiges, wolkiges Segel herabsinkt, fiel die Dunkelheit auf das Haus gegenüber und erstickte die spärlichen Geräusche der Straße. Die Neonbuchstaben des Aushängeschildes und die weißbeschirmten Lampen mit der Bierreklame flammten gleichzeitig auf; jeder musterte jeden, die schon vertrauten Gesichter der Wirtshausgäste waren verzeichnet, das elektrische Licht gab den Vertiefungen und Knochen einen anderen Anstrich. Der Lehrer, jetzt ein Onkel mit einem kindlich schreienden Neffen, bezahlte, packte den »Neffen« bei der Schulter und schob ihn hinaus. Sie hatten sich im Laufe des Nachmittags nicht aus dem Auge verloren, aber kaum zwei Worte miteinander gewechselt. Nun gingen sie wieder Seite an Seite; beide hatten die rechte Hand in der Hosentasche. Der Lehrer nahm undeutlich wahr, daß sie einen anderen Weg einschlugen als bei der Ankunft. »Wo bleibt der Stacheldraht?« fragte er. »Paß auf, der steht unter Strom.«

»Das hier ist eine Abkürzung«, antwortete der Junge, »Sie werden sehen.«

Was ausgeschlossen war, denn der Lehrer kannte das Dorf nicht und hatte demzufolge keine Anhaltspunkte für einen Vergleich. Er wollte dies anmerken, scharf, tadelnd, unterließ es jedoch und sagte nur: »Wir werden sehen.« Während sie dahinschritten, strich er sich mit der Hand über das Gesicht. Er mußte daran denken, wie sehr das Getue im Wirtshaus dem auf den Parties seiner Frau Elizabeth ähnlich gewesen war, die sie gegeben hatte, als sie noch in der Franciskus Breestraat wohnten, einfallslose Cocktailparties für ihre Freundinnen, in deren Mitte sie die Königin, der zum Lachen herausfordernde Magnet war, und das Gefühl der Überfülle und zugleich merkwürdigen Leere in seinem Bauch wurde ärger; er ging schneller. Der Weg wurde zu einem trockenen Graben. Mücken im Gebüsch, Kettenhunde allerorten, ein Fahrrad ohne Licht, mit dem ein Mann über ein Wehr schlingerte. Als er die beiden passierte, trat er viel kräftiger in die Pedale. Wollte er jemandem eine Nachricht überbringen? Der Junge, im Schatten der Dornbüsche baggernd, wies auf den Radfahrer, der von der Luft aus nassem Papier aufgesaugt wurde, und sagte: »Wissen Sie, wer das war? Ange.«

»Ange?«

»Sprange vom Schloß«, sagte der Junge, »ein Halunke. Sie werden sehen.«

Sprane, Sprane, dachte der Lehrer. Sie folgten einer niedrigen, weißgekalkten Mauer bis zu einer schmiedeeisernen Pforte, und mit einer Bewegung, die verriet, daß er das schon öfter getan hatte, klinkte der Junge den Riegel aus, hob die Pforte an, so daß die unteren Spitzen über den Vertiefungen im Erdboden schwebten, und drehte sie in den Angeln. Die Pforte quietschte, eine Feldmaus. Eine Allee mit Kastanienbäumen und Buchen. Der Junge und ein Lizentiat der germanischen Sprachen, der um diese Zeit gewöhnlich im Kino saß, ein Buch las oder in seinem Hotelzimmer Hausarbeiten korrigierte, drangen durch eine Öffnung in das Gebüsch parallel zur Allee und hatten dann das Haus vor sich, in dem Alesandra mit ihren Eltern wohnte. Die Tochter des Hauses. Je mehr sie sich der Rückfront des Gebäudes näherten – Indianer, ein Kommandounternehmen, Plünderer –, wobei der Junge, völlig von der Erkundung beansprucht, Zweige abbrach, Sträucher niedertrat, prägte es sich dem Lehrer immer fester ein, ein französisches Herrenhaus aus dem neunzehnten Jahrhundert, vor das er dann Alesandra – nun kein tanzender Schatten mehr vor der See, sondern der klare Umriß eines heißen, dunklen Gesichts – schob, ganz unten, in einem abgegrenzten Rechteck wie auf einer Cinemascope-Leinwand, und das Haus – das immer weiter heranrückte, größer wurde – zitterte vage im Hintergrund, außerhalb des Bereichs der Linse, die sich auf ihr Gesicht konzentrierte, in dessen unnatürlich glatter, glänzender Haut die Maske Spuren hinterlassen hatte. Zwischen dem weißen Haus mit dem matten Licht über der Terrasse und den beiden tauchten Reihen von Kiefern auf, und wo sie nicht so dicht gepflanzt waren, wurde englischer Rasen sichtbar. Dort zogen sich in regelmäßigen Abständen wie Bäume in einem Obstgarten Statuen, Säulen mit Büsten und leere Säulen hin. Auf der, die den beiden am nächsten war, befanden sich mehrere gebogene Stangen, an denen Stein- oder Betonbrocken hingen.

»Crabbe«, sagte der Junge und gab dem Lehrer wie einem Schüler oder einem Bauern im Wirtshaus einen Stoß in die Lenden. Eben noch war es Sprane, dachte der Lehrer verwirrt. Ein großer Mann mit pechschwarzem Haar und Brauen, die über seiner Nase einen Strich bildeten und die Augen im Dunkel ließen, stand bei einer Statue; er trug eine Art Kampfanzug und kurze schwarze Stiefel. Über den Säulen flatterten Schwalben. Wie lange die beiden im Gebüsch und der Mann neben der Statue reglos verharrten? Später schien es, als sei es sehr lange gewesen. Dann, als irgendein Vogel schrie – ein Kiebitz, nahm der Lehrer an, der in der Nähe Wasserlachen bemerkt hatte –, machte der Junge mehrere abgehackte, nervöse Bewegungen. Der Lehrer begriff nicht, was er meinte, schlich dichter an ihn heran, der Junge sagte etwas, und als der Lehrer wieder zum Rasen hinüberblickte, war der Mann nicht mehr da. »Es ist Crabbe selbst«, flüsterte der Junge, »sie geben hunderttausend Franc für ihn; tot oder lebendig.« Der Lehrer hatte jedoch keinen Sinn für Spintisierereien und sagte – zu laut, denn der Junge erschrak und zischte: »Still!« –: »Halt den Mund.« Sie verließen das schützende Gebüsch. Der von Bildsäulen durchzogene englische Rasen lag offen vor ihnen, ein Gelände, das man vom Haus her mit einem Maschinengewehr bequem bestreichen konnte. Der Lehrer, der sich immer und überall unzureichend gedeckt wähnte, selbst in dem Dunkel zwischen den Statuen, das seinen gekrümmten Rücken und geduckten Nacken aufnahm, fand, daß er besser umkehren sollte. »Kommen Sie nun oder nicht?« rief der Junge, der sich übermütig aufgerichtet hatte. Sah er denn nicht, daß der Lehrer ihm folgte? »Hallo, de Rijckel!« Schockiert fuhr der Lehrer aus seiner geduckten Stellung in die Höhe, grapschte nach der Kleidung des Jungen, packte ihn mit zitternder Hand am Kragen und schwenkte ihn um eine Vierteldrehung herum. »Mijnheer de Rijckel!« schnaubte er. »Vergiß das nicht, hörst du?«

»Sicher«, erwiderte der Junge, »ich werde es nicht mehr sagen.« Um den Lehrer zu besänftigen, abzulenken, erklärte er dann: »Sie ist da. In ihrem Zimmer brennt Licht.«

»In welchem Zimmer?«

Der Junge zeigte in Richtung Haus, doch der Lehrer, der seine Brille nicht aufhatte, sah kein Licht, außer dem auf der Terrasse. Sie überquerten den englischen Rasen, und je näher sie dem Gebäude kamen, um so weniger suchten sie Deckung. Ein Zuschauer hätte angenommen, zwei Bediente kehrten nach vollbrachtem Tagewerk heim. Am Rand der Rasenfläche war ein Kiesplatz, der in vier identischen Reihen in vier Alleen mündete, die sich um das Haus schlängelten. Es war verschlossen und wurde nur von einer Lampe am Dach der viereckigen Terrasse beleuchtet, auf der man mehrere eiserne Stühle, einen zusammengeklappten Strandkorb und Kästen mit Aalschnüren erkennen konnte. Die Brüstung, ein Gatter mit runden Sprossen, war ungestrichen, neu. Bevor die beiden von der rechten Ecke zu der Seitenmauer mit Spitzbogen und einer breiten, in Blei gefaßten Scheibe liefen und dann langsamer, gebremst die mannshohe Terrassenwand erreichten, bewegte sich etwas hinter den Fenstern des Hauses. Sie rannten auf die Seitenmauer zu, gefangen in den Garben, die ein Maschinengewehr von Freischützen auf sie hätte abfeuern können. Sie rannten, um den Schußwinkel zu verringern, und gelangten in den Hausschatten. Ungesehen. Aus der französischen Tür mit den unerleuchteten, den Tafeln eines Ebenholzpaneels gleichenden Scheiben trat ein Mann und sprach mit jemandem, der sich noch drinnen befand. Die Angreifer in dem weißer werdenden Lichtstrahl, der jetzt aus der Tür fiel, glitten in den toten Winkel, ins Dunkel, und der Junge ließ – aus Angst? – einen Wind. Der Mann im oberen Teil der diagonalen Linie rechts von ihren Köpfen beendete oder unterbrach seinen Satz. Eine fragmentarische Stille tat sich auf. Ein Hohlraum. Ein Riß. Nicht zu schließen, nicht auszufüllen.

Dann wieder das Rauschen in den Buchen, der Tiefflug von Schwalben oder Fledermäusen, das Schaben der Lampe, das Summen der Transformatoren für die Telefondrähte und ein unterdrücktes, weibliches Gejammer im Haus. Der Mann über ihnen, dessen Schatten, bei den Hüften abgehackt, von der Terrasse fiel, sagte mit einer hohen spöttischen Stimme, Sprange brauche sich keine Sorgen zu machen, die Tagung werde gut verlaufen und keiner fernbleiben.

Der Lehrer unterdrückte so heftig einen Lachanfall, daß ihm das Zwerchfell schmerzte. Für einen Augenblick war er drauf und dran, aus dem Rhododendron zu stürzen und – die Arme weit geöffnet – »O weh, o weh!« zu schreien, aber plötzlich hielt der Junge mit kleiner, dünner Hand ihn am Arm fest, als habe er die Aufwallung des Lehrers erraten. Wie bei den vier, fünf Malen, da ihm so etwas widerfahren war – durch einen Polizisten, einen Sergeanten, Freunde –, spannte der Lehrer automatisch die Muskeln, um seine eiserne Kraft zu demonstrieren und dem Greifer freundlichen Respekt vor so viel körperlicher Überlegenheit einzuflößen. Die Hand ließ los. Die Männer auf der Terrasse waren hörbar. Atemzüge, das Schnalzen einer Zunge, Schlucken, Rascheln der Kleidung. Sie würden nie weggehen. Dann setzte auch das erstickte, belegte, gurgelnde Gewimmer aus dem zweiten Stock wieder ein; es war eine alte Frau, die Schmerzen hatte, aber nicht laut rufen konnte, eine Armesünderkapuze oder eine ihr den Mund zupressende Hand hinderten sie daran. Die Statuen und Büsten auf dem englischen Rasen, von denen einige aus Aluminium waren, schimmerten in dem Grau rundum. Der Lehrer stand in unbequemer Haltung da und bekam einen Wadenkrampf, er konnte sich nirgendwo anlehnen, es sei denn an den Jungen, aber das war ausgeschlossen. Er stützte sich leicht auf seinen schief aufgesetzten Fuß, und ob er sich nun dabei bewegte oder nicht, auf jeden Fall packte der Junge ihn erneut, diesmal bei beiden Armen, und das hielt sie wohl davon ab, laut aufzuschreien, denn hinter ihnen, auf dem Kiesweg, galoppierte ein Koloß mit Hörnern und Klauen stampfend und schnaubend direkt auf sie zu, die Hufe zermalmten kleine Steine und schleuderten sie nach allen Seiten, ein grasgrünes Maul öffnete sich, Dampf quoll heraus. Es gab keinen Ausweg; die wild gewordene Kuh verminderte ihr Tempo nicht, Maul- und Klauenseuche schossen heran. Der Junge stieß einen gellenden Schrei aus, sprang ins Licht und tauchte wieder ins Dunkel, gefolgt von dem Lehrer, der lächerlich und unbeholfen hinkte. »Bella, Bella«, brüllte der Junge ununterbrochen, »heui, hier, horra, gurr!« Er sauste die

Buchenallee entlang. Der Lehrer, an seiner Seite, bewunderte ihn und dachte: Wir sind zwei erboste Landwirte, die entlaufenem Vieh nachjagen. Wie schlau von ihm, wie schnell überlegt! Rhythmisch keuchend, im Läuferschritt, erreichten sie die Portierwohnung, dunkel und leblos, und das Haupttor, zwei Pfeiler mit steinernen Löwen; dann ließen ihre Kräfte nach, sie fielen in eine gemäßigte Gangart und schlurften dann an der alles und jeden umzingelnden und verhüllenden Mauer nebeneinanderher.

»Es wird dunkel«, sagte der Lehrer, der kaum sah, wohin er auf dem unebenen Boden neben den Lattenzäunen die Füße setzte.

»Keine Angst, ich kenne ein Wirtshaus, wo manchmal Städter übernachten. Es ist nicht weit von Rode Hoek entfernt. Die Touristen suchen es immer auf.«

»Touristen? In diesem öden Nest?«

»Fischer«, sagte der Junge.

»Angler?«

»Ja. Und hin und wieder Leute, die hier zelten.«

»Ab und an auch ein Handelsreisender«, sagte der Gastwirt. »Aber davon finden Sie gegenwärtig nicht mehr viele. Die fahren jetzt alle Auto.«

Er hatte ein Mansardenzimmer frei, mit zwei Schlafstellen. Er brüllte einem finsteren, flachshaarigen Männlein zu, es solle ein frisches Stück Seife holen. Das Zimmer, das er den beiden zeigte, war sauber, ohne Fenster. Ein Bett und ein Sofa standen nebeneinander. Der Lehrer, todmüde, nickte, und sie kehrten in die Gaststube zurück, wo der Wirt überlaut sagte, als wolle er die Anwesenden von seinem Diensteifer überzeugen, er werde sein Allerbestes tun, um Mijnheer und dessen Söhnchen zufriedenzustellen.

»Das ist nicht sein Söhnchen, Pier«, schrie jemand bösartig. Es war der Bauarbeiter. Er lehnte an einer Wand und hielt ein Glas Bier in Höhe seines Ohrs.

»Ach, nein?«

»Nein, die Fassade täuscht. Das ist ein Onkelchen und sein Neffe«, lallte der Bauarbeiter.

»Ist das so?«

»Und ob das so ist!« schrie der Bauarbeiter, ließ die Wand los und schwankte auf den Jungen zu. »He, Männeken, ist das wahr oder nicht?«

»'türlich«, sagte der Junge.

»'türlich – was?« fragte der Wirt.

»Daß er mein Onkel ist«, antwortete der Junge. Der Lehrer errötete heftig unter dem forschenden, bereits beschuldigenden Blick des Wirtes; er räusperte sich, bat um Zigaretten. »Haben Sie denn keinen Hunger?« erkundigte sich der Junge leise, aber der Wirt hörte es und sagte hastig, es sei noch ein ausgezeichneter Hutspot da, ein holländisches Eintopfgericht aus Möhren, Kartoffeln, Zwiebeln und Fleisch. Sie aßen. Die anderen Anwesenden spielten Karten. Dann las der Lehrer die Rundfunk- und Fernsehzeitung, und der Junge rollte etwas verdrossen Billardkugeln hin und her. Der Lehrer, der ein Glas Bier nach dem anderen trank, versuchte sich, so gut es ging, der massiv schwellenden Bilder zu erwehren, die sich ihm aufdrängten und die ihn erniedrigt, lächerlich, hilflos, entmannt nochmals den Anfang dieser Reise erleben ließen, wobei es ihm schwerfiel, das Feld der Hinterhalte und Qualen zu überschauen, das sich vor ihm auftat, nachdem er die Fahrt nun einmal angetreten hatte. War das Alesandra, die ich vorhin gehört habe? fragte er sich. Die geknebelte Altfrauenstimme im zweiten Stock des altfranzösischen Hauses?

Er bemühte sich, mit dem Gastwirt ein Gespräch über die nächsten Rundfunkprogramme in Gang zu bringen, aber der Mann antwortete, er werde sich binnen kurzem einen Fernseher anschaffen, und beendete den Satz mit einem mißtrauischen Grunzen. Der Lehrer merkte, daß er danach hin und wieder einen Einverständnis heischenden Blick auf den Bauarbeiter warf und daß sich dieser ungeachtet seiner fortgeschrittenen Trunkenheit als Mitverschworener zu erkennen gab und blinzelte. Als der Lehrer die Juke-Box in Betrieb setzte (Was wollen die Bauern hören? Den »Bäuerinnekenstanz« natürlich!), fühlten sich die Kartenspieler belästigt. Als sich der Lehrer hinter einen Spieler stellte, drückte dieser die Karten an die Brust. Als der Lehrer den Raum verließ, um Wasser zu lassen, hörte er sie murmeln, und es ging um ihn. Als er in die heiße, verräucherte Wirtsstube zurückkehrte, gab der Junge einem älteren Spieler einen Rat. »Was denn? Bist du vom Affen gebissen?« rief der Junge aus und zeigte auf eine Karte. »Meinst du?« fragte der Spieler und legte sie zögernd auf den Tisch. Es war der Herzkönig, und er gewann die Runde. »Komm rauf«, sagte der Lehrer heiser und suchte vergebens nach dem Namen des Jungen, er hatte den Vornamen nie gehört. Für Kinder werde es in der Tat langsam Bettzeit, pflichteten ihm mehrere Kartenspieler bei. Der Bauarbeiter hielt den Zeigefinger an einen Nasenflügel, der Gastwirt erkannte das Zeichen.

Niemand beantwortete den Gutenachtgruß des Lehrers.

Im Zimmer fragte der Junge höflich, wo er schlafen solle. Der Lehrer wählte das Sofa. Das Fenster stand offen. Vorher war da kein Fenster gewesen. Hatte man ihnen ein anderes Zimmer gegeben? Die Mücken waren zahlreich.

Es dauerte lange, ehe der Lehrer in Schlaf fiel, nicht zuletzt dadurch, daß der Junge, befreit vom drückenden Tagewerk, seiner Sprachlosigkeit dieses Tages, seinem angesammelten, zurückgedrängten Fieber nunmehr ungehemmt freien Lauf ließ und eintönig zu reden begann; und obwohl der Lehrer ihn regelmäßig unterbrach und derart den Wortstrom nährte (und nicht Ruhe, Stille, Schweigen gebot, was er eigentlich gewollt hatte, auch nicht nach Details aus der Schule fragte oder nach Details im Hinblick auf seine eigene Figur in den Augen der Schüler, ein lächerlicher Stolz hielt ihn davon ab), wurden bestimmte Sätze fasrig, wiederholten sie sich in dem Maße, wie Nacht und Schlaf schwerer wurden, bröckliger, dunkler. Doch schließlich – der Junge stand mehrmals auf, und wenn er zurückkam, ließ er sich mit gewaltigem Krach aufs Bett fallen, wühlte eine Weile zwischen den Laken und hatte dann nur den Kissenbezug um den Leib – lagen beide in derselben Haltung da, die Knie angezogen, einen Ellbogen unter dem Kopf. Das Gespräch der Kartenspieler in der Wirtsstube erstarb, es gab Hinundhergelaufe im Flur, Befehle ertönten. Dann schwieg auch der Junge nach einem allerletzten Gebrabbel, das mit einem wiehernden Lachen endete.

Kurz bevor der Lehrer einschlief, erweiterten sich die Wände des Mansardenzimmers (so wie die aller Zimmer, wie die eines Schlafzimmers mit einer Frau im Bett in einem Haus in der Franciscus Breestraat, wie die eines Zimmers neben dem der Zigeunerin mit den Fischen in einem Hotel) nach allen vier Seiten, und das Bett trieb in einem unbewegten Gewässer, und Arme und Beine schwollen und suchten gleich Saugrüsseln nach deutbaren Gegenständen. Der Lehrer watete durch einen glasigen Morast und erreichte ein Feld mit Lattenzäunen, niemand war anwesend, als er Appell hielt, er hatte einen Stahlhelm auf und trug das Blechschild mit den Ketten auf der Brust, das jedermann in die Flucht trieb, aber es war niemand zu sehen, da war nichts als eine Landschaft mit Gräben, Flüssen und Morast. Man rief ihn beim Vornamen, aber er schaute sich nicht um, wütend schlich er zwischen Sträuchern, Schulbänken und Küchengerät gebückt auf eine Öffnung im Gehölz zu.

Wer liest nachher mein Heft?

Was für ein Laut? Es ist eine Folter. Denn ich bringe da (in die Laute) keine Klarheit hinein. Es ist zuviel. Was kann ich getrost nach Hause tragen (*nach Hause*, ein magerer Begriff, und doch ist er zu voll, zu prall von Vergangenheit, als daß ich ihn auf dieses Zimmer anwenden könnte, dessen Decke hin und wieder eine Schicht Farbe, eine Kruste Mörtel losläßt. Und *tragen?* Ich will nichts tragen, die Laute fliegen auf einen zu, beißen, ergreifen Besitz), was dringt da in Fetzen herein? Welcher Laut? Wäre ich Kurpers, »Nase«, Geographie, und machte Notizen ... Aber das sollte ich nicht erst versuchen, denn wenn ich Fetzen einfangen und niederschreiben, mit Notizen festnageln könnte, wäre ich Kurpers, »Nase«, Geographie. Und dafür, in Klammern, danke ich bestens.

Das Rattern eines Lieferwagens. Geklapper eines leeren Hängers. Abgase eines Rennwagens. Ein Motorrad oder ein Moped. Kind. Weiter Schulweg. Mein Absatz auf dem Fußbodenbelag. Wenn das andauert, schreie ich. Die Planken einer Brücke, einer Behelfsbrücke, ein Auto fährt darüber. Getöse. Gewebe auch im Holz. Ein Käfer hinter der Tapete, die herabhängt. Überall, auch wenn ich sie nicht höre, ich höre nichts, hörst du, Korneel, überall das elende, gierige, halszerreißende, helle, nahe Hundegebell.

Wäre ich Kurpers, »Nase«, Geographie, würde mich nichts davon abhalten, die Hunde zu zählen, sie nach Rasse, Alter, Wut zu katalogisieren. Ich (einstmals Lehrer) weiß nichts anderes und will nichts weiter wissen, als daß es Kettenhunde waren, von jemandem losgelassen, so schnell und rasend, daß einige noch ihre Ketten hinter sich herschleifen, und daß menschliche Stimmen, Frauenschreie sie antreiben, wild machen.

Die Folter ist: Was hängt, welche Vergangenheit steckt zwischen dem Röcheln, dem Winseln, dem ohrenbetäubenden Gebell der Hunde und der jagenden Frauenschreie und dem heutigen, nahen Rascheln des Käfers hinter der Tapete? Zwischen der heißen Sommerluft und dem beweglichen Puder hier in meinem Verschlag? Zwischen gestern, nein, noch viel früher, und jetzt, dem so gottvoll mißratenen, gelähmten *Jetzt?*

Wie eine alte Frau manchmal wimmert, wenn es Abend wird ...

Jemand steht hinter mir. Jemand, der ein alter Mann sein könnte, er atmet schwer. Schlägt Wurzeln in meine Schultern.

Ich schreibe weiter. Die Fangarme voller Samen werden abgehackt, sobald ich schreibe. Sobald sie sichtbar, spürbar, fühlbar werden, stoßend, blasend, atmet jemand. Ich atme. Und ich schwöre, Dr. Korneel, ich bin es nicht. Ich

22. Oktober (22.20 Uhr)
Meine Hand, die nicht schreibt, kramt in der Rocktasche. Der Rock gehört dem, der mich gerettet hat. Ein verärgerter Mann, dem es schwerfiel, freundlich zu sein, und es doch nicht lassen konnte. Er hat mir den Rock gereicht. Ich wartete. Er hat mir den Rock angezogen. Ich wartete. Ein unwilliger, ungläubiger Blick in seinen Augen. Er zwang mich, zu akzeptieren, was er in seinen Blick legte: Ritterlichkeit, Brüderlichkeit, Solidarität in der Not, daßichnichlache! Und ich wartete, bis er wegging, in Hemdsärmeln, seine breiten grauen Hosenträger zogen die zu weite Hose zusammen, und er schwenkte im Laufen die Arme wie ein Komiker in einem amerikanischen Film, dem seine Frau in dem unseligen Augenblick nachstellt, da sie eine andere Frau (die er doch nicht hatte festnageln können, so bebte er!) im Ehebett vorfindet. So lief er.

Ich danke Ihnen, Mann. Ihr Ohm-Krüger-Gesicht ohne Bart erwartete keinen Dank. Ihren Rock ausziehen und einen Nackten damit kleiden, das war etwas Normales, ein Werk der Barmherzigkeit, etwas, was man unter solchen Umständen tut.

Der Rock ist aus Serge. Mir zu weit. Zu lange Ärmel. Beim Anpassen eines Rockes sagte Elizabeth ständig, daß ich zu kurze Arme hätte. Auch im Kino: »Sieh dir mal Gary Cooper an, was für lange Arme!« Und ich: »Er ist noch dicht am Affenmenschen dran.« Dann prustete sie, lachte, wußte es besser. Die Schultern des Fremden hängen beinahe zehn Zentimeter von den äußeren Enden, den äußeren Rundungen meiner Schultern herab. Der Kragen hat eine Fasson aus der Vorkriegszeit, die Taille ist gerade, gerade angesetzt. In der linken Tasche, worin ich wühle, befinden sich: Staub, Krümel,

Fäden. Ich inspiziere meinen Zeigefinger; zwischen Nagel und Fleisch sitzen ein paar Tabakkrümel. Reste von deutschem oder russischem Tabak aus dem Jahre dreiundvierzig, vertrauter, trockener Dreck, den er an die Front mitnahm. Zwischen den zerfetzten Bäumen, vor einem Bunker, während der Schnee schmilzt und die Wege morastige Flußbetten sind, hockt er und dreht sich eine Zigarette aus deutschem oder russischem Tabak, Maschinengewehre rattern, und er flieht, seine Hose mit den grauen Hosenträgern bleibt heruntergezogen auf seinen Fersen liegen, und er strauchelt darüber; beschmutzt kriecht er auf den Bunker zu und schiebt die nasse Zigarette in die linke Rocktasche. Und (er nicht, natürlich nicht, denn er ist davongekommen und hat mir seinen Rock gegeben) acht, zwölf, zweiundachtzig Hockende neben ihm, die ihre Kleidung aus Pelz und Leder geöffnet haben und sich niederkauern, geben die unaussprechliche Öffnung – mit der man laut Hatha Yoga Pradipika blinzeln muß, um die Einheit mit Brahma zu erlangen – sozusagen dem Element preis, das sie bekämpfen, dem tödlichen Eis, das der Prophet mit der Blesse durch den Ansturm seiner Feuerträger zurückdrängen wollte, und nun greift das Welteis die nicht blinzelnde Öffnung an, und sie friert sofort zu, denn – Augenblickchen mal – im Dezember einundvierzig waren da plötzlich mehr als vierzig Grad unter Null, und Tausende erwischte es, krepierten.

Aber er trug doch da an der Front keine Zivilkleidung? Doch nicht diesen Rock? War das nicht verboten? Vielleicht.

In der anderen Rocktasche sind: ein Stück gemasertes Horn, das der abgebrochene Steg einer Brille gewesen ist, nun zu einem Knöchel verwittert, ein blauweiß kariertes Taschentuch, eine Anzeige: »Morgen haben Sie einen Scheck im Haus. Jeden Betrag. Für Flamen. Darlehenszentrale Guido Gazelle«, und zwei Fünffrancstücke. In der Brusttasche: Krümel und das Fragment einer Briefmarke. Die Innentaschen muß der SS-Mann geleert haben, bevor er mir den Rock zuwarf (reichte, anzog). Die Ränder der linken Tasche kleben aneinander, in der Ecke hat sich eine Kruste gebildet. Er läuft auf dem Schneefeld, das einfach nicht zu schmelzen beginnt, in die Runde, tanzt, um sich zu erwärmen. In der linken Rocktasche hat er ein Kätzchen, das er jeden Tag füttert, um es später aufzuessen, ein Maschinengewehr rattert, und er wirft sich auf den Eisboden, sucht Deckung, und zwischen dem Kolben seines Gewehrs und der betonierten Erde zerbricht der Schädel des Kätzchens. Das Blut erstarrt, nein, gefriert und erstarrt danach.

23. Oktober (zwei Uhr)
Ich kann nicht schlafen. Keiner wird das Licht sehen, denn jedermann, Korneel, Fredine, schläft. Niemand hält Wache. Kein Atem zu hören.

Ich trage seine Kleidung, das ist es, was mich wach hält. Ich spüre seinen Rock um meine Haut, und ich kann nicht schreien. Obwohl es mir guttäte – jetzt.

Ich danke Ihnen. Für den Rock. Für alles, Mann ohne Namen. Ich, der ich so viele Namen habe, die ich nicht wollte. Die Bauern der Gemeinde von Rode Hoek und Umgebung, der Hilfspastor, die Herren im Haus Almout, die weißen Frauen in den Fluren hier, haben mir alle Namen gegeben, und oft waren es nicht dieselben.

Die Schüler hatten keinen Spitznamen für mich. De Rijckel allein war schimpflich genug. Jedenfalls behauptete das der Junge. Albert Verzele. Meine Mutter sagte »Victor«, wobei sie »tor« betonte, so daß ich schon »Tort«, Unrecht, genannt wurde, bevor ich wußte, was es bedeutete. Elizabeth, die meine Frau gewesen ist, nachdem sie meine Schülerin war, girrte in dem Maße, wie es kam, »Torrie, Torrie«, tiefer und lauter, bis es kam, und es endete mit Stöhnen und plätscherndem Gemurmel. Ich verzichte auf alle meine Namen, sie nutzen mir nicht mehr. Es sei denn in der Geschichte, die Korneel von mir verlangt und die ich pflichtgetreu weiterschreibe, mit ausgesuchten Adjektiven und Metaphern versehen. Ich will noch keinen neuen Namen, denn ich bin der anderen noch nicht entwöhnt.

Früher blickte mich jeder Namensgeber selbstsicher an, während er einen (meinen) Namen aussprach, ruhig, beinahe gelassen, als sei er davon überzeugt, daß der Name zu mir passe wie der Deckel auf den Topf und nicht (wie es immer jedesmal geschah!) an mir abgleiten könne wie Wasser vom Rückenpanzer eines Käfers.

Der einzige Name, der (obwohl ich ihn nicht erkannte) mich erglühen, erbeben ließ, war der unversöhnlichste. Es war nicht einmal ein Name, so, wie Elizabeth ihn an einem lauen Tag zwischen giftig riechendem Holz unter einer Natriumleuchte aussprach, die den Lagerplatz in ein zu grelles Licht tauchte: »Mijnheer. Mijnheer, ich will es nicht. Ich will nicht, Mijnheer.«

(25. Oktober)
Ein Staubsauger. Oder eine elektrische Stechpumpe. Wenn es näher und dünner war: ein Kühlschrank. Jemand schlägt mit einem Holzhammer auf Blech, auf Zinn. Ich drücke mit der linken Hand eine Falte in mein Kinn. Da wird sich nie eine beständige Falte bilden. Elizabeth fand das schön bei Filmsternen. Rauschen in den Rohren der Wasserleitung. Niesen. Der Rücken meiner Hand. Vertrocknet.

Warum geben die mir hier jeden Tag die Zeitung vom Tag zuvor? Es ist doch nicht so schwer, sie – nachdem *alle* sie gelesen haben – schnell unter der Tür durchzuschieben, wenn gerade niemand aufpaßt, wenn die Luft rein ist wie jetzt, da niemand durch die Flure geht. Aber nein. Sie tun es vorsätzlich, sie wollen mir voraus sein; einen Tag lang wissen sie, was in der Welt geschieht und was mir erst einen Tag später geschehen kann. Sie wollen es mich fühlen lassen, daß ich von ihnen abhänge.

Gib dir keine Mühe, Dr. Korneel. Das ist nichts Neues für mich. Ich hing von meinen Eltern ab, von der Grundschule, von der Armee, vom Direktor, von der Universität und den Examen, von den Hüften und Höschen Elizabeths, vom Direktor und vor kurzem noch von den Herren und Damen auf Almout. Nun hänge ich von euch ab. Es hat sich nichts geändert.

Ich sitze hier gut. Und warm. Ich sehe alles, was anwesend ist. Euch, euch alle. Nero mit einem künstlichen Kristallauge bei den circensischen Spielen.

Ohne anzuklopfen. Ist sie da. Ich schaue nicht auf. Sie sieht stockbetrunken aus. Sie stöbert herum. Wie immer: in ihrer weißen Tracht, auf der Fett- und Rußflecken sind. Sie stellt das Essen auf den Tisch. Ich rieche nichts. Es wird kalt sein. Ein Glas Bier ohne Schaum. Sie blickt herab, auf meine kritzelnde Hand. Fredine.

»Was schreiben Sie da?«

»Daß das Bier schal ist.«

»Das ist nicht wahr.«

»Jawohl.«

»Ja, das Bier ist schal. Das weiß ich auch. Aber das schreiben Sie nicht.«

»Und ob das wahr ist.«

»Dann lassen Sie es mich lesen.«

»Nein.«

»Was schreiben Sie? Ganz ehrlich sein!«

»Daß Sie sagen, ich schreibe das nicht auf.«

»Sie halten mich zum Narren.«

»Denken Sie etwa, ich bin verrückt?«

»Schweigen Sie. Darüber dürfen wir nicht reden.«

Stille. Sie will nicht weg. Sie ist in Weiß gekleidet, aber es steht ihr nicht so wie den anderen, denen mit den gesteiften weißen Häubchen, den Männern mit den Chirurgenschürzen.

»Ich darf Sie nicht stören, sagt der Doktor.«

»Wie?«

»Vor allem nicht, wenn Sie schreiben. Aber Sie finden es nicht schlimm, he?«

»Nein.«

»Sie schreiben doch nichts Böses über mich?«

»Nnnn.«

»Sie wollen doch wohl nicht, daß ich fliege? Würden Sie das wollen?«

»Nein.«

»Ist es ein Bericht?«

»Nein. Doch. So was.«

Sie hat Wickel um ihr rechtes Bein, das Bein pendelt in Höhe meines Kopfes, sie sitzt auf der Fensterbank. Ihre Beine machen ihr zu schaffen, der Kreislauf ist gestört. Das hat sie mir vor drei, vier Tagen erzählt. Wie einem Leidensgenossen, einem Kollegen mit ähnlichem Gebrechen.

»Willytje spricht schon sehr gut, wissen Sie. Unglaublich für so 'n Jungchen im Babyalter. Er sagt schon ›Bom‹.«

»Bom?«

»Ja, er kann ›Papa‹ sagen und ›Mama‹ und ›Boeboe‹, und gestern abend – nun ja, sie sind auch sehr hinterher, seine Ma gönnt ihm keine Sekunde Ruhe, sie reden die ganze Zeit auf ihn ein, und immer im schönsten Flämisch –, also, gestern abend sagt er auf einmal ›Bom‹. Was waren die content!«

»Können sie dem Kind nichts anderes beibringen?«

»Warum? Das Kind kennt doch nur seinen Vater, seine Mutter und seine Bom.«

»Seine Bom? Seine Bombe?«

»Aber nein, keine Bom wie Bombe. Oha, das muß ich denen nachher erzählen, die werden sich krank lachen. Oh, oh, Sie dachten, Willytje meinte das Ding, das explodieren kann? Aber nein. Er meinte Boma, Bomama, Sie komischer Kauz. Oder heißt das in Ihrer Gegend in Holland anders? He, wie sagt man denn da zu einer Bomama, einer Großmutter?«

»Oma.«

»Hä?«

»Oma.«

»Ihr seid drollig.« Sie entfernt mit ihren kräftigen, breiten

Händen die Zigarettenasche, die sie auf ihre kräftige, breite Brust ohne Wölbung gestreut hat.

»Was schreiben Sie jetzt?«

»Daß ich hier gut versorgt werde. Von Ihnen.«

»Ah, das ist fein.«

Sie zögert. Sie muß zurück auf den Flur, zu den anderen, und sie hat keine Lust. Sie hat keine Frauenhüften, ihr Rücken ist gerade und flach. Ich kenne sie. Deshalb frage ich: »Wie alt ist Willytje eigentlich?« Sie ist nicht mißtrauisch, argwöhnt kaum etwas.

»Beinahe zwei Jahre. Wenn man ihn laufen sieht mit seinen Locken und wenn er lacht, ist er wie ein Engel auf Erden. Meine Schwester erlaubt mir immer, ihn zu hätscheln, aber nicht, wenn ihr Mann da ist. Er würde ihn mir wohl aus den Händen reißen, dieser Grobian. Aber wie er plappern tut! Die ganze Zeit, ›Mama‹, ›Boeboe‹, ›Bom‹. Er ist ja auch schon mit zehn Monaten gelaufen. Sie glauben mir nicht, he? Nein, he? Ich sehe es an Ihrem Gesicht. Sie glauben es nicht. Nun, in dem Kurzwarengeschäft in der Straße meiner Schwester wollten sie es auch nicht glauben. Einmal platzte ihr da so mir nichts, dir nichts heraus: ›Mein Willytje läuft schon!‹ – ›Ja‹, sagte die Madam von dem Laden, ›wie schön.‹ Doch als meine Schwester aus der Tür geht und noch ein bißchen nach den Auslagen guckt, hört sie die Madam einer anderen Kundin zuraunen: ›Die ist sicher närrisch, ihr Junge ist erst zehn Monate alt.‹ Was? sagt sich meine Schwester, läuft blau an, rennt nach Hause und nimmt Willytje an die Hand. Der arme Wicht kam kaum mit, aber er mußte, und dann hat sie die Tür des Kurzwarenladens aufgerissen, daß es schepperte, und geschrien: ›Na, sehen Sie ihn? Läuft er nun oder nicht?‹ Ja, meine Schwester, das ist schon eine, sie kann ganz schön ulkig werden. Surtout, wenn es um Willytje geht. Ist aber auch kein Wunder. Sie hat doch recht. Manchmal halten sie einen wirklich zu sehr zum Narren.

Sie schreiben geschwinder, als ich rede, möchte man

meinen. Es ist doch schön, wenn man eine Ausbildung hat. Ich selber – Ihnen kann ich es ja wohl sagen –, allee, ich bin nie zur Schule gegangen. Der Krieg kam dazwischen. Der Krieg von vierzehn natürlich. Chagagagahuhuhuhaaaaaahehehehe. Ojeoje. Ich glaube, ich werd nicht wieder. Ojeojeojeoje. Nun schön, merci. So was überkommt einen eben, manchmal muß man lachen und findet kein Ende.«

Stille. Keine Gelassenheit auf dem gierigen, verzerrten Gesicht. Ihr Körper weist nicht die mindesten Rundungen auf. Ihre Hüften sind viel schmaler als die Schultern.

»Warum essen Sie nicht?«

Ich habe gegessen. Sie geht mit dem Tablett zur Tür.

»Sie hatten Hunger, he?«

»Ja.«

»In Holland sind Sie sicher an bessere Kost gewöhnt, nicht?«

Sie denkt auch, ich sei Holländer. Warum wird ständig gelogen und betrogen? Warum verschweigt Korneel das Wichtigste von mir und verbreitet falsche Gerüchte über mich und läßt die hier denken, ich sei Holländer, so, wie man das auch auf Almout glaubte?

»Morgen gibt es einen Wetterse Hutspot. So was kennen Sie gewiß nicht. Da ist alles Gemüse drin, Porree, Rüben und alles.«

»Morgen?«

»Ja. Es kann nicht jeden Tag Kirmes sein, he?«

»Fredine, was ist das für ein Krach die ganze Zeit?«

»Die ganze Zeit?«

»Nun, wenigstens sehr oft.«

»Jetzt auch?«

»Nein, aber heute morgen. Hann, hann, hann ...«

Han, han. Sie ahmt es nach, aber es gleicht nicht mehr dem Geräusch. Bei ihr hört es sich an wie bei einem erschöpften Boxer in der vierten Runde, der nicht mehr kann. Dem gleicht sie auch.

»Das ist Max von nebenan, wenn er seine Gymnastik macht. Aber sagen Sie niemandem, daß ich es Ihnen erzählt habe. Ich schwätze nun mal gern mit Ihnen, aber Sie müssen schweigen können. Sehen Sie, so, wie Sie schreiben und Ihre Hausarbeit machen, so treibt er Gymnastik, um *seine* Gedanken nicht einrosten zu lassen, verstehen Sie? Er muß auch viel raus an die frische Luft. Genau das, was Sie nicht dürfen. Max hat sein ganzes Leben lang draußen gearbeitet. Er war Bauer. Der Krieg von vierzig hat ihm eins versetzt. Sie dürfen das aber niemandem erzählen, ja? Nun, im Krieg hatte er viel Geld verdient, und das lag alles zu Hause im Schrank, Schein auf Schein, Hundert- und Tausendfrancnoten. Eines Morgens nimmt seine Frau mit seiner Erlaubnis vier Scheine heraus, *vier* zu tausend Franc, um in der Stadt ein Hütchen zu kaufen. Sie legt die Scheine auf dem Nachttisch bereit, da sie erst noch etwas in der Nachbarschaft erledigen will. Inzwischen kehrt Max vom Feld zurück. Er geht ins Schlafzimmer, und was sieht er? Sein Kind von vier Jahren hat die Scheine erwischt und in winzige Stücke gerissen, die eine Hälfte hat er aufgegessen und die andere wirft er in die Luft, als Papierschnee. Der Anblick hat Max dermaßen schockiert, daß etwas in seinem Kopf hochschoß, eine Flamme, sagt er, und er hat das Schüreisen genommen und dem Kind den Schädel eingeschlagen. Er ist eine Bestie von Mensch, aber, nun ja, das darf man natürlich nicht laut sagen, und man muß ihn versorgen wie jeden anderen. Und er muß jetzt viel Gymnastik treiben.«

»Vielen Dank, Fredine.«

Sie weiß, daß dies mein Abschied ist, aber sie rührt sich nicht. Das heißt, doch. Sie streicht sich mit den Fingern über das Kinn, als wäre dort ein Bart.

»Ich komme wieder.«

»Gut.«

»Um einmal Ihr Bett zu machen.«

Ein kräftiger Mann, Max, geht in die Knie, und Korneel, ein

Hüter von Mördern, Verdächtigen, Beschuldigten, Verleumdern, gibt ihm einen Schlag ins Genick. Max läßt sich fallen und biegt die Arme durch, bis seine Ellbogen zwei geölte Scharniere sind. Korneel setzt seinen Fuß in dem Tennisschuh in Max' Nacken und zählt laut. Aus der behaarten, wulstigen Brust von Max kommt ein Todesröcheln, sein Pyjama dampft, Kalorien verbrennen, Tod tritt näher. Hann, hann, hann. Er läßt noch seinen vorletzten Dampf ab, und auf einmal sieht er es wieder Papierflocken schneien und bleibt nach dem letzten Holzhackerhan liegen, und dann richtet Korneel sich auf, nimmt den so lange erwarteten Schaden vor seinen Füßen wahr und sagt: »Nun werden wir uns um Nummer 84 kümmern.«

Ich bin Nummer 84. Dann werde ich zum erstenmal sein Kerkermeistergesicht sehen, sein echtes, meine ich. Jetzt ist er noch korrekt, nur aus der Ferne grausam, ein Verfolger von einem Aussichtsturm aus. Korrekt ist er wohl.

Ich klage nicht. Ich bekomme regelmäßig Nahrung, ich lese die Zeitung von gestern, mache ein Schwätzchen mit Fredine, und im übrigen schreibe ich meine Hausarbeit in das Heft für Korneel, die Besonderheiten, an die *ich* mich erinnern muß, in ein Notizbuch, und dies, meine Galle, mein Tagebuch, auf dem Papier, das Fredine für mich hereingeschmuggelt hat. Das reicht völlig für einen Mann allein. Ich sitze gut hier. Das Papier ist liniert, und ich folge den Linien. (So, wie ich jeder Reihe folgte, Doktor, der vor der Schule, in der Schwimmanstalt, der Heiratskandidaten auf dem Rathaus.)

Nur meine Handschrift ist die eines anderen geworden. Nicht mehr die eines Lehrers, der auf seinem Zimmer in einem Hotel Hausarbeiten verbessert, sondern die eines früheren Lehrers, der nun selbst Hausarbeiten macht. Und wiederkäut. Wider besseres Wissen.

25. Oktober (23.30 Uhr)
Ein Mönch bin ich. Eher als ein Schreiber. Ich werde wach.

Ich glaube, daß ich wieder ... Ich werde es nicht verhindern können. Ob ich Zeit habe, dieses Notizbuch zu verstecken? Ja. Noch etwas. Über meinem Kopf, in der abblätternden, sich einrollenden Haut der Farbe an der Decke: viele Spalten, Risse, Sprünge, Ritzen, Lippen, Haare. Ich werde von innen her belagert.

Crabbe ist anwesend und atmet.

Das Dorf und Crabbe

Ein Bauarbeiter ist er bestimmt nicht, das ist eine durchsichtige Eintagsmaskerade, er gleicht eher einem Gastaufseher, der infolge irgendeiner besonderen Gunst des Chefs den Bedienten spielen darf, der in Büros Aufträge erhält, der wegen der Geselligkeit und zur Förderung des Zusammengehörigkeitsgefühls noch einen Overall anhat, eigentlich aber eine Bedientenschürze tragen müßte. Alles, was mit Kumpanei, Kriechertum, Erpressung in Verbindung steht.

Und der Gastwirt, mit dem er Blicke des Einverständnisses wechselt, ist entweder ein Verwandter oder sein Chef. Er, der willige Bediente, spielt den Betrunkenen, er schwankt zwischen den Kartenspielern umher, legt einem von ihnen die Hand aufs Nackenhaar, erteilt gute Ratschläge. Jeder im Wirtshaus akzeptiert – vermutlich wegen der Familienbande mit dem Gastwirt – sein aufdringliches Gelächter, sein listiges Hinundhergleiten zwischen ihnen, und endlich sitzt er, eine Hand im Kreuz, töricht bei der Juke-Box und blickt auf die sich drehende Scheibe, die an der Nadel klebt, er schaut jeden an, einen nach dem anderen, und seine Spitzelaugen registrieren, und die Gegenstände (die Kartenspieler), die untersucht, katalogisiert werden, achten kaum auf ihn, sie fürchten ihn minder, als sie ihn erkennen, ein notwendiges, widerwärtiges Übel in ihrer Mitte, und deshalb reden die kartenspielenden Bauern auch über ferne, vergangene Dinge, die der Polizeihund nicht mehr erfassen kann, so daß er nicht imstande ist, sie bei einer Schuld zu erwischen. Mondsüchtig sitzt er dabei.

»Aber«, sagen die anderen. Obwohl keiner einen Satz begonnen hat, zu dem man einen Gegensatz, eine Einschränkung vorbringen muß, niemand hat etwas bekräftigt, was ein »Aber« herausfordert. Nein, alle alten Bestandteile ihrer alten Geschichten werden gesondert geboren und beginnen mit einem »Aber«, das nichts zu bedenken geben soll und kein Einwand ist, es sei denn gegen ein unübersehbares Ganzes ferner Tatsachen, die Jahrhunderte zurückliegen und jetzt noch in dem Wirtshaus wirksam sind. Alle Kartenspieler kennen die unaussprechliche (als Ganzes unausdrückbare) Vergangenheit, und der einzig mögliche Widerstand ist das Wörtchen »aber«, ein Sprungbrett für eine andere Geschichte.

»Aber Bogger, war er da nun Portier oder nicht? In dem Hotel?«

»Ja, gewiß doch.«

»Genau richtig für ihn.«

»Er trägt die Koffer, als wären es seine, und er gibt sie am Bahnhof ab, als hätte er etwas dagegen. Enfin, das erzählt man sich doch.«

»Ja.«

»Es ist ein schöner Beruf.«

»Schlechte Berufe gibt es nicht. Schaut euch Pier mit dem Strick an. Wer ist daraufgekommen? Lacht nur.« (Sie lachten alle, auch der Spitzel, der den Platz wechselte, als wolle er dichter an die Geschichte herankommen, die für ihn nicht faßbar, nicht von Bedeutung war.) »Denn das fing auch mit Gelächter an. Und seht ihn mal heute!«

»Und dabei taugte er keinen Franc, der Pier.«

»Sogar bei der Armee haben sie ihn nicht haben wollen, den Pier.«

»Ja. Eines Nachmittags, als sie beim Lachen waren nach der Hochmesse, sagt Tsjeef von Smenskes zu ihm, wie sie gerade mitten im Lachen sind: ›Aber Pier, daß du mir ja nicht‹ – sie sprachen nämlich von Schweinen – ›daß du mir ja nicht mit einem Eber von einem Bauern zum anderen gehst.‹ Und sie lachten, und Fluitje Daneels sagt: ›Ja, mit einem Strick um den Hals.‹ Pier grübelte eine Zeit, und dann sagt er: ›Nun, das ist gar kein schlechter Gedanke.‹ Das hat sich bei ihm festgesetzt, und dann hat er angefangen, mit 'nem Eber umherzugehen. Überall sah man ihn mit seinem Eber, auf der Straße, auf dem Feld, auf Landwegen, und er hatte ihn an einem Strick. Von einem Gehöft zum anderen zog er. Und nach einem Jahr – ich rede jetzt vom Jahr achtundvierzig, allee, etwa um diese Zeit – fuhren Mijnheer mit einem Jeep durch die Gegend, und neben ihm das Vieh. Ihr könnt euch ja denken, wie das stank in dem Jeep.«

»Und Pier wohl nicht, wie? Wenn man ihn mal traf ... Mensch!«

»Und dann hat er sich einen Lieferwagen gekauft. Da saßen zwei Eber drin. Na ja, nun fährt er mit einem Luxusschlitten rum, mit einem Diesellaster, der sicher an die dreihundertfünfzigtausend gekostet hat, wenn nicht noch mehr. Er hat das Haus seines Bruders gekauft und einen Schweinestall gebaut, so groß wie ein Gemeindehaus.«

»Ja, wir haben gelacht. Aber jetzt lachen wir dumm!«

»Weil ihr gerade von Ebern und Gestank sprecht ...«

»Wer hat die Kreuzacht genommen? Ah! Aber nun rumst es und bumst es. Hier, Piquezehn, und Trumpf, und noch mal Trumpf!«

»Weil wir gerade bei Ebern sind ...«

»Wir sitzen drin. Zähl mal, wir haben zwölf Punkte zuwenig.«

»Also, um auf den Gestank zurückzukommen: Mein Onkel Henri, der Hausmeister war, wie ihr wißt ...«

»Allee, spielen wir, oder spielen wir nicht?«

»Er war im Krieg Hausmeister beim Stadttheater, und er war da gern gesehen. Nun ja, er war auch ein famoser Kerl, und Lozufier, ihr wißt ja, der Prinz aus dem ›Land des Lächelns‹, schenkte ihm jedes Neujahr einen Kasten Pralinen, und keinen kleinen. Also, als das Bombardement losging, das auch Haakebeen ruiniert hat, wie es heißt, und als sie Bomben warfen wie Pralinen, in einem großen Umkreis, schlug auch eine direkt im Stadttheater ein, eine Bombe, so groß wie Sarma, und unser Onkel Henri, der im Keller hockte, allein, denn seine Frau war bei ihrer Mutter in Lauwe, fliegt mit dem Keller und allem auf den Abstellplatz draußen. Keine Schramme hat er abgekriegt, nur sein linkes Bein war zwischen zwei Balken eingeklemmt ...«

»Wer hat Trumpf angesagt?«

»Und was passiert da? Die Zisterne mit Schweinejauche nebenan geht in die Binsen, und die Jauche strömt auf den Abstellplatz, der nicht größer ist als drei mal vier Meter, und unser Onkel Henri kann nicht weg, und die Brühe steigt ihm bis zum Hals, und durch die Gase und den Gestank wird ihm schwummrig, und die Welt um ihn versinkt, und er denkt noch: Was für 'ne billige Art, so au revoir und merci sagen zu müssen!, als die zweite Welle von Bombern über der Stadt ist; und da fällt ein Ei, so groß wie Sarma, auf das Haus neben dem Stadttheater – der Knochenmann soll mich holen, wenn es nicht wahr ist! –, und die Mauern stürzen ein, und die Jauche fließt ab. Ja, Mijnheer, und Onkel Henri kriegt sein Bein frei und rennt wie ein Verrückter nach draußen, lacht und lacht, saust so, wie er ist, stinkend wie ein Eber, der sich in der Jauche gewälzt hat, auf einen deutschen Offizier zu und umarmt ihn und kann einfach nicht aufhören zu lachen. Als er drei Tage später noch immer lachte, steckten sie ihn in eine Anstalt, wo er zwei Wochen bleiben mußte.«

»Hat das die Krankenkasse bezahlt? Die zwei Wochen in der Anstalt?«

»Zur Hälfte.«

»Aha.«

»Nun, es ist immerhin etwas.«

»Aber Jante, wenn ich hundertvierzig ansage, dann heißt das

doch wohl, daß du hundertfünfzig bieten mußt, bei meinen sechzig Trumpfaugen.«

(Die Juke-Box steht schon vier Jahre in diesem Wirtshaus, sie ist kein fremdes Monstrum in der Landschaft, kein Wunder für die Bauern, nur für mich. Man hört eine Lawine, dann ein ameisenfeines Zirpen. Eine menschliche Stimme, hoch, elegant, die Töne und Silben in die Länge ziehend, das Zirpen darunter stützt die Stimme, läßt sie fallen, die Stimme klimmt höher und höher, allein. Stille. Eine Flöte. Der Satz: »Sei tu come stai pallida.« Der Mann klagt, und die Musik ist schon weiter, die Stimme hastet hinterher, Oboen, »Desdemona«, singt der Mann und gleitet in Schluchzer ab, »mo-moomoortaa«. Nun die schweren, belasteten, unsauberen Blasinstrumente voller Ernst; Sturm, verwehte Geigentriller, ein einsames Waldhorn, fast eine zu hoch angesetzte Sprechstimme.)

»Aber du mußt Karo bedienen, Amedée!«

(Und die kehligen Laute – die niemand versteht, aber das Elend eines dem Tode Nahen verraten – diese Laute schluchzen, und leises Trommeln unterstreicht die Töne der Bombardons.)

»Wer hat die Platte aufgelegt? Wer hat dafür fünf Franc bezahlt?«

»Ein Liebhaber von Klassik.«

»Der Mijnheer da. Der Mijnheer aus der Stadt.«

»Ach ja, der Mijnheer.«

»Sind Mijnheer auf Tournee?«

»Ja, heutzutage hört man nichts Klassisches mehr, überall nur Djass.«

»Die Stadt ist doch die Stadt, he, Mijnheer?«

»Ich finde aber, mit Ihrer Erlaubnis, Mijnheer, daß die Luft in der Stadt schlecht ist. Da kann man ja kaum atmen. Schon das Schweröl und Benzin, mit dem man es da zu tun kriegt, ob man will oder nicht.«

»Und was für Schaden hat die Stadt bei uns angerichtet.«

»Ja, im Krieg waren wir eine achtbare Gemeinde, Mijnheer, aber die Stadt hat uns übel mitgespielt.«

»1945 hat man uns hier in die Butter gekackt, Mijnheer!«

»1945, ganz recht, Remitje.«

»Und die Städte untereinander erst, wie haben sie sich gegenseitig angeschmiert 1945. Sehen Sie sich nur mal Knokke an! Hätten es die Knokkener nicht mit den Deutschen so arrangiert, daß der Kursaal von Ostende in die Luft flog, wo wäre Knokke dann nach dem Krieg gewesen? Nirgendwo. So aber haben sie mächtig davon profitiert, daß der Kursaal von Ostende in Trümmern lag. Und das jahrelang.«

»Unser Bürgermeister und unser Gemeinderat im Kittchen, sechs Einwohner durch die ›Weiße Brigade‹ füsiliert – das zählt schon.«

»Ja, aber spielen wir nun Karten, oder haben wir Plauderstunde?«

»Aber nehmen Sie's sich nicht zu Herzen, Mijnheer, uns steht noch viel Schlimmeres ins Haus. Unsere Liebe Frau von Fatima hat es prophezeit. Am vierzehnten Oktober kommt eine Katastrophe über die ganze Welt, das hat sie wörtlich gesagt. Wo und was, hat sie für sich behalten. Aber hat sie sich schon jemals geirrt, he?«

»Ich habe zwanzig Faß Bier in den Keller gelegt, sicherheitshalber.«

(Alle lachen. Auch der Spitzel)

»Ja, ihr lacht. Aber ihr solltet euch lieber auch einen Vorrat anschaffen. Ein bißchen Seife, etwas Kaffee, Reis, Dinge, die man lange aufbewahren kann.«

»Waschpulver.«

»Speck auch.«

»Unsere Liebe Frau von Fatima hat noch nie was Falsches prophezeit. Erinnert ihr euch, daß sie gesagt hat, ein neuer Papst werde erscheinen? Ach ja, und was noch? ›Der, den ihr verloren wähntet, wird zurückkehren, und dann wird sich etwas Gewaltiges ereignen.‹«

(Und hier ist der zweite Anfang, die zweite Schale der Zwiebel, die ich auseinanderpolken muß, denn dort sprach man – sodann – mit solchem natürlichen, unerschütterlichen Vertrauen von dem, Der Zurückkehren Wird, daß ich aufhorchte. Ich wußte nichts von diesen Männern, außer, daß sie eine Reihe von Tagen hindurch eine Reihe von Handlungen begehen, ohne Erwartung oder Hoffnung oder Unsicherheit – es sei denn im Hinblick auf das Wetter oder den Kartoffelpreis –, und im übrigen leidenschaftlich mit einfachen Dingen befaßt sind und die Erde, den Genever und ihre Weiber beschnüffeln, und inzwischen regt ein bißchen Politik das Gemüt an, Familienfeten werden abgehalten, der Notar wird geehrt, und weiter wußte ich nichts von ihnen; deshalb machte mich die jähe Hitze in ihrem Gespräch so betroffen.)

»Und er wird ohne Zweifel zurückkehren.«

»Ich habe mit Miel van Neckers gewettet, daß er noch vor 1965 dasein wird. Um tausend Franc.«

»Er hockt in Frankreich, Crabbe, und wartet auf seine Stunde.«

»Oder bei Degrelle in Spanien. Möglich, daß sie gemeinsam kommen. Dann wird hier aber was los sein!«

»Nein, nein. In Frankreich. Crabbe hat immer gern französisch gesprochen.«

»Sogar lieber als flämisch, möchte ich meinen.«

»Weil er, verdammt noch mal, zeigen wollte, daß er es besser konnte als die Franzosenanbeter, verdammt noch mal!«

»Ich sage nichts.«

»Aber nein, er sprach französisch, weil es ihm in den Kram paßte. Weil der Leiter, de Keukeleire, erklärt hatte, das Königreich Belgien solle bestehenbleiben und wir müßten für Leopold kämpfen. Denn der Leiter, mit Verlaub gesagt, hatte eine Wendung um hundertachtzig Grad gemacht. Erst hieß es: Flämisch allewege, Schluß mit der Belgierei!, und dann gab es keinen größeren Belgienanhänger als de Keukeleire.«

»Weil Belgien ganz ins Reich aufgenommen werden sollte,

verdammt noch mal, ihr begreift das noch immer nicht, verdammt noch mal!«

»Und Crabbe folgte de Keukeleire natürlich in allem.«

»Aber nicht im Mai vierzig, nicht bis in den Tod durch die Kugel.«

»Nein, so weit nicht.«

(So trat Crabbe in mein Leben. Prophezeit durch Unsere Liebe Frau von Fatima, beschworen von den Kartenspielern. Oder hatte das Kind schon seinen Namen genannt? Überall der Geruch von Flachs, er dringt in die Möbel, die Kleidung, die Haare und verschlägt den Küstenbewohnern den Atem, ein Geruch von verdorbener Luft, die aus den nahe gelegenen Röstereien entweicht. Die Dorfbewohner – ich kann sie jetzt nur schwer unterscheiden, sie nicht aus dem kollektiven Bild herauslösen – waren eine graue, schmutzige Masse, sie murmelten, und ich dachte: Die häßlichsten Menschen von Europa – ja, und die Arbeiter in den englischen Städten? Oder die Franzosen in Tourcoing? Und ich gehöre dazu, von Kopf bis Fuß. Sie sprachen voller Hingabe von Crabbe, von vertrauten, allgemein bekannten Waffentaten, die sie bewunderten; sie beschworen ihn, riefen ihn an; seine Taten waren noch Meilensteine in ihrer Geschichte, wenn auch etwas abgeschwächt, abgewetzt durch neuerliche Ereignisse wie die in Katanga und die Königshochzeit.) Und sie sagten: »In unserer Geschichte und Geographie lebt ein Mann weiter, und das ist nicht der Leiter de Keukeleire, nein, es ist vielmehr sein Schatten. Der Leiter de Keukeleire wurde nämlich im Jahr vierzig von französischem Gesindel ermordet, und Crabbe hat wie ein getreuer Schildknappe, dessen Herr fällt, mitten im heißesten Gefecht seine Waffen, seine Tugenden übernommen. Wir haben es miterlebt, und wenn wir auch das eine oder andere bedauern, was später über die Todeslager im Land der Besatzer und so weiter durchgesickert ist, so ändert das doch unsere Position im Hinblick auf Crabbe kaum. In unserem Dorf hat es die meisten Hinrichtungen von ganz Westflandern gegeben, sowohl die Weißen als auch die Schwarzen waren betroffen, wenn auch von letzteren vorwiegend die sieben flämischen Wächter, die deutsche Munitionsdepots bewachten und dafür vom Kriegsgericht zum Tode verurteilt wurden. Wir sprechen im Namen dieses Todes, wenn wir erklären, daß Crabbe in unserer Mitte lebt und uns solidarisiert, als trügen wir ihn gemeinsam mit uns, gleich einem Bandwurm. So, wie wir es für sinnlos halten, einen ganzen Abend auf ein günstiges Spiel beim Whist zu hoffen, wenn die Karten schlecht verteilt sind, so, wie wir annehmen, daß die Jungfrau, die in Portugal erschienen ist und der wir durch Gebet, Geld und Liebe unsere Verehrung erweisen, im richtigen Augenblick verkünden wird, daß Crabbe unter uns auftaucht, so glauben wir auch, nichts Böses getan zu haben, als wir ihm auf seinen dunklen Wegen folgten, selbst nicht, als uns die Deutschen ans Gängelband nahmen. Eher würden wir die Fernsehnachrichten mit argwöhnischen Kommentaren versorgen, schneller die Seite mit den öffentlichen Versteigerungen im ›Brugse Handelsblad‹ überblättern, als daß es uns in den Sinn käme, in dem unermeßlichen Raum, den U.L.F. von Fatima beherrscht, sei kein Platz für Crabbe. Wir brauchen nur zu warten, und wenn jetzt ein Leutnant Crabbe unangekündigt in dieses Wirtshaus *Ehrlich kennt keine Furcht* käme und auf uns einredete (und sei es mit der Glut, die Crabbe, der Leutnant des Leiters de Keukeleire, aufbrachte, als er uns Jünglinge anspornte, gegen den kranken Parlamentarismus anzutreten), dann würden wir ihn negieren, verächtlich an ihm vorbeistarren, weil wir zu sehr mit dem Mirakel verbunden sind, das allein ihn wiedererwecken soll. Denen, die sich in all den verlorenen Jahren, in denen er durch seine Abwesenheit anwesend war, geweigert haben, ihn anzuerkennen, soll er keine Gnade gewähren, wohl aber seine Stärke zeigen, seine Schlichtheit, sein Verständnis.«

»Wer nimmt da die Karten so blödsinnig ab? Weißt du noch immer nicht, daß du nach dem Mischen mehr Karten abheben mußt, als Spieler da sind? Was ist das für eine Art zu spielen? Eine französische? In einem anständigen Wirtshaus hätten sie dich längst aus dem Fenster geschmissen. Wer hat Trumpf angesagt?«

(Das Zimmer ist milchweiß gestrichen, vielleicht hat man ein bißchen Ockerpulver in die weiße Wasserfarbe gemengt; »Creme«, hat der Maler vermutlich gesagt, »Creme ist vornehm«; und er hat sehr schnell gearbeitet, so daß sein Eifer sich selbst verzehrte und er es versäumte, eine zweite Schicht aufzutragen; eine Tapete mit Rosen schimmert durch, denn die Rosen sind mit Anilin gedruckt, und da deckt Wasserfarbe nicht. In Höhe des oberen Randes von Verzeles Bett hängt ein Foto, auf dem zwei Soldaten einander die Hand drücken; Fahrräder im Hintergrund und ihre tellerartigen Mützen kennzeichnen sie als Ardennen-Jäger, wahrscheinlich beide umgekommen, als sie – in Frauenkleidern – aus den Dachfenstern dieser Dorfstraße die erste Kolonne deutscher Soldaten beschossen. Papierblumen mit versengten Blättern stehen auf dem Nachttisch, der mein Sofa von Verzeles Bett trennt. Dieses Zimmer hat kein Fenster, obwohl ich geschrieben habe, es hätte eins offengestanden. Hier sind viele Mücken; sie hingen wie eine Traubenwolke in der Türöffnung, wie eine dünne Wolke, durch die man die Lampe im Treppenflur sah, als Verzele die Tür aufstieß und mich vorangehen ließ, und ihr Gesang verfolgte uns in das graue Mansardenzimmer, war noch lange hörbar, nachdem ich mich im Unterzeug in das Laken gehüllt hatte, das nach Ammoniak roch. Ein Rad fährt an der hinteren Mauer des Wirtshauses vorbei, das Licht ist an, der Dynamo jault. Von Verzele sehe ich eine Schulter und einen Ellbogen unter dem straffgezogenen Laken aufragen, gleich einem Kamm, er atmet lautlos, während er weitschweifige Geschichten erzählt, durch die Türritze unten dringt Licht, und über den Fußenden, über dem Weiß der Wände und dem matteren Weiß der Betten liegen reglose Schatten. Sein unsichtbarer, magerer Kinderkopf mit den abstehenden Ohren liegt auf dem Kopfkissen, und wenn ich mich auf meinem Sofa umdrehe, tut er es auch, so, wie meine Frau es vor Jahren tat, wenn auch nicht auf gleiche Weise. Klammern legen, nannten wir das damals, zwei Klammern in die gleiche Richtung. Verzeles Stimme ist dünn und monoton, er erwartet keine Antwort, so sehr beanspruchen ihn seine krausen Reden; ich wage nicht einmal, mir eine Zigarette anzuzünden, um mit dem Schaben und dem Flämmchen des Streichholzes nicht sein rauchiges, schläfriges, verdunstendes Gemurmel zu stören, und höre ihm zu, in seine Träume verstrickt. Während die Bauern unten ihren Wochentagssermon abhaspeln, schnappe ich wie ein Riesenfisch nach der Luft, die aus Verzeles Faseleien von Crabbe zu mir herüberweht.

»Auf dem Schloß ist er natürlich den ganzen Krieg über der Chef gewesen, entweder sie beugten sich ihm, oder er brach sie. Einige sagten, er sei ein Taugenichts, ein Ruppsack, ein Lump, aber wenn er Fußball spielte, standen doch alle am Platzrand – und wie sie jubelten, wenn er ein Tor schoß! Sowie er nicht da war, weil er zu Hitler mußte oder an der Ostfront kämpfte, war die Tribüne nicht mal halb besetzt. Mittelstürmer war er. Natürlich. Da muß man nämlich schnell sein und gleichzeitig befehlen können. Und man muß auch einen Puff vertragen. Crabbe war ein toller Mittelstürmer, nur wenige wagten es, ihm in die Quere zu kommen, und diese wenigen haben – bei meinem Kopf! – bestimmt ein paar Narben. Fragen Sie mal, sie werden sie Ihnen bestimmt zeigen. Und nach dem Match, wenn sie gewonnen hatten – und sie gewannen immer, einige meinen, wir wären noch in die Landesliga gekommen, wenn der Krieg lange genug gedauert hätte –, drehte sich Crabbe zur Tribüne um und streckte den Arm aus, den rechten, wie die Römer, bevor sie von den Löwen verschlungen wurden. Dann ging er in die Kabine, zog Uniform und Stiefel an, schnallte den Revolver um und stapfte zu dem Auto von Frau Harmedam, während die Leute die Arme schwenkten. Ach ja, einmal haben sie doch verloren, gegen die Reserve von Standard Lüttich, die hatte offenbar eine Menge Mitglieder der ›Weißen Brigade‹ in der Mannschaft, und sosehr sich Crabbe auch wehrte und um sich trat, wir verloren. Kreidebleich war er vor Wut, und am nächsten Tag ging er schnurstracks zur Kommandantur und ließ sechs aus der Reserve von Standard Lüttich ins Kittchen stecken. Frau Harmedam holte ihn jeden Sonntag mit ihrem Auto vom Fußballplatz ab. Sie hat sich sehr verändert, seit er an der Ostfront gefallen ist.«

Ich: »Wer?«

Verzele: »Crabbe natürlich. Meine Mutter hat alles verfolgt, sie weiß genau Bescheid. Sie hat sämtliche Zeitungen mit den Fotos von ihm und was sonst noch. Alle Männer in seinem Regiment waren einsachtzig groß, sonst hätte man sie nicht genommen. Er ist gefallen bei einem Meer, das zugefroren war, sein ganzes Regiment wurde umzingelt, und die russischen Düsenjäger haben sie sofort samt und sonders mit ihren Maschinengewehren durchsiebt, denn als die ersten Sturmtruppen kamen, die Mongolen, war von dem ganzen Regiment keine lebende Seele mehr übrig. Meine Mutter hat auch noch das Foto, auf dem zu sehen ist, wie Hitler ihn persönlich mit dem Ritterkreuz dekoriert, und man merkt, daß Hitler ihn bewundernd anschaut; Crabbe war nämlich, als man sie dicht bei einem Meer umzingelt hatte, das zugefroren war, plötzlich in seinem Laufgraben aufgesprungen, als die Jäger mit ihren Maschinengewehren ballerten, und hatte mit seinem Revolver – denken Sie nur, mit seinem Revolver! – genau auf die Glaskapsel eines Jägers gefeuert und den Piloten direkt ins Herz getroffen. Frau Harmedam hat meiner Mutter genau das gleiche Foto gezeigt, allerdings in einer deutschen Zeitung, also das Foto mit Hitler, und zu der Zeit gab es kein Haus in Hekegem, wo nicht Crabbes Porträt hing. In Brüssel spricht man heute noch von Crabbe. Er war jemand im Genre von Holofernes, Sie wissen ja, der an der Spitze der Juden kämpfte. Als Holofernes dabei war, gegen die Juden zu verlieren, ritt er durch die Wälder, wissen Sie, er war umzingelt, und es war lausekalt, und Sie wissen ja, daß er so stolz war auf sein lockiges Haar und daß er es mit Butter bestrich, damit es glitzerte, und weil er so schnell ritt auf seinem weißen Pferd, flatterte das Haar und funkelte in der Sonne, und wo die Kiefern dicht zusammenstanden und ihre Zweige herunterhingen, da bäumte sich auch noch sein Pferd auf, weil es nahebei im Gebüsch Holofernes' Mutter hocken sah, sie lauerte auf ihn, denn sie wußte genau, was passieren würde, die Kuh, und Holofernes blieb mit seinem Haar an den Zweigen hängen und schwankte wie ein Akrobat beim Fallen, aber er stürzte nicht, und sein Pferd trabte weiter, und die Juden holten ihn auf ihren Ponys ein und wollten ihn lebendigen Leibes schinden, doch der Hauptmann der Juden sagte: ›Stopp, dieser Mann ist zu mutig gewesen. Wir werden ihn den Leuten in unserer Stadt in einem Bärenzwinger vorführen, damit jeder ihn auslachen kann!‹, aber die Mutter des jüdischen Hauptmannes durchbrach die Reihen und bohrte Holofernes mit Macht einen Spieß ins Herz. In diesem Genre war Crabbe, aber er trug sein Haar nicht lang, Sie wissen ja, das durfte man nicht in der Zeit, in seinem Regiment mußte das Haar genau Streichholzlänge haben, und manchmal wurde mit einem deutschen Streichholz nachgemessen, und wer es länger hatte, wurde, nein, nicht an die Wand gestellt, sondern in den Bau gesteckt. Sie dürfen nämlich nicht vergessen, daß es da noch einen anderen gab, den, dem seine Frau die Haare abschnitt, weil er die Tempel zusammenkrachen ließ, und dann wurde er blind gemacht, und das war auch ganz richtig, das hat ihn bestimmt gelehrt, seine Augen zu gebrauchen, solange man sie noch hat, und nicht anderen zu vertrauen. Aber Crabbe sperrte seine Augen auf! Und nachdem man seine Kleidung und seine Auszeichnungen in dem Massengrab bei dem zugefrorenen Meer in Polen gefunden hatte, schickte man alles zu Frau Harmedam, und seitdem sei sie so verändert, sagen die Leute, und so dick geworden. Merkwürdig war natürlich, daß man niemanden von einsachtzig und größer bei ihm im Grab entdeckt hat, denn Crabbe entfernte sich nie von seiner Einheit, ohne mindestens zwei, drei Kameraden aus dem Regiment mitzunehmen, das man das ›Regiment der Blaufüßler‹ nannte, wissen Sie, die Leute durften da auf spezielle Anweisung von Hitler einen Vogel aus Kupfer auf den Schulterstücken tragen, und der Name Blaufüßler stammt aus einer fernen Vergangenheit, in der die Leute an der Küste noch in Hütten lebten und sich die Füße blau färbten, damit man sie im Kampf von den Feinden (Juden und Franzmänner) unterscheiden konnte, die in das Küstenland einfallen wollten; sie hatten Messer aus Stein, die wie unsere heutigen Brotmesser geschliffen wurden, und wenn von der Nordsee her ein böser Wind wehte, gingen sie in Richtung Sonne und sangen Lieder, um böse zu bleiben und sich warm zu halten, und damals war kein Hauptmann an der Spitze, denn als Soldaten waren sie alle gleich, und sie marschierten, bis sie an eine Reihe Büsche kamen, hinter denen sich die Mütter der Juden versteckt hatten, denn bei den Juden kämpften nur die Mütter, die Juden selbst blieben zu Hause und webten, und sie hatten längst das Eisen erfunden und das Geheimnis gehütet, die Blaufüßler kamen da erst später heran, und dann begann die Schlacht. Die Mütter hatten die Sonne im Rücken, so sahen sie besser, und dann hackten sie und die Blaufüßler aufeinander ein, eiserne Messer gegen steinerne, und die Mütter gewannen immer und hackten die Blaufüßler zu Mus, denn damals wurden keine Gefangenen gemacht, bis auf die paar, die wie *Anführer aussahen*, und die wurden auf den jüdischen Weiden eingegraben, bis nur noch ihr Kopf aus der Erde ragte, und dann wurde rundherum ein Lattenzaun gezogen, damit jeder sie auslachen konnte, Tage später noch. Dieses Spiel ging so lange, bis ein Blaufüßler einer der Mütter das Geheimnis entlocken konnte, wie man Eisen macht, und sie sagte es ihm, weil er versprochen hatte, sie zu heiraten, und dann bauten die Blaufüßler einen Wagen aus Eisenplatten mit eisernen

Messern an den Radspeichen, und damit sind sie quer durch die Büsche gefahren, mitten hinein in die kreischenden Mütter, die sich schnell ergaben und bittere Tränen weinten, und von da an waren die Blaufüßler erfolgreich und taten, wozu sie Lust hatten und ...«

(Dies, während wir wie Klammern daliegen, in Höhe der papiernen Dahlien, deren geschundene Blätter hin und wieder ein Tickgeräusch von sich geben, als schlüge ein eiserner Fingernagel gegen ein dünnes, gläsernes Paneel, ein unverkennbares Alarmzeichen, das sich in die Stimme von Verzele schwingt, die erstickt, ermüdet, vorwurfsvoll das Zimmer ausfüllt. Und das Zimmer gerät aus den Fugen und seinem Bett. Meine Beine werden ungemein lang, steigen in die Höhe und suchen kautschukartig nach einem Widerstand in dem gewaltigen Raum, wo Verzeles Stimme ertönt, doch mein Visier ist geschlossen, bald lasse ich das einfältige Wehklagen nicht mehr an mich heran, es verwandelt sich in über den Sommerabend in der Hafenstadt verstreute Rufe von Kindern, die per Rad, rennend oder per Rollschuhe auf dem Deich die Sonderausgabe der Zeitung verkaufen: »›Ons Land‹, ›Ons Land‹ mit der Ausgabe ›Ronde van Frankrijk‹!« (Olan, olan, mitterauskaperonnevanfrankreich.)

Der Garten der Bildsäulen

Als wir aus den Sträuchern auftauchten, von dem Lichtkegel auf der Terrasse angezogen, hatten wir einen englischen Rasen, einen Tennisplatz oder ein Golfgelände erwartet, doch nie und nimmer diesen künstlichen Hain, ummauert von einem natürlichen Hain aus höheren Bäumen. Die Bäume innerhalb des pompösen Hains rundum waren dünn und stumpf, geteerte Pfähle einer Anlegebrücke, ein Obstgarten nach der Rundstedt-Offensive in den Ardennen, dessen zerfetzte Stümpfe von der darauffolgenden Kälte glattgefroren, glattgeleckt waren. Kein Problem, diese sonderbaren Gebilde von ziemlich gleicher Größe zu deuten, auseinanderzuhalten, zu ordnen. Jemand hatte sie in regelmäßigen Abständen wie Bäume in den Kreis des Parks rundum gesetzt, um ihn zu nivellieren, also zu zerstören. Die Säulen sind identisch, aus Beton, mit einer altmodischen Umrandung aus geflochtenen Blättern (Lorbeerzweige?) versehen, ein bauchiger Schaft und ein viereckiger Sockel. Fabrikarbeit soweit. Von unserem Versteck aus (der Junge, kleiner als ich und weiter nach vorn gebeugt, sieht vermutlich weniger) kann ich sechzehn Säulen zählen, vierzehn davon tragen eine Figur oder Büste. Vor dem ruysdaelhaften Wandteppich von Buchen und Nußbäumen im Hintergrund scheint es sich um ein Hindernisfeld zu handeln, der Himmel über uns und die oberen Parkfransen sind sehr hoch, und das Licht vom Haus her ist zu schwach, um die nahen Figuren zu erreichen, aber ich bin schon geraume Zeit an die Dunkelheit gewöhnt, und nach der ersten Überraschung (kein Schock, keine erschreckende Begegnung, eher eine verlegene Begrüßung mehrerer Fremder nachts auf einem Fußballfeld) kann ich sie trotz der verzerrenden Schatten bereits als Abbilder von ein und demselben Mann erkennen. Ich habe sie im Profil vor mir, denn sie stehen dem Haus zugewandt, in Achterreihen, über Kreuz wie Bauern auf einem Schachbrett. Die Sockel wurden nicht ein einziges Mal den Ausdrucksformen und Materialien der Skulpturen angepaßt, die sehr voneinander abweichen, als hätte deren Schöpfer angenommen, durch die Erprobung der unterschiedlichsten Stilarten dem Gegenstand seiner Arbeit näher zu gelangen als durch wiederholte, mehr oder minder gelungene Versuche in nur einer Manier. Das Porträt wurde also aufgesplittert und muß durch eine genauere und mehr globale Betrachtung richtig zusammengefügt werden. Daß die Skulpturen das Werk eines Mannes sind, daran besteht kein Zweifel, alle sind auf gleiche Weise ungeschickt und weich modelliert. Irgendwer hat die Sockel gegossen und gepflanzt, danach ist der Bildhauer gekommen und hat das Säulengebiet bevölkert. Vielleicht auf Befehl von jemandem, der ihn verpflichtete, unterschiedliche Stile zu erproben, und der ihm einen Katalog mit Beispielen in die Hand drückte, damit er den Mann in allen Varianten so vollständig wie möglich erfassen konnte. Welchen Mann? Auf der Bildsäule, die der Buchenallee am nächsten steht, ist der Mann kahl oder hat sehr kurzes Haar, der Ansatz ist nicht zu erkennen, weil der Kopf der Büste (eigentlich ist es ein Torso, dessen Unterteil der Bildhauer zu hoch abgeschnitten hat, mitten durch den Brustkasten) zurückgeworfen ist, wie im Krampf, hervorgerufen durch einen Schlag ins Genick; die Halsmuskeln gleichen Stricken, die Höhlen der Nasenlöcher gehen in die der eingesunkenen Wangen über und die der Augen in die der Stirn. Die rechte Schulter ist höher, angezogen, wie um den Schlag ins Genick abzufangen, die linke, das Schlüsselbein darin, liegt frei, gleich der Hälfte eines Jochs. Die Ohren sind zu dicht am Kinn angesetzt, so daß man zuerst einen Auswuchs am Kieferknochen vermutet, ein Geschwür, das den Schädel so unübersehbar amorph macht. Die vielen Falten, naturalistisch wiedergegeben, machen den Mann nicht alt, sondern deuten Elend, Verwüstung, Erniedrigung auf einem jungen Gesicht an. Jemand, etwas zieht ihn am Nackenhaar nach unten, seine rechte Schulter befindet sich in Abwehrhaltung; in diesen Augenblick von soßenbrauner Bronze ist das Säugetier erstarrt, es wankt, gefangen in seiner Verteidigung. Später, morgen, werde ich die Spuren von Fingerabdrücken sowohl auf dem Torso als auch auf dem Gesicht erkennen können. Daneben, etwas weiter vorn in dem Zickzack-Peloton (es ist kein Schachbrettschema, wie ich jetzt sehe, eher eine Aufstellung nach der Zeichnung von Ästen eines Stammbaums, der zum Haus hin ausmünden soll, wie ich vermute), steht eine Büste, aber diesmal ist da keine Scheinbewegung und auch kein Ansatz von Armen spürbar, der Zylinder des Nackens geht gemächlich in die Schultern über, die vor ihren äußeren Enden (vermutlich schon beim

Rabenschnabelvorsprung) abgerundet und mit dem oberen Rand einer römischen Toga verhüllt sind, ein stilisierter Fries mit Motiven wie auf manchen Skipullovern. Tadellos herausgehauen. Diese Figur ist durch nichts zu erschüttern, ein Senator auf Lebenszeit, ein Ochse auf dem Acker, in sich gekehrt, fest. Man sieht keine Knochen oder Muskulatur. Eine Masse ohne Nerven, frontal der Terrasse zugewandt, wo das matte gelbliche Licht ein Haus mit einem Schilddach aus vier schrägen Platten vermuten läßt. Ein langer Schädel mit glattem Haar, das im Nacken wie eine schlechtsitzende Perücke abgehackt ist, ein vorgeschobenes Kinn, das eher durch seine Ausmaße als durch seine Form auf den Senat Eindruck machen kann. Eine neoklassizistische Büste für einen Stadtpark, zwischen Tauben. Das Leben des Mannes, die Krankheit, ist vorüber, nun wird sein Andenken geehrt, in einer runden Oberfläche aus Sandstein; die Mittelstandsideologie, die er verteidigte, liefert pflichtschuldigst ihre Bewunderung ab. Hinter diesen beiden – und zwischen ihnen, wenn man von der Terrasse in das Teleobjekt schaut – ragt ein Kobold auf. Man kann schwerlich feststellen, welches Profil in welcher Richtung das wesentlichste ist, denn er hat einen mehrfachen Januskopf. Aus Lava oder versteinertem Schwamm, auf jeden Fall aus einer Materie mit blasigen Wölbungen, Knorren und Löchern, steht der Homunkulus in voller Größe da, auf einem Bein balancierend; das andere Bein tastet sich nach vorn, wie das eines Fußballers, der das Leder nicht vom Spann verlieren will, seine Arme mit den Hautfetzen von Händen deuten ebenfalls eine Fußballbewegung an, als wolle er mit zwei Haken von ohnmächtiger Abwehr einen Gegenspieler auf Distanz halten. Der lächerliche, ziemlich eingefallene Prognat aus Moos und Steinkohle wirkt dennoch nicht wie ein Anhängsel der beiden anderen, der Kobold ist ein König wie sie, und sei es nur durch die unmenschliche Anstrengung, mit der er seinen zu großen Kopf oben und im Gleichgewicht hält, über einem Schalentier-Körper, dessen Strunk geschwollen und dessen Brustkasten zu schmal ist. Stolz entsprießt er dem Schwammstein oder aus welchem Material auch immer er herausgehauen wurde. In dem matten Licht kaum lesbar, erkennt man zwischen seinen beiden Brustwarzen, Stauungen, angeklatschten Fingergliedern, Inschriften. Oder sind es die Motive des römischen Skipullovers? Und nun erinnere ich mich, daß der Torso dicht daneben, die rodinhafte Bronzeskulptur, zwischen den Brustwölbungen eine Kette trug, an der eine Schuhkremdose hing.

Der nicht sehr standfeste König mit dem verdrehten Knollenkopf flößt Respekt ein, auch ohne die Inschriften.

Beiden Skulpturen, der ersten und der dritten, war ein Ausdruck der Ohnmacht und heftigen Abwehr gemeinsam. Diese Abwehr war geschmeidig, als hätte der Bildhauer den Steinmarder im Menschen wiedergegeben, mit Klauen und Zähnen, etwas, was in einem beinahe eleganten Ausfall, mit einer fast unblutigen Leidenschaft nach seiner früheren Einheit und Ganzheit biß. Dann sind wir schnell, der Junge und ich. Und schnell, als zwänge ein verklemmtes Scharnier zwischen Blindfleck und Sehnerv das Wahrgenommene zu verharren und ließe es erst nach unserem keuchenden Lauf von der Stelle unter den Bäumen zu dem gelben Schein der Terrasse und längs der gekalkten Seitenmauer des Hauses – des Hauses Almout, das ich endlich mit Hilfe meines Paladins Verzele erreichte – weitergleiten, sehe ich, also während wir liefen, die Pfähle einer Anlegebrücke, auf deren Oberfläche andere Torsos und Büsten montiert sind, wie in einem Gehege von antiken Kaisern, an dem wir Clowns, Watt und Half-Watt, soeben entlangscharwenzelten. Und in dem Schein, der nun vom Haus und von uns weg fällt, breitet sich ein neues Feld aus (dasselbe, aber durch unsere neue Position so ungemein verändert, erblaßt und erweitert), das übersichtlich ist, abgegrenzt und vollständig. Die Skulpturen sind alle einer Riesenfigur untergeordnet, um sie gruppiert, und diese Riesenfigur erhebt sich vor der Treppe, die zum Haus führt, auf der Mittellinie, die den ovalen englischen Rasen durchschneidet, und das Segment, in dem sie sich befindet, hat ein Dornengehege, in das dicht vor dem Sockel eine Öffnung gehauen wurde, so daß man die Figur von der Terrasse aus zu seinen Füßen hat. Es ist die Kopie einer griechischen Skulptur, deren Proportionen jedoch nicht gewahrt wurden, man hat sich mehr oder minder nach dem Körper gerichtet, der dargestellt werden mußte; so sind die Beine kürzer, die Schultern schmaler und der Kopf zu mager, das Kinn ist zu groß, und die Brauen sind eine einzige Linie. Auch das Feigenblatt war wohl zu groß, dort ist jetzt ein dunkler Fleck von verrostetem Eisen, wahrscheinlich konnte das Blatt abgedreht werden. Heldenmütig hält der verformte Grieche eine Fackel in die Höhe; unter seinen Füßen mit den langen, sportlichen (Fußballer – ?) Zehen krümmt sich eine Dogge, mit einem Todesgrinsen, das ihre Hängewangen breit zieht. Es hätte mich nicht verwundert, wenn der Hund mit einer Vorderpfote das V-Zeichen gemacht oder eine Zigarre zwischen den Zähnen gehabt hätte. Der Held schaut nicht auf das bezwungene britische Scheusal, sondern in eine (auf der maisgelben Terrasse wartende, flammende) Zukunft, die ihn in idiotischer Starre die wulstigen Lippen öffnen und beinahe marmornen Geifer geifern läßt. Und er glotzt wie irr, dieser Mann aus weißem Schleim, gefrorenem Samen, wartet auf ein erlösendes Wort, um mit Fackel und allem einen entscheidenden Sprung nach einem Kopfball zu machen.

Neben dem Riesen – der, verglichen mit den anderen Skulpturen in seiner Schaugarniturpose und dadurch, daß der Beschauer ihm seine Huldigungen *von unten* darbieten muß, weil er dem Monument nur bis zu den Kniescheiben reicht, eher einem Gegenstand heuchlerischer Verehrung, einem Wunschtraum, einem Gott nach dem Maßstab des Mittelstandes ähnlich ist – erblickt man einen Mongolen, das heißt, einen Kopf mit den mir nun bereits bekannten Gesichtszügen; die hohen Jochbeine, die einfältige Linie der Brauen, die zwei zu den äußeren Winkeln hin aufwärts gleitende Augen überschatten, und das Prognatenkinn sind angeschwollen und von einer russischen Wintermütze eingezwängt, oder von dem, was die russischen Soldaten meiner Meinung nach auf den Schneefeldern trugen; es ist eine Variante der ledernen Motorradfahrerhaube, die ich als Kind trug und die innen mit einem kurzhaarigen, seidigen Futter mit Löchern (wegen der Luft!) gepolstert sowie von einem Schweiß- und Ledergeruch (den, wie ich mir damals einbildete, Cowboys und Kavallerieoffiziere an sich hatten) durchtränkt war und die meinen Kopf tagtäglich im Spiegel dem der glatten, außerirdisch glänzenden Stukapiloten über ihrer Armaturentafel, vor den Propellern und neben stromlinienförmigen Flugzeugnasen ähnlich machte, wie sie »Der Adler« in offsetbraunem Grobraster abbildete; morgens, auf dem Weg zur Schule, waren wir der Schrecken der Straße, wenn wir den Heulton der herabschießenden Stukas nachahmten und mit ausgebreiteten Armen an den Häusern entlangstrichen. Diese Mütze also, deren Seitenklappen – die unser heißes und geschwollenes Gesicht zusammenpreßten – herabhängen, hat einen Zipfel, und der Zipfel, aus Bronze wie die übrige Skulptur, ist nach vorn gefallen, schlaff wie eine nasse Zeitung, und liegt auf dem Rücken der Nase des Mannes. Schwere, unrunde Knöpfe, Medaillons, Warzen, bedecken den Schlappzipfel, und die gleichen Knöpfe sitzen nebeneinander auf der panzerartigen Brustplatte, die eine Fliegerjacke oder eine Fallschirmjägerjacke darstellt, bis hoch zum Kinn. Zum erstenmal zeigt der Held mit den vielen Gesichtern (Mimikry, eher durch die launischen Auswüchse und die Verschiedenheit der Materialien hervorgerufen als durch eine bewußte Anwendung der Gesetze, die aus Marmor, Bronze oder Sandstein ein Porträt entstehen lassen) seine Zähne, er lacht, und die Stümpfe, die in seinem Mund das Licht auffangen und Teil eines Zaums sind oder eines zerbissenen Maulkorbs oder ein zahnärztliches Instrument, sind angespitzt, und wenn diese Maske von einem

Helden, dessen Kinn auf der Brustplatte und einer wuchtigen Schutzbrille ruht, nicht die eines mir bereits vertrauten Flamen (Arier!) wäre, würde ein nicht ganz aufmerksamer, kurzsichtiger, bedrohter Wahrnehmer – ich nicht! – unterstellen, die Zähne seien rituell spitz zugefeilt und mit Edelsteinen besetzt. (Ich nicht, der ich rechts in Höhe meiner Schulter Schritte höre, Füße scharren höre auf der Terrasse und Verzele ein Trompetengeräusch von sich geben höre.) Weiter in dem Pfahlgebiet, das eine ebenso natürliche Landschaft ist wie die ausgedehntere, belaubte der Buchen und Nußbäume: eine Eisenkonstruktion, die nur das Gerippe eines Menschen vorstellt, das Haar ist ein Stachelkamm, der Schädel eine Folterkrone, die Nase ein Löffel, das Ganze ein eindeutiges Gegenstück zu einem Skelett; außerdem: ein Kind in dauerhafterem, unglatterem Zelluloid; ein Totenmemorial nach altägyptischer Manier, bestehend aus drei Köpfen untereinander (aus Alabaster?); eine hölzerne Gestalt ohne Gesicht, die auf einem gekrümmten Arm einen Holzkegel trägt und den Unsere-Liebe-Frau-Bildern gleicht, wie die Bauern sie früher schnitzten und an Äste hängten, damit sie Hagel und Blitz fernhielten. Ferner: skizzenhafte, insektenartige, starre Obstgirlanden, Sockenhalter, Pflanzschnüre von Gestalten, eingesunkene Seismographen, Schaukästen, die Knochenwirbel und Fleisch beschwören, ein zusammengescharrtes Trachten, aus Erstarrung, Rispengras, Hornklee, angefressenen und versinnlichten Gesichtszügen und Sprungfedern und einem Glanz von Samt und heraldischem Zierat ein Bildnis zu machen, aber stets scheiternd (nicht nur, weil das maiskolbengoldene Licht von der Terrasse nicht weit genug reicht, sicher nicht, oder weil die Kraft der Phantasie bei dem Wahrnehmer nicht stark genug die Lücken in der Phantasie des Schöpfers ausfüllen kann, vor allem das nicht, sondern scheiternd, weil zu viele Umstände die Suche fehlleiten, wenn man ein definitives Bild von jemandem heraufbeschwören will, vor allem, wenn dieser Jemand der entfesselte Crabbe ist, also das enthemmte Ich), und zur Buchenallee hin sind dann plötzlich nur mehr noch Pfähle, Sockel, die in ihre Skulpturen übergehen, Brocken aus Stein mit beschädigten Scheiteln, in dem eidotterfarbenen Lichtkegel von der Terrasse, der ein riesiges Diapositiv auf den glatten Park projiziert, Teile aus einem Stück, rund um den possierlichen, marmornen Riesen geschart und gereiht, der glitzert ...

Der Riese glänzte, er hieß Atlas le Cruel, der Größte Mann von Europa, und um ihn waren schmalere Riesen geschart und gereiht, darunter ein Neger und ein Zigeuner, der vor den verblüfften, bewundernden Jahrmarktgängern unter einem hellrosa Trikot seine Muskeln spielen ließ. Der Zigeuner schrie, daß er, mal herhören, wer von den Gaffern fordere ihn gegen tausend Franc Belohnung heraus, ihn mit beiden Schultern auf die Bretter zu drücken, hereinspaziert und wagt die Chance eures Lebens gegen mich, Zara le Gitan! Die drohenden Marionetten neben ihm auf dem Podium warteten, niemand nahm den Handschuh auf. Erneut wandte sich der Zigeuner an das unsichere Volk. Dann schrie ein anderer Ringer, der bei der Kasse stand, und zeigte in die Menge: »Und Ihr da? Ihr da mit dem jungen Zuckerpüppchen neben Euch?«

»Er meint Sie«, sagte Elizabeth.

»Wer?«

»Der Ringer. Er fragt, ob Sie kämpfen wollen.«

»Wer?«

»Sie, Mijnheer. Kommen Sie, gehen wir schnell weg.«

Sie sagte es absichtlich, um mich aus meinem Bau zu locken, und ich hatte kein Mitleid nötig, noch nicht. Sie drängte ihren straffen Leib gegen mich, wie um ihre Puppe gegen fremde, muskelbepackte Gewalttäter zu beschützen, und ich war die Puppe, de Rijckel-Englisch-Deutsch, der von einem echten Mann in silberner Sporthose bedroht wurde. Was konnte ich tun gegen ihre beinahe mütterliche Fürsorge? Ich bin nicht nur ihr Liebhaber, sondern auch ihr Lehrer, ihr Herr, verdammt.

Und ihr Blick war ernst, als sie sagte: »Ich habe keine Lust, mir das noch länger anzusehen. Die Männer benehmen sich so eklig.«

»Nein«, sagte ich.

»Gehen wir weg, Mijnheer.« Aber sie ging nicht weg, blieb hartnäckig auf gespreizten Füllenbeinen stehen, hielt mich nicht zurück, als ich den Arm hob, um den Handschuh zu fordern. Und ihre so rasend schnell aufgeflammte Fürsorge erlosch sofort, als ich dem Zigeuner zurief: »Meinen Sie mich?«

»Ah, Mijnheer ist Olländer. Das ist prächtig, ich bin wild auf Käse.«

Gebrüll, Gelächter, was für ein Jahrmarktvergnügen um uns herum! Die versammelten Festfeirer nicken. Ja, ja, der Athlet ist auch nicht auf den Mund gefallen. Und Zara le Gitan, genannt der Menschliche Fels, fügt hinzu: »Ich habe viel übrig für Benelux!« Hurra! »Hereinspaziert, entrez, und sehen Sie ein rechtschaffenes Kräftemessen für tausend Franc Belohnung, Kinder und Militärs die Hälfte. Wer folgt, anschließen!« Die Bevölkerung trappelt wiehernd über den Laufsteg, schiebt sich auf den Eingang zu. Doch Elizabeth wollte mit mir zum Nebeneingang, und ich dachte: Soll ich sie wegjagen? Und ich haderte mit drei, vier schändlich hochkommenden Wesen in mir, zum ersten mit dem, das sie mit einer jäh erwachten, plötzlich aus dem Nichts geschenkten, männlichen Herrlichkeit blenden wollte, mit einer geölten Kraft, ja, genauso, wie sie in der Filmillustrierten zur Schau gestellt wurde, die ich einmal in ihrem Pult fand (wo ich während der Hofpause nach ihrem Körpergeruch schnüffelte, unter den Schulutensilien zwischen den ihr eigenen kindlichen Besitztümern wie Lippenstift, Tampax, Filmzeitschriften, Knöpfen, einem Nylonstrumpf, Bändern und Familienbildern kramte, wütend, daß sie das besaß, sie, die ausschließlich mein Wild, mein Zeug sein sollte), zum zweiten mit dem, das sie entführen und wie ein Waisenkind in meinem Schloß in der Heide einschließen wollte, und zum dritten mit dem, das in sich zusammenkroch und wie immer greinte: »Nach Hause, schnell, du zitterst ja auf deinen Beinen, misch dich hier raus!« Und ich kriegte sie weg, weil Zara, der Menschliche Fels, mit seinem geschulten Blick meine Verzweiflung eingefangen hatte, der Mann, der auf jedem Jahrmarkt dieser Art Helden begegnete, und sagte, Frauen seien am Nebeneingang nicht zugelassen, und sie lief mit der nun dünneren Menge in die Bude, und er beachtete meine geflüsterten Beschwörungen überhaupt nicht, sondern sagte, es seien fünfhundert Franc, der übliche Tarif. So daß ich ihn beinahe warf, jedenfalls wirkte es so, ich gab mich nach einem bösen, quälenden Spiel geschlagen, wobei ich nahezu an meine Kraft glaubte, so gefährlich war ein Stoß mit meinem Ellbogen, so vernichtend der leichteste Schlag, daß Zara, sobald ich ihn traf, herzerweichende Grimassen schnitt, hörbar in allen Fugen krachte, jammernd in die Knie ging; sein Fleisch war geölt, kautschukartig, in Tuchfühlung kalt, und während er mich umklammerte, suchte ich nach Elizabeth; sie stand an der Seite und kreischte: »Tritt ihn, Mijnheer, reiß an seinen Haaren!«, und dies sollte ich später hören, als ihre Umarmung distanzierter wurde, wie die des Ringers Zara, und viel später, als sie mich mit den Formalitäten vertraut machte, mit denen wir zum Friedensrichter mußten, viermal im Jahr, vor der offiziellen Scheidung. »Tritt ihn, drück ihm die Augen ein!« Und geworfen, mit Gejohl empfangen, kroch ich aus dem Ring, und sie wartete draußen vor dem Vorhang und sagte: »Beinahe hätten Sie gewonnen, Mijnheer!«, und sie wußte von dem Geld, denn Armeleutekinder haben einen Sinn dafür, daß es ohne Geld kein Spiel, kein Fest, keinen Triumph gibt, aber sie ließ sich nichts anmerken, und als ich klagte, ich sei wie gerädert, strich sie mir stolz lächelnd über die Lenden.

Dieser lächerliche Riese ist aus Marmor, bar jeder Feuchtigkeit, es sei denn, Eis ist auch Feuchtigkeit. Denn seine Faust umklammert eine Fackel aus Eis, die das Eis zurückdrängen sollte, wo er ging. Der blanke Blick, in dem vollendete Kreise die Pupillen anzeigen, ist auf den zweiten Stock des Hauses gerichtet, jemand spiegelt sich dort darin. Seine lockigen Haare, ebenso üppig wie die unter den Achseln, die Wülste auf seinen Vorderarmen, die Kniescheiben und die Waden bilden Ovale. Ein neogriechischer Herr in der Nacktheit von neunzehnhundert, als seine Sucht nach Gleichheit den ewigen Kanon zerstörte. Plattfüße. Hatte Crabbe Plattfüße? Dem muß nachgegangen werden, wenn auch die Chancen für eine endgültige Antwort minimal sind. Schmutziger, lebloser Marmor verhinderte die Formung eines Menschen; übrig blieb ein Held, starr. Vergessen wir den Riesen. Heil bringt diese Beschreibung nicht, wenn Korneel es auch noch so gern möchte. Ich will die Bildsäulen nicht festhalten, die verwahrlosten Hindernisse. Ich denke: Crabbe wurde in Marmor gehauen, weil er mit den anderen auf dem Eisfeld dort, umzingelt bei dem zugefrorenen Meer, mit nichts als dem reinigenden Feuer und ihrer Ehre, die Treue war, in sich, wohl von Eis sein mußte, denn er sollte ja dem Leben und der Welt seiner Feinde, die noch in der starren Eiskruste wühlten, in einem schlüpfrigen Mimikry nahekommen; und dann, dicht vor ihnen, würde die Fackel von Marmor, von Eis, in einer wahnwitzigen Mondfinsternis jäh auflodern. Jetzt hält Crabbe die Fackel ganz still, der Mond scheint. Ich muß schreien. Haltet mich zurück.

Angriff

Zu der Zeit, da er in der Sechsten hätte sein müssen, um Eichendorff vorzulesen oder zu diktieren (ablehnend, damit die im übrigen schlafmützige Klasse merkte, daß dieser Mann, dieser Kling-Klang-Reimer mit dem kleinsten Wortschatz von allen Klassikern, seiner Meinung nach besser aus dem Unterrichtsprogramm verschwunden wäre), zu der Zeit also schritt der Lehrer mit dem Jungen den Weg entlang, den sie am Abend zuvor gegangen waren. Gemächlich, wie zwei träge Touristen am Sonntag, die, obwohl sie zu ihrem Vergnügen umhergehen, sich doch in einem bestimmten Zeitraum eine Anzahl Sehenswürdigkeiten »zu Gemüte führen« müssen. Es wunderte den Lehrer, daß zwischen ihm und dem Haus von der vorigen Nacht bis jetzt nicht noch mehr Hindernisse aufgetaucht waren. Das Dorf, von anderen Kümmernissen in Anspruch genommen, durchschaute sie nicht einmal. Wäre der Lehrer nicht so total in seiner Rolle als Sonntagsspaziergänger verhaftet gewesen, während er in einer Spirale seinem Ziel (dem Haus, der Frau) entgegenstrebte, hätte er den anderen fiebrigen Aufwallungen der Dorfbewohner nachspüren, sie ausdeuten und erklären können. Aber das sind müßige Betrachtungen. Der Junge war wieder in seine übliche, noch geruhsame Einsilbigkeit verfallen. Wo ist die Spannung, dachte der Lehrer, die der Treiber im Wald überrumpeln muß, wenn er beim Schlagen gegen die Birkenrinden den Augenblick herannahen spürt, in dem das Wild, umzingelt von den Jägern, in der weiten Falle des Gestrüpps aufgescheucht, auf eine falsche Öffnung zustürmen wird? Die Feldwege glimmten in der Beinahe-Mittagssonne, die bleich war, aber kräftig, und der Lehrer fand diesmal seinen Weg, ohne daß der Junge zu führen schien, als sei er zu der Einsicht gelangt, daß er kein Jagdhund mehr war, der seinen Herrn weiterzog, sondern ein gleichwertiger Jäger. Der Lehrer beobachtete den Jungen ab und an, dieser tänzelte ab und an, es war ein verhaltener

Hopsesprung, und einmal muhte er in der Nähe befindlichen Kühen zu. Die Blicke der Bauern auf den Äckern waren undurchdringlich. Ein Schulmeister, mit seinen Klassen auf einer naturkundlichen Exkursion, an dem der Lehrer vergebens eine vertraute Haltung zu entdecken trachtete, grüßte sie. Weitere Hindernisse schienen ausgeschlossen. Und dann erreichten sie die dichte Hecke und die Holunderbäume und die gekalkte Mauer, die ein kleines Dach von zwei Ziegelreihen hatte, und das eiserne, schwarzlackierte Tor, das ihnen Zugang verschaffte zu einem pompösen englischen Rasen aus zwei Teilen, die Lungenflügeln glichen, verbunden durch eine Luftröhre in Form eines Kiesweges, direkt auf das Haus mit dem Schilddach zu. Der Hintergrund war wie am Abend zuvor ein Park, ein Hain, nur breiter und höher. Der Lehrer und der Junge schwiegen und stapften den Kiesweg entlang, in Richtung der Geräusche aus den Stallungen und einer Kinderstimme, die ein französisches Liedchen sang. Der Junge wählte den linken Wegrand, wo die Zweige der Kastanienbäume das Sonnenlicht abhielten, und ging schräg hinter dem Lehrer, der – ohne seine Sonnenbrille – in dem grellen Licht blinzelte. Sie müßten übereinkommen, was sie als Vorwand, als Grund angeben sollten, wenn jemand aus dem Haus sie danach fragte, meinte der Junge, und der Lehrer antwortete, dafür sei es schon viel zu spät, und dann tauchte aus dem Dunkel des Laubwerks, dicht bei der Tür eines Gebäudes, halb Gewächshaus, halb Schuppen, ein alter Mann auf, der, während er auf die Besucher zustapfte, die letzten Töne eines französischen Liedchens sang.

Die Stimme war dünn, gequetscht. Der Mann war sehr alt und völlig kahl, aber sein Gesicht hatte nicht eine Falte; nur unter den Augen waren Blasen, und das Kinn versank in einem Kropf. Ohne Übergang von dem Lied zu einer Sprechstimme, beinahe ohne Atem zu holen, stammelte der Mann etwas, wovon die beiden Eindringlinge nur so viel erfaßten, daß er sie erwartet hatte. Schon eine ganze Zeit. Aber dann allein.

Wer das sei? Der überraschte Lehrer erklärte, der Junge sei sein Sohn, worauf der Alte dem Jungen über die Schulter strich und ausrief: »Allmächtiger! Was nun? Himmel!« Mit nervösen Armbewegungen, wie ein Vogel mit einem verletzten Flügel, forderte er die beiden auf weiterzugehen, die Damen würden nicht lange auf sich warten lassen, und wenn es auch kein besonderes Wetter sei, man brauche nunmehr nicht nach Südfrankreich zu fahren, um ein Pfauenauge zu fangen. Der Junge blickte scheu von einem zum anderen, nichts in seiner Haltung verriet, ob er es schön oder albern fand, daß der Lehrer sich so verwandtschaftlich zu ihm bekannt hatte, doch als sie gemeinsam, beinahe in einer Reihe, auf dem Kiesweg weitergingen, hielt er sich mehr an den Lehrer, und auf den letzten fünfzig Metern, als deutlich wurde, daß der alte Mann – der in Gedanken versunken war – sie zu einem Gewächshaus neben den Pferdeställen führte, schob er seine Hand in die des Lehrers. Der Lehrer schrak ob des plötzlichen Kontaktes zusammen. Der alte Mann, der es sah, grinste breit. Kurz vor dem Backsteinpflaster um das Gewächshaus sagte er, es sei eine Ehre für das Haus und für die Vereinigung, einen so vornehmen Gast begrüßen zu dürfen, und im übrigen sei es das erste Mal, abgesehen natürlich von der Plenarsitzung vor drei Jahren und von dem jährlichen Freundesball in Gent, daß ein Ausländer offiziell (»falls man das so nennen kann«) an den internen Aktivitäten der Vereinigung teilnehme. Und für ihn persönlich sowie für die Damen sei es dazu noch ein besonderes Vergnügen, »denn wir sehen äußerst selten neue Gesichter, wie Sie wohl verstehen?« Als der Junge mit dem Zeigefinger an der Innenfläche der linken Hand des Lehrers kratzte, drückte dieser sie fest zu. Dann näherte sich der Alte den beiden, richtete die Augen kurzsichtig auf die Krawatte des Lehrers, hielt den Kopf schräg wie ein Schwimmer, der auf dem Trockenen das Wasser aus dem Ohr laufen läßt, und merkte an, es sei in der Tat vernünftiger, das Abzeichen nicht zu tragen, wenn auch verschiedene Mitglieder darauf bestünden. Der Junge sprang wie aus Mutwillen hinter dem Lehrer hervor und (wie kam er so schnell ins Einvernehmen, ins Komplott?) drehte den Jackenkragen um, und dort blinkte ein metallener Knopf, der die Billigung des Alten fand; er knurrte, und als er ihnen voraus ins Gewächshaus ging, legte er dem Jungen abermals die Hand, kurz, manikürt, zu pfötchenhaft für den übrigen Körper, auf die Schulter. »Hier«, sagte er. Die Blumen und Pflanzen, die dem Lehrer kostbar und gut in Schuß zu sein schienen, waren vorwiegend längs der Glaswände aufgereiht, bis auf einen Kegel aus diversen Blumensorten, der offenbar als Prunkstück auf einem niedrigen Tisch stand. »Pensées und Kaiserkronen, wie Sie sehen«, sagte der Alte, »ein bißchen später werden wir da noch ein paar Safran-Krokusse setzen.« Dem Lehrer war unbehaglich, der Junge blinzelte. »Nichts als violett, das begreifen Sie wohl.«

»Natürlich«, sagte der Lehrer.

»Diese Passion des Hauptmanns für Violett und Lila, o ja, Mutter und ich haben das oft auf seine Herkunft zurückgeführt, ganz unter uns natürlich; die Sache ist Ihnen ja nicht unbekannt, obwohl Sie in Ihrem Buch – völlig zu Recht – bei den biographischen Anmerkungen zu seiner Person jeden Hinweis darauf unterdrückt haben, daß lange Zeit die Fama umging, er sei das uneheliche Kind des Bischofs von Brugge, des armen Cammermanns selig, und daher sei ihm ein gewisser Hang zum Habit, zum Zeremoniellen angeboren.«

Der Junge prustete, und der Alte lächelte ihm zu.

»Ich werde Ihnen nachher seinen Morgenmantel und seine Pyjamas zeigen, alles lila. Auch das Zeug, das er mitnahm, den ganzen Feldzug hindurch, stellen Sie sich vor! Und das Leder seiner Lieblingsbücher: lila. Aber hier« – der Alte faßte nach dem Kronblatt einer Pensée, während er weitersprach, nicht gerührt oder gleichmütig, sondern als hätte er das schon oft mit der gleichen Innigkeit erzählt – »stand er zuletzt. ›Richard‹, sagte er, ›ich gehe zurück, und vielleicht sehen wir uns nicht mehr; es läuft schlecht, aber ich muß dienen, und, Richard ...‹ – er hat mich nie Rijkaard genannt wie einige von den neuen Fanatikern –, ›... wenn ich wiederkomme, wird sich das Antlitz der Welt verändert haben, sie wird ihr wahres Gesicht zeigen.‹« Er hob das kindlich weiche Kinn und bebte, strich sich über die Wangen. »›Vater, wenn ich zurückkehre, wirst du das Licht der Welt in meinen Augen erkennen!‹« Er stand mit dem Rücken zu dem Turm aus Blumen und wiederholte es, mehrmals, ein Grammophon, das stottert. Der Junge und der Lehrer starrten beklommen auf den zittrigen Alten, der sich nun räusperte, mit zwei Fingern den Stengel einer lila Blume abbrach (warum nannte er sie Pensée statt Vergißmeinnicht? Der Lehrer glaubte auch einen französischen Akzent aus seinem Westflämisch herauszuhören) und sie dem Lehrer ins Knopfloch steckte. Dieser bedankte sich. Der alte Mann roch nach Blumen. Der Lehrer bedankte sich noch einmal und sagte, er könne sich des starken Eindrucks nicht erwehren ... Er wollte sagen: er könne sich des starken Eindrucks nicht erwehren, daß ein Mißverständnis vorliege, wurde aber von dem bitteren Gefasel des Mannes Richard unterbrochen. »Natürlich, wer nicht? Aber wir, wir alle, müssen den Eindruck des Hauptmanns bewahren, bewahren, das ist das Vornehmlichste, und tun, was er so verzweifelt forderte: in Taten umsetzen, woran wir glauben. Ist es nicht so? Ist alles andere dann nicht umsonst gewesen?« Er fuhr sich mit einem Taschentuch über die Wangen, der Prediger, und dann sprühte er aus einer Büchse eine blaue Puderwolke in das Gewächshaus. Wieder draußen, wo das Licht neuerlich stach, wo zudem ein heißer Wind voller Staub wie Nadeln pikte, begannen dem Lehrer die Augen zu tränen. Der alte Mann befragte den Jungen mit seinem kurzsichtigen Blick, blieb stehen, ein bejahrter Harlekin, schändlicher Verräter in einem Puppenspiel, und girrte; ein gemeines Gekrächze stieg aus seiner Rippengegend auf, er hielt sich die Seiten und brachte heraus, das sei immer so, die Erinnerung an Crabbe rühre seine Verehrer unweigerlich an. »Eijei«, fügte er mit ersterbender Stimme hinzu und faßte nach seiner Leber. Der Lehrer, der sich mit zwei Fingern (die er schmutzig wußte) die Lider abwischte, bekam in diesem sonderbaren Moment keine Hilfe von dem Jungen, der lächelnd dastand.

»Und wie steht es in den Niederlanden?« fragte der Alte.

»Bei?«

»Bei der Bewegung.«

»Ja, Vater, wie liegen die Dinge?« warf der Junge ein. Der Lehrer, erbost, erniedrigt, zuckte die Schultern.

»Eben«, sagte der Alte, und dann gingen sie zu dritt auf das Haus zu, das offenbar französisches neunzehntes Jahrhundert war, mit etwas barbarischen Renovationen an beiden Seiten und einer Freitreppe aus Backstein, die auch eine neue Verkleidung hatte. Dort stand eine Frau, sie trug eine schlecht geschneiderte Herrenhose. Dann verließ die Frau die Freitreppe und trat in die Sonne, hob eine Hand und winkte, als riefe sie spielende Kinder herein. Seit dem Vortag trug sie die Haare kurzgeschnitten. Früher noch. Seit der Nacht im Kursaal. Das Sonnenlicht war in ihrem Puder, einer steifgekochten Mehlpaste. Der Lehrer verbeugte sich. Der Alte sagte, es sei eine Ehre für das Haus, und um zu verhindern, daß er erneut seine leinseidene Walze auflegte (die durchstochene Walze einer Drehorgel, die steckenbleibt), stellte der Lehrer schnell den Jungen vor. Als seinen ältesten Sohn. Die junge Frau sagte: »Ich heiße Alesandra.« Der Lehrer nickte schweigend. »Ich glaube, unser Kleiner hier möchte gern was!« rief der alte Mann. »Was? Kakao, eh?« – »Coca-Cola«, antwortete der Junge und grinste. Die junge Frau ging voraus, an der Freitreppe entlang, ihre schmalen Hüften in der zu weiten, gestreiften Hose bewegten sich, unter ihrem Seidenhemd war das Band des Büstenhalters sichtbar, ihr Nacken war ockerbraun, und längs ihrer Ohren ragten schwarze Igelstacheln auf. Was auch geschehen mag, dachte der Lehrer, bald, jetzt nähere ich mich, und viermal murmelte er auf westflämisch: »... ich nähere mich sogar *met raske skre-*

den . . .«, weil er dieses Sich-endlich-Nähern vor sich selbst ins Lächerliche ziehen, es unglaubwürdig, unwürdig und grotesk machen wollte, aber das gelang ihm nicht. Umzingelt von den beiden Wächtern Verzele und Richard, die etwas im Schilde führten, was er nicht durchschaute, dachte er: Ich nähere mich in der Tat meinem Wild, meiner Beute, es ist schrecklich.

Das Zimmer, das sie betraten, erstreckte sich über die gesamte Breite des Seitenflügels und hatte eine Wand aus schmalen Glasscheiben, hinter denen man einen englischen Rasen erblickte, in dessen linker Ecke – je weiter man in den Raum kam und auf die geblümten Sessel um einen Marmortisch zuschritt – zwei, drei, vier Statuen von unterschiedlicher Ausführung sichtbar wurden, die sich vor einer verzweigten Baummasse scharf abzeichneten. Auf dem Tisch stand neben einer silbernen Schnupftabakdose eine kleine Büste von Cyriel Verschaeve in Gestalt eines Aschenbechers. Das einzige Stück im Zimmer, das nicht hergehört, dachte der Lehrer, der seine bescheidenen Kenntnisse über Stilepochen zusammenscharrte, um das Zeitalter zu bestimmen, aus dem die Möbel stammten, obwohl er eigentlich wie zuvor bei den Blumen nur erkennen konnte, daß sie kostbar und gut erhalten waren. Er schaute (wie ein Bauer beim Notar, sollte Sandra ihm später sagen) nach einem Spieltischchen aus Mahagoni, mit Ebenholz und Perlmutt ausgelegt, und entschied: Empire, Second Empire. Auch die Stutzuhr mit Minerva und die Kandelaber, dachte – irrte – er. Der Alte, dessen Haut glänzte, als leide er an einer inneren Schweißkrankheit, schlug munter gegen einen Käfig, worauf ein Papagei etwas zum besten gab, auf deutsch (was Sandra dem Lehrer später – als er darum bat – auch erläutern sollte, mit einem verlegenen und doch herausfordernden Auflachen, nämlich als »Du hast die Eier gefroren!«).

Der Papagei flatterte dann etwas müde umher. Die Zeiger der Uhr, ein Malachitblock mit vergoldeten Trägern, auf die eine bronzene, nackte Frau zögernd einen Lorbeerkranz drückt, wiesen auf zwanzig nach zwölf. Keine Stunde, um Besuche zu machen. Die junge Frau brachte Sherry. Während er trank, dachte der Lehrer: Gleich werde ich mich hoffnungslos in eine umständliche Erklärung verfilzen, die Folgen werden schändlich sein. Er versank nahezu in dem Sofa, auf dem er saß, die Knie dicht zusammen. Um was ging es eigentlich? Sie hielten ihn für einen niederländischen Abgesandten, der an der Zusammenkunft einer Vereinigung ohne Namen teilnehmen sollte, zu der Leute wie ein gewisser Kubrich, Normand, Unternährer und Professor Huysentruyt gehörten, mit denen er bekannt zu sein hatte. Das Wort führte vornehmlich der alte Mann mit der beschlagenen Pfirsichhaut, die Frau saß da, als figuriere sie gegen ihren Willen, aber notwendigerweise als Zeugin, um gegebenenfalls Klarheit, Geschlossenheit in seine verworrenen und weitschweifigen Andeutungen im Hinblick auf die bevorstehende Versammlung zu bringen. Richard, der alte Mann, der Vater, erklärte dann, er sei froh, daß Herr Heerema – oder müsse er Dr. Heerema sagen – (»Wie Sie wollen«, antwortete der Lehrer und wagte es nicht, den Jungen anzuschauen.) etwas früher eingetroffen sei, die anderen Mitglieder würden erst am nächsten Tag ankommen, so könne er das Haus besser kennenlernen. Die junge Frau spielte mit einer Zigarette, der Lehrer (Dr. Heerema) gab ihr Feuer; sie sog, ihre Wangen höhlten sich ein, sie starrte ihn an. Dämonisch. »Sind Sie schon lange im Lande?« fragte sie.

»Drei Tage.«

»Hat jemand Sie hergebracht?«

»Wir kommen aus Brugge.«

»Mit dem Auto«, warf der Junge ein, der mit unmanierlicher Gier Salzgebäck verschlang und zum zweitenmal ein geleertes Glas vor sich stehen hatte. Nachdem der Alte erklärt hatte – der den Jungen ebenfalls nicht aus dem Auge ließ –, daß sie gemäß der Gewohnheit von Crabbe nie dejeunierten, den Besuchern aber leicht etwas zu essen anbieten könnten, worauf der Lehrer antwortete, sie hätten vor kurzem gefrühstückt, erhob er sich und sagte stöhnend, indes er sich den rosigen Schädel mit einem Taschentuch abwischte: »Nun gut. Ich muß Sie jetzt leider im Stich lassen. Die Arbeit ruft. Komm, ich zeige dir einige von meinen Experimenten.«

»Mir?« fragte der Junge unbeteiligt.

»Ja.« Der Alte nahm ihn bei der Hand und zog ihn aus dem Sessel. Nun, so nahe bei dem Lehrer, war die Frau fern. Kein venezianischer Höfling, der Buicks verkaufte, fungierte bei diesem schwülen, dichten Abstand als Verbindungsdraht zwischen ihnen. Hinter ihr, hinter den Fensterscheiben, flatterte kreischend ein Möwenschwarm vorbei und kehrte zurück. Die Möwen gaben Liebesschreie von sich, Kinder mit verstümmelten Stimmbändern. »Love me«, sagte sie. »Lau, wie?« sagte sie. »Hier drinnen, meine ich. Aber das Wetter bleibt wohl nicht so.«

»Nein«, antwortete er. »Ein Sommersturm zieht auf.«

»Es sind die heißesten Tage des Jahres.«

»Ja.«

»Warum haben Sie Ihren Sohn mitgebracht?«

»Er hat sich sehr angestrengt in der Schule.«

»Haben Sie noch mehr Kinder?«

»Nein.«

»Sie sagten doch, es sei Ihr ältester Sohn?«

Seine Erläuterung war unzureichend. »Meine Frau erwartet ein zweites Kind.«

Sie war abwesend, eine beherrschte Ländlerin, erfreut über ihre neue Frisur – Igelstacheln und pechschwarze Chrysantheme –, stellte Fragen, von denen sie – wie ungerechtfertigt auch immer – wußte, daß die Antworten sie und nur sie betreffen würden, Fragen über die Niederlande, über die Repression von 1945, über seine Doktorpraxis, und seine Antworten waren unzureichend. Randvoll von Begriffen wie »das Stigma tragen«, »Konjunktur«, »die Umstände«, »Reaktion«.

»Ich war Katholikin«, sagte sie, »früher, mit zwölf. Dann kam Crabbe, und wo er sich niederließ ...«

Die Nervosität des Lehrers ließ nicht nach, wohl aber seine Besorgnis, was die möglichen Folgen seines Betruges anging. Er dachte: Das ist ein klarer Augenblick, gleich ist er vorbei, aber es hat ihn gegeben; und in der Rolle des Fremden (verwundert, daß sie, die einen etwas verbesserten Brugger Dialekt sprach, seine Sprache nicht als das Niederländisch eines flämischen Lehrers erkannte, als Sonntagsflämisch, wie man sagte), der zum erstenmal auf Almout zu Besuch ist, erkundigte er sich: »Sind Sie hier geboren?«

»Ja. Und ich habe mich auch immer hier aufgehalten. Nur einmal, 1949, bin ich im Ausland gewesen, in Deutschland.« Draußen ging ein Gärtner vorbei, eine Aureole von Sonnenlicht um den Schädel und eine Heckenschere vor dem Bauch. »Ich habe in Brugge die Schule besucht. Das Pensionat Saint-Joseph. Um Latein zu lernen. Sonst habe ich immer hier gewohnt.«

»Im Dorf scheint nicht viel los zu sein.«

Sie stand auf, eine Fremdenführerin, die Touristen, Amerikanern mit Fotoapparaten um den Hals, das verwunschene Schloß mit dem Schwarzen Ritter zeigen muß. Der Lehrer fürchtete den Rundgang, er blieb sitzen, ein Tourist, der sein Eintrittsgeld bezahlt hat und auf den Beginn der *floor show* wartet.

Sie strich die Falten und Kringel ihrer schlampigen Hose glatt, zögerte.

»Ab und an gehe ich weg, nach Brüssel oder Ostende«, sagte sie. »Aber meistens bleibe ich hier; ich warte.«

»Auf?«

»An wen dachten Sie?«

»Crabbe.«

»Oder auf jemand anders.« Der klagende Tonfall erinnerte an den der bereits oft erprobten, wiederholten und doch nicht zerriebenen Andeutungen ihres Vaters im Gewächshaus, aber die Gier, mit der sie ihre Trauer zur Schau stellte, stieß ihn ab. Er wollte sie auf Distanz halten. Doch sie hörte nicht auf.

»Auf jemand anders«, sagte sie, »denn nie mehr wird ...« Und sie sagte: »Denn nie mehr wird in unser Haus« (sie sprach es aus wie *unser Haus*, das Klubhaus, das Lokal eines Syndikats) »jemand kommen, der so ist wie er.« Sie konnte kein Ende finden. Nachdem sie auf das Sofa gesunken war, saß sie einen Meter von dem Lehrer entfernt, spann ein Gewebe aus immer schleimigeren Fäden, die an ihm klebenblieben. Sie habe als Kind in Unserem Haus gespielt, in dem Schloß mit dem Schilddach; damals sei der englische Rasen makellos gewesen, ebenmäßig und grün, ohne Statuen oder Pfähle, und als Schülerin des Pensionats Saint-Joseph habe sie zur Osterzeit in ihrer blauen Uniform mit der breiten, gestrickten Halsbinde im Salon gesessen, um ernsten jungen Männern in schwarzer Kleidung und Stiefeln und wilden jungen Männern in grünem Feldrock und mit Helmen zu lauschen, sie anzustarren, und später, nachdem alle gefallen oder verschwunden waren, sei sie allein zurückgeblieben; blutarm, scheu und wild sei sie an den Bücherschränken, oben an den Betten und in diesem Raum an der Minerva-Stutzuhr, den Vitrinen mit Porzellan, Kristall, Silber, glasierten Tonfiguren, Nippes aus vielfarbenem Marmor auf Bronzesäulen entlanggeschlichen und habe auf den Sohn des Hauses gewartet, der nicht der echte Sohn des Hauses gewesen sei, sondern ein Findling, den man ob seiner Gaben und seines bösen Ernstes in diesen Rang erhoben hatte. Der Lehrer lauschte, trank Sherry, war ein Mitverschworener. Und er dachte: Wenn sie jetzt, jäh, ohne Vorwarnung, ihre Erzählung abbricht, schweig, Sandra, dann werde ich ihr ohne zu zögern ebenso präzis wie pflichtbewußt sagen: Ich bin von meiner Schule weggelaufen wegen einer Panik. Wegen der Angst vor der Angst. Wegen der Tatsache, daß ich nach einem Jahr von meiner Frau Elizabeth geschieden wurde, die meine Schülerin war, aber nicht allein deshalb, sondern auch weil ich gewollt oder ungewollt in einem glasklaren Sog zu etwas Bizarrem, Glasklarem aufgehen wollte, das zwar – ich weiß es – nichts an meinem Zustand geändert, aber meinen Zustand aufgeklärt, erklärt hätte, und schweig nicht, Sandra, streich weiter mit deinen eigenwilligen, dunklen Flügeln über mein Gesicht; und der Lehrer sah, wie sie zauderte, als sie merkte, daß er nicht mehr zuhörte. Sie lehnte sich zurück, schlug ein Bein über das andere, der ockerfarbene Hals in dem seidenen Herrenhemd faltete sich, sie nahm einen ihrer Ohrclips aus Korallen ab, spielte damit und schwieg.

»Dr. Heerema«, sagte sie nach einer Weile, »für uns klingt dieser Name sonderbar.«

»Mein Vater war Friese«, sagte er leichthin.

»Friesen schlagen mit einem Stock aufs Wasser, um Fische ins Netz zu treiben, nicht? Polsstok nennen sie das. Und sie springen auch Polsstok, wie? Über einen Graben?«

Geschrei erfüllte das Haus. Es kam aus dem Flur und von oben, eine alte Frau, die gewürgt wurde und sich verteidigte.

»Ich habe es auf dem Bildschirm gesehen. Springen Sie auch Polsstok über Gräben?«

Ihr weit nach vorn dringender, ungewohnter Blick ließ ihn nicht los.

Das Gejammer der alten Frau hörte auf, wie von einer Hand abgezwickt.

»Es ist meine Mutter«, sagte sie. »Sie ist krank.«

»Und wie«, sagte er, erhitzt, beinahe lachend.

»Was sagen Sie?«

»Was hat sie denn?«

»Wer?« (Sie, sie, wer ist das, sie? Spricht man in den Niederlanden so von jemandem?)

»Ich meine, woran leidet Frau ... äh ...« (ich muß draufkommen!) »... äh ... Harmedam?«

Wenn sie jetzt zu sagen wagt, dachte der Lehrer, der infolge der Aufregung, der Hitze, des Sherrys brünstig wurde, wenn sie jetzt zu sagen wagt, an einem Darmfieber, dann laufe ich sofort davon; und er fragte sich, wo der Bengel blieb.

»Sie hat eine Erkältung im Nacken, die Nerven«, log

Alesandra Harmedam, und um ihre Mutter zu verdrängen, stürzte sie sich in eine Geschichte, an die sich der Lehrer nicht mehr erinnert, denn sie folgte einem unvorhersehbar vertrauten Kurs, der später auf unterschiedliche Weise immer wieder aufgenommen wurde, es war auch eine zaudernde und entschuldigende Erzählung, um die Mutter abzuwehren, und er tat, als würde er ihr diesmal von Anfang bis Ende zuhören; sie saßen wie zwei Frauen in der Garderobe einer Tanzbar, und der Lehrer, der den Jungen leidenschaftlich beschwor, endlich aufzutauchen, sah dann, daß der alte Mann, der Vater, der Ehemann der geknebelten Schreierin auf Lebenszeit oben, wieder in den Garten ging, die riesige, geöffnete Gartenschere wie einen stählernen, in der Mitte aufgespaltenen Phallus vor sich hertragend, und sagte, mit der ihm eigenen unmanierlichen Gewohnheit, sein Gedächtnis für Gedichte unter Beweis zu stellen, wobei er nach dem unmündigen Greis in dem geräumigen Park mit den Bildsäulen zeigte: »And ere they dream what he's about, he takes his great, sharp scissors out!« Die junge Frau kniff leicht die Augen zusammen, zog vor Genuß und Abscheu einen Flunsch, so daß er ermutigt fortfahren wollte (»and cuts their thumbs clean off and then ...«), aber sie fragte schnippisch: »Warum sprechen Sie englisch?«

»Warum nicht?«

»Es ist seit Jahren das erste Mal, daß auf Almout englisch gesprochen wird.«

Nichts fragen, dachte der Lehrer, bloß nicht, ich bin der Fremde, der alles weiß.

»Es tut mir leid«, brachte er lahm heraus.

»Ich weiß, die Niederländer haben zum Englischen eine andere Einstellung, es ist ihre zweite Muttersprache, ein bißchen so wie bei uns das Französische – und dennoch ...«

Er hatte einen unverzeihlichen Fehler begangen, der Kindervers schwoll zwischen ihnen, ein sichtbarer Fleck auf seiner Hose.

»Ich weiß, es ist kindisch«, sagte sie und versuchte zu lächeln.

»Es war ein Kindervers.«

»Ich verstehe kein Englisch«, sagte sie. »Vater hat es früher gelernt, es aber vermutlich völlig vergessen, weil er es systematisch – wie er alles tut – aus dem Gedächtnis verbannte.« Sie ließ ihre Handgelenke arbeiten, fuhr einem sich nahebei niederkauernden Kind ins Gesicht, setzte eine Sonnenbrille auf. »Ich habe noch ein paar Brocken behalten, denn ich habe im Pensionat ein Jahr lang Englisch betrieben, aber als Vater davon hörte, der nie die Schulberichte las, schrieb er einen Brief an die Mère Supérieure, daß er mich aus dem Pensionat nehmen würde, wenn ich mich noch einmal am Englischunterricht beteiligte. Das war zu Beginn des Krieges gewesen. Einmal hat er auch einen Brief an das Pensionat geschrieben, als ich – um ihn zu ärgern – erzählt hatte, wir würden mehr französische Geschichte lernen als flämische und die Nonne hätte uns weisgemacht, bei der Schlacht der Goldenen Sporen seien keine oder fast keine Flamen zum Zuge gekommen, sondern die Deutschen und die Friesen hätten die Franzosen geschlagen. Das war 1944, und als Crabbe das erfuhr, wollte er sofort ins Pensionat, um da par force den versammelten Klassen eine Lektion über die eigentliche Bedeutung der Goldenen Sporen zu erteilen. Ich schrie vor Angst, weil ich fürchtete, er würde da gräßliche Dinge sagen, gleichzeitig aber hätte ich es brennend gern gewollt, damit alle Mädchen sahen, daß Crabbe zu mir gehörte, mein war. Denn das dachte ich damals.«

Sie nahm die Sonnenbrille ab, die zwischen ihren Brauen einen braunen Strich zurückließ, etwas höher und parallel zu den niedergeschlagenen, gewölbten Lidern, und der Lehrer erkannte sie nicht wieder; diese Frau war nie auf dem Deich und der Pier entlanggehastet, zwei atemlose Hunde von Balltänzern hinter sich; sie verbarg sich, kapselte sich in eine Schulmädchenuniform ein.

»Sprange spricht natürlich Englisch, und Mama auch, etwa zehn Sätze. Zu Crabbes Zeit machte sie mit, wenn im Salon – zum Spott natürlich – nach irgendeiner Sondermeldung ›Britannia rules the waves‹ gesungen wurde. Crabbe las auch englische Bücher. Einmal hat er, das weiß ich noch genau, ein Buch von ... von Keynes, kann das sein?« Der Lehrer bestätigte es, ermunternd, lehrerhaft. »Also, er hat Sprange ein Buch von Keynes nachgeworfen und gesagt, der Leiter de Keukeleire hätte es zwar ihm empfohlen, doch für Sprange sei es besser geeignet, da er ja Gedanken brauche, um eine Revolution schönzureden. Sie sollten Sprange gleich mal danach fragen. Haben Sie ihn schon gesehen? Ich dachte, er hätte vorhin am Tor gestanden, aber er verkriecht sich ja immer gleich.« Der Lehrer war unerklärlicherweise froh, daß sie das niederländische »Sie« in der Anrede – das »U« – fallen gelassen und das etwas vertraulichere, westflämische »Jij« verwendet hatte. Das war ein Brückenschlag der Familiarität, der Zuneigung. Später gingen sie, dicht nebeneinander, durch die Flure; an den Wänden hingen Holzschnitte, auf denen gähnende mittelalterliche Krieger etwas riefen, was in eine Banderole mündete, ferner Rüstungen, gekreuzte Hellebarden, Schilde aus Quaderstein. Im Versammlungssaal, wie sie einen länglichen Raum mit in Blei gefaßten Fenstern und einem Klostertisch nannte, stand eine Reproduktion des Gemäldes von Rodenbach in Roeselare, der Jüngling hob eine Möwe hoch. Kronleuchter aus Eichenholz, Tapeten aus Kunstleder, ein mehrteiliges Glasfenster mit eingearbeiteten Runen, eine Scheibe war zerbrochen. 1945 eingeworfen? (»Nein, mit den Leuten hier aus der Gegend hatten wir nie Scherereien.«) »Bei der Befreiung hat man nicht einen Stein auf unser Haus geworfen. Nur an einem Abend haben sie vor der Portierswohnung ein bißchen randaliert. Im übrigen hat Mama gleich dafür gesorgt, daß Offiziere der Alliierten bei uns einquartiert wurden ...«

»Ich dachte, sie spricht nicht englisch ...«

»Dafür reichte es, außerdem waren die ersten Polen, und Mama hat sie mit ihrem Polnisch um den Finger gewikkelt ...«

»Sie ist doch keine Polin.«

»Der Nationalität nach nicht mehr. Als sie heiratete, wurde sie automatisch Belgierin.«

Meßinstrumente, die unlängst benutzt oder geputzt worden waren, blinkten; ein Foto von einer Anzahl deutscher Soldaten neben einer Feldküche vor der Rückfront des Hauses Almout. (»Die Jungens von der Junkerschule Tölz, die 1943 zu Besuch waren. Crabbe hat die Aufnahme gemacht, es war nicht genügend Licht, aber sie ist dennoch gelungen.«) Die Möwen draußen, so fern von der See, stießen herab, und dann, in dem Schaumgummisessel auf der Veranda, wurde dem Lehrer bewußt, daß die Erläuterungen der jungen Frau spärlicher wurden, daß sie beinahe die ganze Zeit geschwiegen hatte, seit sie unter dem Gitterwerk von Holz und Laub gegenüber dem Park saßen, weil er dem Gespräch keine Nahrung gegeben hatte, weil er, statt ein bombastisches, kompliziertes Gebilde von Lügen aufzubauen, deren Einzelheiten ihm später doch entfallen wären (denn daß es zwischen ihm und ihr ein Später geben würde, ein entscheidendes, andauerndes und klares, daran zweifelte er nicht), sich lieber in eine verdrossene Stille eingenistet hatte. Und weil sie (vielleicht seiner Freveltat, seiner lügnerischen Position auf der Spur) nicht danach trachtete, ihm die Würmer aus der Nase zu ziehen. Sie unterstellte da wahrscheinlich (nein, bestimmt!), daß sie das nicht zu tun brauche, das Lamm würde ihr ja schon bald das Salz aus der Hand lecken. Der Lehrer kam sich schwerfällig vor, ausgeschlossen aus der Zeit, die im Haus Almout herrschte; er rauchte zuviel, und dann, während er gleichmütig, als belauere ihn jemand, der seine Reaktionen falsch deuten könne, die Bildsäulen und ihre Anordnung zu begreifen suchte, ging er draußen neben ihr, an dem künstlichen Hain entlang, über den sie sich ebenfalls ausschwieg, und an einem riesigen, unkeuschen spätgriechischen Kuros mit einer Fackel vorbei.

»Wollen wir eine Partie Tennis spielen?«

Er wagte nicht zu erzählen, daß es fünfzehn Jahre her war, seit er auf Drängen seines Vaters im Klub seines Vaters acht, zwölf Stunden Unterricht genommen hatte, wo er einen totalen Mangel an Talent und Energie sowie eine gewisse körperliche Scheu gezeigt hatte, die ihm auch bei den Tanzstunden – aufgezwungen von demselben Vater – hinderlich gewesen war, und antwortete: »Ich habe lange nicht gespielt.«

»Das sagen alle«, entgegnete sie. »Oder haben Sie keine Lust?«

»Aber ja, aber ja«, sagte er, womit er – wie in einer seichten Filmkomödie – zum Ausdruck bringen wollte: »Mit dir, mit dir möchte ich alles.«

»Oder wollen Sie lieber Polsstok springen über einen Graben?«

»Nein«, sagte er würdevoll.

»Ich vermisse das Tennisspiel. Immer muß ich warten, bis Sprange Lust dazu hat, und das ist die Ausnahme. Er ist ständig in seinem Verschlag und meißelt und schweißt. Aber morgen werde ich Professor Huysentruyt einfangen, er ist Champion von Westflandern gewesen.«

»Dann dürfen Sie sich nicht so sehr verausgaben«, warnte der Lehrer.

»Bis morgen habe ich mich wohl wieder erholt.«

Sie führte ihn (wie ein Schaf, dachte er) zu dem nahen Holzschuppen, und dort zog er, umweht von Tiergeruch, die zu großen, zerschlissenen Tennisschuhe von Sprange an. In Hemdsärmeln, erbärmlich transpirierend, schlug er zu und verschlug alle Bälle, und sie, die zuerst so tat, als mache sie einen Spaß mit, überwand ihren Ärger, kam zu ihm ans Netz und brachte ihm bei, wie man pariert, dabei hielt sie sein Handgelenk fest und stieß gegen seine Lenden; er verschlug die Bälle auch weiterhin und dachte: Sie berührt mich.

Als der Lehrer dann auf der Veranda Tee nippte, den er am liebsten in sich hineingeschüttet hätte, so durstig und erschöpft war er, erzählte er fiktive Geschichten aus seiner Jugend in Friesland und wechselte danach (welches war sein Spezialgebiet als Doktor?) zu Anekdoten aus der Autobiographie eines Psychiaters über, die er eine Woche zuvor während der Klausurstunden gelesen hatte (war das erst eine Woche her? Er vertrieb die massive, unangenehme Erinnerung an das Schulvieh, den Direktor, an Elizabeth, die ihn verraten hatte), und sie lauschte begierig; er mußte ausführlich das Äußere und das Verhalten des Lustmörders in seinem Konsultationszimmer beschreiben, und sie lächelte und fragte, ob so etwas je zu heilen sei, so ein Hang, den Gegenstand seiner Lust oder Neigung oder Liebe zu vernichten, und er dachte: Sie schnappt zu, die Hure, die hier die Novizin spielt, sie beißt an, die Nonne von Grünholz, Hafermalz, Allmalz (denn das bedeuten ja die Ortsnamen Groenhout, Havermout, Almout), und er sagte: »Jawohl« und häufte dafür Beweise an und behauptete, das komme in seiner Praxis regelmäßig vor. Die junge Frau hatte einen Tennisball in der Hand, der mürber war als ein wurmstichiger Apfel, den sie hochwarf und wieder auffing. Als der Lehrer laut fragte, wo der Junge wohl bliebe, sagte sie, er besuche wahrscheinlich ihre Mutter. Vater habe die Gewohnheit, jeden zu seiner Frau zu bringen, wenn sie krank im Bett liege, was sehr häufig der Fall sei. Das zerstreue sie. Als sie sich erkundigte, ob er und der Junge ihre Koffer mit hätten, antwortete der Lehrer, daß sie im Dorfgasthaus logierten. Sie erschrak. Er hatte einen Schnitzer begangen. Sie biß in den Tennisball, ihre weit gespannten Lippen, die starken, gleichmäßigen Zähne umklammerten die unweiße, haarige Haut; sie drehte den Ball mit ihren langen Fingern und schnappte wiederholt zu und leckte ungewollt daran und versuchte, die Zähne in die Rundung zu schlagen, und als sie ihn wieder in der Hand auf und nieder springen ließ, glänzte er an mehreren Stellen vor Nässe. Der Lehrer fühlte sich demaskiert, auf einmal allein in dem Haus. Oben, rechts hinter ihm, sang eine alte Frauenstimme ein romantisches Lied, begleitet von bröckligen Klavierklängen.

Der Alte, der Vater – obwohl es unwahrscheinlich war, daß dieser zittrige, runde Wicht je eine Frau so übermannt haben sollte, daß ein Kind daraus entstand, ganz zu schweigen von einer Alesandra, und der Lehrer suchte nicht einmal nach gemeinsamen Gesichtszügen oder Verhaltensweisen –, rief von draußen, er wolle auch eine Partie Tennis spielen. Die junge Frau rief mit schriller Stimme zurück, aus der Tadel (nicht für den Vater, sondern für ihn, ihn) herauszuhören war, der Gast sei nun zu müde. Der Vater stand neben einer grellfarbenen, frischgestrichenen Gartenfigur, und er glich ihr, gleichgeschaltet durch das Sonnenlicht. Der Lehrer, beinahe schläfrig, todmüde und noch transpirierend, erklärte, er müsse daran denken, ins Gasthaus zurückzukehren, aber sie hörte nicht hin oder nur mit Mühe und schob das Kinn in Richtung eines lautlos aufgetauchten Mannes vor, der in der Türöffnung stand und vielleicht schon geraume Zeit den verschwitzten Lehrer anstarrte. Er war ein bäurischer Typ, trug havannafarbene Kordhosen und ein hellblaues Hemd. Sein Flachshaar war nach vorn gekämmt, seine wachen Augen, dicht beieinander, ruhten unverwandt auf dem Lehrer.

»Das ist Dr. Heerema, der auch Polsstok springt«, sagte die junge Frau.

»Sprange«, sagte der Mann, drückte dem Lehrer die Hand und nahm dann ihm gegenüber Platz. Der Lehrer wollte Alesandra lautlos und ohne eine einzige Geste zu verstehen geben: »Ich habe Sie bereits darauf hingewiesen, daß ich weg will, erschrecken Sie nicht, wenn ich plötzlich aufbreche, ohne Buh oder Bäh«, aber Sprange, der sich Tee eingeschenkt hatte, saß mit seinen Füßen, seinen gewaltigen Schultern und seinen fest haftenden, forschenden Augen sowie mit dem Geruch von Staub und Stein in seiner Kleidung zu dicht neben ihm.

»Ich bin durch die halbe Stadt gefahren«, sagte Sprange, so daß der Lehrer es gut hören und vielleicht kommentieren mußte, »und ob du's glaubst oder nicht, von denen aus Brugge für übermorgen waren nur vier zu Hause.«

»Das kennen wir schon: nicht zu Hause!« sagte Alesandra.

»Vier«, wiederholte Sprange und heischte eine Antwort von dem Lehrer.

»Reg dich nicht auf«, sagte Alesandra leichthin und tippte mit dem Zeigefinger, der einen langen, gefirnißten, spitz gefeilten Nagel hatte, auf Spranges Vorderarm, »wenn es drauf ankommt, sind sie schon da.«

»Wetten, daß weniger aus Brugge dasein werden als letztes Jahr?«

Der Lehrer merkte nun, daß er sich beim Tennisspielen den Knöchel verstaucht hatte, und dachte: Hinkend verlasse ich das Grundstück – sogleich. Grenzenlose Müdigkeit überwältigte ihn. Die beiden neben ihm auf der heißen Veranda sprachen über die Kundgebung, die in zwei Tagen stattfinden sollte und die sie ein »geselliges Beisammensein« nannten, über die Vorstandssitzung vom nächsten Tag, hechelten dann mehrere Mitglieder und ihre Abgaben durch und nannten Familiennamen, und der Lehrer nickte unablässig vor Mattigkeit, sah dann, daß sich der Vater – ebenfalls unhörbar aufgetaucht – am Verandageländer niedergelassen hatte, den Schlagschatten einer Säule auf dem kahlen, rosigen Schädel. Der Vater suchte etwas in beiden Hosentaschen, zog ein weißes Taschentuch heraus, faltete es sorgsam und legte es sich auf den Kopf; er würdigte die drei auf der Veranda keines Blickes. Irgendwann im Laufe des Gesprächs – dem der Lehrer nicht mehr gefolgt war; er fürchtete, die beiden Verschwörer neben ihm hätten ihm etwas in den Tee getan, ein Pulver, das ihn nicht umwarf, ihn aber wie einen senilen

Vielfraß unablässig nicken ließ – erregte sich Sprange über die lä-cher-li-che Idee eines gewissen Baader, am nächsten Morgen eine Blumenkrone vor Crabbes Bildsäule (als gäbe es nur eine!) zu legen, eine Blumenkrone in flämischen Farben aus Mimosen und schwarzen Tulpen, die Baader extra für diese Gelegenheit gezüchtet haben wollte. Sprange erklärte, sowie Baader Miene mache, damit auf eine seiner Bildsäulen loszugehen, werde er ihm den Plunder aus der Hand reißen und auf den Misthaufen befördern.

»Wenn es wenigstens noch lila Blumen wären«, sagte der Lehrer, plötzlich munter geworden. Seine Bemerkung blieb in der Luft hängen.

»Sie sollten besser wissen als jeder andere, daß Crabbe gegen Blumen allergisch war«, sagte Sprange träge.

»Aber als ich ankam, behauptete Ihr Vater ...« Der Lehrer wollte die junge Frau einbeziehen. Sprange schnaufte verächtlich. Der Vater, ganz in der Nähe, rührte sich nicht, hörte nichts. »Sie haben recht«, lenkte der Lehrer ein, »und im übrigen: Ihre Bildwerke sind Ehrenbezeigung genug. Sie sind wie Blumen.«

»Genau das war der Sinn«, sagte Sprange. Der Lehrer dachte: Wenn das so weitergeht, so freundlich auf leisen Sohlen, dann werde ich noch alles erfahren. Doch er ahnte bereits eine Enttäuschung voraus, eine unvermeidliche, dumpfe, dumme Ohnmacht, die gepaart sein würde mit der Aufklärung all der hektischen, nebulösen Vorgänge auf Almout, die jeden flüstern, mit jedem etwas abkarten und um jeden herumscharwenzeln ließen; und diese helle Öffnung, die sich auftun würde, wenn der Tunnel voller unbeendeter Sätze und Schlüsselwörter durchforstet war, scheute er (wie immer), denn er wollte lieber beklommen und unwissend in seinem feuchten Schacht steckenbleiben als dessen Zweck in Erfahrung bringen; er erhob sich, und wie vorauszusehen war, stießen seine Knie, die Spranges Knie ausweichen wollten, gegen den Teetisch, so daß die Tassen und Löffel klirrten.

Sprange hob abwehrend die Hand, eine behaarte Klaue, fleischig, mit abgeplatteten Fingerkuppen und Nägeln ohne Halbmond, die Pfote einer Schildkröte; der Lehrer strich an der Hand vorbei, und seine Mattigkeit verschwand, er schaute in die verwunderten Gesichter der anderen. Sprange wechselte einen Blick des Einverständnisses mit der jungen Frau, erhob sich ebenfalls und sagte, er werde ihn hinausbegleiten.

»Wartet!« Sie folgte geschmeidig den beiden Männern, doch Sprange stieß sie von dem Lehrer weg oder besänftigte sie mit einem abgeplatteten Streicheln und sagte, er werde sofort zurückkommen. Sie setzte sich wieder, breitete die Arme neben sich aus und wartete, daß die Männer hinausgingen. Der Lehrer, der (abermals, es war nicht von seinem Gesicht zu wischen) wie ein Schaf lächelte, machte kehrt, hastete zu ihr zurück und sagte ihr in das bereits abwesende Gesicht, daß er nichts mit einem Dr. Heerema aus den Niederlanden zu schaffen hätte, daß er Victor de Rijckel heiße und Lehrer am Athenäum der nahe gelegenen Küstenstadt sei. Sie blinzelte. »Natürlich«, sagte sie. »So ist es besser. Obwohl Sie von keinem unserer Mitglieder etwas zu befürchten haben. Machen Sie sich keine Sorgen.«

Dann verließ der Lehrer mit Sprange, dem Bildhauer, die Veranda, ging an dem reglos verharrenden alten Mann vorbei über die Terrasse, stieg die Quadersteintreppe hinab und gelangte auf den Kiesweg. Um ruhig zu bleiben, konzentrierte er sich auf die Parade der mißgestalteten Bildsäulen und paßte sich absichtlich nicht dem ruhigen, festen Schritt des Bildhauers neben sich an. Der lange Sprange, der seine Hände mehrmals an der Kordhose abwischte, als wolle er deren von Tuberkuloseschweiß feuchte Innenflächen trockenreiben, erzählte in kargen Sätzen von seinem früheren Leben und wie es durch das Erscheinen von Crabbe verändert worden war und daß man – er zeigte auf die Scheitelpunkte der Figuren – bei der Wiedergabe einer blonden Person den Ton tiefer kerben müsse als bei der Wiedergabe einer schwarzhaarigen.

Den Lehrer rührte das wenig an, nun, da eine Aufklärung, zumindest der offenkundigste Versuch einer Aufklärung seinerseits, verworfen worden war, blieb er mit einer hoffnungslosen Vorahnung von dem, was kommen würde, zurück. Und keine Spur von dem Jungen.

»Es heißt zwar: die Juden, die Juden«, sagte Sprange, »aber wissen Sie auch, daß Crabbe persönlich nie einen Juden getötet hat? Auch nicht in Tschernia, worüber Sie in Ihrem Buch geschrieben haben; dort waren es die Deutschen, die Ukrainer und die Spanier, aber fast nie die Flamen, und Crabbe ganz bestimmt nicht. Sie schreiben, daß in Tschernia statt Ochsen Juden vor die Wagen der Schutzstaffeln gespannt wurden und daß man einen Juden sofort auf offener Straße henkte, wenn er einmal nicht grüßte, schon möglich, aber kein Flame hat so etwas je getan. Ich möchte Sie bitten, das gründlich zu überarbeiten und vor allem mehr Nachdruck darauf zu legen, daß es die Juden gewesen sind und kein anderer, die Crabbe gezwungen haben, die Armee zu verlassen. Sie sind verantwortlich für seine – wie nennt man das? – Fahnenflucht.«

Zuviel läuft durcheinander, dachte der Lehrer, und er schaute sich bei der Wegkrümmung um und sah die verschwommene, in die Länge gezogene und durch eine Unebenheit im Glas verstümmelte Gestalt der jungen Frau hinter einem Fenster des Versammlungssaales stehen, das Gesicht dicht an der Scheibe. Sie kontrollierte seinen Abgang durch den Garten.

Als er sich wieder umdrehte, fing er Spranges flammenden, beinahe haßvollen Blick auf, der auf seinen Mund (zu weich und zu schmal, wie er wußte, noch dazu kräuselte er sich jetzt schlaff unter diesem Blick) gerichtet war, und er schaute standhaft in die gelben, blutunterlaufenen Augen, deren Wimpern wie angeklebt wirkten, und er sah Sprange deutlicher, als dieser ihn sehen konnte, und jubelnd dachte er: Dieser Mann ist zu all dem Bösen fähig, das er ausführen und über mich bringen will, ich existiere im Garten dieses Hauses.

Er pfiff »Malbrough s'en vat'en guerre«. Ein jäher Wind kam auf, der Schatten der Baumzweige auf dem Erdboden verschob sich. Kurz vor dem Eingang wurde Sprange langsamer, verhielt dann den Schritt und fragte, wie lange der Lehrer zu bleiben gedenke.

»Hier? Oder im Dorf?« fragte der Lehrer zurück und meinte, damit zum Ausdruck zu bringen, daß er im Dorf über Hilfe, Reserven, Bundesgenossen verfüge.

»Hier«, antwortete Sprange und skizzierte mit seiner übel zugerichteten Hand die Umrisse der Domäne von Almout.

»Das hängt von den Umständen ab.«

»Ich möchte es nur wissen, weil ich so schnell wie möglich wieder an die Arbeit will, verstehen Sie, sonst ist es mir egal.«

Der Lehrer überlegte, wo er seine Brille gelassen hatte, auf einmal fühlte er sich durch seine Kurzsichtigkeit behindert, das Haus lag weit weg.

»Ich muß an den Denkmälern weiterarbeiten«, sagte Sprange, »sie haben mich schon jetzt sieben Jahre meines Lebens gekostet, und noch immer sehe ich ...«

Dann, der Lehrer sah ihn nicht, erkannte jedoch die Stimme unmittelbar und lokalisierte sie bei einem Fenster im zweiten Stock des Hauses, stieß der Junge einen Eulenschrei aus. Der Lehrer winkte in seine Richtung. Sprange knurrte ärgerlich. Nach überraschend kurzer Zeit war der Junge keuchend und schwitzend bei ihnen. Er tat sein Bestes (ungenügend, vier zu zehn), seine Aufgeregtheit zu zügeln, schrie, er hätte die Stein- und Schmetterlingssammlung von Mijnheer Harmedam gesehen, und sagte – zitternd, als wolle er einen echten Schock verbergen – lateinische Gesteins- und Insektennamen auf, und es war deutlich, daß er nicht wußte, was sie bedeuteten. Der Lehrer befahl ihm mit fester Stimme, die mehr der eines Schulmeisters als der eines Vaters glich, erst guten Tag zu sagen. »Tag, Mijnheer«, sagte der Junge gleichmütig zu Sprange.

»Ich habe dich schon mal gesehen«, sagte Sprange.

»Mich?«

»Das glaube ich nicht«, sagte der Lehrer.

»Nein?« Der Junge hakte sich bei dem Lehrer ein. »Du wirst Augen machen, Papa, wenn du die Schmetterlinge siehst«, sagte er. Der Lehrer wurde hochrot, Arm in Arm standen sie da, gewappnet, vereint gegen das versteinerte Heer der Figuren und gegen den Bildhauer. Dann wandten sie dem Haus den Rücken zu, wo die junge Frau noch immer vom Versammlungssaal aus durch ein Periskop ihre Bewegungen verfolgte und wo der eisige Gesang der alten Frau ertönen würde, sobald der Abend hereinbrach.

Mein Heft

(2. November)
Festtag. Wir kriegen Weißwurst und Apfelmus. Später Chlorpromazin. Synthetische Moleküle im Blut vertreiben die Angst, das ist wohlbekannt. Und so (nein, nicht durch Schlafkuren oder Insulin mit Koma oder Metrazol mit Krämpfen im Gefolge) wird allmählich Bereitwilligkeit in uns gezüchtet und in meinem Fall sogar Talent und Willenskraft und Hochmut, um die schmetterlingshaften Flecke meiner Vergangenheit aufzuspießen, meiner jüngsten, miesen Vergangenheit. Dennoch, Korneel, du solltest es besser wissen, nirgends ist Klarheit in diesen sich kreuzenden Linien. Als wäre ich imstande, dir eine präzise Landkarte vorzulegen, in die du dann mit bunten Farben das Warum meiner Vergangenheit einzeichnen kannst. Meine Lampe wird zusehends schwächer. Sogar die Tinte – super chrome, writes dry with wet ink – stockt in der Feder, und meine Hand zittert und wippt auf und nieder, alles ist gegen mich. Vorhin wäre ich beim Schreiben fast eingeschlafen, und ich schrieb natürlich, daß der Lehrer einschlief. Niemand ist in diesem Verschlag. Niemand kann mir etwas zuflüstern wie bei einer Prüfung in der Grundschule.

Die schnellsten Jahre meines Lebens damals. Unterricht. Spicken, Onanie und Pusteln. Film. Vorbei. So schnell: ein Vater, eine Mutter, Elizabeth, der Direktor.

Sie wollte kein Kind. Meistens nur Gefummel mit den Händen. Eine Ehefrau, die noch auf die Schulbank gehörte. Netze einer Kreuzspinne. Kreuzworträtsel. Eines Tages strich sie in fast allen meinen Büchern das Wort »Ehe« mit Rotstift durch. Morgens kämmte sie sich sehr lange die Haare. Als sie weg war: kein Kummer. Das erste, was ich dachte: Ich bringe in dem Appartement eine neue Tapete an. Aber sie behielt das Appartement, das hatte ihre Mutter ihr eingeblasen. Auf der Tapete war ein Muster, das sie von einem Antiquar hatte, also die Idee: Kutschen und Krinolinen, nach französischen Holzschnitten aufgedruckt.

Mein Hotelzimmer gefiel mir am besten. Anonym wie ein Schulraum. Ich will, daß ich die Zeitung von heute bekomme. Oder, worum ich das Miststück schon lange, zwanzigmal, gebeten habe: ein Wörterbuch. Ich will Korneel (der dieses Heft nie lesen wird, die Krätze soll er kriegen) nachher mit Adjektiven verblüffen. Ich war gut in Aufsatz. Eines Tages hatten wir einen Aufsatz über den Lenz auf. Der Lehrer beschimpfte mich vor der Klasse und sagte, ich hätte aus einem Buch abgeschrieben. Das stimmte nicht. Doch ich, furchtsam, denn ich war die erste Woche in einer neuen Schule, nickte: ja. Danach schrieb ich ganze Abschnitte meiner Aufsätze aus Büchern ab und baute ein paar gut gewählte stilistische Fehler ein. 7.6* in Aufsatz. Gut genug.

Hinter meinem Rücken, jenseits der Wand, lassen die Männer ihr Wasser, nie einer allein, immer mindestens zwei. Sie beeilen sich nie. Unterhalten sich. Üben Solidarität dort hinter meinem Rücken. Ich werde hier angefressen. Schon seit einer ganzen Zeit gehe ich nicht mehr – wie ich es tagelang

* In den Niederlanden und Belgien gibt es an den Schulen ein Zensuren-Punkte-System. Mit »10« erreicht man die beste Note.

rituell getan habe – von der Tür zum Fenster, den Rücken an der Wand, ohne mich von ihr zu lösen, es ist schwierig. Morgen, bei Tagesanbruch, fange ich an, die Flaschen zu zählen. Manchmal, das weiß ich genau, ritzt einer der (mindestens) zwei Männer mit einem Griffel oder Fingernagel etwas in die Wand, ich spüre es in der Wand, die mein Rücken ist. Bald denke ich noch, daß es mein Name ist, nein, nicht so etwas denken! Rundherum, wie an den Rändern eines verblassenden Fotos, ist weißer Schatten, der alle Elemente anfrißt, alle, sage ich, ich weiß das, denn so, wie ein Greis sich vorwiegend an Ereignisse aus seiner Kindheit erinnern kann und nicht mehr daran, welchen Brei er am Vortag geschluckt hat, so entfallen mir Gesten und Sätze von früher, nein, von vor vielen Wochen. Das ist nicht auszuhalten. Haltet mich.

(2. November)
Klatschnaß noch. Ich habe einen Bademantel an von jemand anders. Er wird nicht gewaschen, aber in einer Maschine getrocknet, das ist alles. Die Sonne ist über den kleinen Hof mit dem Klempnerklimbim hinweggezogen. Glücklicherweise keinen Hunger. Ich kriege verschiedene Handschriften. Vier. O ja, gestern hat jemand an meiner Tür gerüttelt, und sie haben ihn gepackt und geschlagen. Ich keinen Mucks natürlich. Ich werde nichts darüber sagen, wer weiß, welchen miesen Vorwand Korneel zum Anlaß nimmt, um mich... Um was? Er muß für mich sorgen, er ist dazu verpflichtet. Oder nicht?

Geschlafen. Den Kopf auf dem Unterarm. Schweiß, heiße Wangen, brennende Augen. Hin und wieder schlief Elizabeth mit offenen Augen, sie träumte sich selbst weg, mitten in der Klasse, vor allem, wenn die Sonne schien. Ich schaute zu. Ihr dösiger Blick regelrecht in der Sonne. Ein hypnotisiertes Insekt. Ab und zu kaute sie Luft, einen angespannten, idiotischen Zug um den Mund, und dann durchströmte es mich wie heißes Wasser, daß sie an mich und meine Handlungen dachte und deshalb von mir, der vor ihr auf dem Podest stand, einen übelriechenden, kreidebestaubten Lappen und eine Regel in der Hand, wegsehen mußte, weil sie mich, Fragmente, umwandeln und zu mir, dem Liebhaber, zusammenfügen wollte. Manchmal öffnete sie ihre dicken Lippen und gähnte ausgiebig, träge, richtete dann sofort ihre Augen auf mich. »Mijnheer! Mijnheer!« (sie nannte das Ding damals schon »den kleinen Mijnheer«), und ich hätte sie so aus der Bank reißen, sie mitzerren und mit ihr über das immense Rollschuhgelände von Spielplatz, unter dem mit Fernrohren bewaffneten Turm des Direktors, zum Deich, zur Mole rennen können. Später war ich für sie kein geiler, unantastbarer alter Mann mehr, sie fand das schade und lernte – im Gegensatz zu gebildeten Frauen, meistens in orientalischen Ländern, die ständig dazu angehalten werden, durch Distanz und Phantasie die Glut im Mann anzufachen, durch nahezu unmerkliche Anreize – keine Mittel, um das Feuer in sich wachzuhalten, nein, das Zweigespann von uns zwei war einmalig! Als schließlich alles erlaubt (und ihre Mutter und die Notabeln und die Nachbarn und die Lehrer hatten *modern* gehandelt und die Ehe, die sie später aus meinen Büchern strich, wenn auch nicht gefördert, so doch gestattet) und wir in einem Haus zusammengesperrt waren, forderte sie nicht mehr heraus, sondern bot an, sie war keine Verlockung mehr, sondern eine Bequemlichkeit, sie lief mit nacktem Hintern durch die Wohnung oder drückte ihre (so schnell gereiften) Brüste mit den Händen zusammen oder streckte die Zunge heraus oder posierte quengelnd, der Teufel hole mich, wenn es nicht wahr ist – das tägliche Zurschaustellen eines ehelichen Kramladens, in dem der Lehrer, ich, der überwältigte Kunde war. Und dann die Tränenergüsse. Die Vorwürfe. Groteske, klassische Vorwürfe, daß er, der Lehrer, ich, nicht auf der Höhe dessen sei, was ein Mann auf diesem Gebiet sein müsse. Das ist: täglich im Angriff, Mast voraus! Und ebenso grotesk war, daß er, der ein Jäger, ein Verführer sein wollte, ihr ihre Unwissenheit übelnahm. Sie war damals achtzehn. Und das allzuweibliche, auf ihre Filmzeitschriften modellierte Geglitzer ermüdete sie dann. Ich, ich versank in ihrem (doch) üppigen Komfort von williger Beute.

(8. November)
Elizabeth wusch die Teller (denn nebenan ist Klirren von Gläsern und Tellern zu hören, enchaînement gratuit) jede Woche einmal ab. Und diese Elizabeth war es, die meine Augen zum Brennen gebracht hatte, noch ein Jahr zuvor, nach der Deutschstunde (fünf Uhr zehn tickte es in den Wohnzimmern der Hafenstadt, Korneel); nachdem sie eines Tages mit den anderen Schülern gegangen war und am Tor kehrtgemacht hatte, und als sie wieder ins Klassenzimmer kam, wo ich die Autobiographie eines Hirndoktors las, und als sie sich auf ein Pult der ersten Bankreihe setzte und mit den Beinen schlenkerte, so daß sich ihre Kniescheiben bewegten, und als sie langsam ein Knie hob und den niedrigen Absatz aus schwarzem Leder auf den tabakfarbenen, gekerbten, tintenfleckigen Pultrand setzte, brachte sie meine Augen, ohne Brille, zum Brennen. Es war Betrug, in jeder Hinsicht. Sie wartete, bis ich mich näherte, und als ich meine Finger, staubig von Kreide, neben ihrem Absatz krümmte, sagte sie: »Mijnheer, ich sitze in den Nesseln.« Schnell und abrupt, als fände sie den Gegenstand zu banal, zu vulgär; sie sagte dann noch, daß es zehntausend Franc kosten würde und daß sie einen guten Doktor kenne. Vergebens suchte ich nach dem kühlen Ton, mit dem man einen Schüler abtut und zurechtweist, wie ich es in unzähligen Pädagogik-Seminaren gelernt hatte, und ich ging in die Knie. Victor-Denijs de Rijckel, ich, sagte, daß ich es nicht wolle. Es war keine verdienstvolle Tat, Victor de Rijckel.

Sie ist im Raum, liegt auf den Flaschen von Harper's Bourbon Kentucky, hebt ihren basketballschuhbekleideten Fuß hoch in die Luft, nähert ihn ihrem Gesicht. »Mijnheer!« Ich stoße sie mit der Stiefelspitze noch weiter zurück, sie kippt um, schlägt mit den Armen um sich, ihr zu großer Büstenhalter klafft, ich trete ihr in die Rippen, Flaschen zerbrechen, trudeln weg und über die Fransen des Fußbodenbelags, sie kommt nicht hoch, ihr aschfarbenes Haar mit dem zu einer Paste erstarrten Kreidestaub bedeckt eine Scherbe, ihr Atem weht über den Kohlegrus und die Kalkteilchen auf dem Boden.

Nachdem ich Zara le Gitan, den Menschlichen Fels, niedergeschlagen hatte, gingen wir zur Rutschbahn, dann in den Lunapark, dann in Uilenspiegels Reich; letzteres war ein einziger Gestank, der aus unsichtbaren Löchern und Wänden quoll, sehnige Hände, die man kurz befühlen konnte, packten einen an der Kleidung und zerrten einen zu Boden, der klappte dreifach zusammen, so daß man gegen Wände glitt, die wie metallene Shakebecher kreisten, und man schoß eine Bahn hinab, auf eine immer tiefer sinkende Fläche zu, und es war, als lägen die Böden unter dem Niveau des Jahrmarktplatzes, Meter tiefer, und noch immer gelangte man nicht auf den Grund, neben mir Elizabeth, unsichtbar, und später vor mir auf der Raupe, noch keuchend, auf einem mit hölzernen Schwanzfedern geschmückten Sitz; sie hielt sich am Gurt fest und beugte sich vor, um in die rasende Finsternis zu tauchen, als über den Sitzen und den Raupefahrern der Riesenfittich niederstrich, der das Gekreische verzehnfachte und zugleich erstickte, und während ich sie festhielt, biß ich in ihr kurzes Haar, in die Schleife aus lila Taft, und es war unschuldig.

Ich frage sie, während sie, gespalten, einen schlenkernden Fuß auf den Flaschen und den anderen in einer an der Lampenschnur befestigten Lederschlinge, vor mir liegt: »War ich unschuldig?« Sie lacht. Ich stoße mit der Stiefelspitze gegen ihr Kinn, wiederhole die Frage. Sie kichert, die Flaschenscherben schneiden in ihr Kleid.

»Du warst bloß.«

»Ich?« (Ich, eine Schildkröte ohne Schild.)

»Ja, du.« Und sie meint blöd, *blöde* – auf deutsch. »Es dauerte drei Wochen, bevor du dich rangetraut hast, und ich mußte dich auch noch darum bitten, notabene. Und drei Wochen lang mußte ich mir in der stinkenden, dreckigen Klasse das deutsche und englische Gegeifer anhören.« Sie streckte mir die Zunge heraus, rosig, naß, eine Hundezunge.

Die Taftschleife war violett, das hatte seine Bewandtnis, sie deutete an, was La Dame aux Camélias öffentlich signalisierte, wenn sie statt weißer Kamelien rote trug, und die Mädchen der Klasse nannten einander in den Tagen des Monats Violetta, das hat sie mir anvertraut. Es verleitet auch zu Mißverständnissen, wie die Tatsache, daß die Männer des Verbandes – das hat Sprange mir erzählt – bei ihrem Briefwechsel die Marken mit dem König, drei Franc, regelmäßig mit dem Kopf nach unten aufkleben.

(8. November, 12 Uhr)
Elizabeth war voller Mißbilligung für Englisch und Deutsch, weil ihr etwas aufgezwungen wurde, dessen Nutzen sie nicht sah, oder einfach deshalb, weil man es ihr aufzwang. Alesandra empfand gegen das Englische tiefe Abscheu, weil es die Sprache von Crabbes Feind und dessen Bundesgenossen war. Ich, Schlappschwanz, mit meinem beinahe sakralen, oh, so delikaten Gefühl für Sprache und Wort und Klang (dachte ich) war hoffnungslos hilflos, als mir ihr Widerstand entgegenwehte, ich bekam die Zähne nicht auseinander – stand da mit meinem Ding-dong-deine der »Orphischen« von Rilke und dem prächtigen Kratzen der Deckflügel bei Emily Dickinson. Lendenlahmer Bräutigam, der fremde Sprachen nötig hat.

Ich muß von Korneel verlangen, daß die Männer aufhören, ihr Wasser an meinem Rücken zu lassen. Durch Kalk, Stein und Tapete von ihnen getrennt, höre ich ihre Geschichten. Hin und wieder wird einer von drei, vier Wärtern weggeholt, dann bumst er gegen die Wand, mit dem Ellbogen gegen meinen Rücken, oder er fällt auf die Fliesen und klatscht mit der Handfläche auf. Vor allem nachts ratschen sie auch Streichhölzer an, dann versuche ich zu hören, was sie sagen, ich atme durch die Nase und lege das Ohr an die eiskalte Ritze unterhalb der Tür.

So gestern.

»Am liebsten geh ich zu dem Doktor mit dem Bart. Wenn ich ihn genau anschaue, ist er böse. ›Was gibt's?‹ sagt er. ›Doktor‹, sag ich, ›Euer Bart ist rot.‹ – ›Na und?‹ sagt er. ›Sieht ganz so aus, als hättet Ihr Euren Jungen gegessen‹, sag ich. Und er will böse werden, aber er sagt: ›Huhum, huhum‹, und er schreibt es in sein kleines Buch ein.«

Ein anderer: »Und Jante, er hatte vier Kinder. Er war mit seiner Ollschen im Kino, und mitten im Film sagt er: ›Ich geh nach Hause.‹ Und sie sagt: ›Allee, was soll 'n das?‹ Und er sagt: ›Doch, es ist, als wenn Gott zu mir spricht: Geh nach Hause.‹ Und sie sagt: ›Na, dann geh doch von mir aus nach Hause, du Flegel.‹ Und er kommt nach Hause und findet sein Haus lichterloh in Flammen, und seine Haushälterin haben sie auch gefunden, die Arme um das Kleinste, und die drei anderen auch alle tot, erst erstickt durch den Qualm und dann verbrannt. Und Jante, er ging gleich wieder zum Kino, und vor dem Kino fiel er um, und nun sitzt er schon vier Jahre hier. Bald, sagt er, spricht Gott wieder zu mir.«

Ein anderer darauf: »Nun ja, ist doch was Schönes.«

(14. November, ungefähr acht Uhr)
... und sitze und schreibe nicht mehr. Korneel bedrängt mich. Jeden Tag zwei Zeilen, sagt er, so kommen wir voran. Kalte Füße. Ich werde mager. Dünste bewältigen. Auf diesem Tisch wurden früher Heringe saubergemacht, der Geruch ist im Holz. Dünste bewältigen. Schönschrift und Widersatz und Wendung bewältigen. Daß diese Feder hier keine Schande auf das Papier spritzt. Ich mag mir nichts vorwerfen, das Wölkchen Vorbei weht vorbei. Sagte ich nicht, daß es Flecke seien, wie Falter? Ich sagte es. Ich sitze.

(14. November, 12 Uhr)
Ich schreibe nicht mehr am Tisch. Ich habe – ich schwöre es – eine Fischschuppe gesehen, ein plattes, seidenpapiernes vertrocknetes Auge, eine runde Dekoration von diesen laichenden Biestern. Ruhig.

Ich habe jede Menge Zeit. Jeder Tag ist für mich wie früher ein Urlaubstag am Strand. Herrlich. Nein, es ist ein umfassenderer Tag, denn früher gab es viele Urlaubstage mit dem Lehrerbus. Ich bin dehnbar. Gleiche jedem phantasievollen Einfall von mir.

Gezeter, Gejaule, Gewimmer. Ich erkenne mich nicht darin. Dennoch ist es meine Stimme. Etwas krächzend, wie früher nach zu vielen Zigaretten. Eine Warze in der Kehle. Risse im Balg. Kiemen, Gewebe von innen. Auf der Lungenröhre: achtzehn Rosenkohlknospen. Auf den Stimmbändern: Krebs. Dieses Heft ist nun – weil ich ein Schreiber bin, gewesen bin, und einmal Schreiber, immer Schreiber – mein Schreibbandaufnehmer. Das allein zählt. Der Schreiber selbst? Daß ich nicht lache! Haare: dünner. Wülste unter den Augen, ein bleicher Brillenrand. Magen: aufstoßend. Zehen- und Fingernägel abbrechend. Falten in den Seitenflügeln. Das Tier? – schlafend. Schreiberlinghaft schlafend: der kleine Mijnheer! – Aber deshalb, auch nicht des Heftes wegen: keine Scham mehr oder Reue. Mit glasigen Augen stöbere ich weiter, Korneel.

»Wir sprechen uns noch«

Erst meinte ich – wie der Junge es geschrien hatte – am ersten Abend auf Almout Crabbe gesehen zu haben, gefangen in dem Gewebe zwischen den Bildsäulen; hätte ich mich jedoch beim erstenmal dem Haus vom Eingang her genähert, so daß ich ihn im Licht der Terrasse erblickt hätte, dann hätte ich in der Gestalt sofort Sprange erkannt, vornehmlich an seinem englischroten Bart, wie bei gewissen Katern.

Nun, im Dämmerschein, während wir das Haus Almout – das ein Bauer im Wirtshaus lachend Havermout, Hafermalz, nannte – im Rücken haben, während er manchmal so nahe kommt, daß der Geruch seiner Kleidung herüberweht, und es ist kein Geruch von Stein, sondern eher von Metall und kaltem Schweiß, und während er mit dem Haken eines Fingers hierhin und dorthin zeigt, sagt er: »Es gibt wenige, beinahe keine Bilder von ihm. Manchmal kommt jemand von der Stiftung mit einem vergilbten Foto an, einer Aufnahme aus Rußland oder Deutschland, und fragt: ›Findest du nicht, daß dies hier Crabbe gleicht?‹ Aber das kann nicht sein, denn Crabbe hat immer darauf geachtet, daß man ihn nicht fotografiert. Obwohl ich sicher bin, daß Sandra ein paar Bilder von ihm in der Schublade ihres Schreibtischs verwahrt. Doch ob sie die je rausholt ... Nicht mal, wenn Sie sie darum bitten, zum Beispiel für den Umschlag Ihres Buches, wenn es nachher erscheint. Nein, sie hat die Fotos von der Zeit in Verwahrung genommen, und für kein Gold ... So daß ich mich mit meinem Gedächtnis behelfen muß. Und das ist unmöglich. Denn schon zu seiner Zeit veränderte er sich so oft, nicht nur in Haltung und Haarschnitt, sondern auch im Gesicht. Und wie man es auch dreht und wendet, von dem Augenblick an, da man eine Erinnerung festlegen will, steigt etwas Symbolisches auf, ob man will oder nicht, etwas Rituelles, das die Erinnerung einzwängt.«

Sagt er unter anderem: »Aus der frühesten Zeit, die er auf Almout verbracht hat, als er noch Jan-Willem Crabbe hieß, habe ich keine Skulptur gemacht. Er war noch ein Schulkind, als Richard ihn aufnahm. Über seine Eltern hat er nie was erzählt, er war ein Findling oder so, und die Vereinigung hat versucht, da Licht reinzubringen, das wissen Sie, aber das wird wohl nie aufgeklärt werden. Die früheste Zeit, das war neununddreißig. Er ist mit de Keukeleire und dessen Leibwache gekommen.

Es war die Zeit, in der viele Gefolgsleute abfielen, weil der Solidarismus damals belgisch eingestellt war. De Keukeleire kam nach Almout wie in eine Oase, um auszuruhen. Beim erstenmal hat er – wie Sie in ›Brandung‹, ›Unser Erbe‹ oder in der flämischen Beilage zum ›Signal‹ gelesen haben – seine Hand auf Crabbes Schulter gelegt und gesagt: ›Auf ihn kann ich bauen.‹ Danach hat er wohl Richard erzählt, daß Crabbe kein Zuhause hat und von niemandem versorgt wird. Bis Mai 1940 und nach der Kapitulation ist er immer nach Almout zurückgekehrt, als sei er hier zu Hause. Am zwanzigsten Mai war er um die achtzehn. Und falls es stimmt, daß er ums Leben gekommen ist, dann muß es so um sechs-, siebenundvierzig gewesen sein. Nein, ich meine nicht sechsundvierzig Jahre, sondern 1946 oder 1947. Es wird erzählt, Alice Harmedam habe ihn auf Almout gehalten, und Crabbe selbst hat es oft verbreitet, aber das glaube ich nicht, er machte sich nicht viel aus Frauen ...

Sandra? Das ist etwas anderes. Reine Liebe? Gottogott, nein, die Visionen, die bei jemandem aufkommen, bei dem das Materielle, das Leibliche, unbefriedigt ist, mochte sich Crabbe nicht aufladen. Nein, Sandra war für ihn eher ein Abbild des Adels, das Emblem einer Kaste, eine Herzogin, die noch anwesend, für ihn faßbar war, noch faßbar wie im achtzehnten Jahrhundert, bevor sie und ihre Schwestern schändlich in der übrigen Welt verschwanden, untergegangen in ihrem Kampf gegen das Bürgertum, und das beschäftigte ihn, erregte seine Phantasie, nicht seinen Körper oder sein Gefühl. Das wird Sandra natürlich nie zugeben. Aber so habe ich es immer gesehen, wenn sie im Salon saßen, Teetassen in der Hand, de Keukeleire in Uniform, Richard, Alice und das Kind Sandra und Crabbe, und sich unterhielten. Crabbe war von solchen Augenblicken sklavisch abhängig, das gab dem romantischen Nonsens Nahrung, den er in sich züchtete und an den er später eine ganze Ideologie gehängt hat. Zu der Zeit war es auch, daß Crabbe völlig die Haltung von de Keukeleire übernahm, gerade, leutselig-militärisch, und dessen abrupte Manier, mitten in die komplizierte oder zu lange Erzählung von jemand anders irgendwelche Sätze einzuwerfen, wenn derjenige eben mal Luft holen mußte. Daß Crabbe später unter den wüstesten Umständen, und davon hat es einige gegeben, etwas ritterlich, altväterlich, lächerlich Formelles beibehielt, ist auf die Schule von de Keukeleire zurückzuführen. Oder ihr zu verdanken. Ich habe Crabbe zu oft wie ein Tier wüten sehen, um das genau unterscheiden zu können. Er ahmte de Keukeleire nach, wie ein Affe. Er war damals siebzehn, achtzehn, und de Keukeleire war ein eindrucksvoller Mann. Nicht, daß ich so weit gehen will wie einige von uns, die de Keukeleire als einen Märtyrer dargestellt wissen möchten, nein, er ist an seiner eigenen Rechtschaffenheit gestorben, und das macht seine politische Rechtschaffenheit ein bißchen verdächtig. Aber eigentlich, gerade wegen der unerschütterlichen persönlichen Ehrlichkeit, die ihn für die Sache untauglich machte, die er führte, war er schon beeindruckend; Crabbe, der für derartige Dinge ein Auge hatte, war fasziniert.

Er blieb auf Almout wohnen. Crabbe selbst sagte: wegen Alice. Und das kann man begreifen, denn Alice hätte gern einen Sohn gehabt, und dazu eignete sich Crabbe hervorragend; so hatte er wie alle Helden und einige Pharaonen zwei Mütter, eine unbekannte, die vielleicht heute noch irgendwo lebt, und Alice. Er wohnte bei ihr ein wie viele Findlinge oder Vagabunden oder wandernde Philosophen in russischen Erzählungen, in denen ein Pjotr Soundso dreißig Jahre lang auf einem Landgut lebt, ohne daß der Gastherr auch nur fragt, warum und wieso. De Keukeleire war damals der Gott von Almout. Ich sehe ihn noch vor mir, den martialischen Kopf erhoben, die etwas schmale Brust herausgedrückt und die weißen, unbehaarten, hübschen Füße niedlich in einer Waschschüssel mit lauwarmem Wasser gekrümmt, so saß er in der Küche – das erinnere ihn an früher, sagte er, und die Harmedams wagten ihr Erstaunen nicht laut werden zu lassen, sie, die drei Badezimmer haben –, wo wir dann um ihn herumstanden, weil dies der Ort war, an dem er mit Vorliebe von der neuen Ordnung sprach, die in den niederen Landen kommen müsse, wo das Treibholz der Verweichlichung und Genußsucht flösse und die majestätische Strömung der Seele ersticke; Sie erkennen wohl die Bilder, die Crabbe später ohne weiteres in seine Ansprachen übernahm. De Keukeleire war selbstverständlich ebenso wie wir ein Opfer seiner eigenen Qualen oder Zwänge, in ihm steckte ein natürlicher Puritanismus, der ihn unzweifelhaft vorherbestimmte, unser Volk, das Volk der Freßsäcke und Geistesträgen, zu beschwören, und da war auch eine Einschränkung, die er sich selbst auferlegte, wodurch das Entartete, nein, nein, das Irdische in ihm unterdrückt wurde, und wobei auch unterdrückt wurde: eine natürliche Güte, Milde, so daß diejenigen, die ihn nicht kannten, a fortiori die Parlamentarier, ihn für einen Savonarola hielten. Womit ich nur sagen will, daß sich de Keukeleire nicht dem Golfstrom überließ, der uns zu Marionetten statt zu Menschen macht, daß er das Miasma der Sinnlichkeit nicht kennen wollte und deshalb so anprangerte; und daß Crabbe, der ein Spielball von allem war, was ihn berührte, rührte, sich nie völlig von diesem künstlichen Erbe des Puritanismus lösen konnte ...«

»... und daß nach dem 20. Mai in Crabbe eine Feder brach, wie wir hier sagen, oder vielleicht langsam ausleierte in den zwölf Tagen, die er brauchte, um aus Frankreich zurückzukehren, allein, ohne de Keukeleire, dem er auf einer Entfernung von – nun ja – hundert Meter in dem gelben DKW von Richard gefolgt und an den er möglicherweise bis auf zehn Meter herangekommen war, als sie am 20. Mai 1940 aus den Kellern des Museums kamen, de Keukeleire und seine Leibgarde, und füsiliert wurden, da ist die Feder gebrochen, und wir, wir saßen auf Almout und warteten zwölf Tage, wir hockten vor dem Radio, und es waren Offiziere einquartiert, die sagten, sie würden binnen vierzehn Tagen am Piccadilly Circus entlangspazieren, und der DKW fuhr endlich vor, von dem man nicht mehr sehen konnte, daß er gelb war, so staubig und verschmutzt war er, und Kinder hatten etwas auf die Karosserie geschrieben und gemalt, und wir merkten Crabbe nichts an, als er ausstieg, und er kam auf uns zu, und keiner von uns wagte es, ihn zu fragen, denn da kannten wir die Neuigkeit schon, man hatte im Dorf zum Gedenken von de Keukeleire Messen in Auftrag gegeben, und das einzige, was er tat, war, daß er sich einen Tag lang in sein Zimmer einschloß, wo er, wie Sandra später erzählte, die Porträts von de Keukeleire, die Wimpel und die Losungen umdrehte, nicht verbarg oder zerriß, sondern mit denselben Reißnägeln wieder an der Wand befestigte, die Rückseite nach außen, und so würden sie heute noch dort hängen, wenn Sandra nicht nach dem Krieg in Crabbes Zimmer gezogen wäre.« (Eine schlaffe Bewegung mit der Klaue, offen und wehrlos, in Richtung Portierswohnung, als schlüge er einen Altweiberfaden fort. Erst drückte er die offene Hand von sich weg, eine Geste, die rund um das Mittelmeer bedeutet: »Sei verflucht bis ins dritte Glied!«, und danach steckte er sie in die Kordhose, als sei er verlegen wegen seines Ausbruchs. Er bleibt stehen, größer als ich, voller Abneigung und Verehrung, und er will mich berühren, denn er kommt nicht mehr aus seinen Worten und verquollenen Gefühlen heraus, er weiß, daß er ins Pathetische geraten ist und in seiner Hast die einfachen Eindrücke von Crabbe unvollkommen wiedergibt, und er redet weiter, um mit seinen vielen und schnellen Sätzen die Klarheit zu beschwören, die so unverkennbar nötig ist, jetzt, jetzt. Dabei werden die Skulpturen, die *seine* Sprache sind, vernachlässigt. Oder weiß er, daß die Schlagschatten von Crabbe keine Sprache sind, außer einer von Kunstzeitschriften, Zeitungsrezensionen? Probieren. Warum nicht. Dann bedeutet das rodinhafte Bildnis vielleicht: Crabbe, wie er von seinem Tod aufgesaugt wird, in Bronze festgehalten bei einem letzten Versuch, sich aufzurichten in einem Dasein, das er groß und grausig durchleben wollte und das er in einer grausigeren Umklammerung verrinnen spürt wie flüssige Bronze, die erstarrt. Dann bedeutet der Römer: den anonymen Staatsmann Crabbe oder den Administrator eines Regimes, nobel und ausgelöscht, dessen Gedächtnis das Dorf bewahren will, in einem Gärtchen bei der Kirche.

Der Arno Breker bedeutet: die symbolische, leere Hülse, die plastifizierte und für leer und überflüssig befundene Puppe der »Legion Flandern« mit dem Totenkopf. Weiter. Der Kobold: die Verherrlichung mit heutigen Mitteln, namentlich mit denen der entarteten Kunst, gemünzt auf einen Fanatiker des Dritten Reiches, die auf eine Erniedrigung des Porträtierten hinausläuft; wobei angedeutet wird, daß die jüdisch-amerikanische Kunst über sein Ideal gesiegt hat.

Und das große Bildnis mit der Fackel? Das Feuer, das gegen Eis ankämpft, jahrhundertelang; Crabbe in unbeflecktem Marmor, der in einer Mimikry das Eis als Waffe angenommen hat? Weiter doch! Ich weigere mich.) »Was Crabbe mit seinen Hopfenstangen, wie er sie einmal genannt hat, auch ausrichten mochte, es hat das Gesicht des Krieges nicht verändert, nicht einmal etwas an den Zuständen in Belgien, denn bis auf einige Ausnahmen von lokaler Bedeutung ist hier wohl alles beim alten geblieben, ein Haufen Tölpel, die ab und zu wählen, je nachdem, wie die Zeitungen sie aufstacheln oder die Fernsehkommentatoren ihnen vor dem kommenden Chaos Angst einjagen, aber das Vorbild von Crabbe hat ...«

(Hinter uns schaut uns die Nonne, die verrückte Jungfrau, ins Genick. Sie versteckt sich im Versammlungssaal, in dem verformten Bild der Scheibe. Sprange beginnt darüber zu lamentieren, daß Crabbe weder nach Rußland gezogen ist, um den Kommunismus zu bekämpfen, noch, um Europa unter Deutschlands Führung zu festigen, obwohl er nichts dagegen einzuwenden gehabt hätte, sondern um etwas in sich selbst zu entdecken, es wachzurütteln oder um etwas bestätigt zu finden, was sich ihm am zwanzigsten Mai angedeutet hatte. Wenn auch alles bei Crabbe zuweilen nach Vorwand gerochen habe.)

»Übrigens, er ist hartnäckig dabei geblieben, höchstens vierzig Russen umgelegt zu haben, während jeder seiner Kameraden mindestens achtzig für sich in Anspruch nahm. Sonst hätte er ja auch nicht beinahe den Ruhm von le beau Léon, des Löwen von Tscherkassy, überschattet, nicht wahr? Sie erinnern sich wohl, daß man Crabbe den Hund von Kruskoje nannte, damals, beim elften Korps von Stemmermann.

Wir waren dann umzingelt, denn schon von Anfang Januar an hatte der Russe die achte Armee einkesseln wollen. Dreißig Grad minus. Es war überdeutlich, daß nur ein Narr oder Crabbe dabei existieren konnte. Und ob er existierte, er lebte förmlich auf! Wir hatten da einen PK-Mann, den blassen Claessens, und ich sehe ihn noch, blau vor Kälte, Angst und vor Verwunderung darüber, daß er so etwas vorzubringen wagte: ›Sagen Sie‹, sagte er, ›wenn wir hier nicht schnell rauskommen ...‹ – ›Was dann?‹ fragte Crabbe und spuckte einen Tabakkrümel aus, und der Blasse schob den Helm tiefer in die Stirn, man sah kaum noch seine Augen, und er sagte nichts mehr. Vergessen Sie nicht, das war in der Zeit, als wir die feindlichen Sender hörten, als wir die Propagandaflugblätter der gefangenen Generale gegen Hitler lasen, wie leicht hätten wir das für unsere Zwecke ausnutzen können, um sicher auf die andere Seite zu gelangen. Aber Crabbe zerstampfte das Eis unter seinem Absatz, drehte ihn in dem weißen Grus hin und her und sagte: ›Vielleicht kommen wir hier nicht weg, aber solange ich ...‹ Und er wickelte sich in seinen Pelzschal, ein Geschenk von Richard, und er sagte, nicht so sehr zu mir eigentlich als zu dem PK-Mann, der um Erläuterung bat, der Crabbes Besserwisserei erklärt wissen wollte, also nach Crabbe in einem Trancezustand unterhalb, neben der Wahrheit dahintaumelte, er sagte: ›Noch ein Wort von dir wie das, das du eben sagen wolltest, und ich lasse dir die Augenlider abschneiden.‹ Und er entfernte sich mit seinen etwas gedehnten Schritten von ihm, weg von den transusigen

Zweiflern, die wir für ihn waren, und ich, der ich damals Scharführer war, selbst ich hätte da keine deutliche Sprache im Munde führen oder einfach sagen können, was ich dachte; wir alle, seine Hopfenstangen, blieben bei ihm, und er hat uns da rausgeholt ...«

(Sie, am Fenster, ruft sie uns? Winkt sie? Ich habe meine Brille nicht bei mir, mein Knöchel schmerzt, und ich wage nicht, ihn zu befühlen; ich entferne mich so unauffällig wie möglich von dem Scharführer und dem gefährlichen Terrain hin zum Rand der Ulmen, doch dann muß ich mich in meiner albernen Agrophobie zusammenkrümmen und kann mich nicht mehr rühren. Was? Winkt sie? Sie vertreibt Fliegen. Ha! Sie fängt sie!)

»... und als wir wußten, daß er tot war, wir hatten keine Beweise, aber nach einiger Zeit hätte er sich sonst wohl irgendwie bemerkbar gemacht, übernahm sie Crabbes Zimmer; zwei Tage lang Flytox gesprüht, alle Risse, Spalten und Ritzen in Fensterrahmen und Türen abgedichtet, Quadratzentimeter für Quadratzentimeter ...«

»... Crabbe lachte sie oft aus; einmal war sie unpäßlich, und Alice hat es hinausposaunt, und da nannte er sie, während ich dabei war, Mademoiselle de Krankheit. Damals war sie dreizehn, glaube ich ...«

»... sie hat nie gewußt, wofür Crabbe kämpfte, was ihn antrieb; die gesamte politische Konstellation ließ sie ebenfalls eiskalt, erst seit einigen Jahren interessiert sie sich dafür, nicht für das, was jetzt geschieht, sondern für das, was damals im Gange war, als eine Art Ehrung seines Andenkens, aber seinerzeit kümmerte sie das nicht die Bohne, und wenn auf Almout diskutiert wurde, saß sie mit Kuhaugen da, und manchmal, eigentlich nur, um mit dem ganzen Trupp mit seinen Idealen, Anordnungen und Losungen zu lachen, richtete er mitten im Gespräch das Wort an sie: ›Ist es nicht so, Mademoiselle, daß ...‹ dieses oder jenes, und sie wurde blutrot, das Schaf, aber sie war nicht minder verlegen als die uniformierten Herren, oder besser, die Priester um sie herum, und Alice sagte dann: ›Hör doch auf, Junge, du machst sie ganz scheu.‹ Und er, als sei nichts geschehen, redete weiter, sprach in seiner leidenschaftlichen Art, als glaube er alles, vom Burgundischen Reich und den Qualen des Kapitalismus ...«

»... sie hat lange auf ihn gewartet. Als Richard und sogar Alice alle Hoffnung fahren und sich in den lamentablen Zustand sinken ließen, den Sie ja selbst gesehen haben, gab sie noch immer nicht klein bei, sie telefonierte mit dem Ministerium, nach Deutschland und suchte diejenigen auf, die ihn zuletzt gesehen hatten und im Gefängnis von St. Gillis saßen. Sie sagten: in Polen oder in der Normandie; sie ließen sich sonstwas einfallen, weil sie dachten, eine Adlige könnte ihn freikriegen. Dann hat auch sie es aufgegeben, hat ihre Siebensachen in sein Zimmer geschleppt, wobei ihr keiner helfen durfte, und seit der Zeit ist sie auch mit ihrem Sportwagen öfter nach Brüssel oder nach Knokke gefahren, angeblich zu ihren Freundinnen. Was sagen Sie? Zuletzt sei sie auf einen Maskenball gegangen? Wissen Sie davon?«

(Seekrank, luftkrank, marktplatzkrank. Aber ich rühre mich noch immer nicht. Ich halte Kopf und Gesicht außerhalb seiner Reichweite.)

»Nun, bis dann, oder wie Crabbe immer auf deutsch sagte: Wir sprechen uns noch.«

Richard Harmedam – der diensttuende Direktor der »Winterhilfe«

Es war am vierten Tag der Befreiung, um die Stunde, als man den vollen Mond und die untergehende Sonne gleichzeitig am Himmel sehen konnte. Der Weg der Befreiung, der auch der Weg der Landesverräter war, verlief vornehmlich von der

Hazegras-Brücke (wo vier Tage zuvor drei Jünglinge im weißen Overall gefallen waren) zum Markt. Deshalb zogen alle Bewohner der Stadt diesen Weg entlang, und darunter natürlich nicht einer, der beim Friseur erklärt hatte: »Sie können sagen, was Sie wollen, aber die Deutschen haben Disziplin.« Nicht einer, der die Bombenangriffe der Engländer verflucht, und nicht einer, der Scheine für eine Sonderration Benzin bekommen hatte. Wir liefen alle zusammen, und die jungen Leute mit den weißen oder dreifarbigen Armbinden, die gemeinsam mit unserer Polizei die Ordnung aufrechterhielten, wurden von den Älteren und Jüngeren unter uns beneidet.

Vor dem vierten Tag hatten wir auf die Gesundheit von Montgomery und Stalin getrunken und die polnischen und kanadischen Soldaten mit lange aufbewahrtem »Geuze« traktiert. Unsere Stadt war befreit, drei Jünglinge hatten dafür ihr Leben gelassen, Gott war uns gnädig gewesen. Dann ging ein Schauer durch die Menge, die in der Leiestraat, der Marnestraat und dem Oudemannenweg zusammenlief, vom Bürgersteig geriet und sogar bis zum Bennesteeg vordrang, denn der offene Lastwagen, der zu Haakebeens Holzhandlung und Möbelzentrum gerechnet wurde (denn Haakebeen hatte den Atlantikwall bauen helfen), der bekannte Lastwagen also, der in den letzten vier Tagen gewöhnlich den Weg der Befreiung von Hazegras zum Markt gefahren war, vier von unseren Jungen in Weiß, mit Pistolen in der Hand, sowie zwei Gendarmen auf den Trittbrettern, und dessen mit Sägespänen bestreute Ladefläche schwarz war von leichenblaß zitterndem Gelichter, unser Landesverräterwagen war diesmal ohne Vorwarnung von der Rolstraat zum Markt gebrummt, und da standen wir nun in unseren freudvollen Straßen, die teuer bezahlten faulen Früchte und unsere Pflastersteine nutzlos in der Hand. Waren wir dafür jahrelang unterm Joch gegangen? Die Bevölkerung flutete vorwärts. Ein Kräuseln lief über ihre Köpfe, als hätte Poseidon in seinem Ärgernis die weindunkle See aufgerührt, und Stimmen wurden laut: »Harmedam ist dabei!« – »Darum also! Wegen Harmedam wird ein anderer Weg eingeschlagen!« – »Große Verräter haben mächtige Freunde!« – »Man bringt sie gleich ins Gefangenenlager!« Wir, die wir uns während der Besetzung in unseren Häusern verborgen hatten (denn nach zehn Uhr abends durfte man nicht mehr auf die Straße!), die wir uns von *jeder* Politik ferngehalten hatten (Wartet nur, wartet nur! Sowie das hier vorbei ist, werden wir uns ins Fäustchen lachen!), die wir lediglich mit unseren eigenen Angelegenheiten befaßt gewesen waren (Was konnten wir gegen Werbestelle, Kommandantur und Schwarze Brigade ausrichten?), wir waren perplex; diese unsagbare Heuchelei, dieses Unterderhand-Vergewaltigen der Gerechtigkeit innerhalb unserer eigenen, soeben befreiten Mauern, das nahmen wir nicht hin! »Vorwärts!« schrie ein Juwelier. »Laßt sie nicht entwischen!« gebot ein Volksvertreter. Und, Mijnheer, wir haben auf eigene Faust den Markt abgeriegelt, bevor noch der Wagen Gas geben konnte, unser eigener Lastwagen, den wir in Haakebeens Holzhandlung erobert hatten, und der Feind auf der Ladefläche war gestellt.

In unserer Mitte, kalkweiß, sich unter ihren Mänteln verbergend, waren also die Feinde. Die Gendarmen, vier für diesen besonderen Konvoi, ein paar Polizisten, ein Leutnant der Unabhängigkeitsfront schützten sie. Natürlich, sie waren von den Familien des Gesindels gut geschmiert worden. Vor unserem gerechten Zorn wichen sie zurück. Wir brüllten wie aus einer Brust: »Gebt uns nur einen! Gebt uns Harmedam!«

Da wir ihn anfangs nicht gesehen hatten, ihn erst entdeckten, nachdem die anderen zwischen den Gendarmen abgesprungen waren und einen khakifarbenen, mit backsteinroten Zickzacklinien bemalten Sack auf dem Wagen zurückließen, eine längliche Zeltplane, die zitterte, wußten wir, daß selbst seine Kameraden Harmedam im Stich gelassen hatten. Die Stunde der Vergeltung hatte geschlagen! Eine halbe Stunde lang wurde unterhandelt – wohlgemerkt, wir haben den Wagen nicht angerührt, geschweige denn gestürmt –, dann kamen die offiziellen Repräsentanten und die volksgerechten Ausüber des Gesetzes zu einer Übereinkunft.

Der Rest eines Regenbogens hing über dem Rathaus mit den enthaupteten Bildnissen der Zunftherren. Eine Brise wehte von der See herüber. Und dann wurde Gejohle hörbar, das nicht enden wollte, als der zitternde Sack auf dem Wagen geöffnet wurde, aus dem Richard Harmedam kroch und sich hinstellte. Er lächelte. Das erhöhte unsere Wut in nicht geringem Maße, und vielleicht wären einige Tapfere aus unserer Mitte, denen man zu lange in Feldgrau die Flügel gestutzt hatte, sofort auf den lächelnden Mann zugesprungen, doch andere, die Mehrheit, verkündeten schon, Harmedam solle in aller Öffentlichkeit das Denkmal für die gefallenen Soldaten grüßen. Unsere Wut wurde besänftigt, unsere Flüche verebbten, unser Gemurmel verstummte.

Am Fuße des Belfort, in dem sich unsere Riesen befinden, die wir bei unserem jährlichen Umzug umhertragen, Janten und Wieze, steht das Denkmal. Dort sind griechische Göttinnen in Stein gehauen, die einen gefallenen Kämpfer mit Lorbeerkränzen krönen. Dies vor einer schlichten Betonwand, auf der die Namen unserer Gefallenen von 1914–1918 in Gold zu lesen sind. Dieses Denkmal ist wohlbekannt. Manch hoher Würdenträger, wenn nicht gar Feldherr, hat dort Blumen niedergelegt. Und was uns betrifft, wer hat nicht, wenn die verhaßte Sperrstunde am Abend schlug, von der Schwelle des »Café Français« oder der »Taverne Brueghel« auf den Polizisten der Gegend gewettert, der kam, um uns zu ermahnen, und sich dabei fast eine Buße wegen Beleidigung der Staatsgewalt und eine Buße für öffentliche Sittenschande aufgeladen, vielleicht auch noch eine Buße wegen Grabschändung und Beleidigung der Streitmacht, denn wenn man die Pupille auf den Polizisten richtete, lag hinter ihm, in der Verlängerung, das Denkmal.

Aber wir sind nicht hier, um zu scherzen, wir wiederholen: Das Denkmal ist uns bekannt. Obwohl keine Trompetenstöße ertönten und keine Orchesterklänge, obwohl keine Spruchbänder da waren und keine Kränze, jauchzten unsere Herzen und spürten wir, daß es ein Festtag war, als Harmedam, Richard, von der Gendarmerie vom Wagen gehievt wurde. Die anderen Landesverräter zitterten und wurden von der Weißen Brigade in Schach gehalten, niemand schaute sich nach ihnen um, ihnen würde Recht widerfahren wie allen anderen in den letzten vier Tagen, die, nur von unseren Früchten und Pflastersteinen getroffen, abgeführt wurden. Harmedam trug einen Prince-de-Galles-Anzug, was uns wie eine Provokation erschien, der seine Wurstfigur erstaunlich gut umschloß.

Niemand hatte bisher bemerkt, wie klein er eigentlich war. Sein graublondes Haar flatterte, und seine verhaßte Visage hatte ihr Lächeln eingebüßt, als er, kleiner, in unserer Mitte stand. Wir warteten, mehrere Kinder jubelten. Dann, während aus der »Taverne Brueghel« ohrenbetäubend »It's a long way to Tipperary« ertönte, bildete sich ein Ehrenpeloton von Bürgern um die beiden Gendarmen, die Harmedam stützten, denn er schien sich nur mühsam auf den Beinen halten zu können, und diese Bürger marschierten (wozu sie seit 1940 keine Gelegenheit gehabt hatten) aufrecht, einige die rechte Hand zwischen dem dritten und vierten Mantelknopf, im Gleichschritt, und er, die Wurst, kam aus dem Tritt (aber erinnern Sie sich, daß er 1942 bei der Beerdigung von zwei erschossenen flämischen Wachposten tüchtig marschieren konnte!). Harmedam strauchelte, denn Sjef van Roeners hatte ihm einen Billardstock zwischen die Beine gestoßen. Was haben wir gelacht, als er taumelte und nur deshalb nicht gleich fiel, weil er nach dem Koppel eines Gendarmen griff und der Gesetzeshüter, in der Meinung, der Verräter wolle ihm den Revolver entwenden, ihm unerwartet schnell mit dem Gummiknüppel ins Genick schlug, so daß Harmedam doch zu Boden ging, beide Hände im Kies und das Gesicht in den Hyazinthen, die in einem Beet rund um das Denkmal stehen. Wir jubelten! »Kyrie eleison«, rief Octave van den Abeele.

»Küssen!« schrien darauf unsere Frauen. »Das Denkmal küssen!«

Einige Arbeiter unter uns umschrieben dies sodann mit der ihnen so eigenen, so typischen und ungeschminkt derben Fröhlichkeit, daß ein paar Jungfern rot wurden.

Obwohl, ehrlich gesagt und unter uns geschwiegen, Mijnheer, die Jungfern zur Zeit der Kanadier selten waren. Der Gendarm, der Harmedam geschlagen hatte, packte ihn dann an der Nackenhaut, einige behaupten, an den Haaren, und zerrte ihn hoch. Während wir nun den Atem anhielten und die Landesverräter da an der Seite sicherlich erwarteten, Bussarde würden herabstürzen und den Schuldigen der Gerechtigkeit entreißen, ging Harmedam, der nach links und rechts schielte, unsicher auf die erste Quadersteinstufe zu, kniete nieder, vorsichtig, aus Ehrerbietung vor unseren Märtyrern oder um die Prince-de-Galles-Hose nicht zu beflecken oder aus Angst oder wegen seines Alters, auf jeden Fall etwas zögernd, und senkte den Kopf, Mijnheer, und küßte den Fuß in dem hohen Schuh des sterbenden Soldaten von 1914–1918, worauf aus den Reihen des unersättlichen Volkes eine alte Frau nach vorn stürzte, ja, ein rasender Bussard, und ehe jemand dazwischenspringen konnte, schoß sie auf das Sühneopfer los, hob ihr geblümtes Kleid und trat Harmedam zweimal mit ihrem stumpfen, flachen Absatz ins Genick. Für jeden sichtbar, zerschlug er sich den Mund auf dem Stein. Während die ältere Frau, in der wir Tjampens, Cecilia, Haushälterin, erkannten, sich neben ihn setzte und ihn interessiert musterte, während er sich dann aufrichtete, blutend und mit Hilfe des Gesetzes, sahen wir auf dem geriffelten Stein drei Zähne liegen, und ein Student, der uns unbekannt geblieben ist, grapschte sie und warf sie in die Luft. Die Jüngeren unter uns sprangen in die Höhe, um sie aufzufangen. Damit war allerdings alles vorbei. Der Hanswurst, der bis vor einem Monat noch selbstsicher umherstolziert war, auf demselben Platz, als Direktor – bitte schön! – der »Winterhilfe«, und der wie ein Teutone befohlen hatte: »Hier die Suppe, hier die Vitamintabletten, der Zwieback nur für Frauen über fünfundsechzig!«, als wüßte nur er allein, wo die Hilfsbedürftigen zu Hause waren, diese Type wurde weggeschleppt, wimmernd wie ein Kind. Er wurde auf den Lastwagen gehoben, und die anderen auf der Ladefläche, zitternd und kreideweiß, dankten es ihm wahrscheinlich, daß er für sie als Sündenbock hergehalten hatte, denn sie wischten ihm den Mund ab und strichen ihm durchs Haar. Es war die Stunde, in der man den eigenen Schatten länger werden sieht, als man selbst ist, die Stunde, um dies alles im »Café Français« gründlich zu erörtern, denn – wohlgemerkt – der Krieg war da noch nicht vorbei, im Gegenteil, der Feind bedrohte unter Führung von diesem von Rundstedt wiederum unsere Pforten in unseren Ardennen.

Sandra

Der Tennisplatz hatte eine rote Kiesdecke, die Kleidung klebte mir an der Haut, und wegen der zu großen Tennisschuhe glitt ich immer wieder aus. »Aufschlag!« riefst du, Sandra, und sprangst zur Seite, und ich beugte mich nach hinten, traf aber den Ball, obwohl ich ihn richtig hochgeworfen hatte, nur mit dem oberen Rand meines Schlägers, und ich verfluchte meinen Vater, weil er mich überhaupt erst zu diesem Spiel gezwungen hatte, es fehlte nicht viel, und ich hätte den Schläger gegen das Gitter geschleudert. Du liefst herbei, du hattest bemerkt, daß auf dem Tennisplatz nicht viel mit mir anzufangen war, und du packtest meinen Arm. »Sie schlagen falsch«, sagtest du, als sei das etwas Neues, und du machtest es mir vor, drei Bälle strichen schnell über das Netz, ein vierter fiel davor herunter, und du rochst nach vielen Frauen. Wo war meine Brille? Du zeigtest mir, wie man sich auf dem linken Fuß dem Ball entgegendreht und welche Hüftbewegung man dabei macht, und du hieltest mein Becken mit deinen Soldatenhänden fest. Dann saßest du auf einem Gartenstuhl, schlenkertest mit einem Bein und schautest mich lange an, während ich zu raten versuchte: Was geht in ihr vor? Was will sie herausbekommen? Aber du wußtest damals nicht das mindeste, du hieltest mich noch immer für den holländischen Abgesandten, für einen in eure Pfadfinderei um den mausetoten Crabbe Eingeweihten, für einen blonden Doktor, der ein Essay über den Nationalsozialismus in Flandern mit Hinweisen auf Crabbe verfaßt hatte, und dieser Doktor verführte dich nicht – obwohl in deinem träge gleitenden Blick zu lesen war, daß es eine Chance gab, uns einmal (wie die ersten Menschen unter der Sonne, pudelnackt, rasse- und blutrein) zu paaren –, aber du mustertest den Doktor, nicht den Lehrer auf seiner Irrfahrt, und in deinem Urblick lag etwas von: Warum sind alle Männer Schatten, Muster, Skizzen meines Geliebten, der nie mehr wiederkehrt? So etwas hatte ich schon einmal wahrgenommen, Sandra, nämlich in hoffnungslosen Augen von Ambra, die runder und heller waren als deine, in denen von Elizabeth, wenn sie an einem Regentag im Zimmer hockte, in unserem Schlafzimmer, wo ich mich wie ein Gast im Hause einer Schlangenbeschwörerin anmelden konnte, wann immer ich wollte. Dort hockte sie oft, eingefangen von einer kindlichen Lust, die ihre Zunge über die Oberlippe gleiten, sich kräuseln ließ, während sie stundenlang ihren Kamm mit einer Nadel von dem grauen Schmutz zwischen den Zinken befreite und ihn in ein weißes Taschentuch wischte, und dann blickte sie auf von ihrer Arbeit, und ich las in ihrem Gesicht: Warum bist du kein anderer? Warum bist du der Doppelgänger von jemandem, der mich leidenschaftlich liebt und der mich durchs Leben schleppen soll?

Du hieltest den Tennisball in deiner rechten Hand und drehtest ihn mit den Fingerspitzen und nahmst ihn zwischen die Zähne, und vor deiner Haut war er weiß und haarig wie der Bauch eines Kaninchens, und (damals noch nicht an Crabbe und die deutschen Vernichtungslager denkend, die er besuchte, auch nicht an die Möglichkeit, daß er dort Banach hätte treffen können, der da gestorben ist und der ein Paradoxon entdeckt hat, nämlich, daß man einen Apfel – einen Tennisball – in Scheiben schneiden und wieder zu einem Ball zusammenfügen kann, kleiner als ein Atom, größer als die Sonne) mir kam in den Sinn: Sie angelt nach mir, während sie in die weißen Haare beißt, an denen rote Kiesteilchen hängen. Sosehr ich auch achtgab, wie begierig ich auch jedes Detail in mich aufnahm, nicht eine Geste von dir war mir von dem »Ball der Weißen Maus« her bekannt. Zu meinem durch nichts gerechtfertigten Stolz. In dem Haus, wo das Lied deiner Mutter ertönte, pariertest du und griffst du an mit Höflichkeitsfloskeln und Sprüchen aus diesem oder jenem langweiligen Buch, zum Beispiel: »Wie sehr eine Frau einem Mann auch hilft, sich selbst zu finden, sie hält ihn gefangen.« Und du meintest: »Ich habe Crabbe nicht helfen können, und so hält er mich gefangen, noch immer.« Als sich der rote Bildhauer zu uns setzte, glitt der Teetisch vor und zurück, und ich saß zwischen euch eingezwängt, der Raum verengte sich und wurde zu einer Kabine, die durch den weiten Garten von Almout trieb, und ich, ein unvorbereiteter Astronaut, drehte mich, du sahst mich in dem Netz von Stricken zappeln, die von den *Ecken* der *runden* Kabine ausgingen und sich um mich wanden, mich in Segmente ohne Tangentenfläche aufteilten, so daß ich auch schwellen und schrumpfen konnte von einer Sonne bis zu einem Atom, und dann umklammerte deine Tennishand meine Knöchel, du warst Hunger und sanfte Zufriedenheit zugleich, Luder, deine Zähne wurden sichtbar, und du schütteltest dein kurzes, seit zwei Tagen kurzgeschnittenes Haar. Dieser Tage breche ich aus diesem Raum hier aus, Sandra, doch keine Angst, ich werde dich nicht mehr im Haus Almout besuchen, wo du die vielen Hunde hältst, die bellen, denn das ist der ärgste Laut der Welt, er ist sinnlos, er zerreißt Gewebe, ich höre sie in jedem Zimmer, sie zerfleischen mich mit ihrem Gebell, und sie ...

Besetzung

Sie kamen nicht weg von dem Haus, denn bevor der Lehrer von dem hüpfenden Jungen neben sich eine Erklärung abfordern konnte, was er mürrisch wie ein im Stich gelassener Vater zu tun gedachte (und was der Junge merkte, denn er machte bereits ein demütiges Gesicht und suchte nach lügnerischen Erklärungen), wurden sie bei der Portierswohnung von Sandras Vater überrascht, der »He, endlich!« rief.

Der Junge bewegte sich langsam seitwärts, als wolle er im Gebüsch Deckung suchen, aber der alte Mann packte ihn am Kragen. »Lümmel!« schrie er. »Willst du dich davonschleichen? Was hast du mir versprochen?«

»Ich hatte noch keine Zeit, ihn darum zu bitten«, sagte der Junge.

»Aha!« stieß der Alte triumphierend aus. Während sie dem ihnen winkenden Mann folgten, zischte der Junge etwas, was der Lehrer nicht verstehen konnte. »Keine Zeit gehabt!« murrte der Alte; er bückte sich und ging ihnen unter Erlenzweigen voraus. Ein Holzhäuschen, das an das Portiersgebäude angelehnt war, wurde sichtbar. Der Junge kniff den Lehrer kräftig in den Unterarm, sein Schalksgesicht verhieß nichts Gutes.

»Laß mich los«, sagte der Lehrer und hob die Hand.

»Warte doch«, entgegnete der Junge laut und blickte den Lehrer tadelnd an, sagte eigentlich: »Sie wollen doch so gern, Sie müssen doch unbedingt dieses Haus aus der Nähe sehen, ich helfe Ihnen doch.«

Als sie eintraten, wobei der Alte plapperte – sie sollten die Unordnung nicht weiter beachten, darin arbeite ein Künstler am besten, außerdem wisse er genau, wo alles liege, nur, wenn die Putzfrau sein Studio heimsuche, dann ... –, sahen sie, daß der unüberschaubare Raum, in dem der Alte zufrieden die Arme schwenkte, als Fotoatelier diente, aber auch etwas von einem Labor an sich hatte; da standen Glasröhrchen, Destillierkolben, vergitterte Kisten mit Meerschweinchen, Seziertische mit Handtüchern voll von geronnenem Blut, Sextanten. An der Wand, wo sich früher ein Kamin befunden hatte, lehnte schräg ein gebogener silberweißer Schirm, vor dem eine Frau saß.

»Frau Harmedam, früher Herzogin Miësto«, der alte Mann verneigte sich in ihre Richtung, die Frau regte sich nicht. Sie war nackt, weiß bemalt und mit einem Netz aus Metalldrähten umhüllt, zwischen dessen Maschen sich die zusammengepreßte Haut blasig und kalkig spannte. Das einzige, was sie trug, waren zwei kleine, auf die Brustwarzen geklebte Kegel aus Goldlamé. Ihr von einer dicken Schminkschicht bedecktes Gesicht mit falschen Wimpern, lackierten Brauen und phosphoreszierenden Lippen war von sehr sanften, dünnen rotbraunen Haaren umschlossen, die hier und da den glitzernden Maschen entglitten. Die Metalldrähte schnitten ihr tief in die Haut, sie kniete unbequem, die Fersen, deren schmutzige, verhornte und mit Farbe beschmierte Ränder sichtbar waren, berührten die Lenden, die Arme waren nach hinten gepreßt, gegen ihre üppigen Hüften. Etwa fünf Meter entfernt stand ein altmodischer Fotoapparat. Sie lächelte nicht, ihre weiten lila Augen waren auf etwas hinter und über dem Lehrer gerichtet, der dachte: So eine Augenfarbe gibt es nicht, das ist auch gefärbt, an dem ganzen Körper ist herumgedoktert und gebastelt worden, oder sie hat Glasaugen und sieht nichts. Aber dann verfolgte Frau Harmedam die Bewegungen des Jungen, der sich auf eine Kiste setzte, aus der Rascheln und Piepsen ertönte.

»Ich war gerade dabei, den Apparat einzustellen«, sagte der alte Mann, der unter dem schwarzen Tuch verschwunden war; er schwätzte mit erstickter Stimme, während sich seine Ellbogen bewegten, unter anderem behauptete er, dieses Atelier hätte seinem Bruder gehört, dessen Arbeiten man an den Wänden bewundern könne, und in der Tat, hundertundein Fotos waren mit Reißnägeln am *hard-board* der Mauer befestigt. Es handelte sich um Kinderporträts. Bauernmädchen, zehn bis zwölf Jahre alt, die rotznasig, ungekämmt, ab und an mit Ruß beschmiert oder flennend vor einem idyllischen Hintergrund – Trauerweiden, Meer, Berggipfel – geknipst worden waren.

Die Landschaften, riesige, verbogene Tafeln, standen zusammen in einer Ecke, ungleich in Größe und Farbe. Wiederholt erkannte der Lehrer den Park von Almout hinter einem Dorfkind, die Buchenallee, den englischen Rasen (ohne eine einzige Bildsäule). Die Einstellerei schien Schwierigkeiten zu machen, hin und wieder kroch der alte Mann hüstelnd unter dem mattschwarzen Tuch hervor, schaute blinzelnd nach seinem Modell, verschob einen der Aluminiumscheinwerfer und verschwand wieder. Dann gab er es auf, wahrscheinlich behinderte ihn der Besuch, bot dem Lehrer einen Stuhl an, ließ sich mit einer Hinterbacke auf der Fensterbank nieder und pflanzte den Fuß auf einen Rollstuhl. Alle schwiegen. Die Stille wurde für den alten Mann unerträglich. Er sagte, er finde es schade, daß der Lehrer seinen Bruder nicht gekannt habe, ein merkwürdiger Typ; sie wären bestimmt gut miteinander ausgekommen, wenigstens vor dem Krieg. Der Krieg hätte ihm nämlich übel mitgespielt. Er sei dadurch in einen Zustand geraten, nun ja, sagen wir, er sei ein bißchen angeschlagen worden. Denn habe er nicht eines Tages, ungefähr einen Monat vor seinem Tod, Alesandras Zähne ziehen lassen wollen?

»Damit sie ein Gebiß kriegt?« fragte der Junge.

»Nein, mein braves Kerlchen, nein, nein, sie sollte nicht so kokett wirken.«

»Und sie wollte nicht?« erkundigte sich der Junge.

»Nein«, antwortete der alte Mann betrübt. Nicht, daß es so verrückt wäre, fuhr er fort, denn hacken sich die Buschmänner nicht zum Zeichen der Trauer ihre Finger ab? Und sei es nicht so, daß wir nur sehr wenig mit dem Körper anzufangen wissen, daß wir das Körperliche total ver-nach-läs-si-gen? Es könne auch sein, plapperte er weiter, daß sein Nun-ja-Merkwürdigwerden eine Folge der tierischen Behandlung gewesen sei, die er auf dem Marktplatz von Ostende erfahren habe, worauf er unter anderem alle seine Haare verlor, aber er sei schon viel früher durch die Dämpfe verwirrt worden, die von dem Quecksilber herrührten, das er für seine Versuche benutzt habe. Der Lehrer war müde, sein Knöchel, der von dem Schuh eingezwängt wurde, schmerzte immer stärker. Nachdem der alte Mann noch eine Variante von Verstümmelung aus dem Mittelalter erläutert hatte, die er für gerechtfertigt hielt, krächzte er – und damit fand er seine Kinderstimme wieder, mit der er die beiden auf Almout begrüßt hatte – ein Liedchen, dessen Text aus einer Mischung von spanisch-italienisch-französischen Wörtern bestand. Als es mit einem ziegenhaften Gemecker ausgeklungen war, erklärte der alte Mann den beiden, dies sei die Lieblingshymne seines Bruders gewesen, der den Text dazu verfaßt und mit »Scardarelli« unterzeichnet habe. »Und ich schäme mich nicht, zu sagen, daß das Lied so blödsinnig ist wie das ›Bacalá-bacalá‹, das Louis Seize zu singen pflegte.« Die Erinnerung an seinen Bruder durchbrach viele Dämme, der alte Mann schwadronierte und schwadronierte, wobei er hin und wieder von der Fensterbank glitt. Die Zeit verging, die alte Frau, deren glänzende Kunststeinaugen nach wie vor auf den Jungen gerichtet waren, atmete mühsam.

Der Junge, der dies vielleicht ebenso ärgerlich fand wie der Lehrer, stieß mit dem Absatz gegen die Kiste, auf der er saß, spielte mit einem Belichtungsmesser, schaute durch eine Filmkamera. Dann, mit einem Seufzer, kam der alte Mann von seiner Fensterbank los, bat um Ruhe und kroch abermals unter das abscheuliche Tuch, das Falten schlug. Mücken summten. Die unbehaarte, rosige Hand erschien, drückte auf eine Gummibirne, und hochrot kam Richard Harmedam wieder zum Vorschein. Er reckte sich und fragte: »Vielleicht haben Sie auch gehört, wie er sich zum Ende hin aufgeführt hat?

Nein? Er ließ sich in seinem Rollstuhl in den Garten fahren, und nach einer Stunde in der Sonne glaubte er, eine Tulpe geworden zu sein, und dann mußten Sandra und Alice ihn besprengen! Ach ja, nur gut, daß er verschieden ist.«

Es wurde still. Die alte Frau, deren Körper mit Schweißperlen bedeckt war, stieß auf. Und der Lehrer, der sich erhob, auf seinem schmerzenden Fuß zu stehen versuchte, beinahe gegen eine vergrößerte Aufnahme von Strauchgewächs fiel, sah, daß der Rand ihrer Ferse, den er zuvor gesehen hatte, bemalt war, bückte sich und merkte, daß die Fußsohle scharlachrot lackiert war, und dachte – nicht ohne Selbstgefälligkeit –, daß die Priesterinnen von Kreta, die außerhalb des Tempels die Erde, den Boden nicht berühren durften, ebenso gefärbte Fußsohlen hatten.

Ihr gekalktes Gesicht war unverwandt auf den Jungen gerichtet, und dann, ein Ereignis, senkte sich quälend langsam ihr rechtes Lid, bedeckte den Augapfel. Wie eine Eule, die man ausgestopft wähnt, hockte sie reglos da, doch auf einmal dann ein träges Blinzeln. War dieses Zeichen für den Jungen bestimmt? Die heisere, geborstene Stimme der Frau ertönte: »Schuft.«

Wütend erwiderte der alte Mann, er benötige volle Konzentration und habe deshalb schon dreimal um Ruhe gebeten.

»Halunke!« sagte sie.

»Würden Sie einmal den Schnabel halten, Madame?« schrie er.

Madame, ein Auge wie ein vollendeter, unnatürlich lilafarbener Edelstein, das andere nun unsichtbar unter dem hellblau bemalten Hautblättchen, gab von sich, dieses Haus sowie drei Villen in Blakenberge seien *ihr* Eigentum. Dies beschäftigte den alten Mann eine Weile, still putzte er an der Linse des Ungetüms neben sich.

»Hast du Mijnheer Harmedam etwas versprochen?« fragte der Lehrer.

»Daß ich dich der gnädigen Frau vorstellen werde«, antwortete der Junge gereizt.

»Nun«, sagte der Lehrer, »das ist geschehen ...«

Der Junge stand von seiner raschelnden Kiste auf. »Es hängt mir hier auch lang zum Hals raus«, sagte er.

Der Lehrer verbeugte sich in Richtung der Salami-Frau, wandte sich dem verschreckten alten Mann zu und murmelte etwas von dringenden Verpflichtungen, erreichte mit einigen nackten, bedrohten, ungeschützten Schritten die Tür und ließ das Paar in dem Geruch von chemischen Lösungsmitteln, Parfüm und Säure zurück.

Bis zu der staubigen Dorfstraße, den Jungen neben sich, der mit einer Milchtüte Fußball spielte, ging er schweigend, verwundert. Bei einem Wirtshaus auf dem Marktplatz studierte er den Fahrplan der Busse, mit denen er die Küste erreichen konnte, aber wie er befürchtet, bei Gott, nein, gehofft hatte, kam der nächste erst am folgenden Tag früh um acht Uhr.

In der Dorfherberge wurden sie erwartet. Der Wirt stand vor der Tür und beantwortete den Abendgruß der beiden Logiergäste nicht, und als der Lehrer hineinwollte, trat der grobschlächtige Mann erst im letzten Augenblick beiseite. Er kam ihnen nach, legte dem Jungen die Hand aufs Haar und fragte ihn, wie er heiße. Der Junge entglitt der Hand, strich sich den Schädel glatt und antwortete, das gehe ihn nichts an. Der Wirt lachte dick; zwei junge Bauern im Overall, die bei der Juke-Box saßen, schlugen sich vor Vergnügen auf die Schenkel, und der eine ließ mit offenem Mund, in dem Schokoladebrei klebte, ein Wiehern ertönen. »Gott verdammt, das geht uns nichts an, sagt er. Das ist gut, he, Pier?«

Der andere hörte plötzlich zu lachen auf, behielt jedoch eine spöttische Falte um den Mund bei. »Er denkt, wir seien Hampelmänner, wie die in der Stadt.« Erniedrigt, todmüde, setzte sich der Lehrer und massierte seinen Knöchel. Plakate, die öffentliche Versteigerungen ankündigten, lagen vor ihm auf dem Tisch.

»So, du willst es mir also nicht sagen«, brummte der Wirt, schenkte sich selbst ein Glas Bier ein, trank.

»Verzele, Albert Verzele«, sagte der Junge.

Die beiden Bauern stießen einander an, prusteten dann erneut los. Der Wirt sagte: »Das habe ich mir gleich gedacht. Ich sagte mir innerlich: ›Pier, hier stimmt etwas nicht.‹ Man muß eine Nase haben für so was.« Er trank sein Glas leer, pustete. »Und die habe ich, kann ich gut und gern von mir selbst behaupten.« Er wandte sich an den Lehrer: »Das ist nicht sehr schön, nein, nicht sehr schön.«

Der Lehrer nickte, und der Wirt, der darin eine List erblickte, verkündete mit scharfer Stimme, die Miete für das Zimmer sei von nun an erklecklich gestiegen. Und ob er damit einverstanden sei, den Gebrüdern Vermast ein Gläschen zu spendieren? »Gewiß doch«, sagte der Lehrer.

»Wir haben schon öfter von so was wie euch gehört, he, Bernard?« sagte einer der Gebrüder Vermast, der ältere. »Und in der Stadt ist das vielleicht Mode, aber hier nicht, Freundchen, bei uns nicht!«

Der Junge bekam einen Lachanfall, als beziehe er das Gekrähe erst jetzt auf sich, und fragte dann: »Was ist denn mit Ihnen los, he?«

»Kümmre dich nicht drum, Albert Verzele«, sagte der Wirt und stellte zwei Biergläser, zum Viertel mit Kognak gefüllt, vor die Gebrüder auf den Tisch. »Prost!« sagten sie. »Santé!«

Bei der nächsten Runde wurde ein Toast auf den Lehrer ausgebracht, dann einer auf den Jungen, dann einer auf den Wirt und dann einer auf den örtlichen Fußballverein. Danach setzte sich der Wirt zu dem Lehrer, die Stuhllehne zwischen den Knien. Er sagte, der Lehrer müsse ihn richtig verstehen. Es passiere viel auf der Welt, einverstanden, Gott brauche alle, aber bestimmte Dinge gingen zu weit, einverstanden? Was zu viel sei, sei zu viel. Nicht, daß er oder die Gebrüder Vermast oder jemand im Dorf etwas gegen den Lehrer hätten, aber wenn sich ein Logiergast in seinem Wirtshaus etwas zu-schulden kommen lasse, dann sei er doch, verflucht noch mal, mitverantwortlich! »Wir wohl nicht, was?« rief einer der Gebrüder. »Schweig!« befahl der Wirt. »Was?« schrien die Gebrüder. Dann stritten sie sich darüber, wer zuerst aus dem Radio von dem Verbrechen erfahren habe, sie oder der Wirt, und einigten sich dahin gehend, daß alle drei es zur gleichen Zeit in den 1-Uhr-Nachrichten gehört hätten. Der Sprecher habe noch gezögert, als er »dreizehn Jahre« sagen mußte, und sich, nicht wahr, gewissermaßen bedeutungsvoll geräuspert, als er hinzufügte: »... in Begleitung eines dunkelblonden Mannes, etwa fünfunddreißig Jahre alt.« Man brachte einen Toast auf den Sprecher aus.

»Das kann schon sein«, sagte der Lehrer, »aber ich sehe nicht ein ...«

»Er ist blind«, sagte einer der Gebrüder. »Verdammt blind«, bestätigte der andere.

Der Junge bohrte sich in der Nase, um ein nicht zu unterdrückendes Lachen zu bezwingen. Der Lehrer stand zum x-tenmal auf und ging, ohne sich darum zu kümmern, ob der verräterische Verzele mitkam, auf die Tür neben dem Tresen zu. Der Wirt und der Junge folgten ihm. An der Treppe machte der Wirt »Psst!«, wie zu einer Katze oder zu einem Kind. Der Lehrer, ungeduldig, in der Falle, fragte: »Was ist?« und dachte: Soll ich »verflucht noch mal« hinzufügen, damit er ...

Der Wirt erkundigte sich, ob er ihm nun die Rechnung vorlegen dürfe. Sie belaufe sich auf fünftausend Franc und auf tausend Franc für jeden der Gebrüder Vermast.

»Ich habe das Geld nicht«, erwiderte der Lehrer.

»Aber Sie können es doch wohl holen oder sich bringen lassen?«

»Tu das nicht!« rief der Junge dazwischen. »Bloß nicht!«

»Vielleicht kann ich Ihnen einen Scheck schicken«, sagte der Lehrer.

Der Wirt schüttelte erstaunt den Kopf. Das rote, gefurchte

Gesicht des jüngeren Bruders Vermast lugte um die Ecke der Türöffnung. »Versuch nicht, uns aufs Kreuz zu legen, Pier«, mahnte er, »jeder seinen Anteil.«

»Schweig«, sagte der Wirt.

»Ich kenne dich, Pier, du hast das schon mal mit mir gemacht.«

Der Junge wurde unerträglich, brach in Lachen aus.

»Vielleicht kann ich Ihnen jetzt die Hälfte ...«, begann der Lehrer, aber der junge Vermast fluchte heftig und fragte, für wen er sie halte, für Hampelmänner aus der Stadt, he? Es wurde schwierig dort auf der Treppe (und gestern habe ich davon geträumt, die Treppe war flexibel, wie aus Gummi, und die Stufen waren menschliche Gliedmaßen, die Feuchtigkeit absonderten und meine Hosenbeine damit tränkten, ich habe geschrien, und Korneel hat mich geschlagen und mir eine Spritze verpaßt). »Ich werde sehen, was ich tun kann«, sagte der Lehrer, und der Wirt: »Das wird auch das beste sein.«

»Laß dir nicht auf den Kopf kacken!« lallte Vermast.

In ihrem Zimmer dachten die beiden Reisenden nach. »Mir steht das Dorf bis oben hin, wie kalter Brei«, erklärte der Jüngste. Dann, ohne daß sie es miteinander abgesprochen hatten, packten sie ihre Siebensachen, das heißt, der Junge zwängte seine Unterhose, die er am Morgen vergessen hatte anzuziehen, in den Brotbeutel, und der Lehrer sammelte seine Zigaretten, ein Taschentuch und seinen Federhalter zusammen und steckte alles in die Büchertasche, in der sich die unverbesserten Hefte befanden. Danach berieten sie sich. Der Junge wollte durchs Fenster klettern, aber der Lehrer, der an seinen Knöchel dachte, war dazu nicht zu bewegen. »Okay«, sagte der Junge kichernd, und dann stiegen sie – die Schuhe in der Hand – die Treppe hinab, nichts knackte, der Lehrer zitterte am ganzen Körper, und sie gelangten bis zu der Seitentür, die auf den kleinen Hof und in den Gemüsegarten und zu den Kornfeldern dahinter führte, doch da erwartete sie der Wirt. »Das sind keine Manieren«, sagte er. Mühsam zog der Lehrer die Schuhe an, und zu dritt, vorneweg die beiden Gefangenen, die Hände des Wirtes im Kreuz, stapften sie in die Wirtsstube, die sich in der kurzen Zeit erstaunlich gefüllt hatte. Ihre peinliche Lage war bekannt geworden, daran bestand kein Zweifel, aber die plötzlich aufgetauchte Kartenspielerrunde benahm sich – aus Bescheidenheit, Fairplay oder infolge irgendeiner Anweisung – zuvorkommend. Man erkundigte sich, wie der Lehrer und der Junge den Tag im Dorf verbracht hätten, ob es ihnen gefiele, ob sie die Bronzetafel zum Gedenken an den Aufenthalt von de Keukeleire bis kurz vor seinem Abtransport am achten Mai gesehen hätten. Die beiden beantworteten entmutigt, matt die Fragen, und bald nahmen die Dörfler ihre Gespräche und das Kartenspiel wieder auf. Dennoch ließ das Auge des Dorfes die beiden nicht los, ab und zu fing der Lehrer einen gehässigen, warnenden oder neugierigen Blick auf und wurde gewahr, daß zwischen den Whistspielern und dem Wirt, der hinter seinem Tresen mit den Schokoladentafeln, Waffeln, hartgekochten Eiern, Würstchen und dem Bild eines Missionspaters Wache bezogen hatte, eine ständige Verbindung bestand. Der Lehrer trank ein Glas englisches Starkbier und der Junge eine Limonade. Dann stand der Junge auf – beschworen vom Wirt? –, verfolgte leicht gähnend das Kartenspiel, ging schließlich zum Tresen und flüsterte dem Mann dort etwas ins Ohr. Dieser schüttelte den Kopf. Doch nachdem der Junge noch eine Weile eindringlich auf die bewegungslose rote Säule des Genicks eingeredet hatte, nickte der Mann und kaute auf dem Streichholz in seinem rechten Mundwinkel. Sie könnten noch eine Nacht bleiben, vielleicht sogar zwei, sagte der Junge dann zu dem Lehrer. Im Kielwasser eines munteren, nach allen Seiten »Gute Nacht« rufenden und Antwort erhaltenden Jungen ging der Lehrer, Gott verfluchend, zur Tür, erneut, erneut, die an dem Tresen vorbei zu ihrem Zimmer führte.

»Keinen Ärger machen«, mahnte der Wirt.

In dem von Mücken summenden Verschlag wurde der Junge

Zeuge, wie der Lehrer ungeniert sein Schicksal, sein Unglück verwünschte und auf den Nachttisch schlug, und er half dem danach ruhigeren Mann, die Schnürsenkel aufzuknöpfen, und sagte, der Gastwirt hätte ihm verboten, in diesem Raum zu schlafen, er müsse im Mansardenzimmer übernachten. Der Lehrer zuckte die Schultern. Der Junge sagte: »Ich wäre froh, wenn wir wieder in der Schule wären.« Und als er weg war – der Lehrer dachte: Hätte ich ihm nicht »Schlaf gut« wünschen und ihm ein Kreuzchen auf die Stirn machen müssen? Wie verabschieden sich Väter zur Nacht von ihren Kindern? –, sank Victor-Denijs de Rijckel, Englisch/Deutsch, beinahe um vor Müdigkeit, und er dachte: Ist das die Zukkerkrankheit? Ich vertrage rein gar nichts mehr. Als er sich auszog, wurde ihm klar, daß es auch ihn nach der Schule verlangte, daß er nicht ungern am nächsten Morgen über den Spielplatz spaziert wäre oder vor einer lebhaften, fröhlichen Klasse Anekdoten über Goethe – vorwiegend selbst ersonnen – zum besten gegeben hätte. Er schlief ein. Gegen Morgen träumte er von Alesandra Harmedams Vater; der saß mit klatschnasser Kleidung im Rollstuhl und versuchte nach seinem Schädel zu schauen, so daß seine Augen weiß waren und aus den Höhlen quollen, und neben ihm stand mit gegrätschten Beinen eine Nonne, die mit krampfhaften, rukkenden Bewegungen bemüht war, einen Reißverschluß hinten an ihrem Kleid zuzumachen. Dann stand der Junge, der in seiner Kleidung geschlafen hatte, ungewaschen, leichenblaß vor seinem Bett. »Ich bin schon stundenlang wach«, sagte er und setzte sich, neben die Füße des Lehrers. Die Sonne glühte auf seinem Gesicht, und er schloß die Augen; wäre wieder eingeschlafen oder überhaupt erst eingeschlafen, wenn der Lehrer ihm nicht mit ungewohntem Grimm einen Tritt gegen das Knie versetzt hätte.

»Hast du denn nicht geschlafen?«

»Ja doch. Warum nicht? Sie vielleicht nicht?«

»Hast du den Kerl unten schon gesehen?«

»Ja, er sagt, wir könnten hierbleiben, solange wir wollen, wenn wir dazu Lust hätten.«

»Und hast du Lust?«

»Ich nicht«, sagte der Junge, schüttete sich beim Waschbecken Wasser ins Gesicht und strich das Haar mit der Handfläche nach hinten.

Das Frühstück, Butterbrot mit Käse und dazu Kaffee, zogen sie in die Länge. Der Wirt, hinter seinem Tresen auf Posten, schien nichts dagegen zu haben. Der Lehrer las – nachdem er einige allzu wilde Bemerkungen und Hampeleien des Jungen nervös unterbunden hatte – »De Stem van Torhout« und »Ciné-Revue«, der Junge faltete aus einem Reklameprospekt für Kühlschränke einen Flieger. Dann steckte der Wirt eine Münze in die Juke-Box und kündete die drei Plattentitel – deutsche – an: »Heimatland«, »Du bist meine Sonne« und »Heute wollen wir marschiern«.

Der Junge hörte zu, das Gesicht auf dem Unterarm, das rechte Ohr eingeknickt, die Augen zu, und sang ab und an mit, die deutschen Wörter falsch deklinierend, gegen den Rhythmus. Der Lehrer bat um »Het laatste Nieuws«, doch der Wirt sagte, diese Zeitung habe er nicht, nur »Het Volk«, aber er brauche sich keine Sorgen zu machen, über ihn und den Jungen stehe nichts drin. Ein Eiskarren draußen, der Junge kaufte Eis. Die Sonne wurde wärmer, die Gaststube wurde von dörflichen Geräuschen ausgefüllt: Hühnergegacker, Motorengebrumm, Glockengebimmel. Bauern kamen herein. Plötzlich räusperte sich der Wirt, wischte eilfertig die Hände an der Weste ab, sah etwas vor dem Eingang. Der Lehrer folgte seinem Blick, und in dem Moment, da er durch die offene Tür einen niedrigen, knallig violetten Sportwagen mit Sandra hinter dem Steuer wahrnahm, ertönte ein Zweiklanghorn. Der Wirt sagte: »Das Fräulein vom Schloß.« Der Junge hob sein Kinn vom Ellbogen, schloß noch einmal kurz die Augen und sprang dann auf.

Die junge Frau lachte hektisch. Habe er (der Lehrer) im Korn geschlafen? Er sehe schlimm aus. Habe er vielleicht ihre

Verabredung vergessen? Sie log, und er log mit. »Natürlich nicht, ich warte schon mindestens eine halbe Stunde auf Sie. Und« (während er hinausging) »die grauenhafte Ungewißheit, ob Sie kommen würden oder nicht, ist an meinem Aussehen schuld.«

Er schaute sich nach dem Jungen um, der an der offenen Tür mit der Martelé-Glasscheibe und den weißen, schrägen Buchstaben »Celta Pils« lehnte, und wollte fragen: Kommst du nicht mit? (Läßt du mich im Stich, mein Führer? Muß ich dich als Pfand zurücklassen, mein schläfriger Paladin?) Doch der Junge, im Schatten des Kolosses von Wirt, kam ihm zuvor. »Wir sehen uns bald«, sagte er.

»Bald?«

»Ja, ich folge später nach. Jetzt geht es nicht.«

Das Auto fuhr los.

Sie steuerte mit lockerer, sicherer Hand, wobei sie hin und wieder in den Spiegel schaute und die Lippen befeuchtete. Unterwegs erläuterte sie dem Lehrer, woran sie vorbeikamen: an einem Kloster, in dem nur reiche, junge, gescheite, elegante Mönche lebten, an einem Gehöft, wo der Sohn Vater und Mutter die Kehle durchgeschnitten habe, niemand habe je erfahren, warum. Das brummende Auto passierte junge Leute in kurzen Samthosen mit Wimpel und Rucksack, die Tische und Stühle aufgeklappt hatten, um in Gottes freier Natur zu frühstücken, Tankstellen, Villen, die »Bonanza« und »Mon Coin Perdu« hießen, und beim Wald bog Sandra auf einen Nebenweg ein und bremste. In der prallen Sonne. Sie wandte sich ihm dreiviertel zu, wobei sie den Arm voller Ketten und klirrender Münzen auf das Steuer legte. »Nun? Na?«

Der Lehrer dachte an Filme, in denen so etwas geschah, an amerikanische in Cinemascope mit bläulichen Farben, holte tief Luft, starrte vor sich hin, in *close-up*, gequält, aber bildschön.

»Ich habe schlecht geschlafen«, sagte sie. »Und Sie?« Das war nicht übel als Introduktion.

»Hatten wir eine Verabredung?« fragte er matt.

»Ja.«

»Dann hab ich es vergessen«, sagte er.

Das Gehänge an ihrem Arm klimperte, sie verjagte eine Fliege.

»Ich bin von meiner Frau geschieden«, sagte er und dachte: Was überkommt mich da? Was habe ich hier so schulmeisterhaft vor?

»Schon lange?«

Nun ging er auf schwankenden Planken am Rande einer ungestümen See. »Ein Jahr.«

»War sie schön?« (»War sie so schön wie ich?« Er dachte: Gestern hat sie nach meinem Ringfinger geschaut.)

»Ich habe heute nacht an Sie gedacht, Alesandra.« Das war sicheres, flaches Wasser. Und von dort ließ er sich, schulmeisterhaft, auf eine weite Fläche von gewundenen Sätzen und geheimnisvoll klingenden Wendungen treiben, behauptete zum Beispiel, ihm sei noch nie so eigenartig zumute gewesen, und (weil er im Wirtshaus eine Filmzeitschrift gelesen hatte?) sah sich selbst als einen animalischen Herrn in Technicolor, einen lüsternen Teenager neben sich, drehte sich ebenfalls auf dem Plüschsitz zur Seite, kam mit dem schmerzenden Knöchel an die Handbremse, stieß mit dem Mund gegen ihr Kinn, glitt ab und an ihrem warmen, nassen Hals entlang. »Nun, na«, sagte er.

Sie schaute in den Rückspiegel und richtete ihr Stachelhaar hinter den kleinen roten Ohren, während die Armbänder mit den Münzen von ihrem Handgelenk rutschten und klimperten. Er fragte sich ungeduldig, was für Kosenamen man in solch einem prekären Stadium verwende, und kein Triumphschrei war in ihm, kein Siegesgefühl. Sie betrachtete ihn lange. Er, auf seinem Floß und die Arme schwenkend, sagte bösartiger, als er je gewesen war: »Erwarten Sie, daß Crabbe wiederkommt?«

»Nein«, antwortete sie und lehnte sich zurück, preßte den

Rücken gegen den Sitz, stellte ihre Füße in den flachen, ausgeschnittenen Schuhen parallel neben die Pedale. »Es ist vorbei«, sagte sie. Was? Der Augenblick jetzt? Hatte er sich etwas entgleiten lassen, war ihm etwas durch die nassen Finger gerutscht?

»Was *es*?« fragte er beklommen. »*Es*«, antwortete sie, Tränen rannen an ihrer Nase hinab, sie leckte sie mit der Zungenspitze weg und machte eine Handbewegung in Richtung der dunkelgrünen Wälder, des goldenen Landes im Licht, das in der Scheibe mit dem Etikett des Touring-Clubs gefangen war.

»Damals war ich ein Mädchen von elf, und wenn Besuch kam, wurde ich in den Garten geschickt und mußte mit Berthold, dem Hund, spielen, denn Tania, die Tochter des Portiers, hatte in dem Jahr Hautausschlag. Mein Stiefvater brachte mir Rechnen und Erdkunde bei, da ich bald ins Pensionat sollte. Meine Mutter schlief den ganzen Tag oder aß im Bett Schokolade und verließ ihr Zimmer nur dann, wenn der Leiter zu Besuch war, und das war nicht so oft, wie man später in den Broschüren behauptet hat. Er war ein schmächtiger Mann, der die Brust herausdrückte und darüber noch einmal das Kinn, so daß auf seinem Uniformkragen eine Hautfalte lag.

Er küßte Mama stets die Innenfläche der Hand, als wolle er noch die Schokolade schmecken, strich mir über die Zöpfe und nannte mich Nele, niemals Sandra, immer nur ›meine Nele‹. Wenn er in Uniform war, lehnte er sich nie im Sessel zurück und legte nie ein Bein über das andere. Wenn er nicht in Uniform war, hatte er oft weiße Strümpfe an, und das war damals überhaupt noch nicht Mode, die Anglophilen, die es später im Krieg zusammen mit den weiten Westen und den Golfhosen als Erkennungszeichen trugen, wären sehr verwundert gewesen, wenn sie das gewußt hätten. Was noch? Sein Haar war kurzgeschnitten, und er roch stets nach teurer Seife; die kriegte er von Mama geschenkt. Aber wenn er kam, war ich nicht böse, daß ich hinaus mußte, sie verbreiteten sich ja doch nur über unbegreifliche Dinge wie Staat, Volk und Gemeinschaft. Am liebsten saß ich dann im Studio meines Stiefvaters, wo ich mit drei ausgedienten Fotoapparaten spielen durfte, und natürlich hockte ich auch ab und zu in dem Schrank mit den Kostümen von Mama, obwohl ich das nicht durfte, einmal habe ich dort auch Babykleidung gefunden. Am zweitliebsten war ich in der Kapelle, nachmittags, bevor es allmählich dunkel wurde; dann kniete ich auf meinem Platz vorn neben dem von Mama in der Seitennische und starrte nach den Farben der Glasfenster, die heller und greller wurden, bis ich beinahe umfiel, weil ich zu lange darauf guckte, oder auf das weiße Glas mit der Sonne und unserem Wappen, wo hunderttausend Staubteilchen wirbelten, und ich, ich war eines davon, und dann schlief ich auf meinem Stuhl ein und wurde in der Dämmerung wach, worauf ich einmal auf der Marmortreppe vor dem Evangelium niederkniete und einmal auf der hölzernen Wendeltreppe der Kanzel und einmal im Beichtstuhl und dann, zuletzt, in der Mitte der Kapelle, zwischen den ersten beiden Stühlen, die Besuchern vorbehalten waren; und es war meine eigene Kapelle, mein Name war in die Wand eingehauen, und sonntagmorgens, wenn der lange Vogel mit dem weißen Haar predigte, für mich allein, denn mein Stiefvater und Mama befanden sich im Stadium der Todsünde, dann war dieser Pater in seinem Talar mein, mein Sklave, der für mich den Weg zum Himmel freilegen, wenn nötig, aufbrechen, Tag und Nacht mit Gebeten für mich glatt und begehbar machen mußte. Ich mochte den alten Pater sehr. Nach der Messe, wenn ich vor ihm niederkniete, um seinen Segen zu empfangen, sah ich in seinem Ärmel seine Uhr und seinen nackten braunen Arm, und ich suchte nach Spuren von der Geißelung, die er und alle anderen Pater Tag für Tag auf sich nehmen, wie Tania sagte, um für unsere Sünden zu büßen, auch für die von Tania und mir, und ich mochte ihn, weil er sich so für unsere spätere Seligkeit abmühte und dafür geschlagen wurde. Als er versetzt wurde oder verschied, ich habe es nie erfahren, wahrscheinlich starb er, und Mama wollte mich schonen, kam ein dicker, bebrillter Pater, der viel schneller und viel schwieriger sprach und mit mehr Gesten, und von da ab ging ich seltener in die Kapelle. Das war um die Zeit, als Crabbe eines Abends bei uns auftauchte, zusammen mit dem Leiter. Nun hatte ich einen Hund, Berthold hieß er, der ebenso alt war wie ich, jedenfalls hatte man mir das gesagt, doch obwohl man mir auch zwanzigmal erklärt hatte, daß die Lebensjahre eines Hundes etwas anderes seien als die eines Menschen, wunderte es mich, daß er nie mithalten konnte, wenn ich rannte, und sofort seine lange rote Zunge im Staub hängenließ. Außerdem war er sehr furchtsam; sobald eine Katze den Buckel krumm machte und fauchte, strich er mir winselnd um die Beine, und er hatte auch Warzen und Ausschlag, aber ich hätte ihn trotzdem abgeküßt, wenn Mama es mir nicht ausdrücklich verboten und behauptet hätte, daß ich dann eine Hundeschnauze bekäme, und das wollte ich nun doch nicht. Berthold lag an dem Abend zusammengerollt in einer Ecke; als Crabbe mit dem Leiter hereinschneite und ich meinen Knicks machte, trottete Berthold – der wegen eines Gewitters große Angst hatte – herbei, um die Gäste zu beschnuppern oder sich von mir beschützen zu lassen, und als ich mich auf meinen Stuhl setzte und die Heilige Schrift las, rollte er sich um das Bein meines Stuhls und legte sich so hin, daß er seinen Kopf an meinen Socken hatte. Der Leiter, mein Stiefvater und Mama sprachen über das Übliche, über den Krieg und so, und Crabbe sagte nichts. Oder doch? Ich weiß es nicht. Ab und an schaute ich von dem brennenden Brombeerstrauch und dem Goldenen Kalb auf und zu Crabbe hinüber, und dann begegnete ich seinem Blick, und er schlug ihn jedesmal zuerst nieder, und eigentlich hätte ich lachen mögen vor Stolz, daß ich seine länglichen, in schräg nach oben verlaufende Höhlen gebetteten Augen weg-zwingen konnte, aber ich lachte nicht, und als Mama Crabbe Kognak einschenkte, weil Kognak das Lieblingsgetränk des Leiters war, hob er mir sein Glas entgegen und sagte: ›Auf deine Gesundheit!‹ Und ich, als hätte ich daraus getrunken, ich verschluckte mich. Der Leiter, der durch mein Gehuste in seinen Darlegungen unterbrochen wurde, stand auf und gab Anweisungen, ich mußte die Arme hochhalten und gleichzeitig ausatmen, aber es half nichts, ich erstickte fast an meinem Schlucken, obwohl mir Mama auch noch ein Stück Zucker in den Hals steckte. Doch plötzlich sah ich etwa einen Meter von mir entfernt ein drohendes, tierisches Gesicht, das von Crabbe, er entblößte seine unteren Zähne, ungleich, spitz – hielt ein silbernes Bild von Unserer Lieben Frau von Beauraing in der Hand, das auf dem Kamin gestanden hatte, wollte es nach mir werfen und stieß einen durchdringenden, weibischen Schrei aus. Mama schrie ebenfalls auf, und der Leiter schnauzte: ›Crabbe!‹ Doch er hatte das Bild schon wieder weggestellt, ich hatte mich nicht gerührt, keinen Laut von mir gegeben, und auf einmal war mir, als würde mir alles Blut aus dem Leib gesogen, ich fing an zu weinen, und Mama tröstete mich. ›Sehen Sie‹, sagte Crabbe, ›ihr Snik ist vorbei.‹ Aber weil er Snik sagte, das westflämische Wort für Schlucken, und weil ich meinte, er habe damit göttergleich entschieden, ich würde meinen Schlucken nicht los, heulte ich laut auf, und da schoß Berthold, der dies alles verfolgt hatte, knurrend auf Crabbe zu. Crabbe streckte den Arm aus, und Berthold schnappte nach seiner Hand, beinahe gegen seinen Willen, doch Crabbe sagte nur: ›Geh in deine Ecke, Bastard!‹ Seine gelblichen Augen, Hundeaugen, wie mir da klar wurde, glänzten, Berthold keuchte und trollte sich in seine Ecke beim Fenster, weg von mir. Der Leiter entschuldigte sich für Crabbe, doch mein Stiefvater sagte: ›Nun ja, es hat doch geholfen. Sie hat keinen Schlucken mehr, he, Sandra?‹ Als ich dann mit Berthold seine Abendrunde machen wollte, mochte er nicht, Mama konnte ihn auch nicht hochtreiben, er blieb liegen, mit hängenden Ohren, die Augen niedergeschlagen. Seit jenem Abend ist Crabbe bei uns geblieben, und am anderen Morgen rührte sich Berthold noch immer nicht vom Fleck, er verweigerte jede Nahrung. Nachmittags war ich mit Mama in Brugge, zur Anprobe für mein Kommunionskleid, danach sahen wir uns den Film ›Fra Diavolo‹ an, den mit dem Dicken und dem Dünnen, und als wir mit dem letzten Zug zu Hause ankamen, gab es keinen Berthold mehr. Mein Stiefvater sagte, der Hund sei am Nachmittag toll geworden, und sie hätten ihn erschießen müssen. ›Sie‹, das waren der lange Wanten und seine Söhne, die immer die Schweine schlachteten, aber auch Hunde dressierten oder erschossen. Ich begriff das eine ganze Woche lang nicht. Der alte Berthold sollte plötzlich toll geworden sein? Damals dachte ich, er hätte wild gegrast, wie Mietje, die Ziege, die einmal alle Geranien im Park verschlungen hatte und von der es dann auch hieß, sie sei toll geworden. Wurde ein Hund deshalb getötet? Auch wenn er wild graste? Auch wenn er einmal zuschnappte? Ich haßte Crabbe, der Berthold dazu getrieben hatte. Zur gleichen Zeit wurde mir klar, wie armselig und kläglich mein Leben auf Almout bis dahin verlaufen war. Gewiß, ich hatte vieles bezwungen, für mich gezähmt: die Abende im Gebüsch, die unbekannten Tiere, die sich noch in einem Stadium befanden wie in der Eiszeit, die abendlichen Laute in den Baumkronen, das nächtliche Rauschen der ganzen Welt dort draußen, die mich lockte, um mich zu fangen. Das alles machte mir keine Angst mehr, ich biß die Zähne zusammen, weinte wohl auch, gab aber nicht klein bei, glauben Sie mir, ich hatte es bezwungen, gezähmt, es gehörte mir wie die Kapelle und Berthold, ich war ein Teil davon geworden. Und nun war da auf einmal Crabbe, ein Ungeheuer, das mit dem Garten, den Tieren, den Zweigen nichts zu tun hatte. Ein Wesen, das menschliche Gestalt angenommen hatte, die eines Soldaten, um mich besser unterwerfen zu können. Nun ja, ich wurde größer, und völlig hilflos war ich nicht, obwohl mich mein Stiefvater und Mama jeden Tag im Stich ließen, sie vor ihren Spiegeln, er in seinem Fotoschuppen, in den er die

Dorfkinder lockte, mit Bonbons und bunten Bändern, um sie gleich nach der Aufnahme wieder zu vertreiben, nein, immer wußte ich, daß ich mehr Kräfte hatte als sie, die mir Befehle gaben oder mich wie ein Haustier streichelten, und ich wuchs heran und wurde in die ›Dietse Meisjesscharen‹ – unseren nationalen Mädchenbund – aufgenommen, wo ich schnell zu einer Führerin aufrückte, weil die anderen so furchtbar lahm waren, aber die unsinnigen Marschbefehle im Verein mit Liebe und Volk und dergleichen, was konnte ich damit anfangen, sagen Sie es mir, ich hatte mich einer Sache überantworten, in eine anonyme Einsamkeit versinken wollen, aber diese Formation war nicht anonym, ich sah nur Schattenseiten, ein emsiges Aneinanderklammern, um ja nicht allein zu sein mit seiner Angst.

Dann war Crabbe im Haus, jeden Tag im Haus, und ich hatte niemanden mehr, Berthold und der hagere, alte Mönch waren verschwunden, und ich tat alles, um dem gefährlichen Jüngling zu widerstehen, der Hunde toll machte, doch binnen einer Woche mochte ich ihn mehr als jeden anderen.«

Der Lehrer, dem nun kühler wurde, weil die Sonne hinter einer breitästigen Buche verschwunden war, fragte, ob es so geblieben sei. Sie habe Crabbe nie betrogen, antwortete sie, auch jetzt nicht. Obgleich es wohl Männer gegeben habe – sie sagte: Männer, womit sie eine wesenlose Gruppierung mit Gesetzen, Wimpeln und Schlagworten heraufbeschwor –, aber die habe sie nie ganz an sich herangelassen. Nun, ein bißchen schon. Der Lehrer nickte und zog eine Braue hoch wie in der Klasse, wenn er merkte, daß eine krampfhaft auswendig gelernte Hausaufgabe aus Mangel an Begriffsvermögen nicht bewältigt worden war. Sie sagte: »Ich schwöre es.«

»Das ist nicht nötig«, sagte der Lehrer.

»Ich kann es Ihnen auch beweisen«, sagte sie, und ihr Ellbogen streifte seine Brust, als sie auf den Knopf für das Fach neben dem Armaturenbrett drückte, dem sie zwischen Handschuhen, Schokolade, Karten und dergleichen einen Umschlag entnahm, auf dem sich ein Stempel mit einem Adler und gotischen Buchstaben befand. »Hier ist ein Ring von Crabbe drin, ich habe ihn die ganze Zeit aufbewahrt. An dem Tag, da ich einem Mann gestatte, sich mir zu nähern, trage ich ihn.«

Der Lehrer nahm den Umschlag, und sie hinderte ihn nicht daran. Er riß einen Rand auf. Der Umschlag enthielt einen Gummiring, in Zellophan verpackt. »Bravo«, sagte er.

»Ich dachte nicht, daß Sie ihn öffnen würden«, sagte sie.

Er gab das Ding der jungen Frau zurück, die es in den zerrissenen Umschlag steckte, den sie wieder in das Fach schob. Sie startete den Wagen und fuhr wieder in Richtung Almout zurück. Sie fuhr an Almout vorbei, wo man durch die Gitter des hohen Tores etwa ein Dutzend Personen um einen Kreis von Autos versammelt sah.

»Die Logiergäste sind angekommen«, sagte Sandra.

»Ich will noch nicht rein«, sagte er.

»Ich auch nicht«, sagte sie.

»Fahren Sie weiter«, sagte er.

Ein paar Augenblicke lang hockte sie hilflos in dem schnarchenden Wagen, gab dann Gas, fuhr durch den Wald und hielt. Dort war niemand zu sehen. Über ihnen flog ein Düsenjäger. Ein Pfau schrie. Er merkte, daß sie, während sie sprach und sich sinnlich gebärdete und weich flüsterte, ebenfalls durch die Wagenfenster schaute, und er bewunderte die Kühle, die eines Air-conditioned-Raums in einer hitzeflimmernden Stadt, von der sie sich innerlich beherrschen ließ, und sagte nichts anderes als: »Ja, gewiß, Sandra.« Und als ihr Kopf, von dem er dann nur noch die pechschwarze Chrysantheme mit den Stacheln sah, zwischen denen die weißen Nähte ihrer Schädelhaut ein Netzwerk bildeten, auf seinem Bauch lag und ihre Finger, kühl und dünn, einen Weg suchten und gruben, sang er, sang er, während sie lautlos ihr kundiges, liebliches Werk vollbrachte, Mund- und Handwerk, es war ein Spiel, er sang: »Herzallerliebste-Sandra-mein.« Und er griff nach ihrem sich bewegenden Kopf und in das dünnste Haar der Welt. Mit bleiernen Augen, wie jemand, der in die Sonne geschaut hat und danach alle Gegenstände bleifarben und ohne deutliche Umrisse auftauchen sieht, nahm er ihr verwirrtes Gesicht wieder wahr, ihr Mund ruckte und zuckte, sie räusperte sich, schon den Nacken auf seine Knie, lag in einer verdrehten Körperhaltung da, wie mit zerschmetterten Hüften, und schaute in sein verwundertes Gesicht. Er legte ihr die Hand auf die Lippen, und sie kaute auf seinem Zeigefinger. Er dachte: Soll ich Dankeschön sagen? Und dachte: Wer nach dem Lieben gleich spricht, ist ein Schwachkopf. Er drehte am Radioknopf, suchte nach einem Sender, aber sie sagte: »Nein.« Richtete sich auf, schüttelte den Kopf wie ein Pudel im Regen und rieb sich mit der Maus der Hand die Lippen ab. Blickte in den Rückspiegel, strich mit einem nassen Finger die Brauen glatt, lachte weiße, tadellose Oberzähne bloß, kratzte mit zwei Fingernägeln über seinen Wangenknochen. Das Geräusch war das eines Maikäfers in einer Streichholzschachtel.

Der Lehrer, der sich in diesem Augenblick nicht zu ihr hingezogen fühlte, keine Zärtlichkeit aufbringen konnte – sie waren so weit getrennt, als wäre sie der strahlende Mittelpunkt eines Maskenballs, zu dem er zufällig eine Eintrittskarte bekommen hatte –, sagte: »Ich danke dir.« Und dachte, während er spürte, daß der Abstand zwischen ihnen größer, der Nebel, die üble Luft dicker wurde: Sie ist erst mein Vorspiel, mein Sprungbrett zu jemand anders. Und dachte: Das habe ich doch nicht gewollt vor drei Tagen, als sie bei der, vor der See stand. Und er sah, daß das, was ihre Zähne entblößt hatte, kein Lachen war, auch kein befreiendes Gähnlachen nach vollbrachtem Tagewerk, sie war eine Fremde, die angespannt und verschlossen rückwärts fuhr, wendete und den Wagen wieder nach Almout lenkte. Bekam ihm das Autofahren nicht? Die Karosserie des Wagens schien zu schrumpfen, die Stahlplatten näherten sich, und er meinte auch, daß die Frontscheibe aus nicht splitterndem Triplexglas an den Rändern zu schmelzen begann; sein Brustkasten schwoll und wurde hohl, lief dann voll Wasser, die Felder dehnten sich zu unebenen Billardtüchern, von denen sie, das wußte er genau, jeden Augenblick abgleiten konnten.

»Ich habe das noch nie getan«, sagte die junge Frau. Er wollte sagen: Es wird Zeit. Doch dann mußte er sich unten am Sitz festklammern, wobei er sich den Ellbogen an der Tür scheuerte. »Glaubst du mir?«

»Ich glaube dir alles, Sandra.«

»Das ist lieb«, sagte sie. Und er dachte darüber nach. Sie grüßte vorbeikommende Bauern mit einer Handbewegung, die das Metall an ihrem Armgelenk zum Klirren brachte. Dann gab sie Gas, er konnte sich wieder aufrichten und begrub beide Hände im Kreuz. Gloria, halleluja! Sandra, Sandra!

»Ich liebte Crabbe, und was ich mit ihm zusammen hatte, geht dich nichts an. Es machte mich zu einer Auserwählten unter den Mädchen im Pensionat. Und als ich wegen der Bombenangriffe auf Brugge zu Hause bleiben mußte, wußte ich mir keinen Rat. Ich biß mir die Fingernägel ab und kämmte mir in meinem Zimmer stundenlang die Haare und hörte mit meinem Stiefvater und Mama die Sondermeldungen und rannte dem Postboten nach, aber Crabbe kam nicht. Dann haben sie ihm Sonderurlaub gegeben, weil einer seiner Freunde von der Weißen Brigade niedergeschossen und an der Ecke des Gemeindehauses aufgehängt worden war, eine Sicherheitsnadel mit einem Zettel am Ohr: ›Ein Kamerad von Crabbe‹. Das Wort ›Kamerad‹ war deutsch geschrieben. Und er war verändert. Er lief im vorderen Zimmer hin und her, als stächen ihn Bienen, und schrie: ›Was soll ich tun? Kann ich sie alle nach Deutschland schicken, he? Oder alle hier auf dem Markt an die Wand stellen? Sagt es mir!‹ Und ich sagte: ›Es sind Wallonen, Russen oder Polen, die alle in den Ardennen untergetaucht waren und jetzt hierhergekommen sind, weil man sie da weggejagt hat.‹ Das hatte ich im Dorf gehört. Ha! Er lachte wie ein altes Weib. Danach ist er noch dreimal auf

Urlaub gekommen, und die letzten beiden Male hat er kein Wort mehr von der Ostfront erzählt, sosehr Mama und ich ihn auch ausfragten. Wenn er da war, mußten wir sogar aufpassen, daß wir nicht zuviel aßen, denn er wollte sich genau an die Rationen halten, und wenn Mama uns Schinken oder Blutwurst von einem Schwarzschlachter auftischen wollte, fehlte nicht viel, und er hätte sie beschimpft. Das letztemal hatte er kleine Pickel auf den Lidern und sagte kein Wort, ausgenommen den vorletzten Tag, da hat er Sprange, der seine Ordonnanz war, wie toll angebrüllt, und wir dachten, der Grund sei, daß sie es da an der Front nicht mehr aushalten könnten; das war es wohl auch ein bißchen, aber vor allem lag es daran, daß Crabbe den Crabbe nicht mehr aushalten konnte. Sein Glaube? An was? Nein, Crabbe glaubte schon lange nicht mehr an die Neuordnung, an Flandern oder an das Dritte Reich oder wie du das nennen willst, das Kind hatte damals viele Namen, nein, der Crabbe, der in ihm gewesen war, war ihm abhanden gekommen, und das war beinahe zufällig geschehen, und niemand konnte ihm da helfen, am wenigsten ich, denn was wußte ich schon von ihm? Er nahm mich, böse, so, wie man einem Kind weh tun will, und das letztemal hab ich geschrien und geschrien: ›Laß mich nicht hier! Kannst du nicht sagen, ich bin Führerin in den ›Dietse Meisjesscharen‹ und will Krankenschwester werden?‹ Er grinste eine Weile, dann packte er mich und biß mich ins Ohr. ›Du weißt nichts, du weißt nichts, Sandra.‹ Und dann verloren wir Crabbe völlig. Was man uns von den letzten Tagen berichtet hat, war nicht schön. Mijnheer hatte die Vorsehung herausgefordert, jene Vorsehung, die es zugelassen hatte, daß de Keukeleires Hirn in einem Städtchen in Nordfrankreich auseinanderspritzte, weil ein französischer Offizier betrunken war, die zuließ, daß er selbst, Crabbe, Frauen und Geiseln im Namen einer Sache exekutierte, an die er nicht glaubte, aber deren Waffen er trug, bis er mit sich selbst haderte und keinen Ausweg mehr sah; und wie es mit ihm ausgegangen ist, das weiß niemand.«

Ungefähr fünfzehn Männer standen auf dem englischen Rasen, in Gruppen von drei, vier, und unterhielten sich, warteten auf ein Signal, und als der Lehrer und die junge Frau zur Küche gingen, schauten alle in ihre Richtung; ein Mann sonderte sich von den anderen ab und wollte etwas zu Sandra sagen, doch da gab sie dem Lehrer einen leichten Puff in den Rücken, und sie eilten durch die Küche, wo sich zwei junge Mädchen bei einer Anrichte zankten, durch den Gang mit den Holzschnitten, die Treppe hinauf, in den Flur mit dem weinroten Kokosläufer, an lebensgroßen, volkstümlichen Bronzestatuen von Heiligen und Schützen vorbei und betraten ihr Zimmer. Dort blieben sie eine halbe Stunde, und der Lehrer war eingeschlafen, als sie ihm den Nacken leckte und mit der Zunge das Nackenhaar gegen den Strich hochschob, so daß er wach wurde, sich reckte und zuschaute, wie sie sich wieder anzog, schnell wie ein junges Mädchen am Strand, das sich von Matrosen beobachtet fühlt, aber keine Lust hat, etwas zu verbergen, da sie weiß, daß es ihnen angesichts von soviel schamloser Schönheit den Atem verschlägt.

Unten waren die Abgesandten, und der Lehrer, der von Richard Harmedam als Dr. Heerema vorgestellt wurde (Doktor der Rechte!), reichte den sehr gut gekleideten Herren zwischen fünfundvierzig und fünfzig der Reihe nach die Hand; alle hatten den gleichen, kurzen, angelernten Händedruck. Ein etwas verwahrloster Mann mit zu langem Haar behauptete, er hätte Dr. Heerema 1942 auf einer Versammlung von de Kesterheide getroffen, der Lehrer nickte zerstreut, und der Mann ließ sich daraufhin über die merkwürdige Art des Fahnenschwenkens aus, die man dort praktiziert hatte. Alle betraten den Versammlungssaal, der Lehrer im Kielwasser von Richard Harmedam und Sandra. Alle nahmen Platz. Ein Bauernmädchen, das die Augen niedergeschlagen hielt, als hätte man ihr aufgetragen, sich später an kein Gesicht mehr zu erinnern, schenkte Kaffee ein. Sandra, flehte ich, laß mich nicht im Stich. Sandra saß neben dem Lehrer, behielt ihn im

Auge – wie er sie –, und dann lauschten sie dem ersten Redner, einem Mann mit einer Beinprothese, der Statistiken vorlas. Man applaudierte. Danach wurde Appell gehalten. Sobald ein Name genannt wurde, sprang der Betreffende auf und schrie: »Anwesend!« Weder der Name von Sandra noch der von Dr. Heerema wurde aufgerufen. Dann drückten die Raucher ihre Zigaretten aus, und ein Mann mit dicken Brillengläsern, ein Dr. (Arzt) Dieter de Walsere, hielt eine Leichenrede, wobei jeder strammstand. Mit tremolierender Stimme erklärte der Arzt, sie seien an einem Ort zusammengetroffen, wo man Flanderns Schicksal noch nicht für völlig besiegelt halte, und er sei stolz, wie es auch die anderen sein dürften, daß keiner der Getreuen fehle, mit Ausnahme von Marcel Goossens, der von der griechischen Armee als Instrukteur angeworben worden sei, und daß dies eine glänzende Sache sei, eine traurige, aber auch eine, die Herzen höher schlagen lasse. Die Stimme des Arztes war eine Zeitlang klagend, und es hätte den Lehrer nicht verwundert, wenn es reine Verse gewesen wären, die der Mann ablas. Seine Aufmerksamkeit wich – es ging vornehmlich um jemanden, der alles geopfert hatte, damit wir leben konnten –, als Frau Alice Harmedam eintrat, eine würdige alte Dame mit kurzem grauem Haar und lila Augen; sie setzte sich erst auf einen Stuhl bei der Tür, so daß der Lehrer sie nur zum Drittel sehen konnte wegen der drei kerzengerade dastehenden, soldatisch gekleideten Männer, die an der Tür Wache hielten, doch dann, als der Arzt pausierte, um ein paar Zeitungsausschnitte aus der Brusttasche zu ziehen, glitt sie bis zur ersten Reihe vor und nahm neben Sandra auf dem Rand eines Stuhles Platz, den man frei gehalten hatte. Sie erkannte den Lehrer nicht. Die Texte der Ausschnitte, die der Arzt vorlas, bezogen sich auf die Ankunft der amerikanischen Panzer in den Dolomiten, und Dieter de Walsere ergänzte die kurzen, epischen Reportagen mit Bemerkungen über Crabbe, den er wechselweise »Er«, »Der Anführer«, »Unser Kamerad« und »Unser Verschiedener«

nannte. Er behauptete, man habe Crabbe zuletzt beim Sindlsee gesehen, wo er versuchte, Koffer voller Geheimdokumente und Kunstschätze, die in einer Salzmine gelagert hatten, mit Hilfe von beiseite geschafften Bomben der amerikanischen Luftstreitkräfte in die Luft zu jagen. Als ihm das mißlungen sei, weil Verrat und Feigheit überall die Oberhand gewonnen hätten, auch unter seinen getreuesten Getreuen, habe er die Gemälde und Plastiken unseres ewigen europäischen Erbes, dessen Schutz er auf sich genommen habe, mit Flammenwerfern verbrannt. Die Überwältiger hätten nichts mehr gefunden, außer fünfhundert Goldnapoleons aus dem Fonds des Sicherheitsdienstes und (die Herren lachten herzlich) eine Quittung, aus der hervorgegangen sei, daß der Gesamtfonds der Spionage- und Abwehrdienste von einem Bergungskommando unter Führung eines Majors und eines Hauptmanns übernommen worden wäre. Der Bebrillte schloß seine Rede mit einem lyrischen Ausbruch über die nie verblassen sollende Erinnerung an das Vorbild und die Zukunft von Crabbe, dann stimmte er »Vaarwel mijn broeder« an. Der Lehrer sang die ersten vier Zeilen mit, weiter kannte er den Text dieses Trauerliedes nicht, mit dem man einem Bruder ein Lebewohl nachschickte.

Der Kaffee war kalt geworden. Der Lehrer, als alle sich daranmachten, murmelnd zu trinken, fühlte sich wohl in seiner Haut. Zwar ragten die Antennen verschiedener Probleme in die Höhe – unter anderem: wo der Junge blieb, warum von den zwanzig Verschwörern, alten Kämpfern, Getreuen, zwölf invalid waren, warum Sandra mitten in ihrem Liebesspiel oben plötzlich wie beleidigt aufgesprungen war, sich gleich einem Kaninchen, das einen Schlag ins Genick bekommen hat, auf den Bettrand setzte, das Kinn am Schlüsselbein, und nachdachte, etwas aus ihrem Gedächtnis hervorzukramen versuchte –, aber er sagte sich: »Später, später, ich lebe, auf dieser Versammlung sind Glaube, Hoffnung und Liebe anwesend, beinahe greifbar, wie verwunderlich!« Der Mann, der die Statistiken verlesen hatte, hob seine Beinprothese, die, soviel der Lehrer feststellen konnte, aus Nickel oder Aluminium war, und erläuterte ihm mit glühendem Eifer, daß es sich um eine nahezu vollendete Arbeit handele und daß natürlich nur die Deutschen solche Scharniere zustande brächten – er habe in all den Jahren noch nicht einen einzigen Defekt daran gehabt.

Die Replik des Lehrers war, daß man ab und zu für ein Ideal einen Zoll entrichten müsse. Der Mann bestätigte dies und brachte einige statistische Zahlen vor, der Fonds habe im letzten Jahr für vier Invalidenwagen, siebzehn Armprothesen und acht Beinprothesen aufkommen können, und es werde von Jahr zu Jahr besser. Vor allem im pharmazeutischen Bereich.

»In den Niederlanden sind wir noch weit zurück, was Solidarität und Hilfsbereitschaft betrifft«, sagte der Lehrer. Der bebrillte Arzt mischte sich in das Gespräch und erklärte bitter, daß die Zeiten übel seien. Als die Horden vor der Tür drohten, habe man noch nicht gesehen, welche Opfer wir gebracht hatten. Als es noch nicht zu spät gewesen sei. Inzwischen habe man sie sogar noch an den Pranger gestellt. Habe man nicht im vergangenen Jahr den Europaball der Legion Flandern in Gent von Amts wegen gewaltsam sabotiert?

»Nicht so bitter«, sagte der Lehrer, »bitte.«

Der Mann mit der Beinprothese flüsterte: »Und denken Sie an die vielen, die an einer Stelle verstümmelt sind, wo man es nicht sehen kann.«

»Und an die Kinder«, sagte der Arzt. Er hob seine Kaffeetasse wie ein Weinglas in Richtung Richard Harmedams. »Auf unseren Gastgeber!«

»Der hat vielleicht am meisten gelitten«, sagte der Lehrer, und der Arzt erzählte, daß man Harmedam am Tor zur Kaserne der Weißen Brigade eine Woche lang in eine Hundehütte gesperrt habe, und die Posten hätten mit den Stiefeln gegen die Hundehütte getreten; seitdem leide Harmedam an einer

Verdoppelung seines Geistes (»um den medizinischen Fachausdruck etwas populär zu umschreiben«).

»Sein Bruder?«

Der Bebrillte nickte. »Sein Bruder, ein Zwillingsbruder von ihm, ist gestorben, als er acht Monate alt war. Und dann, nach all den Jahren, ist er wieder aufgetaucht.«

Der alte Mann, der bei Sandra stand, lachte ihnen zu, er wußte, daß sie von ihm sprachen. Seine Frau hielt seine Hände und rieb sie warm. Sie war klein und rundlich, ihr graues Haar war straff nach hinten gekämmt, eine gute Lehrerin, die bei einem Schulfest präsidiert. Nur die lila Iris ihrer Augen verriet, daß ihr Leben nicht so freundlich dahinplätscherte, wie es den Anschein hatte. Ob sie Beruhigungstabletten genommen hatte? Sicher. Der Lehrer spürte, daß Alesandra Harmedam hin und wieder seinen Blick suchte, vermied aber jeden Kontakt mit ihr, er mußte so schnell wie möglich dahinterkommen, was sie, kurz bevor er auf dem Himmelbett mit den Satinbezügen einschlief, geärgert, gekränkt, in Verwirrung gebracht hatte. Richard Harmedam näherte sich. »Sind Sie bereit? Die Herren hier sind sehr neugierig.« Beinahe jubelnd sah der Lehrer sich selbst – ein Mann aus Eis, der eine Fackel auf das Feld der zu Eis erstarrten Männer schleudern sollte – den letzten Schluck Kaffee austrinken, in Gedanken versunken dastehen, nach wenigen Augenblicken den Kopf heben und fast lautlos »Ja« antworten. »Ausgezeichnet«, sagte der alte Mann. Er klatschte in die Hände. Durch das Stimmengewirr und das Geräusch der zurückgleitenden Stühle verkündete er, daß Dr. Heerema aus Groningen, der extra nach Almout gekommen sei und der – wie sie alle zweifelsohne wüßten – ein sehr gediegenes Werk über die Großniederländische Bewegung in Nord und Süd publiziert habe, dem er binnen kurzem noch ein weiteres, vornehmlich dem Leiter und Crabbe gewidmetes Kapitel hinzufügen wolle, nunmehr einige Worte zu diesem Projekt sagen werde.

Applaus. Erwartung.

Alle saßen still. Gehüstel. Sie legten ein Bein über das andere. Starrten.

Wie mochte es wohl dem Jungen ergehen, den der Gastwirt in seinen Fängen hatte? Der Lehrer, leichte Panik im Blick, weil er um den Jungen fürchtete, den er in dieses total sinnlose Abenteuer hineingezogen hatte (vergessend, daß es eher umgekehrt gewesen war), schaute nun doch zu Sandra hinüber, und sie erkannte seine Unsicherheit, deutete sie anders – was hatte sie gekränkt? fragte sich der Lehrer – und erhob zum erstenmal ihre Stimme, und es war der Versammlung anzumerken, daß dies ungewöhnlich war.

»Ich schlage vor«, sagte sie, »daß der Vortrag später stattfindet, nach dem Abendessen.« Sie lächelte arglos, weiblich und listig, als sie die Verwunderung der Gesellschaft sah, und fügte hinzu: »Ich fürchte nämlich, daß sonst mein Soufflé zusammensinkt, für das ich den ganzen Tag vor dem Herd gestanden habe.«

»Natürlich«, sagte der alte Mann. »Meine Herren ...«

Seine Stimme und seine überflüssige Erklärung wurde von den eilfertig aufstehenden Männern übertönt, die sagten: »Gute Idee.« – »Das wird ein ausgefüllter Abend.« – »Dann brauchen wir nicht ...« – »Für ein Soufflé lasse ich ...«

Der Lehrer (gerettet? Nein, nervös) fand keinen Vorwand, den Jungen zu holen, die Angehörigen des Bundes umschwärmten Sandra, und sie – als erwartete sie von dem Lehrer, er würde sich aus Dankbarkeit für die nunmehr aufgeschobene Erniedrigung zu ihren Füßen winden – drehte ihm den Rücken mit den ihm so vertrauten Wirbeln, Falten und Muttermalen zu.

Der Lehrer lauschte einem Mann, der sich als van de Walle, III. Armeekorps, lebenslänglich, vorstellte und erklärte, er werde ihm in Kürze die Annalen seines Regiments zuschicken, das könne vielleicht von Nutzen sein.

Fredine

(18. November)
Der Mann, der mir da auf dem Feld seinen Rock gab, als ich einen Krampf hatte, der wußte, was er tat, Jungens! Ich habe bereits die Ärmel durchgewetzt, und das Taschenfutter ist auch schon kaputt. Oder dachte er nicht daran, daß er einen zerschlissenen Rock verschenkte? Warum tat er das, der gute Samariter? Ich werde es nie erfahren. Würde ich einem zitternden, nackten Mann meinen Rock geben? Die Hälfte meines Rocks wie Sankt Martin? Ja.

Der Mann, der jetzt in meinem Rücken sein Wasser läßt, hat Schwierigkeiten. Prostata, schmerzhaftes Grinsen, Pressen, scharrende Füße. Noch nie bin ich so abhängig gewesen von anderen. Die nicht einmal andere sind. Denn die Stimme, die ich nun draußen nach dem Kind rufen höre »Essen, Ka-reltje!«, ist die meine. Und *ich* bin es, der nun mit Mühe seine Füße auseinandersetzt und preßt und das brennende Ding hin und her schlenkert. Ich bin überall in meinem Soledad sonora. Ich summe, eine Wellenlänge. Und inzwischen richte ich die Pupille auf das, was meine Geschichte sein wollte, doch im Gegenteil eine Geschichte für Korneel wird mit Adjektiven und farbigen Schlaglichtern. Die Geschichte war nicht so. Ich war von Anfang an umzingelt, wurde von Doggen belagert, die in strategischer Gefechtsposition Aufstellung genommen hatten, und ich befand mich von Anfang an in einer Igelposition, ohne Stacheln, bis auf meine Arme, die ich nach allen Richtungen ausstreckte, und aus allen Richtungen drangen sie auf mich ein, jaulten und bissen, die Hunde, die bis zum Schluß unsichtbar blieben.

In dem Raum ist ein Holzwurm. Zwei graue Fliegen. Sie stoßen mit ihren Rüsseln gegen meinen Rockärmel. Eine Ratte, das schlimmste Wesen nach dem Menschen, habe ich noch nicht gesehen. Aber im Luftschacht oder zwischen Luftschacht und Abflußrohr, rechts von der Bettstelle, muß sich wohl eine sehr große versteckt halten. Dort raschelt es nämlich manchmal. Es sei denn, Korneel hat dort einen Beobachtungsposten. Ich habe seit achtundvierzig Stunden nicht mehr gesprochen. Man verlernt es wahrscheinlich. Oder ist das Krokodil das schlimmste Wesen nach dem Menschen? Ich werde in der Lehrerbibliothek im »Larousse Illustré« nachschlagen. Mich in die rosa Seiten vertiefen, die ich früher las. Quis poterit habitare de vobis cum igne devorande? Nachher. Was dachtest du? Etwa, daß dein Dossier geöffnet wird, wenn dein Heft vollgeschrieben ist und Korneel überreicht wurde, daß man dir dann die Hand drückt und du in die Lehrerbibliothek zurück darfst? So etwas hat Korneel aber doch versprochen. So etwas. Wa

(Später)
Vor einer halben Stunde hatte die Lichtleitung einen Defekt. Was ist *Wa* gewesen? *Wa*nn? *Wa*rum? *Wa*ch bleiben? Die ganze Bande johlte. Zeter. Ein alter Mann im zweiten Stock schrie: »Es ist immer dasselbe! Sie tun es mit Absicht!« Und sie kam herein, nachdem sie an der Türfüllung gekratzt hatte. Sogar mit geschlossenen Augen im Dunkel hätte ich sie erkannt, an ihrem Metallgeruch. Die Schlampe brachte keine Petroleumlampe, nein, auch kein Fressen.

»Sie sind dabei, den Schaden zu reparieren. Korneel meint, es liegt an der Zentrale.«

»So.«

»Ja. Und er sagt: ›Gehen Sie mal überall rum.‹ Aber bei Ihnen hier riskiere ich Kopf und Kragen. Wenn er wüßte, daß ich hier stecke.«

»So.«

»Was ist?«

»Nichts.«

»Sie sagen nicht mal guten Tag, wenn ich reinkomme. Das ist nicht nett, wissen Sie?«

»Was wollen Sie?«

»Hoppla! Ein bißchen höflicher, he!« (Sanft drängend) »Sie werden mir doch nicht etwa auch so unhöflich wie die übrigen? Die meinen nämlich, sie können mich schurigeln, weil ich keine Ausbildung von vier Wochen hatte wie die anderen alle, aber sie vergessen dabei, daß ich über sie bestimme, genauso wie die anderen alle. So ist es doch?« (Sanft, schleimig) »Ich brauche Korneel bloß ein Wörtchen zu sagen, und Sie sind dran. Beispielsweise, daß Sie nervös sind. Oder daß Sie mich getreten haben. Pardauz, schon kommen Sie auf die Liste, und Sie können Klosetts scheuern. Oder man verordnet Ihnen Schocks. Und das hätten Sie wohl doch nicht so sehr gern, wie?« (Elektroden an den Schläfen. Für eine Dreizehntelsekunde, wenn sie es richtig machen. Auf einmal weg. Dann eine halbe Minute Zuckungen. Dann abgestumpft dasitzen. Zehn Minuten später: noch verstört, aber froh. Nach einer halben Stunde: Hunger wie ein Pferd.)

»Nein, Fredine.«

»Ist auch besser so.«

»Hier ist es dunkler als überall sonst in dem Gebäude. Sitzen Sie gern im Dunkeln? Ich, ja. Aber Sie sind genau wie Willytje; wenn es anfängt, dunkel zu werden, schreit er los.«

»Ich schreie nicht, weil es dunkel wird, Fredine.«

»Nein, aber Sie schreien trotzdem. Und Sie wissen, daß Sie das nicht dürfen. Man sagt es Ihnen doch ganz deutlich: Wenn Sie damit anfangen, wandern Sie unter die Dusche. So ist es doch, he?«

»Aber Willytje wird nicht unter die Dusche gesteckt.«

Sie lacht. »Ein Erwachsener schon.« (Auf einmal ernst) »Nicht, daß ich es nicht begreife, aber Sie sollten vorsichtig sein.«

Sie saß an dem Fenster, durch das kein Licht hereindrang, zusammengekauert, die Knie angezogen; ein dumpfer Geruch machte sich bemerkbar. Sie lief zur Tür, schloß sie ab.

»Beinahe hätte ich es vergessen. Wo habe ich bloß meine Gedanken?«

»Ich reiße schon nicht aus.«

»Nein. Aber man kann nie wissen. Und wer muß dann den Buckel hinhalten? Fredine. Was auch passiert, immer bin ich es.«

»Sollte ich davonlaufen, würde ich anrufen und sagen, daß es nicht Ihre Schuld war.«

»Das ist schön.« Sie streichelte meine Hand und drückte ihren Bauch gegen den Tischrand. Sie streichelte mein Haar, gegen den Strich; die Dunkelheit machte sie sicher.

»Sie haben aber weiches Haar. Fühlen Sie mal meins. Hart, he?«

»Ja.«

»Warum lachen Sie? Das ist nicht zum Lachen!«

»Ich lache nicht.«

»Aber ja doch! Ich spüre es. Denken Sie bloß nicht, daß ich das nicht merke.« Ihre Finger glitten an meinen Mundwinkeln entlang, fuhren über meine lachenden Lippen. »Da, sehen Sie!«

»Ich mußte lachen, weil ich nicht einmal Ihren Familiennamen kenne.« (Weil ich so viele Namen hatte, in der Schule, bei Elizabeth, auf Almout, und nicht einer davon war meiner.)

»Van de Sompel. Lachen Sie noch?«

»Nein.«

»Ich merke es doch ... Sie sind nicht aus der Gegend, he? Sie sprechen wie der Mann meiner Schwester, er ist aus Limburg.«

»Nein, ich bin aus Roeselare.«

»Und auf Ihrem Schild steht: Waregem.«

»Da bin ich geboren. Aber meine Eltern wohnten in Roeselare.«

»Was halten Sie von mir? Sagen Sie es ruhig. Mache ich meine Arbeit nicht gut? Wenn ich es nicht gesagt hätte – würden Sie merken, daß ich keine Ausbildung hatte?«

»Nein.«

»Wissen Sie, daß Sie kein Wort sprechen konnten, als Sie hier ankamen? Korneel sagt, daß Sie Schulmeister sind, aber er sagt uns immer was Konträres, damit wir uns nicht zu sehr mit unseren Gästen beschäftigen. Sind Sie Schulmeister?«

»Ja.«

»Dann ist es also wahr. Und mitten in der Klasse haben Sie auf einmal losgeschrien. Warum?«

»Ich? Wer, ich?«

»Ja. Und zufällig kam Ihre Frau über den Spielplatz der Schule. Sie hat Sie noch im Taxi hergebracht. Aber sie ist nicht einmal zu Besuch gewesen, das ist merkwürdig.«

»Ja.«

»Sie sind sehr ruhig. Ich habe ruhige Menschen gern.«

»Erzählen Sie mehr, Fredine. Was hat meine Frau gesagt, als sie mich herbrachte?«

»Das weiß ich nicht, das weiß ich nicht. Das sind Korneels Angelegenheiten. Ich habe Sie nur in den Saal gebracht, Sie von Kopf bis Fuß gewaschen, gekämmt, Ihnen eine Spritze gegeben und auf Sie eingeredet. Aber weil Sie ab und zu schrien, haben wir Sie nach einiger Zeit hierher verlegt. Und weil Sie kein Zimmer in der ersten Klasse bezahlen konnten. Und weil alle anderen Räume besetzt waren.«

»Noch?«

»Nein.« Sie drückte ihre Leisten gegen den Tisch, ganz nahe, kratzte sich im Haar, in dem Elektrizität war. Ihre harte Hand, die sich kühl anfühlte wie Gummi und Holz zugleich, wanderte in meinen Kragen, an meinem Schlüsselbein entlang.

»Sie zittern.« Aber es war ihre Stimme, die zitterte. »Ist es nicht schlimm, hier tagelang allein zu hocken? Ja, he? Aber nicht so ängstlich, ich fresse Sie schon nicht. Lassen Sie mich ein bißchen.«

Ich weiß genau, daß sie so laut spricht, weil Korneel zwischen Luftschacht und Abflußrohr sitzt, mit seinem Tonbandgerät. Ich lasse sie gewähren.

»Niemand kann uns sehen. Ist das nicht großartig? Niemand, niemand im ganzen Gebäude.«

Ich berührte sie nicht, während der Geruch von Metall den Verschlag ausfüllte. Man klopfte gegen die Tür, in Höhe des horizontalen Mittelbrettes.

»He! Ist da jemand?«

»Ja«, sagte ich.

»Wo ist der Schlüssel?«

»Steckt er nicht im Schlüsselloch?«

»Nein.«

Man rüttelte an der Klinke.

»Sind Sie allein?«

»Ja.«

»Haben Sie Fredine gesehen?«

»Nein.«

»Verhalten Sie sich ruhig. In der Straße ist was kaputt. Es gibt nicht den geringsten Grund, sich ...«

Die Stimme verschwand.

»Ich muß weg«, sagte sie. »Ich werde zurückkommen. Wenn Sie wollen. Sie wollen aber, he? Ha, sehen Sie, ich wußte es doch! Ihr seid mir alle dieselben Schlawiner.«

»Dann kommen Sie doch nicht.«

»Sie dürfen nicht böse sein, weil ich das sage. Aber es ist doch wahr. Wenn ich zurückkomme, mache ich das Licht aus. In Ordnung?«

»Das geht nicht.«

»Doch.«

Nun brennt das Licht wieder, und ich behelfe mich erneut mit Worten, ein geräuschloser, verlassener, unbewegter Jahrmarkt. Auf diese Weise kommt kein Kreis zustande, es ist, als befinde man sich im Mittelpunkt und zeichne Spiralen, die einander kreuzen, von dem Mittelpunkt geht nichts als Unzuverlässigkeit, Verlust aus. Ihre Stimme im Dunkel war abgehackt, schwer erfaßbar, anders als die fröhliche, laute Stimme, die sie bisher hatte, wenn sie mir tagsüber Kaffee und

Brot brachte. Nun brütet sie etwas aus, bereit, wieder in den Raum hier zu rauschen. Ich muß weg, Korneel. In die Stadt, zum Hazegras mit den Matrosen und Frauen, dem Kriegsschiff »Antoinette«, dem verrückten Wirbel in den Kneipen, zurück in die ungeordneten Straßen jener Hafenstadt, die unterhalb des Meeresspiegels liegt. Belgien unter einem Gewebe von Radarspionen, unter wandelnden Kometen und Kunstmonden.

Elizabeth wandelt draußen umher, sie hat einen Terrier an der Leine, spricht mit einer Dame über einen Schneider, weiß nicht, daß ich existiere. Hätte ich ihr gleich zu Beginn unserer Ehe einen Fernseher kaufen müssen? Windstöße draußen.

(Noch 18. November)
Ein Wecker rasselte, im ganzen Haus zu hören. Niemand bleibt unangefochten. Ich kann die Zeitung nur noch mit Mühe lesen. Die Überschriften verschmelzen. Um etwas zu beschreiben, Korneel, habe ich es zu eilig, und um Notizen zu machen, bin ich zu aufgeregt. Verzeih mir. Ich bin kein Gehäuse, in dem es unerschütterlich, unveränderlich sanft summt wie in den kleinen Gehäusen unter Leitungsmasten, Zutritt verboten. Ich würde dieses Gehäuse mit den fest angebrachten Instruktionsschildern und den Apparaturen gern sein, dienlich, brauchbar. Aber ich bin ein Herr, der eine Reise unternommen hat und darüber Bericht erstatten will, ein Herr, der mir im Wege ist, er und seine Reise, ein fünftes Rad am Wagen. Und der Wagen bin ich auch nicht mehr, ich klappere nur noch still nach. Dieses Wiederkäuen auf deinen Befehl, Korneel, ist zu arg. Geschwätziges Gebettel reicht nicht mehr. Etwas später. Immer: etwas später.

Der Geruch von gekochtem Kohl füllte den Flur aus und drang unter der Tür hindurch in den Raum.

Ihre Stimme (westflämisches Gebrabbel, bäurische Herkunft erkennbar, arme Bauern, die auch klagten, als sie während des Krieges vier, fünf Klaviere kauften und in ihren

Schlafzimmern zwölf Radios, zwölf Pelzmäntel unters Bett schoben), stoßweise, heiser, als würde sie jeden Augenblick losbellen: »Meine Schwester war wie Ihre Frau oder Sie, ich weiß es nicht, auf jeden Fall: Sie wollte keine Kinder. Aber ob sie wollte oder nicht, sie mußte wohl, denn ihr Kerl war tagelang zu Hause. Er ging nämlich stempeln, und sie, sie nähte für andere Leute. Sie konnte gut nähen, das hatte sie gelernt, als sie noch zu Hause auf dem Hof war. Aber mit den drei Kindern, die sie kriegte, kam sie mit der Arbeit ins Hintertreffen, das war ja auch kein Wunder. Einmal hat sie mir ihren Bauch gezeigt, der war über und über blau. Manchmal kroch das auch bis zu ihrem Gesicht hoch: blau und purpurfarben. Das kam von der Sitzerei hinter der Nähmaschine. ›Und‹, sagte sie zu mir, ›Fredineke‹, sagt sie, ›das Kind‹ – es war das letzte – ›das in mir drin ist, ist tot.‹ – ›Meinst du das im Ernst?‹ frage ich. ›Ich weiß es genau‹, sagt sie, ›komm mit zum Doktor.‹ Und wir gingen zusammen hin. ›Sie malen den Teufel an die Wand‹, sagt der Doktor. Und vier Wochen danach sagt sie zu mir: ›Fredineke, du mußt mit.‹ Und wir gingen wieder zu ihm. ›Aber allee‹, sagt der Doktor, ›ich muß es doch wohl besser wissen als Sie, und ich sage Ihnen, es ist alles in Ordnung, sowohl bei Ihnen als auch bei dem Kind.‹ – ›Ich bin aber sicher ...‹, schreit sie los. ›Aber nein‹, schreit er noch viel lauter. ›Na schön‹, sagt er dann, ›das ist aber das letzte, was ich tue, kommen Sie mit.‹ X-Strahlen. Und zwei Tage später, als die Fotoplatten trocken sind, jaja, es war zu spät, den sein Gesicht hätten Sie sehen müssen! ›Ja, Madame‹, sagt er, ›Sie hatten recht, das Kind in Ihnen ist tot.‹ Wie finden Sie das? Sie war natürlich content, enfin, sie wußte nicht, was sie davon halten sollte. Und es ist durch eine Spritze abgegangen. Ja, natürlich, wenn sie den ganzen Tag hinter der Nähmaschine hockte, dann bewegte sie die Arme und Beine am meisten. ›Das hat nichts damit zu tun‹, sagte der Doktor. Aber das sieht man ja von weitem ...«

Still. Hör auf. Ich hatte Angst, das Licht würde auf einmal

angehen und ich hätte ihr Gesicht vor Augen, das der antiken Erzählerin. Ich sagte, daß Korneel sie suche, sie sagte, sie werde später wiederkommen, und drehte den Schlüssel herum, diesmal von draußen. Ich sitze wieder sicher im Sattel, an dem Tisch, der nach Fisch riecht. Für mich ist wieder alles offen. Zum x-tenmal habe ich das Etikett auf dem Heft für Korneel abgekratzt. Auf dem letzten Etikett stand: »Bericht.« Bescheiden, höflich, einfach: »Bericht.« Auf dem ersten: »Das ist Mein Heft.« Nun habe ich ein neues aufgeklebt. Blanko. Darunter mein Name: »Dr. Heerema.«

In einer Handschrift, die ich verwundert erkenne.

Hinter mir, links auf der Wand, steht vierundzwanzigmal der Name von Crabbe. Einmal für jeden Tag.

Ich möchte, daß sie mir nur einmal die Zeitung vom Tage geben. Immer hänge ich hinterher. Alles mögliche passiert, und nicht einmal bin ich dabei. Ich käue wieder. Schon während des Grasens, als es sich noch um meinen Leib von Dr. Heerema handelte, käute ich wieder. Jede Gebärde wurde genau in Augenschein genommen, jedes Wort, kaum daß es dem verkorksten Gaumen entrann, sofort niedergeschrieben, abgelesen wie von einer Schultafel.

Wir liefen an jenem Abend aus der Holzhandlung weg, aus der Holzhandlung Haakebeen, aus dem Lichtschein der Natriumbeleuchtung, die uns Masken der Schuld aufsetzte; sie hielt mich noch einmal kurz fest, rief: »Nicht so schnell, Mijnheer!« Zeigte auf ihren Schenkel, wo sich ein Streifen geronnenen Blutes abzeichnete wie eine breite Ader. Und wir gingen in eine Kneipe von Hazegras, ja, zu dieser nächtlichen Stunde, ein Lehrer mit einer Schülerin, für jeden erkennbar. Jeder, das waren die Matrosen, die alle die gleichen rohen Gesichter hatten, wie die kanadischen Soldaten, als sie sich auf unsere Stadt setzten und uns Schokolade, Präservative, Capstans und Decken (aus denen unsere Frauen Mäntel machten) verkauften. Nicht zu unterscheidende Gesichter, die nicht im Gedächtnis haftenbleiben. Nachdem Elizabeth eine halbe Stunde zuvor in dem überwältigenden Geruch des Holzes gegurrt und mich zu dem sinnlosen Spiel herausgefordert hatte, lachte sie nun luftig, leicht, verräterisch, unter den Blicken verschwörerischer Matrosen, und sie lachte vielversprechend, als sie für ihr Examen in Deutsch »Ausgezeichnet« kriegte, und lächelte verlegen, als wir einen Nachmittag später zu einem Haus im Rohbau schlichen, über lose Balken und frisch gezogene, noch nicht fertige Mauern kletterten und uns auf den Fußboden hockten, in den aufgehäuften Siebsand fielen, auf den Zementsäcken lagen; und als ich sie fragte, ob wir heiraten wollten, biß sie mir heftig in die Oberlippe. »So kann ich es morgen sehen, in der Klasse.«

Es ist nicht ausgeschlossen, daß Sandra Harmedam ein Kind von mir bekommt. Ich streue meinen Samen wild umher. In ihrem Zimmer spielte Sandra zuerst mit einem Gummi, den sie aus einem aufgerissenen Umschlag mit Siegellack und vielen Stempeln darauf zog und aus der Zellophanhülle polkte. Sie hatte ihn schon seit dem Ende des Krieges. Ob der Gummi wohl »hin« sei? fragte sie mich. Schließlich pusteten wir ihn auf, und dann warf sie ihn in den Papierkorb, für jedermann sichtbar, für die Zimmermädchen und die Versammlungsfanatiker unten, die auf uns warteten. Binnen kurzem hat sie ein Kind. Ich wünsche es, ich, der keine Uhr, keine Brille mehr hat, der nicht einmal die Zeitung vom Tage kriegen kann. Es wäre etwas, was man anfassen könnte, etwas Widerspenstiges, aber nicht so vergänglich wie dieses Heft, etwas von mir und jemand anders, etwas wie der Tennisball, der weich und abgewetzt hier vor mir auf dem Tisch liegt, mit Härchen wie die Bauchhaare eines Kaninchens.

Gerüchte

Der Junge, der mein Bote und Führer ist, der mich von Scham zu Schande geleitet hat – und wie begierig habe ich den Weg von meinem Hotelzimmer in den Kessel der zottigen, bissigen

Hunde zurückgelegt –, erwartet nichts, während er nachschaut, ob ich völlig wach bin, er steht da und drückt die Hände gegen sein Hinterteil, als wolle er einen Riß in der Hose verdecken, und sagt tadelnd, daß er schon eine ganze Weile auf sei. Wir müßten hinunter, meint er, wo der Brocken von Gastwirt auf sein Geld wartet.

»Wie sollen wir das bezahlen?« frage ich.

»Wir bezahlen nichts. Keinen Cent«, sagt Verzele. Er hat eine Schramme auf der rechten Wange, spitze Ohren, angeklatschtes Haar. »Niemand in dem ganzen Drecksdorf wird es wagen, uns was zu tun, glauben Sie mir. Die wissen nämlich, daß wir auf dem Schloß erwartet werden und daß Frau Alice alles zu ordnen versteht. Ist das nicht toll?« Er grinst, er hat noch nie etwas von Vertrauen, Zuneigung, Anordnungen, Gesetzen, Gefälligkeit gehört, er ist unberührt, spinnt seine eigenen Fäden. Obwohl er von Geburt an nicht durch Strontium 90 beeinflußt wurde, ist er das Kind einer anderen Rasse als die des Lehrers. Schon ein Mutant. Obwohl die Gene sein Blut noch zum Gären bringen und er keine grauen Haare hat oder Ekzeme. Das kommt später. Bei *seinen* Kindern.

Er erträgt meinen Blick, wie schon während der gesamten Reise, und wartet nur darauf, daß ich müde werde, ihn zu mustern, daß ich, wie in der Klasse, es satt bekomme, das Kroppzeug vor Augen zu haben, und durch das vom Staub des Spielplatzes verschmutzte Fenster nach einem einsamen Sperling oder einem vom Wind bewegten Zweig starre. Verzele, der nach dem klammen Handtuch riecht, mit dem er sich abgetrocknet hat, kitzelt meine Füße. Wir gehen hinunter. Er gibt mir unverschämt einen Stoß in den Rücken und spricht nicht aus, was er denkt: Was haben zwei Menschen miteinander gemein, von denen der eine alles kann und der andere nichts wagt?

An dem Tisch mit dem schwarz und rot gewürfelten Wachstuch, auf das der Wirt Butterbrote mit Käse und Schinken, ein Glas Milch sowie eine Tasse Kaffee stellt, schlägt Verzele sein Kreuz und beginnt, ohne auf mich zu warten, mit einer Gier zu schlingen, die mich entsetzt. Als der Wirt in seinen Keller verschwindet, flüstere ich: »Ob er uns so gehen lassen wird?«

Mit vollem Mund und kugligen Wangen antwortet er: »Aber ja doch.«

»Warum?« Nein, das frage ich nicht.

»Weißt du das genau?«

»Wenn ich es doch sage!« Seine Stimme wird ungeduldig. Dann wird er laut, und wieso er es wagt, mich so frech, so ungehobelt anzufahren, weiß ich nicht; ich vermute dieses oder jenes Spielchen, das zu einer List gehört, die es uns erlaubt wegzukommen. »Was ist?« sagt er. »Geht dir die Muffe?«

»Nein.«

»Natürlich. Ich sehe es doch an deinen Augen. Du hast Angst, Mijnheer Schmalz.«

»Was?«

»Wie nennst du ihn jetzt?« fragt der Gastwirt zufrieden.

»Kümmern Sie sich um Ihre Sachen.«

»Na, na, na«, sagt der Gastwirt und grinst. Der Junge lauert. Der Wirt geht zur Juke-Box, eine deutsche Operettenweise ertönt.

»Schmalz?«

»Weil du ein Kriecher bist. Das sage nicht *ich*, sondern die anderen, die aus den oberen Klassen, von ihnen stammt dieser Name für dich. Schmalz, sagen sie, weil du so gleitest und hinklatschst wie Schmalz auf ein Butterbrot.«

»Ich?«

»Ja, du.«

Ich knabbere an meinem Stück Brot, die Marmelade tropft herab, auf meine Hand.

»Du hast Angst«, sagt der Junge. »Du hast die Eier gefroren.«

»Der hat keine Eier«, wirft der Wirt ein.

»Wenn man dir eins aufs Maul gibt, würdest du nicht mal piep sagen«, fährt der Junge fort.

»Versuch es nur, Verzele«, sage ich heiser. Er zuckt die Schultern.

»In der Schule bist du stark, natürlich doch, da bist du ja auch der Herr.«

»Wir sind hier nicht in der Schule.«

Deutsche Marschmusik. Die beiden singen mit. Was ist das für ein Spiel? Dann spielt der Gastwirt weiter. Er trägt seine Steinchen herbei, eine ganze Reihe kleiner Steine, mit Speichel zusammengefügt, um das Netz der Kreuzspinne zu verstärken.

»In der Zeitung hat gestanden, daß ein Artist einen Jungen nach Italien mitgenommen hat. Vier Monate sind sie weggeblieben.«

»Geht mich nichts an«, brummt Verzele.

»Und achtzehn Monate hat er gekriegt, der Artist. Weil er den Knaben betrügerisch verleitet hat, schreibt die Zeitung, und mit der Absicht, den Vater seines Eigentums zu berauben.«

»Seines Eigentums?« Verzele lacht höhnisch.

»Ja, Rotzlümmel. So stand es geschrieben.«

Bauern kommen herein. »Tag, Trach.« – »Tag, Bertrand.« – »Tag, Bogger.« – »Allen einen guten Tag.« Ein Eiswägelchen tutet draußen, ich gebe dem Jungen Geld, er leckt, ich lecke, der Wirt leckt.

(Das Büfett, gewölbt, gewaltig, war aus Nickel und Marmor und hatte Leisten in Ocker, Moiré und Hellblau. Keiner wagte es, dort die Hände hinzulegen, Fingerabdrücke zu hinterlassen. Meine Eltern sitzen auf der siedeheißen Düne, die von einer unmäßigen See mit Schaumkronen bedrängt, umtost und umwogt wird, so daß sie die im Sand eingebuddelten Leute, darunter meine beiden Brüder mit ihren Spaten und kirschroten Papierhütchen, bald erreichen und verschlingen wird. Die See rauscht in dem Etablissement, wo soviel Eis verkauft wird, daß um diese Stunde die gesamte Bevölkerung damit versorgt ist und leckt. »Geh schnell«, sagt meine Mutter, »und unterhalt dich mit niemandem.« Das Etablissement ist ein Lunapark, jeder will noch mehr Eis. Warum ist mein Vater nicht mitgekommen? Er wollte nicht. Von diesem unermeßlichen Glaskäfig aus kann ich ihn nicht mehr sehen, aber er sitzt noch da, hinter den Spitzen des Strandhafers, die Hosenbeine hochgezogen, die Beine weiß und der Kopf feuerrot. Sechs Mädchen auf Rollschuhen halten vor dem Schaufenster an und stampfen dann mit ihren gefährlichen Metallfüßen herein, sind neben mir und vor mir, viel größer als ich, machen weit ausholende Armbewegungen, das Büfett befindet sich in Höhe meiner Augen. Ich halte meine Hand hoch, mit der ich ein Einfrancstück umklammere. Ein Einfrancstück kann man unter Papier legen und dann mit dem Bleistift solange darauf reiben, bis das Bild mit den zwei Schlangen schwarz hervortritt, das kann man dann wieder rund, leicht ausschneiden und in ein Heft kleben, ich habe schon viele Seiten voll. Man hört mich nicht hinter dem Büfett. »Einmal Eiskrem, bitte, M'dam.«

»Eine Minute, Junge.« Jeder leckt an seinem Eis, nur ich nicht. Für jeden gipst die gefährliche Frau gelbliche, zuckrige, leckere, kühle, klebrige, kleckrige Krem auf geriffelte Waffeln. Nur für mich nicht.

»Einmal Eiskrem, bitte, M'dam.«

»Für wieviel?«

»Für einen Franc, M'dam.«

Sie formt mit ihrem Spachtel unrunde Bälle, drückt sie zwischen die Waffeln und reicht sie herüber, zu jemandem, der hinter mir steht. Arme greifen über meinen Kopf hinweg. Die Mädchen mit den Rollschuhen sind verschwunden. Ein dicker Polizist leckt an einer vierfarbigen Eiswaffel.

»Äh, wie war das, Jungchen? Für wieviel?«

»Für einen Franc, M'dam.«

Sie trägt eiskalte Kleidung, ein Eiswind weht mich von

jenseits des Büfetts an, sie hat rote Eisfinger und rattert in einer Sprache, die ich noch nie gehört habe, wobei sie *mich allein* anschaut: »Polonaise Vanille Mokka Schoko Sorbet Pistazie Meringe Himbeere?«

»Ich weiß nicht, M'dam.« Diese Sprache werde ich nie begreifen. Ich zeige auf eine beschlagene, grüne Masse, aber sie fährt mich wieder in dieser Sprache an, und ich renne so schnell ich kann durch die weit offene Tür in die brütende Hitze hinaus und weine.)

Die Bauern Trach und Bogger erkundigen sich nach unserer Gesundheit. Ich sage, das hänge davon ab, wie man es betrachte. Der Junge schläft, den Kopf auf dem Unterarm. Durch die dröhnende Marschmusik ruft der Wirt, die Freunde vom Schloß würden noch eine ganze Weile im Dorf bleiben. Bogger oder Trach sagt, daß viele Leute auf dem Schloß seien, vielleicht mehr als im Vorjahr. Und wem zuliebe? Für einen, der längst tot und hinüber sei.

»Meinetwegen hätten sie ihn aufhängen können, mitten auf dem Markt, und ich hätte nicht mal von meinen Karten hochgeguckt. Der Drecksack hat uns doch genug eingebrockt.«

»Du hast keine Ahnung von Politik.«

»Küß mich sonstwo. Nach allem, was ich fünfundvierzig getan habe. Ich habe mindestens zehn Schwarze auf unserem Hof abgestochen!«

»Weil du Angst hattest, sie würden dir deine Klitsche in Brand stecken.«

»Warum ist egal. Habe ich Ihnen geholfen oder nicht?«

»Das ist wahr.«

»Crabbe mit seinen Ideen, die Menschen zu verändern! Nun, sind wir verändert oder nicht?«

»Ja.«

»Aber nicht durch seine Schuld.«

»Mit seinen drei Klassen! Da müßte man doch Tomaten auf den Augen haben!«

»Der Adel, die Geistlichkeit und der Bürgerstand.«

»Aber nein, Roland, du bist auf dem Holzweg. Die Partei, die Wehrmacht und die Arbeitsfront.«

»Und wir? Hatten wir denn nichts mehr zu melden?«

»Der neue Geist, haha! Er sah nicht weiter als bis zu seiner Nasenspitze, dieser Crabbe. Was hat er noch gleich gesagt? Wir seien der Nährstand, und die Welt sei eine Maschine, die vorwärts marschiere, etwas, was noch eingerichtet und geordnet werden müsse, nicht für uns, sondern für die Zukunft. Küß mich doch sonstwo! Wir mußten schuften und auf Fleisch verzichten, alles für später, für übermorgen, für das Jahr Sonstwann, wenn wir längst verreckt wären!«

»Ja, erinnert ihr euch noch? Wir sollten 'nen ganz anderes Kaliber werden, schneidig oder so, uns schärfen, wißt ihr noch? Für das Gelobte Land ...«

»Aber nein, Roland, für das Burgundische Reich ...«

»Und dafür krepieren, was?«

»O lala!«

»Aber das hat er nicht gesagt. Verdammt, hört doch mal her ...«

»Nein, nein, nein! Es war zuviel, Jungens, das ging über die Hutschnur.«

»Allee, Sie da, M'nheer, der zum Schloß geht wie zu 'ner Beerdigung, was erwarten Sie eigentlich so, he? Daß wir uns zusammenschmeißen, um nach dem Modell der Pastoren unser Leben aufzugeben für eine andere Art Leben?«

»Er sagt nichts.«

»Er hat recht.«

»Wir wollen uns wohl fühlen. Wir haben schon viel zuviel Streiterei mitgemacht. Daß was an unserem Seelenheil fehlt, kann uns der Pastor ruhig erzählen. Daß unser Land den Amerikanern in die Hände fällt, nun, was wollen Sie? Lieber die Russen?«

»Das ist gehupft wie gesprungen.«

»Genug!«

»Wenn Sie den Marsanbeter spielen wollen, gut, dann tragen

Sie auch die Folgen. Crabbe wollte so gern ein Held sein, na, jetzt ist er einer, die Würmer haben ihn schon sauber abgenagt. Vorhang runter. Fini la musique.«

»Für Leute vom Schloß ist es sicher nützlich, wenn sie mit großen Worten um sich werfen. Damit kommen sie vielleicht in die Kammer oder an das große Geld. Aber was schert uns das?«

»Und wenn es nicht Schwarz oder Weiß ist, dann ist es Blau oder Rot, es muß immer verschiedene Meinungen geben, ist es nicht so, M'nheer?«

»Er sagt nichts, Trach.«

»Nein, Bogger, und er weiß wohl, warum.«

»Zum Glück gibt es noch andere Leute, solche, die anders denken hier in Hekegem«, sagte der Wirt.

»Denken? Was? Du hast doch bestimmt mitgekriegt, wohin das führt. Der de Keukeleire dachte für uns, an unserer Stelle, und wohin sind wir geraten? Na?«

»Neineineineinein.«

»Ja.«

»Wenn du so redest, siehst du keinen roten Heller vom großen Geld.«

»Küß mich doch sonstwo!«

»Na, ich sehe dich schon angelaufen kommen, wenn das Spiel wieder losgeht. Komm bloß nicht auf meinen Hof, weil du ein Kilo Butter willst oder ein Huhn!«

»Du hast dich ganz schön verändert, seit du in schwarzen Stiefeln sonntags nach der Messe mit ›Volk en Staat‹ hausieren gegangen bist.«

»Ja, der Herr gehörten zur Elite. Zu den zehn Prozent.«

»Zu den zehn Prozent mit Macht, Gewalt und Geld. Und wir durften den Herren die Stiefel küssen!«

»Jeder ist in der Kolonne marschiert, und wer nicht mitmarschiert ist, hielt den Mund, das heißt also: jeder!« schrie ein Bauer mit grauem, gedunsenem Gesicht und Schnurrbart. Die Juke-Box kreischte. Der Junge wurde nicht wach, der

Lehrer nicht heiter. Sandra hupte draußen. Und ich ließ den Jungen zurück. Der ist listig genug, dachte ich, der kann sich wehren, was man auch von ihm verlangt.

Der Junge, der in der Nacht, bevor er wegging, gesagt hatte: »Ich wäre froh, wenn ich wieder zur Schule könnte.« Und danach, als er auf dem Bett saß, das in den Fugen krachte, und mit dem Gesicht, das gequält war und kindlich, etwas tiefer lag als das Kopfkissen: »Frau Alice ist mit dem alten Mann verheiratet, weil er mit seinem Geld alles so gedreht hat. Weil sie ihres Vaters wegen mußte, der zu dem Mann vom Schloß aufschaute. Und wenn sie das gewußt hätte, sagt sie, wäre sie über Berg und Tal gerannt. Denn noch jetzt läßt er sie fasten, und sie darf nie Fleisch essen, und Crabbe mußte sie immer als ihren eigenen Sohn ansehen, begreifen Sie das? Und als sie Alesandra kriegte, war er überhaupt nicht zufrieden. Bis sie ihm erzählt hat, was auch wahr ist, daß der eigentliche Vater, der Mann, der ihr das Kind gemacht hat, de Keukeleire ist, den sie in Frankreich ermordet haben. Da war er dann froh, der alte Richard. Und jetzt, wo die Leute aus der Umgebung es nicht mehr wagen, ihre Kinder nach Almout zu schicken, muß sie Modell stehen und sich fotografieren lassen. Sie verabscheut das, sagt sie, es ist, als würde er ihr das Rückgrat leersaugen, wenn er sie jeden Tag knipst. Aber sie kann nicht weglaufen von Almout, sie ist zu alt, und sie hat kein Geld und auch keinen Mut mehr. Früher schon, denn Crabbe hatte ihr geschworen, sie mitzunehmen, weg von Richard; nach dem Sieg sollte Crabbe mit allen seinen Offizieren nämlich ein Landgut kriegen, so groß wie eine Provinz, und er hat ihr versprochen, daß er sich dafür Polen aussuchen wird, wo sie als kleines Mädchen gewohnt hat, und sie wollten die ganze Provinz mit Stacheldraht einzäunen und da den Herrn spielen, und sie sollte bei ihm leben wie seine eigene Mutter. Aber daraus ist nichts geworden. Als er das letztemal nach Flandern kam, war er nur noch die Hälfte, und er war schon vorher kein dicker Mann gewesen, und er schluckte den ganzen Tag Pillen und zitterte ununterbrochen. Er konnte auch nicht schlafen, und er sagte zu Frau Alice, er hätte die Hölle gesehen, durch das Höllentor, das aufgesprungen sei, und er hat in ihrem Schoß geheult, im Schoß von Frau Alice.

Sie war zu Tode erschrocken, denn das war auf einmal ein ein ganz anderer Crabbe, wie ihn noch keiner erlebt hatte, ein Crabbe, der sich nur noch mit Mühe auf den Beinen hielt. Was hatte er gesehen? Hunderte von Kindern, die alle um einen hölzernen Turm mit Glasfenstern tanzten, und diejenigen, die nicht tanzten, saßen auf Karussells, die sich nicht drehen konnten, denn sie hatten keine Motoren. Und als sie, also Crabbe und seine Offiziere, vorbeikamen, um zu kontrollieren, ob die Schwestern vom Roten Kreuz auch ehrlich die harten Kuchen verteilten, sahen sie, daß sich die Kinder darum schlugen, doch dabei tanzten sie immer weiter, denn das hatte man ihnen von hoher Hand befohlen, und sie drehten und drehten sich, bis sie umfielen, noch bevor sie in die Kuchen beißen konnten. Denn das durften sie erst später. Dann kam eine Inspektion, und sie zerrten sich gegenseitig hoch und stießen sich in die Reihe, und dann mußten alle ihren Kuchen schwenken und Crabbe und seinen Offizieren ›Auf Wiedersehen‹ zurufen. Drei Tage später ist er zurückgekehrt, allein, und er sagt, da sei kein Kind mehr am Leben gewesen. Danach hat er nichts mehr essen können, nur noch Pillen.« (Der Junge hatte ein nervöses Zucken, es sah aus, als lache er lautlos; er zog den linken Mundwinkel hoch, sein linkes Auge weitete sich, er kaute auf Luft.) »Ach, der Schafskopf kriegte keinen Bissen mehr runter, und wenn er es trotzdem versuchte, brachte er es gleich wieder raus. Schließlich fiel das auch seinen Offizieren auf. Frau Alice zwang ihn letztes Mal, zur Ostfront zurückzukehren, aber sie hat wohl fünf Telegramme gekriegt mit der Anfrage, wo er bleibe. Sie haben ihn in Rußland nicht mehr gesehen, er war desertiert, aber das wollten sie damals nicht bekanntgeben, sonst wäre das ja Wasser auf die Mühlen der Weißen Brigade gewesen. Wo er geblieben ist, weiß Gott allein. Frau Alice sagt, sie hätte sich zu Tode entsetzt, als sie ihn damals sah; er, der von Eisen war und die Russen abgemurkst hatte, als wären es Garnelen, ›er ist einfach durchgedreht‹, so nennt sie das. Sie hat dann Sprange aufs Schloß bestellt, aber der weigerte sich, etwas über Crabbe zu erzählen, denn damals war noch Krieg, und er wollte seinen Kameraden und Offizier nicht verpfeifen, und nach dem Krieg hat er auch den Mund gehalten, denn damals schrieben alle Zeitungen über die Konzentrationslager, und er dachte bestimmt, daß er da auch noch mit reingezogen würde, und dann hat er, zur Buße, all die Figuren gemacht, die im Garten stehen. Das hat ihn sieben Jahre beschäftigt und eine halbe Million gekostet, wie es heißt. Nur Alesandra glaubt noch, daß Crabbe nicht tot ist, sagt Frau Alice; störrisch wie ein Maulesel hält sie an den Versammlungen und Beerdigungsfeierlichkeiten jedes Jahr fest, und was kann Frau Alice schon dagegen tun, sie tut Buße und läßt sich von Richard fotografieren. Und das ist auch gut so, sie hat als Mutter, als angenommene Mutter, ihr Miserere gesucht, nicht wahr?«

Dann ging ich mit dir, Sandra, mein störrisches Biest, ins Haus, die Treppe hinauf, nicht einmal auf Zehenspitzen, sondern offen im Sonnenlicht, vor denen, die da auf dem englischen Rasen versammelt waren und murmelten. Du gingst voraus, deine gute Erziehung hätte dir das verbieten müssen, denn ein Gentleman ist dann wohl verpflichtet, nach den Beinen der Lady zu schauen, aber du warst zu ungeduldig mit dem neuen Geschmack im Mund, und ich folgte dir, mit zugeschnürter Kehle, hervorgerufen von dem Globus hystericus, der die Tränen zurückhält. Auch für mich war es so lange her. Dein Zimmer war dann das meine. Mich Crabbe nähernd, wanderte ich durch sein Besitztum, nach Crabbe (und vor Crabbe, sollte er je noch einmal auftauchen) berührte ich deine schmalen Hinterbacken unter der Seide mit den Pfauenaugen. In der Ecke stand eine Fahne mit einem Löwen darauf, und über dem Kleiderschrank mit dem Spiegel war ein Wimpel von

Verdinaso mit Reißnägeln befestigt. Zwei Fremde waren in dem reflektierenden Glas, eine schlanke Frau mit roten Wangen und ein Lehrer, den ich, ohne meine Brille, nicht in allen Details erkennen konnte. Sie hielten einander an den Händen, wie Geiseln vor einer Exekution. Du warst größer als ich, obwohl du da schon die Schuhe ausgezogen hattest, deine Schultern waren ebenso viereckig wie die meinen, aber höher und schmaler, du starrtest nach dir selbst, während ich kniete und über meinem Kopf deine Zähne aufeinanderschlagen, klappern hörte; und im Spiegel, dem verräterischen Spiegel, sah ich dein Gesicht mit den geschlossenen Augen, ein kaltes, gieriges Gesicht. »Sag laut Crabbe«, befahl ich, und du sagtest es wieder und wieder. Ich, unten, veränderte mich. Ein vierfaches Möwengeschrei erfüllte die Hohlräume in meinem Schädel, meine Ohren wurden schmaler, die Ohrläppchen senkten sich, und an meinen Brauen wuchs ein Stab, der beim Nasensattel nicht dünner wurde und sich nicht krümmte. Meine Mundwinkel ziehen sich nach unten. Ich werde mongoloid, und ich beiße.

Im Rapsfeld

Sie erinnern sich wohl, daß es eine Zeit gibt, in der das Land gelb ist von Raps. Auf keinem einzigen Gehöft ragt eine Fernsehantenne auf. Das Flakgeschütz ist rundherum demontiert; hin und wieder bemerkt ein verblüffter Landbewohner noch ein unscheinbares Maschinengewehr auf einem Lastwagen, der das sich zurückziehende Heer begleitet. Die jungen Männer verstecken sich in Kaninchen- und Hühnerställen, während Eltern und Kinder und Greise am Wegrand stehen und die letzten Soldaten in Feldgrau begaffen. Es sind meistens Verwundete oder slawische Hilfstruppen ohne zu viele Waffen. Sie haben unsere Bauernpferde mit, einige fahren auf Rädern ohne Reifen. »Sieh mal, Oma, da fährt einer in einem Strandwagen!« Er strampelt fröhlich. Sie bitten um Brot und Obst und erhalten es. Niemand weiß in diesen Tagen, ob der Atlantikwall halten wird, und die Bevölkerung hofft gar nichts. Wir haben genug Besatzer gesehen, und als sich der Staub hinter den Armeewagen legt, werden hier und da schon dreifarbene Fahnen aus dem Fenster gehängt. Fernes Dröhnen, ein Grummeln in Herakles' Bauch, kündet die ersten alliierten Panzer an. Auch unsere Freischützen machen sich bemerkbar. Tack, tack, die Kugeln ihrer Maschinenpistolen schlagen in die Birkenstämme ein. Bei den Brücken stockt der Verkehr, meistens werden sie gesprengt, aber wir haben keine Angst davor, von der übrigen Welt abgeschnitten zu werden, wahrhaftig nicht, wir haben nach vier Jahren noch genügend Vorräte, verlassen Sie sich drauf. Aber, sehen Sie mal, ein junger Mann mit sehr langem Lockenhaar steht plötzlich im Mittelpunkt unseres Interesses, mitten auf der Dorfstraße umarmt er einen anderen jungen Mann, der auch Frauenlocken hat, beide tragen weiße Overalls, wir sind befreit; die beiden, in denen wir ohne viel Mühe Gustie Zeekers und Poepe Lammers erkennen, waren in unserer Mitte untergetaucht, und wir wußten es nicht einmal. Aber sie verschwinden ja, trotz unserer ermunternden Zurufe, ah, sie tauchen erneut unter, denn, Alarm, wir müssen mit unserem Siegesgeschrei warten, schnell, schnell, zieht die Fahnen ein, neue Regimenter des sich absetzenden Heeres kommen durch das Dorf, diesmal jüngere Soldaten, Elitetruppen, schnell, weg von der Straße. Und auf dem Fußballplatz, wo wir zusammengekommen sind, um die Umstände und die Situation zu erörtern, jagt uns der Notar auseinander. »Es ist noch zu früh, freut euch später. Die Farbe unserer Panzer ist khaki, mit einem weißen Stern drauf, vergeßt das nicht.« Wir rennen nach Hause. Jemand tippelt an der Eisenbahnlinie entlang, eine Nonne. Sie hat ein eingefallenes Gesicht, und wenn wir es näher hätten betrachten können, wäre uns aufgefallen, daß es mit Talk überzogen ist. Sie schreitet nicht munter aus, geht aber auch nicht zusammengesunken. Ihre Schritte werden größer, und auf einmal, vor unseren Blicken hinter unserem Fenster, geht sie erstaunlich schnell, selbst für eine Nonne in Lebensgefahr, und ehe wir noch »He, eine Schwester der Liebe!« sagen können, zueinander, ist sie verschwunden. Später sieht ein polnischer Soldat sie vom Turm seines Panzers aus gebückt durch das Korn laufen, er sagt etwas Freundliches zu ihr, und sie hebt ihre Hand mit dem Rosenkranz und segnet ihn wie ein Priester, und er schlägt sein Kreuz und setzt sein Ungetüm von Sturmwagen wieder in Bewegung, eine gepanzerte Kröte mit zwei Rüsseln und einem einzigen, bronzenen Haar.

Die Nonne ruht sich hinter einer Dornenhecke aus. Sie stellt ihre Füße mit den Hühneraugen, den Blasen an den Fersen und den behaarten Knöcheln in eine Pfütze stillstehenden Wassers nahe einem Bach. Sie achtet nicht auf die Mücken. Sie trocknet sich die Füße mit Gras ab. Unter dem linken Knie hat sie eine Schramme, sie betupft die Schramme mit einem Spitzentaschentuch, das ein Monogramm hat: A. H. Etwas später, noch immer hinter der Dornenhecke hockend, schält sie einen Apfel, wozu sie einen silbernen, mit morgenländischen Motiven verzierten Dolch benutzt. Wir, nachdem wir den Bücherschrank, den Kleiderschrank, das Büfett, die Matratzen und die Familienporträts des geflohenen Hauptlehrers durch die Fenster seines Hauses geworfen und in Brand gesteckt haben, tanzen Hand in Hand um den Scheiterhaufen. Im Schein der Flammen wird die Nonne einen Augenblick lang sichtbar und dann wieder vergessen, so schnell löst sich ihre Gestalt auf. Unter dem Dröhnen der Riesenpanzer beben unsere Schlafzimmer und sind wir in den nächsten Tagen glücklich. Unser Radio knistert, und wir sehen, wie Hitler, von spitzer Feder gezeichnet und abgebildet in den einblättrigen Zeitungen mit neuen Namen, die nun unter uns verteilt werden, von der Bulldogge, dem Hahn, dem Bären und unserem Löwen ungnädig in Fetzen gerissen wird. Die Nonne wird gesichtet, als sie an einem Kloster vorbeiwandert, ohne das Zeichen des Kreuzes zu machen. Wir lernen, wie man mit Pulver Omeletts bäckt, der Gesang der neuen Krieger ist gedehnt und süß, sie grüßen ihre Offiziere kaum und haben die Hände in den Hosentaschen, wenn sie durch die Straßen spazieren. Bei einer alten Frau, die allein wohnt, Tjampens Cecilia, bricht die Nonne eines Nachts ein und stiehlt ein Kaninchen, sechs Eier sowie einen Regenschirm. Dann ist sie aus unserer Gegend verschwunden, ein geräuschloser Blitz. Aber eines Abends fährt der stellvertretende Vorsitzende unseres Taubenzüchtervereins mit seinem Jeep durch das Gebiet von Brugge. Auf dem Weg nach Knokke, im Licht der Scheinwerfer, taucht auf einmal eine in Lumpen gehüllte, hagere, schmutzige Frau auf, und der stellvertretende Vorsitzende behauptet, die Lumpen hätten ihn sofort an eine Nonnentracht erinnert. Die Frau hält den Wagen an, sie will hinten in den Jeep klettern, auf einmal zerrt ihr ein Windstoß die Haube vom Kopf, und graue Stachelhaare von der Länge eines Fingers werden sichtbar. Das Weib erschrickt, und nach kurzem Zögern rennt sie davon, über ein Stoppelfeld, hinter ein Gehöft.

Wir hören die Namen der Mitglieder unserer neuen Regierung und heißen sie gut, die Rationierung soll bald aufgehoben werden, zum Ärger mancher Neider, zwischen den verschiedenen Gruppierungen des Widerstandes gibt es Reibereien, und an all das müssen wir uns wieder gewöhnen. Wir tun unser Bestes. Inzwischen hören wir jedoch – und die mündlichen Berichte von Augenzeugen sind schneller und ausführlicher als jede Radiomeldung –, daß eine alte Frau auf einem Kartoffelacker bei Heernem vom Blitz getroffen wurde, ihre Kleidung war in Fetzen, der Blitz ist wahrscheinlich durch einen Reißverschluß angezogen worden, und dann, in dem Schuppen auf dem Spielplatz der Schule von Heernem, der neu errichtet worden ist und als Gefängnis dient, zeigte es sich, daß es sich um einen Mann handelte. Aber ob es Crabbe war, wissen wir nicht, denn das Gesicht war versengt. Übrigens:

Am nächsten Tag wurde die Leiche von zwei neuseeländischen Soldaten abgeholt, jedenfalls von zwei Männern in der Uniform von neuseeländischen Soldaten.

Die Anwesenheit von Crabbe

Sprange, der auf mich zukam, als wir zur Küchentür gingen, der winkte, während die Angehörigen des Bundes um ihn herum die Ursache der Unterbrechung von Spranges Geschichte (Sandra und mich) suchten, Sprange, der nach fünf Schritten merkte, daß wir ihn ignorierten, und der bei den Rosenbüschen stehenblieb, aus denen zwei runde, gelbliche Köpfe herausragten, wie Gartenfiguren aus lebendigem Fleisch, Sprange hatte gelogen. Er hatte Crabbe erst in dem Ausbildungslager in Westfalen kennengelernt. Das sagte Richard Harmedam.

»Warum hat er denn von dem Tag gefaselt, an dem er Crabbe von seiner Frankreichreise wieder nach Almout zurückkehren sah?« fragte ich ungeduldig.

Richard Harmedam kratzte sich ausgiebig das Kreuz. »Der Junge lügt in einer Tour«, sagte er, »das hat er schon von Anfang an getan. Stellen Sie sich vor, daß er uns weismachen wollte, er hätte bei Kolbe und Arno Breker Unterricht gehabt! Und daß wir ihm das geglaubt haben! Ich weiß nicht, ob Sie sich für Bildhauerei interessieren, aber als Frau Harmedam und ich die ersten Skulpturen von Sprange sahen, da waren wir sofort au courant. Breker, Kolbe! Aber enfin! Er reicht ihnen nicht mal bis zum Knöchel!«

Ah, diese mattglänzenden, vollendeten Formen des arischen Mannes und seiner Frau, die einander umschlangen, diese Aura von Reinheit um die aus Marmor gemeißelten, glattgeriebenen und polierten Bäuche und Profile, ah, diese solide Dauerhaftigkeit des lebensgroßen Paares, so glatt wie Schmalz, so spürbar schleimig gefühlvoll wie Walfischblubber, nicht antastbar, nichts zum Kitzeln, sie hatten keine

Abführöffnungen, keine Wirbel, waren völlig eins, ineinander versunken, arisch sauber und göttlich makellos, und ihnen gegenüber, auf der rechten Seite, das »Signal«, sie hockten da, verdammt durch Vererbung und niedergedrückt und mühsam aus dunklem Holz gefertigt die zwei entarteten Gaffer mit Kohlen im Maul, wo Zähne hingehörten, mit Löchern in den Rippen und mit Masken des Entsetzens!

»Der Junge lügt, sobald er den Mund aufmacht«, sagte Richard Harmedam, »aber was wollen Sie, er hat die Jesuitenschule besucht, und davon kommt man nie los. Zwar hat Crabbe ihn – so kann man es wohl nennen – bekehrt, aber es ist doch etwas von der früheren Nervosität und Überreizung an ihm haftengeblieben. Sünde, wissen Sie, dazu die Angst und eine gewisse Sehnsucht nach einem Ideal, das immer um die Ecke zum Vorschein kommen muß, da, da!«

Er, der alte Kahle mit der hohen, kindlichen Stimme, war, wenn er wollte, aber sonst nicht, ernst, was sein unerwachsenes Gesicht nicht vertrauenerweckender machte; er zeigte nach dem Park, schlug mit der Hand nach etwas hinter dem rauschenden Hain, nach Parks, Hügeln, Ortschaften.

»Nun, wir, Sie und ich, mein Bester, die wir die Klassiker studiert haben, die wir versuchen, uns mit ihnen zu identifizieren, weil sie ihr Schicksal nobel tragen, wir können wohl über solche vulgären Zuckungen lächeln, die ein Streben nach etwas anderem zeigen, nicht wahr, aber wir müssen doch zugeben, daß die ungesunde Spaltung im Menschen manchmal zu Resultaten führt. Wie? Oh, ich dachte, Sie hätten etwas gesagt. Im übrigen, als der Verräter von Tarsus auftauchte und sein giftiges Pulver umherstreute und aus der Sünde einen möglichen Aktivposten für das Jenseits machte, was hinterließ er uns da, Ihnen und mir? Das Lächeln, genau, die Ironie. Aber das reichte nicht aus. Wir sind vor dem Christentum in die Knie gegangen, wir Klassiker. Und, mein Bester, das ist mein größter Schmerz gewesen, es war die Hefe, der Bodensatz der Erbsünde, der Crabbe vergiftet hat, denn schließlich und endlich ist er am Mitleid zugrunde gegangen, an etwas höchst Überflüssigem.«

Er hustete plötzlich heftig, beugte sich vor, ich wagte nicht, ihm auf den Rücken zu klopfen. Wir gingen in den Garten, gleich würde die Versammlung wieder beginnen, bei einem kegelförmigen Berg Kies blieben wir stehen.

»Als wäre der Trost, wenn man überhaupt ein Bedürfnis danach hat, woanders zu suchen als in der Trostlosigkeit anderer.« Er seufzte. »All die Hoffnung!« Mit merkwürdig klaren Augen schaute er nach Almout, das im Schatten der niedrig hängenden Zweige der Bäume lag.

»Hoffnung?« fragte ich.

»Ja«, sagte er, und ich glaubte, er meine die Hoffnung, die er sein Leben lang genährt hatte, doch ich verscheuchte den Gedanken gleich wieder: Es war die nutzlose Fracht, die Menschen sich aufladen, eine erniedrigende Wärme, die sie veranlaßt, den kühlen Schlamm aufzusuchen, sich darin zu wälzen wie ...

Der alte Mann nahm einen Gartenschlauch und richtete ihn auf den Kieshaufen, er sprühte den Kies naß, und ich half ihm, indem ich den Schlauch in Höhe meiner Brust hielt und ihn fest umklammerte, das Geräusch war hell, der Kies verschob sich. Auf einmal stand Crabbe neben mir. Hier ist es, Korneel! Wenn du dieses Heft lesen würdest statt meiner distanzierten Geschichte auf Bestellung, müßtest du jetzt deinen Federhalter nehmen und hier ein Kreuzchen an den Rand zeichnen! Ich wußte von Crabbes physischer Erscheinung nichts als das, was mir die Bildsäulen offenbart hatten, aber er stand neben mir, und ich konnte seinen Atem in meinem Nacken spüren, als er schrie – wie eine Möwe oder ein Kind, dessen Stimmbänder man chemisch hatte zerstören wollen, es aber nicht ganz geschafft hatte. Ich umklammerte den Gartenschlauch fester, mein Rücken wurde straff, mein Gesicht höhlte sich, jemand saugte von innen her meine Wangen ein, ein eiserner Riemen umspannte mein Zwerchfell. Jemand kaute, meine

Kiefer mahlten, und ich fiel. Der Strahl aus dem Gartenschlauch schoß hoch, benäßte mich, während ich mit weit offenen Augen dalag. Dann half Richard mir freundlich brummend auf die Beine, und Crabbe war verschwunden. So unspürbar geworden, wie er mir soeben gewaltig in die Glieder gefahren war. Ich lachte Richard zu, und ich, der Mann ohne Eier, der Erzähler, der Voyeur, war nicht mehr derselbe. Richard richtete den Schlauch gelassen auf meine Schuhe, bespritzte sie, aber ich lachte nur, jetzt mit meinem eigenen Mund.

Wir hörten, daß sich die Abgesandten wieder versammelten, sie riefen einander beim Vornamen, daß es durch den Park schallte, und ich ging langsam auf das dunkle Almout zu, wo Crabbe (der der größten Sünde nachgegeben hatte, wie Richard sagte, der Selbstvernichtung) nicht mehr hauste, denn er wohnte ja in mir, wütete dort, begann mich zu zerbrechen, zu zersplittern. Sprange kam mir entgegen und sagte zu einem Herrn an seiner Seite ein paar Worte, die sich auf mich bezogen, aber er konnte mich – danach – nicht mehr erniedrigen, ich lächelte ihm zu und folgte ihm in meinen klatschnassen, quietschenden Schuhen.

Flucht ohne Verteidigung

Der Lehrer saß zwischen den Abgesandten in der ersten Reihe. Direkt vor ihm, zwischen ihm und dem Redner, stand ein runder Tisch, auf dem verschiedene Bücher lagen, den Titeln nach zu urteilen, aus der Feder einiger Anwesender: »Mijn lijden onder de Belgische Terreur« (Mein Leiden unter dem belgischen Terror), »Vraagstukken van een Enkeling« (Probleme eines einzelnen) von X. Y. Z., »Naar een geplande Ekonomie« (Auf eine geplante Wirtschaft zu). Ferner erblickte man dort einige Nummern einer Zeitschrift, deren Namen man nicht lesen konnte; auf der Rückseite waren – vom Herausgeber gedruckt – Anzeigen für: »Sterven en dan...« (Sterben und dann...) von Pfarrer P. Telder, »Moeder en haar Man« (Mutter und ihr Mann) von Dr. J. Waterink. Der Lehrer roch bereits eine ganze Zeit etwas Qualmiges, Muffiges, schrieb dies aber seiner außerordentlichen Geruchsempfindlichkeit zu – ihm wurde immer als erstem übel, wenn Kohldampf in ein Klassenzimmer drang, während das kerngesunde Vieh nur schnüffelte und auflebte –, und er zwang sich, nicht darauf zu achten, und lauschte weiterhin einem von Sprange als der Dichter und Denker Bert van Wageren angekündigten Herrn in Tweedanzug und Bergschuhen, der ein Essay über Willem van Saeftingen vorlas, einen Mönch, der sein Kloster in Groeninge verließ und mithalf, die Franzosen zu schlagen. Frau Alice war nach dem Dessert verschwunden.

Sandra lauschte nicht. Ebensowenig ein älterer Mann neben ihr, der im Knopfloch eine verwelkende Nelke trug und schlief; ab und zu floß ihm etwas Blut aus der Nase, das er wieder hochzog, und er hatte seinen Ellbogen in Sandras Hüfte, was ihr nichts auszumachen schien.

Van Wageren war lang und rotgebrannt, er rollte unflämisch die »R«, und seine Abhandlung war mit Adjektiven vollgepfropft, die einander widersprachen. Nachdem er die

Schlacht der Goldenen Sporen beschworen hatte, zog er Parallelen zwischen jenem Tag im Jahre 1302 und heute und schloß mit der eindringlichen Mahnung, es sei gegenwärtig ebenso notwendig zu kämpfen wie damals. Der Lehrer fühlte sich seit einer Stunde unbehaglich, etwa seit dem Zeitpunkt, da er mit dem alten Mann gesprochen und ihm geholfen hatte, ein Blumenbeet zu sprengen. Es war lächerlich natürlich, aber die Sphäre von Heldentum und Erinnerung an Heldentum und Verehrung des Untergangs von Crabbe, die im Haus Almout herrschte, steckte ihm in den Gliedern wie der Beginn einer Grippe, und er ertappte sich dabei, daß er, während er unter den klaren Augen Sandras und ihrer Gesellen auf dem harten, neugotischen Stuhl saß, bestrebt war, jemand anders und möglicherweise Crabbe nachzuahmen, sich so hinzusetzen, wie dieser es wohl getan hätte, den Rücken kerzengerade und ohne die Lehne zu berühren, und er dachte: So benehmen sich die Männer, wenn es nach einem Cowboyfilm im Kino hell wird und sie mit wiegenden Schritten die Straße betreten, die Hand locker an der Hüfte, wo ein Revolver hängen müßte. Er war dann auch nur mäßig überrascht, als er nach dem epischen Dichter und Denker an der Reihe war, von Sprange als der nordniederländische Geschichtsforscher Dr. Heerema angekündigt wurde und mit einer Stimme zu sprechen begann, die mit der geduldigen oder tadelnden Lehrerstimme nur noch wenig gemein hatte und nun abgehackt und hell klang. Während die Herren ihn musterten und der alte Mann mit den auf seinem Jackenaufschlag verstreuten Nelkenblättern wach wurde, sich von Sandra löste und sich auf die andere Hinterbacke setzte, wobei Sandra ihn (den Lehrer) gehässig anschaute, verkündete er, daß sein Vortrag vornehmlich (er wollte van Wageren den Rang ablaufen) von den Aufständen im Küstenland handeln werde. Vergnügt betrachtete er van Wageren, der ein Notizbuch hervorholte und die Spitze eines winzigen Bleistiftes anleckte. Dann sah er, daß Sprange Sandra zublinzelte. Der Lehrer lehnte an dem marmornen

Kaminsims, einen Absatz auf dem schmiedeeisernen Gitter um die Feuerstelle, vor dem Gelichter in Sonntagskleidung, das nach der Feldschlacht übriggeblieben war und wegen eines erschlagenen, vernichteten, spurlos aufgelösten Scharführers schlechten Versen lauschte und seine Unruhe mit Exkursen und beschönigten Trugschlüssen anfachte, die ihrem Wesen nach die gleichen waren wie jene, die eine Parteiversammlung des Direktors zusammenhielten, lehnte dort vor den neugierigen, aufgewiegelten Verehrern von Crabbe, die jeden seiner Aussprüche als Offenbarung über ihren Herrscher aufnehmen würden und die das Küstenland, als er sein Thema ankündigte, in ihrer Phantasie sofort durch eine Steppe ersetzten, durch das Tscherkessen-Moor, wo sie eingegraben lagen, eingekesselt von der 2. Ukrainischen Front unter Konjew und dem 5. Garde-Panzerkorps Rotmistrows, vor diesen Leuten also lehnte der Lehrer am Kaminsims, (erneut) in Verwunderung. Auch wenn ich nun in Crabbes Falle stecke, dachte er, ich bin nicht mehr er, jetzt nicht. Ich werde ihn sogar vergessen, und obwohl ihn noch ein Anflug von Scham anwehte wegen des dummen Gehabes, stürzte er sich hinein, folgte er der Eingebung des Augenblicks.

»Die Grafschaft Flandern, altfriesischer Grund und Boden von Kales bis Walcheren, bis weit nach Zeeland hinein ... eine Reihe von Inseln, Boudewijn dem Eisernen von Karl dem Kahlen als Geschenk überlassen ... eine militärische Gründung gegen die Normannen ... rittlings auf dem Rücken zwischen germanischen und romanischen Völkerschaften ... der Erbmakel (einige nennen es die Glorie) ihres feudal-militärischen Ursprungs ... Flandern wurde Rollo angeboten, aber er saß bereits dort, er wollte es nicht einmal, er fand es zu sumpfig und zog die Normandie vor ... das Elend unserer Thronfolge, die auch Frauen mit einbezog, wodurch Fremdlinge über Heiraten ...« – er hatte kaum begonnen, hatte nur einen Brückenkopf gebildet, um einen festen Ausgangspunkt für seine Beweisführung zu haben, für seine eigentliche Beweisführung, die vernichtend, anklagend sein, den Nerv treffen sollte, als er über das Wort »Fremdlinge« stolperte, er blieb hängen, das Wort hakte sich fest, und er sah das Wort in einem Umfang Schaden anrichten, den er nicht beabsichtigt hatte, er merkte, wie das Wort »Fremdlinge« unter den urreinen, getreuen, rassenbewußten Flamen wucherte, Schwären verbreitete, und er stockte. Starrte Sprange an, bis dieser wegschaute, Sandra fragend anblickte. Es war still. Der Lehrer stellte sich vor, wie Sandra in Crabbes Zimmer hintenüber gelegen hatte, mit den Fingern über die Schenkel streichend, wo die bleichen Flecke der Pockenimpfung sichtbar waren, durch das knisternde, sich kräuselnde, zarte, kastanienbraun gefärbte Haar fahrend, das einen Kamm bildete, und wie sie plötzlich aufgesprungen war, einen unwirschen Zug um den Mund – und das Wort »Fremdlinge« warf ein glitzerndes Nylonnetz zwischen sie und ihn.

»Entschuldigen Sie«, sagte er und zeigte hinter sich, neben sich nach der Feuerstelle des Kamins, dessen Flammen ihn beinahe versengten und zuviel Rauch verbreiteten.

Der alte Mann mit der Nelke sprang auf. »Was ist?«

»Wir sind dabei zu verbrennen«, sagte der Lehrer.

»Wer?« – »Wo?« – »Was?«

»Scheiße!« brüllte der lange van Wageren.

In der Tat, was der Lehrer fortwährend gerochen und eine Zeitlang dem abscheulichen Tabak eines Pfeiferauchers zugeschrieben hatte, war eine fast farblose Wolke, die nun deutlich sichtbar zwischen den Ritzen des Parketts aufstieg, vornehmlich dicht vor seinen Füßen, in einem Bogen um den Kamin, und die sich – weil die Gesellschaft es bemerkte, aufsprang, sich bewegte, Zug verursachte? – verstärkte, dunkler kräuselte, verwehte. Die Abgesandten drängten nach vorn, jeder wollte den Rauch sehen, zerstreuten sich aber schnell wieder, denn als die Fenster geöffnet wurden, quoll der Qualm dick und schwarz empor. Einige zögerten, wichen aber Richard Harmedam nicht von der Seite, der auf französisch Befehle gab; das unsichere, verhaltene Gemurmel und das Gescharr von Füßen rund um den rauchenden Holzfußboden beim Kamin hätte noch eine Weile gedauert, wenn Sprange nicht die Karaffe Wasser, die für die Redner bereitstand und die niemand angerührt hatte, dort ausgeschüttet hätte. Der Rauch wurde ärger und verschwand. Es stank. »Aaah«, jubelten die Abgesandten, und der alte Mann mit der Nelke wurde hüstelnd in den Flur geleitet. Das sittsame Dienstmädchen erschien mit einem Eimer Wasser und begann aufzuwischen. Sandra erklärte dann, ein brennender Span sei zwischen und unter die Parkettfugen gefallen und habe dort geglimmt.

»Vielleicht sollten wir eine kurze Pause einlegen«, sagte sie, und zu dem Lehrer: »Geh nicht weg!«

»Ausgezeichnet«, brüllte Bert van Wageren, und mit ihm an der Spitze zogen die Herren durch die Glastür in die Veranda. Ein sportlicher und kurzsichtiger Mann bat den Lehrer um eine Eintragung in ein in Kunstleder gebundenes Gästebuch. Neben eine Seite, auf der in gotischen Buchstaben stand, daß, wer nichts wagen wolle, untergehen müsse, schrieb der Lehrer zur Enttäuschung des Mannes, der einen Spruch oder eine Verszeile erwartet hatte, in überdeutlichen, schulmäßigen Lettern seinen Namen, sonst nichts. Der Mann hob das Buch dicht vor die Augen, las fragend, wobei er die Silben getrennt aussprach: »Vic-tor-De-nijs-de-Rijckel?«

»Das ist der Name, der in meinem Paß steht«, sagte der Lehrer ein wenig verkrampft.

»Ah, natürlich«, sagte der Mann. »Übrigens, es ist nicht für mich, sondern für meinen Sohn, für später.«

»Das ändert nichts«, sagte der Lehrer.

»Danke Ihnen«, sagte der Mann, und als er dem Lehrer die Hand drückte, kitzelte er sie innen, ein Zeichen. Stolz, weil er seinen Namen in ihrer Mitte niedergeschrieben hatte, Sandra und ihre Bitte, nein, ihren Befehl negierend, ging der Lehrer hinaus, hörte mit halbem Ohr den Pausierenden zu, suchte vergebens Richard Harmedam, weigerte sich, darüber nachzudenken, wie er seine Rede wieder aufnehmen sollte, merkte, daß die Angehörigen des Bundes ihn mieden, um ihn nicht in seiner Konzentration zu stören. Sie unterhielten sich über vergangene Waffentaten. Dann stand Alesandra Harmedam auf der Freitreppe und rief: »Doktor! Doktor!« Erst glaubte er, jemand sei verletzt, doch ihr Ruf, der nichts Ängstliches an sich hatte, sondern wiederum einen Befehl enthielt, galt unverkennbar ihm, sie krümmte sogar einen Zeigefinger und winkte damit, zitierte ihn wie einen Knecht, und er folgte ihr in den Raum neben der Küche, stand zwischen Tischen voller Wäsche und Bügelbrettern. Sie lehnte sich an ein Gestell, wo Herrenhemden und Handtücher gestapelt waren. Der Raum roch nach versengtem Leinen.

»Komm näher«, sagte sie. Sie biß sich auf die Unterlippe, dann auf einen Fingernagel.

»Worüber wirst du nachher sprechen?« fragte sie.

»Über dasselbe, womit ich angefangen habe.«

»Über Flandern?«

»Genau.«

»Was weißt du schon von Flandern? Weißt du, was Flandern für unsere Leute bedeutet?«

»Nur zu gut.«

»Haha!«

Eine schlechte Imitation, ein Pensionatsgänschen, das Theater spielt. Sie spielte mit einem Bügeleisen, hielt es an ihre Wange, knetete ein Wollknäuel ganz klein.

»Bist du mit dir zufrieden? Bist du froh?« fragte sie.

»So lala.«

»Halt 's Maul«, fauchte sie jäh. »Bist du bei Gott und allen guten Geistern zufrieden mit dem, was du ausgerichtet hast?«

»Ich habe nie ...«

»Was nie? Was nie? Dachtest du, es würde nicht herauskommen, wir würden nicht erfahren, daß ihr Dr. Heerema an der Grenze aufhaltet?«

Sie war nicht mehr wiederzuerkennen. Sie hielt sich mit gestreckten Armen an dem Gerüst hinter ihr fest, die Adern waren dick und blau, sie keuchte, ihre schmale Brust mit dem daumenbreiten Spalt zwischen den Wölbungen wogte wie bei einer Tänzerin, die dabei ihren Unterleib still hält, eine Säule, auf der ein Torso kreist. Sie war weiß vor Wut. Ich wollte auf sie zutreten, aber sie hob das Bügeleisen und richtete den stumpfen, vorderen Spitzbogen des plumpen Dinges auf mich.

»Ist es wahr, was Sprange sagt? Daß du nicht mal ein Flame bist?«

»Wer?«

»Bist du ein Holländer oder nicht?«

»Nein.«

»Auch nicht! Es ist also wahr, wahr, was er sagt!« Sie wollte sich umdrehen, ihr verzweifeltes Gesicht gegen die Wand drücken, fürchtete sich aber, mir den ungeschützten Rücken zuzuwenden, sie bezwang ihren Mund, und in ihrer Kehle wölbten zwei Taue die Haut. Ich meinte, alle stünden auf dem Flur und lauschten. Sie kreischte: »Glaub ja nicht, daß du so davonkommst. Niemand darf mir so etwas antun. Ich schneide dir die Gurgel durch, ich tue es ...«

Der Lehrer betrachtete sie wie eine Fremde. Er sagte ihr, daß er Flame sei und Lehrer in Deutsch und Englisch am Athenäum, aber sie warf den Kopf mit dem Stachelhaar zurück und lachte.

»Meinst du, wir wüßten nicht Bescheid? Wir kennen euch alle, euch Burschen von der Sûreté Générale. Wir haben auch unsere Beziehungen, Mijnheer. Ah, du mußtest ja unbedingt herkommen und spitzeln! Du hast es selbst nicht anders gewollt, die Männer draußen wissen noch nichts, nur Sprange und ich, aber ...«

»Woher weiß Sprange ...«

»Woher weiß Sprange! Haha!« Sie weinte vor Wut. »Er riecht euch! Ihr riecht, wißt ihr das nicht? Es ist typisch für die Sûreté, einen Juden zu schicken, der diese schmutzige Arbeit machen soll. Und ich...« Ihre Schultern zuckten.

»Du hast nichts gerochen«, sagte der Lehrer leichthin, liebenswürdig.

»Ich hatte es gesehen, aber ich glaubte, das sei von einer Operation. Ich hätte ja nicht einmal zu denken gewagt...«

»Ich bin beschnitten«, log der Lehrer, »wie alle Männer meiner Rasse.«

Sie stieß einen langgezogenen Schrei aus, der im ganzen Haus zu hören sein mußte, und er lachte schallend.

Doch dann blieb ihm das Lachen im Halse stecken, auf dem Flur ertönten Stimmen, und er starrte unwillkürlich auf das Wesen vor ihm, auf das verzerrte Gesicht mit der entblößten unteren Zahnreihe, auf die Hand, die den »geschändeten« Leib mit dem Bügeleisen zu bedecken und zu beruhigen versuchte, und er lächelte sie nett an.

»Ich dachte, daß es dich deshalb so aufgeregt hat, weil ich ein Jude bin. Daß du mir ebendeshalb so sklavisch verfallen warst, Sandra, mein Engel.« Ihn ekelte vor sich selbst, während er das Messer wieder und wieder in Sandra bohrte und herumdrehte, die haßvoll, starr, dem Zusammenbruch nahe, vor ihm stand, ihr ganzes Elend in der Kehle, und er dachte: Das Gesicht zerfließt unter meinen Augen. Wie merkwürdig, es läuft auseinander. Er reichte ihr von dem Stapel vor ihm ein kariertes, frisch gebügeltes Küchenhandtuch, das aufdringlich nach Stärke roch. Ungläubig sah er, daß sich über ihr Gesicht ein anderes schob, das er – unter dem Schilddach von Almout – vergessen hatte: die Maske, die sie vor einigen Tagen in der Laube des Kursaals dem Autohändler zugewandt hatte, und er erkannte den schleimigen, von Verzweiflung und Dummheit genährten Wahnsinn, der aus ihrem Gesicht brach.

»Ich bin Crabbe«, sagte er zu diesem Gesicht und schlug es links und rechts mit einer Faust hart wie Stein.

Auf dem Flur fand er weniger Abgesandte und ruhigere oder

bänglichere Naturen vor, als er erwartet hatte, sie standen ein bißchen verloren da, erlebten ein sinnlos unterbrochenes Totengedenken, und er ging, im Rücken ungedeckt, durch den Flur, die Halle, die Tür nach draußen. Sprange war nirgends zu sehen. In dem dämmrigen Garten liefen undeutlich erkennbare Gestalten zwischen den Autos umher. An der Glasveranda und der verlassenen Portierwohnung vorbei – wer war hier Portier? – erreichte er die Buchenallee und die Sträucher, wo er vor kurzem noch mit dem Jungen gehockt und geglaubt hatte, das Haus Almout sei zu erobern. Die Sträucher öffneten sich widerstrebend, er meinte, hinter sich Lärm zu hören, jemand oder mehrere Personen schlugen gegen Bäume, als wollten sie Wild aufscheuchen, aber er wartete nicht länger, auf einmal schrie ein Esel nahebei, und er rannte auf dem Sandweg ins Dorf. Als er das Wirtshaus erblickte, war die Straße still, doch in dem Maße, wie er näher kam und an den Jungen zu denken begann, den er im Stich gelassen hatte, wurde er deutlicher gewahr, daß viele Menschen die Häuser verlassen hatten und vor der offenen Tür des Wirtshauses standen. Dann erkannte er, daß es weder Dorfbewohner noch Bauern waren, sondern junge Männer in Trainingsanzügen, die beiden Mannschaften des lokalen Fußballvereins. Er hielt sich so dicht wie möglich an die Häuserwände, die jungen Leute schienen etwas Aufregendes zu beobachten und zu besprechen. Eine Ladenglocke bimmelte in der Straße, ein Hund kläffte, jemand röchelte, und dann merkte er, daß eine Reportage von einem Fußballmatch übertragen wurde und daß hinter ihm, längs der Häuser auf der anderen Straßenseite, und neben ihm Männer herbeiliefen, die sich am Ortseingang von Rode Hoek versteckt gehalten hatten und alle aus seiner Richtung kamen. Sie begleiteten ihn nun zum Wirtshaus, und er ging mitten auf der Straße. Mehrere junge Männer stapften links und rechts neben ihm her, im Gleichschritt, gerade, gleichgültig, schauten ihn nicht einmal an.

Dann erblickten ihn auch ein paar Fußballer, sie stießen

einander in die Seite und riefen durch den Lärm des Radios ihre Kameraden herbei. Der Reporter nannte die Namen mehrerer Spieler, die den Ball schnell hintereinander in Besitz hatten, das Publikum tobte, Zorneswogen brandeten auf, der Lehrer ging direkt auf die laute Menge zu. Die Fußballer am Straßenrand, von denen einige riefen: »Da haben sie ihn! He, du Halunke!«, wichen etwas zurück und bildeten vor dem Eingang einen Halbkreis. Der Lehrer setzte ein strenges Spielplatz-Gesicht auf und wollte die Schwelle überschreiten, als er hinter einem beleibten Mann im Trainingsanzug den flachen, offenen Sportwagen Alesandra Harmedams erblickte und bei dem Gedanken, daß sie ihn vielleicht in der Gaststube erwartete, jäh stockte. Er wäre an den Fußballern entlang zum Seiteneingang gestiefelt, um ungesehen sogleich in sein Zimmer (sein Zimmer! Ein Raum, in dem er nichts von seinen Besitztümern hatte und der für zwei Nächte sein Obdach gewesen war!) zu gelangen, als direkt vor ihm, in Richtung seines Blickes, Sprange in der Gaststube erschien, der den Jungen am Handgelenk hielt. Der Bildhauer sprach behutsam, aber nachdrücklich auf den Lehrer ein. Ihm würde nichts geschehen, wenn er auf der Stelle und ohne sich zu sträuben zum Schloß mitkäme, sagte er. Der Junge hatte vor ununterbrochener Verblüffung den Mund offen oder weil er sich den Kiefer verrenkt hatte, er war kleiner, als der Lehrer ihn in Erinnerung hatte, und er hing fügsam an Spranges Hand, als dieser sich in Bewegung setzte, so daß er dem Lehrer auf einmal als ein schändlicher Knabe erschien, der sich immer dem jeweils Stärksten anschloß, ein schmerzhafter Gedanke, und er hätte ihm eins hinter die Ohren geben mögen, so daß sich sein Kiefer wieder einrenkte.

Nach dem gewalttätigen Abschied von Sandra war der Lehrer physisch erregt und zitterte wie trunken. »Aber sicher, cher ami«, sagte er zu Sprange. Von der männlichen Dorfbevölkerung umringt – denn aus den Nebenstraßen kamen stets neue stillschweigende Gruppen, die bis jetzt, bis zu diesem triumphalen Moment, Wache gestanden hatten –, begaben die drei sich zu dem Sportwagen, wo ein flachshaariger Fußballer hinter dem Steuer aufsprang und flüchtete, als der beleibte Sportler im Trainingsanzug ihn ausschimpfte. Bei den dunklen Scheinwerfern stand der Wirt, die Arme gekreuzt, hochrot und verschwitzt, und sprach mit einem Gendarmen, und als sie, immer dichter von der Menge bedrängt, in seine Nähe gelangten, hob er die Hand wie ein Verkehrspolizist und erklärte überlaut, so daß das ganze Dorf ihn hören konnte, das sei zwar alles gut und schön, aber so gehe es nicht. Diese beiden Gäste schuldeten ihm noch Geld, sagte er. Sprange hörte ihm nicht zu, er sah sich mit gerunzelten Brauen den Kotflügel des Wagens an und entdeckte da einen Fleck oder eine Beule.

»He, Sprange, ich rede mit dir«, sagte der Wirt. Sprange richtete sich auf, versetzte ihm beinahe einen Stoß mit der Hüfte, auf jeden Fall machte er eine närrische Bewegung mit der Hüftpartie – wie der Clown in einem kleinen Zirkus, der bei uns durch die Provinz zieht, sein Mißfallen hinter dem Rücken des funkelnden, gekalkten musikalischen Gehilfen ausdrückt, der uralte Gaston, worauf die Mädchen verlegen an ihren rosa Eiswaffeln lecken –, sprang dann mit einer Behendigkeit in den Wagen, die man seiner eher grobschlächtigen Figur nicht zugetraut hätte, und nahm hinter dem Lenkrad Platz. Sofort legte der Gendarm seinen Gummiknüppel, dessen Gummiverkleidung innere Blutungen verursacht, gegen die Brust des Lehrers und hielt ihn auf Distanz, so daß dieser noch bei den Dorfbewohnern stand. Die unzureichende Beleuchtung durch zwei Straßenlaternen, das Schaufenster eines Krämerladens und die Neonbuchstaben des Wirtshauses erinnerten den Lehrer, der in der unheimlichen Szenerie festgebannt war, an die Illustration in einem deutschen Lesebuch seines Vaters, die Wilhelm Tell zeigte, als er zwischen Felsen, die mit Edelweiß bestreut waren, an einige Bergbewohner einen Aufruf richtete, und ein Aufruf war es auch, was der Gastwirt verkündete, als er den Fußballern und Mittelständlern zurief, das Schloß wende sich erneut gegen das Dorf, wie lange das noch so gehen solle, wieder einmal werde ein Verbrecher der Gerechtigkeit entzogen! Seien sie nun Sklaven oder Männer? Aber seine Rede – weil sie zu pathetisch war, zu blumig? – wurde mit mißbilligendem Gemurmel aufgenommen, der Sportwagen vom Schloß machte einen größeren, mehr praktischen Eindruck, und der Gastwirt wurde dessen gewahr, seine Vokale sanken nach unten, und er endete mit einem beklommenen Gebrabbel, ein Vogel, ein Seufzer.

Sprange, aus Mitleid oder Fairplay, richtete sich im Wagen auf, lehnte sich über die Tür und klopfte dem Wirt auf die Schulter. »Allee-allee-allee«, sagte Sprange, »nimm es dir nicht so zu Herzen, Pier, mit dem Geld ...« Der Gastwirt rückte näher heran, und gedämpft besprachen sie Modalitäten, nannten Summen.

In diesem Augenblick tat der Junge etwas Unerwartetes, etwas, was auch der Lehrer ihm nicht zugetraut hätte. Mit schriller Stimme schrie er, während er von dem Lehrer wegsprang, mitten in die zurückweichende Menge: »Sie haben mich festgehalten, und Pier hat mich im Wirtshaus gepackt! Ich will den Herrn Pfarrer sprechen, ich will beichten!« Die Dörfler erschraken, und der Lehrer durchschaute, erkannte blitzartig die simple Pfadfinderlist des Jungen, die gelang, er hatte die Aufmerksamkeit der dumpfen Masse auf sich gezogen, sie sammelte sich um den jetzt nach allen Seiten um sich schlagenden, kreischenden Epileptiker von anderthalb Meter, der Gendarm versuchte, zu ihm zu gelangen, und der Lehrer holte tief Luft und lief weg, an den wenigen Zuschauern vorbei, die noch neben ihm standen und die erstaunlicherweise ebenfalls zurückwichen. Mit langen, känguruhartigen Sprüngen eilte er in die entgegengesetzte Richtung des Lärms, auf den dunklen Teil der Dorfstraße zu, verschwand dort, rannte noch etwa dreihundert Meter weiter bis zur

Dorfkirche, wo eine Lampe die massive, geschnitzte Tür erhellte.

Die Tür war verschlossen. Der Lehrer rüttelte an der schmiedeeisernen, kunstvoll gewundenen Klinke. Das Ächzen, die heiseren Rufe der Menge wurden hörbar, Mädchen kreischten, und dann sah er an der Seite der Kirche, bei den Keramikfliesen des Pissoirs, eine alte Frau, die einen Besen und eine Flasche Milch trug, und mit der Hand an der Kirchenmauer glitt er zu ihr, schrammte sich die Wade gleich oberhalb des verletzten Knöchels an dem eisernen Geländer auf, das das Pissoir umgab, und prallte mit der alten Frau zusammen, stieß sie zur Seite, und dann stand er in einem Seitenflügel der nach Weihrauch, Kälte und Kalk riechenden Kirche. Er zerrte eine Eichenbank vor die Seitentür, durch die er eingedrungen war, setzte sich darauf und ließ durch seine Nasenlöcher Dampf ab. Er rieb sich die Wade. Mit zitternden Händen, sinnlos, um die Finger warm zu bekommen, fuhr er damit auf dem Nylonstrumpf hin und her, der, meinte er, keinen Schweiß durchließ. Geölt, einfach, ohne daß man das Drehen eines Schlüssels im Schloß gehört hätte, ging die Haupttür der Kirche auf. Das Dunkel um ihn herum, an das er sich noch nicht gewöhnt hatte, wurde von Stimmen durchbrochen, schimpfende, tanzende Männer liefen sofort durch den Mittelgang. Der Lehrer kroch auf den Knien davon und erreichte, während die Männer umkehrten, zurückgejagt wurden von einer bösen, hohen, mahnenden Stimme, die ihnen zornig zurief, dies sei Gottes Haus, ungesehen und ungehört das mit Holzschnitzereien verzierte Pult, hinter dem jeden Sonntag zur 10-Uhr-Messe die Notabeln der Kirchenfabrik saßen. Dort streckte er sich der Länge nach aus und drückte den Ellbogen gegen den Samtteppich auf den Holzdielen, zog die Füße an, die noch immer naß waren. Zusammengerollt wie ein Fötus, betete er um Frieden. Er wurde erhört. Die zornige Stimme, eine Pastorenstimme, durchtränkt von Wein und einem alltäglichen Kommandoton, ertönte lauter und dringender, verjagte das Unheil aus dem Tempel, und eine andere Stimme, die des Gendarmen, des Fußballtrainers oder des Bauarbeiters, unterstützte die des Pastors, unangefochten von Ehrfurcht oder Frommheit. Die Männer murrten, kehrten aber auf die abendliche Straße zurück. Es war still in der Kirche, einen süßen, friedlichen, innigen Augenblick lang. Der Lehrer rührte sich nicht. Er dachte: Hier will ich eine Woche lang bleiben und mich nicht von der Stelle bewegen. Eine Ader pochte in seinem Hals. Auch in seinen Schläfen. Jemand seufzte, Schuhe schlurften umher.

»Hehe!« rief der Junge, und die Pastorenstimme sagte: »Wo bist du? Komm sofort her.«

»Mijnheer«, flüsterte der Junge, »kommen Sie doch.«

Der Lehrer blieb zusammengerollt liegen, dicht bei einem tickenden Holzwurm. Später dachte er, weil er fürchtete, Sprange hielte sich noch im Kirchengestühl versteckt, und auch weil er sich schämte, denn seine Angst hatte ihm eine sichtbare Erektion verschafft. Unvernünftig, störrisch hielt er den Atem an, dachte: Findet mich! Sucht mich!

Die beiden verrückten elendig quietschende Stühle, die Nägel unter den Beinen hatten, suchten die Reihen ab. »Herr Lehrer«, zischte der Junge, »Herr Lehrer!« Und dann: »Wir sollten wohl besser Licht anmachen.« – »Nein«, erwiderte die durchtränkte Stimme. Eine Kerze wurde angezündet, vor dem Bild des heiligen Rochus; der polychromierte Heilige hob im Blickfeld des Lehrers seinen Mantel und entblößte sein Knie, ein eleganter ägyptischer Windhund streckte ihm in Höhe des Mantelsaums eine vergoldete Zunge heraus. Der Lehrer stöhnte. Sie fanden ihn. Er sagte: »Ich kann mich nicht bewegen, ich bin gelähmt.«

Der Geistliche war sehr jung, seine Kleidung paßte ihm nicht, umschlotterte seinen knochigen Körper wie ein für einen Maskenball geliehenes Kostüm. »Sie müssen«, sagte der Geistliche, »versuchen Sie es, hier können Sie nicht bleiben.« Er schob seine Hände in den schattigen, engen Zwinger und massierte Nacken und Schultermuskeln des Lehrers, der, als er auch noch spürte, daß der Junge an seinen Beinen zerrte, zu lachen anfing. »Das ist besser«, sagte der Geistliche. Der Lehrer dachte: Jeder – Sandra, jetzt diese beiden hier im Weihrauch, Fredine, wenn es dunkel ist, sogar Crabbe – geht mir an die Haut. Ich selbst rühre niemanden an. Er spürte ein gewisses Vertrauen zu seinen Gliedmaßen zurückkehren, der weite, gedehnte Bogen des Kirchengewölbes war eigentlich gar nicht mehr so furchteinflößend. Auf einmal schrie draußen, nahe dem Chor, ein Mädchen. Oder ein Mann, der seine Stimme gut verstellen konnte. Kurz darauf ging eine Scheibe in Scherben, ein Stein polterte auf Holzbänke, kollerte über Fliesen.

»Da soll doch gleich dieser und jener!« brüllte der Geistliche, hob die Rockschöße hoch, hielt sie fest und rannte zum Portal. Dort riß er die Haupttür auf und schleuderte von der Schwelle Verwünschungen und Flüche im Dialekt über den Kirchplatz. Der Lehrer kroch hinter dem Pult hervor und rutschte auf den glatten Steinen des Fußbodens ins Kerzenlicht. Der Junge half ihm ziemlich derb auf die Beine, und dann setzte er sich in einen Betstuhl, an dessen Lehne eine Kupferplatte befestigt war: Notaris Verkest. Neben ihm, ein buntes Relief, die zweite Station des Kreuzweges. Kopfschüttelnd gesellte sich der Geistliche wieder zu ihnen. »Unglaublich«, brummte er. »Wie geht es? Besser? Wahrscheinlich eine Arthritis, mein Bruder hat auch so was.«

»Ach was«, sagte der Junge, »pure Angst. Die hat ihn so gepiesackt, daß er ...«

»Pst, still!«

Die alte Frau, die versucht hatte, dem Lehrer den Weg durch die Seitentür zu versperren, schlurfte mit Besen und Milchflasche schluchzend durch die Kirche. Als sie die drei bemerkte, sagte sie empört: »Herr Hilfspastor, wie können Sie so was zulassen? Es ist alles seine Schuld. Ja, Ihre Schuld, Bandit!« schrie sie schrill, als der Lehrer etwas sagen wollte.

»Gleich reißen sie auch noch die ganze Kirche ein, diese Sozialisten!«

»Ich werde Ihnen einen Scheck schicken«, sagte der Lehrer zu dem Gastwirt, zu Sandra, zu dem Hilfspfarrer.

»In welcher Höhe?« Die alte Frau versprühte Speichel. »Haben Sie mal überlegt, was das kostet?«

»Laß uns jetzt in Ruhe, Jeanneke«, sagte der Hilfspfarrer. Leiser schäumend verrückte sie Bänke, inspizierte die Scherben, den Stein. Der Lehrer fing an, mit den Zähnen zu klappern, er preßte die Faust gegen das Kinn, die Faust vibrierte mit.

»Der Mensch ist manchmal wie ein Raubtier zu seinem Nächsten«, sagte der Hilfspfarrer. Der Lehrer wollte etwas antworten, brachte aber kein Wort heraus. Er dachte: In der Sakristei muß zweifellos Wein sein, ich bin wie ausgedörrt. Der Junge gähnte nervös.

»Haben die denn nichts aus all dem Schrecken der letzten Jahre gelernt?« sagte der Hilfspfarrer, und seine Stimme war barsch, älter, durchtränkt. Hinter ihm stützten zwei Evangelisten die Kanzel.

Der Lehrer dachte: Hier wohnen können, bis man grau ist und verkalkt, Gebete singen, ausruhen, das Gute wollen. Die Abenteuer von Haut und Geist verwehen, wir starren nach einem Bildnis, glauben, sind zufrieden, voller Vertrauen. Er stand auf.

»Ehrwürden«, bat er, »könnten wir« (er, der anonyme Erzähler, und sein gewitzter Junge) »nicht hier übernachten?«

»Nein«, sagte der Hilfspfarrer.

»Man kann mich nicht hinausjagen, die Kirche ist heilig, das ist eines der Capitula maiora der Lex Saxonum.«

»Wem sagen Sie das«, erwiderte der Geistliche lässig. Dann hatte der Lehrer die warme, trockene Hand des Pastors in der seinen. Er werde einen Scheck senden, sagte er, jeden Betrag, der Unterpfarrer brauche bloß die Summe zu nennen.

»Das kriegen Sie nicht unter vierzigtausend Franc, versuchen Sie es mal!« rief die alte Putzfrau.

»Sind Sie ganz und gar vom Affen gebissen?« schnaubte der Junge.

Der Pfarrer runzelte die Stirn, schätzte, murmelte: »Ja, so um die vierzig. Sie sehen ja. Rufen Sie uns in den nächsten Tagen an.« Er ging ihnen voraus in die Sakristei. Während der Lehrer und der Junge zwischen Kirchengewändern, Büchern, Spitzen und Leinen umherirrten, zwischen Sammelbüchsen, Betstühlen, Leuchtern, Weihwassereimern und Hellebarden warteten, schaute er hinaus, verschwand, trat wieder aus dem unauflösbaren Dunkel, flüsterte: »Die Luft ist rein.«

»Schauen Sie noch mal nach rechts«, sagte der Junge.

»Nein, Freundchen, die Straße ist leer, sie stehen alle beim Vordereingang.«

Der Geistliche zeichnete mit dem Daumen ein Kreuzchen auf die Stirn des Jungen und sagte: »Bis bald!« Letzteres galt dem Lehrer, der in der Türöffnung stand, unter dem Abendhimmel.

»Wohin gehen wir?« fragte der Lehrer.

»Still doch!« blaffte der Junge.

Der Lehrer hielt sich am Portal fest, stieß sich dann ab und rannte, so schnell er konnte, an der Kirchhofsmauer entlang, im Gras neben dem Streifen mit den Zypressen, durch einen Hohlweg, der nach Ammoniak roch, auf dem Kies einer Eisenbahnstrecke, und zu seiner Freude und Verwunderung holte der Junge ihn leicht ein, lief neben ihm und atmete durch die Nase. Hinter ihnen gellte ein Pfeifensignal durch den Abend, durch die Nacht, Getrappel und Gepolter von Verfolgern, Gejohl wurde hörbar.

Der Lehrer, der die Absicht gehabt hatte, der Eisenbahnstrecke zu folgen, bog ab, als der Junge ihm etwas zuknurrte, und schoß bei der Schranke hinter den tanzenden Beinen von Verzele am Haus des Schrankenwärters vorbei, er keuchte in regelmäßigen Stößen, im Rhythmus des schnaufenden Atmens vor ihm, seine Kehle war wie aus Kork, seine Ohren summten, aber es gelang ihm, einen gewissen Lauftakt zu finden; sie erreichten einen Landweg mit tiefen Furchen. Hin und wieder trat er falsch auf, und dann spürte er einen schmerzhaften Stich im Knöchel. Das Korn bewegte sich in einem kupfernen Glanz, sie rannten mitten in einen Mückenschwarm hinein. Hinter ihnen, weiter weg, verteilten sich die Dorfbewohner auf die Felder. Der Lehrer war davon überzeugt, daß die Fußballer ihn bald einholen würden, und in diesem Augenblick verwünschte er sich selbst, weil er nicht auf Elizabeth gehört hatte, als sie ihn vor Jahren drängte, einen zweipferdigen Renault zu kaufen, aber die Verfolger hatten ihre Spur verloren oder Meinungsverschiedenheiten über die einzuschlagende Richtung und schwärmten in einem weiten Bogen aus und waren Stacheln am Horizont und zertrampelten den Hafer, den Roggen, das Korn.

Eine Schale des Mondes wurde sichtbar, erhellte schwach die Landschaft mit den darin kreuchenden Menschen, Gefangenen, die sich nach allen Seiten wehrten. Dann ging es nicht mehr, der Lehrer mußte haltmachen. Der Junge kehrte um, fluchte. »Die Milz.« Der Lehrer schnappte nach Luft und brach einen Mundvoll Galle aus. »Meine Eier«, rief der Junge. Und zog ihn zu Boden, schleuderte ihn in das Kornfeld. Vor ihnen hupte ein Auto, eins-zwei lang, eins-zwei-drei kurz, und als Antwort erklangen abgehackte rauhe Befehle in deutsch. In Richtung Westen, vor der niedrigen, ungleichmäßigen Linie der Halme, tauchten Gestalten auf, die – als der Lehrer seinen brennenden Kopf über die Ähren hob – geduckt vorwärts preschten. Die Befehle in deutscher Sprache waren deutlich zu hören. An der Stelle, wo der Junge dicht neben ihm auf dem harten Bett von zerdrückten Halmen gelegen hatte, kniete der Lehrer und steckte beide Zeigefinger tief in die Ohren, dennoch drang der neue Laut quer durch seinen Schädel. Die Soldaten, westlich, links vor ihm, hatten Hunde bei sich, trieben Hunde vor sich her. Wie regungslos das Land war! Die

Luft rundum wurde durch das Hundegebell zerrissen und durch die menschlichen Stimmen, die das Gebell anheizten. Ein gefährlicher Wind erhob sich, zerrte an allen Halmen, wütete auf allen Feldern, in allen Mulden und Höhlen der Hügel, brachte Baumkronen und in der Ferne den Strand zum Schäumen.

Der Lehrer erinnerte sich, daß die Fensterläden des Häuschens bei der Schranke offengestanden hatten, als sie daran vorbeigelaufen waren, und daß er, als er in Höhe der Fensterbank gewesen war, kurz zwei vornübergebeugte Frauengestalten unter der Petroleumlampe gesehen hatte, die an einem Bett saßen, in dem ein Kind oder Zwerg lag, und daß die Kerzen auf dem Nachttisch das gebuckelte, befleckte Laken beschienen hatten, und er dachte: Das Tote wird durch das die Heiligen schändende Jaulen von Hunden und Johlen von Soldaten nicht wieder lebendig, das die Welt jetzt auseinanderreißt. Die Hunde näherten sich in gut beherrschter Formation, und sie durchschnüffelten ein hervorragend festgelegtes und markiertes Gebiet, und das Terrain wurde kleiner und kleiner. Eine Hitzewelle erfaßte den Lehrer, er zog die Jacke aus, nahm die Armbanduhr ab und legte sie in eine Falte der Jacke, öffnete den Hosengurt, entledigte sich der Hose, behielt die durchweichten Schuhe an, zerriß sein Hemd und gab der Unterhose einen Fußtritt und richtete sich auf und ging durch das biegsam wogende Kornfeld auf die Stelle zu, wo sich seiner Meinung nach der Junge befand, und begegnete dort dem ersten Vorposten, einem ruhigen Mann in einer dicken, braunen Tweedjacke, der die Hände in die Hüften gestemmt hatte und wartete. Der Lehrer trat näher, zitternd, verschwitzt, eiskalt, in totaler Verwunderung.

Der Mann verbeugte sich und fing den Lehrer mit zwei äußerst langen und harten Unterarmen auf, die sich schlossen wie die eines Internatschülers, der im Traum sein Kopfkissen an sich preßt.

(November)
Wer schwätzt da bloß mit dem schmuddeligen Weibsbild, das mir mein Abendessen bringen muß und mir in den letzten Tagen die Ohren voll jammert, mir aber nicht die Zeitung vom Tage bringen will? Wer? Erst glaubte ich, es sei Korneel, der ihr die Leviten liest, aber jetzt weiß ich es besser: Es ist niemand anders als Bogger, der Schleimscheißer von Portier, der in dem Hotel saß, wo ich wohnte, als ich Lehrer war. Das ist nicht so verwunderlich, denn das Hotel ist natürlich ganz in der Nähe. Acht Häuser links von hier, dann um die Ecke, Sie kommen auf den Deich, Sie folgen dem Deich, und bei der Kurve, die zum Nordrand der Stadt führt, das sind also genau acht Straßen und ein Platz nach dieser Straße, links, wenn Sie von hier kommen, gleich gegenüber dem Denkmal für die gefallenen Matrosen, Sie können es nicht verfehlen, da steht es, bucklig und gezackt, eine kalkige Torte mit grünen Balkons, das Hotel »Titanic«, wo der Portier so tat, als fege er hinter der Scheibe, die die Halle vom Restaurant trennt, wenn ich das Hotel verließ. Der nicht näher zu bezeichnende Bogger. Und der schwätzt und kräht nun dreieinhalb Meter von meiner rechten Schulter entfernt! Bogger, der aus Nordfrankreich oder aus einem Ort an der französischen Grenze kommt und da verschwinden mußte, weil sein Schmuggel mit Likör oder Parfüm ans Tageslicht kam, und der von der Prinzessin von den Fischen in das Haus »Titanic« gebracht wurde.

Nicht, daß er seine Arbeit als Portier nicht gut versah! In jeder Saison stand er am Bahnhof. Jeder Herr, der einen Ascot-Schlips trug oder einen Koffer, hatte diesen Schleimer schon am Zug neben sich, und Bogger – das Käppi vom »Titanic« auf dem Kopf – behauptete, das Hotel, wo der Herr bestellt habe, habe ihn mit der Mitteilung geschickt, das Hotel sei besetzt, und ob der Herr Tourist ihm zu einer Dependance (manchmal sagte Bogger mit Ehrfurcht: »zu einem Schwesterunternehmen«) folgen wolle. Oder er behauptete, der geschätzte Reisende sei so naiv gewesen, in einem Hotel voller Läuse und Diebe logieren zu wollen, und daß er in dem billigeren, bekannteren, günstiger gelegenen Hotel »Titanic« besser aufgehoben sei. Zwei Finger am Käppi, nonchalant. Gepflegte Aussprache. Lächeln ohne Zähne. Und dieser Haderlump schwadroniert nun hier auf dem Flur, Gott im Himmel! Spät am Abend ging Bogger immer im »De witte Zee« oder im »Pierlala« tanzen. Da trank er zusammen mit einer Frau oder zwei von den Damen mittleren Alters, die sich alle als Witwen ausgaben, zehn Glas Pils. Manchmal nahm er die Dame oder Damen mit ins Hotel, wenn alle Tanzbars geschlossen waren. Dann saßen sie zusammen mit dem Koch bei Chambertin und Drambuie in der Küche. Ein Arm wurde abwehrend, aber sanft gehoben, eine Hand von einem Schenkel weggeklatscht. »Laß mich in Ruhe.« – »Was fällt dir denn ein?« – »Was denkst du eigentlich?« – »Deshalb sind wir nicht mitgekommen, he, Irma?« – »Nun sieh sich einer das an, Alma!« – »Nur zu, Mieze, nur zu.« Es endete mit schamlosem Gestöhne und Gewieher zwischen den Kühlschränken, Kaffeemaschinen, Kochkesseln und Herden, so daß die schlummernden Engländer im Hotel an Katzen und Pferde dachten. Was für einen Bären bindet er nun Fredine auf, hier ganz in meiner Nähe? Ich kann dem Geseire nicht ganz folgen, aber ich sehe und höre ihn sprechen, als bediente ich ein Endoskop, diese neugierige Röhre mit einer Kamera vorn, die sich in Eingeweide schiebt, mikroskopisch angepaßt mit einem Prisma von neunzig Grad: »Na, alter Feger, verdrehte Schraube?« Und dann folgt einer seiner Sprüche: »Man ist zwar kein Gewehr, aber man schießt doch gern mal.« Und sie, die Schlampe, höre ich nicht. Sehe ich nicht. Ist auch besser. Er geht weg, dieser Bogger. Auf Suche nach neuen Opfern. Und sie, ja, sie bleibt auf dem Flur stehen, die Hand in der Kitteltasche; sie klimpert mit einem Schlüsselbund. Ferner befinden sich in der Tasche: Brillen, falsche Gebisse, Hörgeräte, die sie anderen im Gebäude abgenommen hat.

(November)
Seit dem Kurzschluß, durch den wir im Dunkeln saßen, denkt sie, ihr sei alles erlaubt. Bald wird sie auch noch mein Tintenfaß umkippen, damit das Zeug über meine Papiere läuft. Was dann?

Nach dem Abgang von Bogger ist sie hereingekommen, die Zeitung von gestern und »Les Sports« von heute unter dem Ellbogen. Ungefragt setzte sie sich. Die Dame des Hauses. Sie schielte nach meinem Tisch. Sie habe nicht geschlafen. Ich auch nicht, sagte ich. Sie sagte, ich sei ihr einziger Freund in der ganzen Welt, der einzige, der ihr zuhöre und nicht darauf aus sei, sie ... na, ich wüßte schon, und sie habe die ganze Zeit an mich gedacht. Was antwortet man auf so was? Ich: nichts.

»Jeder hält mich für ein Stück Dreck«, sagte sie.

»Ich nicht.«

»Nein, Sie nicht.« Sie kauerte auf der Bettstelle. Wollte nicht weg.

»Aber jeder schon«, sagte sie. Hustete. »Ich kann es nicht ändern.« Ich schaute auf mein Tintenfaß. Superchrome ink writes dry with wet ink, avaiable in five super coulours. Turquoise Blue, Jade Green, Red, Blue Black and Jet Black. Die vier Temperamente plus eins. Wasser, Feuer, Erde, Himmel plus eins. Ankunft, Niedergang, Erwartung, Rückkehr plus eins. Schwarze Galle, Blut, gelbe Galle und weißer Speichel plus eins. Herz: Eros. Pique: Geist. Kreuz: Körper. Karo: Intellekt. Plus eins: der Joker.

»Sie schreiben in einer Tour. Wie Sie da Lust zu haben können ...«

Als sie wegging, schlug sie die Tür laut hinter sich zu, als wolle sie, daß Korneel, daß die ganze Anstalt es höre. Und nun, da sie weg ist, kann ich nur mit Mühe weiterschreiben. »Wie Sie da Lust zu haben können ...« Im Raum sind Fliegen, wie ist das möglich? Ich kriege das Fenster nicht auf, und die Tür wird immer sehr schnell geöffnet und geschlossen. Fliegen paaren sich hinter dem Vorhang. Nun, da sie weg ist, muß ich weiterschreiben.

»Sie dürfen deshalb nicht heulen.« (»Schremen«, sagte sie, in ihrer westflämischen Mundart.) Ich wagte nicht, ihr auseinanderzusetzen, daß es nichts mit ihr zu tun hat, um Gottes willen nichts mit ihrer Geschichte. Ich wollte ihr sagen, daß ich meine Brille verloren habe und seitdem nicht den leisesten Zug, nicht den kleinsten Sonnenstrahl ertrage, daß meine Augen sofort tränen, daß ich auch keine Frauenstimme ertrage, die zu laut, zu hoch singt, oder das Geschrei von Katzen. Daß mir ihre Geschichte jedoch gar nichts ausmacht. Und daß sie mich auch nicht stört. Doch das wollte ich ihr nicht sagen. Sie atmete heftig, erwartete etwas von mir.

Und das hatte sie mir erzählt: Wie sie sich sehr gut erinnerte, daß sie eines Sonntags in ihren langen, schwarzen Wollstrümpfen und ihrer roten Strickjacke, das Gebetbuch mit dem Goldschnitt und dem eingeprägten Kreuz in der einen Hand und die gewundene Kerze für ihre bevorstehende erste Kommunion in der anderen, vom Vespergottesdienst nach Hause kam. Sie gab die Kerze der Mutter, damit sie sie aufbewahrte, in Watte. In der Dachstube saß der Vater in der Ecke, und er hatte die Holzschuhe neben sich und die Füße in einer Schüssel mit warmem Wasser. Als sie hereinkam, fiel kein Wort. Ein Fremder saß am Kamin, die Füße in den schwarzen Stiefeln auf dem Backsteinrand vor dem Feuer, in dem die duftenden Kiefernscheite hell loderten, die zwar qualmten, aber gut rochen. Sie kannte den Mann nicht, aber es war jemand aus der Gegend, er trug die gleiche Manchesterhose wie der Vater, aus dem Laden in Torhout, dazu eine schwarze Jacke wie die vom Sonntagsanzug des Vaters, und sein Gesicht war ebenfalls wettergebräunt und viereckig, und seine Hände – an die sie oft dachte, danach und viel später – hatten auch Schwielen auf dem Rücken und kurze, gewölbte Nägel. Ihr Vater sagte: »Das ist sie, Wanten«, und der hellblaue Blick des Mannes saugte sich an ihr fest, unerträglich lange. Die Mutter ging hinaus, um die Kerze wegzubringen. Der Mann sagte: »Eigentlich ist sie schon ein bißchen zu alt.« – »Ich weiß«, sagte der Vater. »Und es wird sie vielleicht nicht packen, Verhagen«, sagte der Mann. Sie dachte: Soll ich gleich wegrennen? Und sie spürte, daß sie jeden Augenblick losheulen (»schremen«) würde, denn sie hatte verstanden, der Fremde wolle sie packen, doch dann meinte sie, daß die Mutter das wohl nicht zulassen werde. Der Mann ging schließlich, und der Vater, während die Mutter schon lange nicht mehr in dem Zimmer neben der Küche mit der Kerze beschäftigt war, sondern mit ihren drei kleinen Brüdern und dem weinenden Schwesterchen, sprach am Gartenzaun noch mit ihm, und er nickte dabei bedächtig, wie es seine Art war, wenn er den Leuten, die ihm im Sommer bei der Ernte halfen, in der guten Stube den Lohn ausbezahlte. Den Mann hatte sie nur noch einmal wiedergesehen, für zwei Minuten, kurz bevor er sie behandelte, bevor er ihr einen dunkelgrünen Sirup zu trinken gab, der sie bewußtlos machte. Um ihr zwanzigstes Lebensjahr, als ihr klarzuwerden begann, daß sie von nun an ganz allein für ihre drei Brüder und ihre Schwester zu sorgen haben würde, denn die Mutter war gestorben, begriff sie die Behandlung, und sie dachte dann oft an den Mann, den man Lange Wanten nannte, obwohl man im Dorf so wenig wie möglich von ihm sprach, und der, wie seine Söhne, als erfahrener Schweineschlachter, Hundedresseur und Wilddieb bekannt war und auf einige Höfe der Gegend geholt wurde, wenn ein kleines Mädchen behandelt werden mußte, meistens die älteste Tochter einer fruchtbaren oder Fruchtbarkeit befürchtenden Familie. Der Mann hatte in ihrem Innern etwas weggedrückt, das begriff sie, und als sie um die Zwanzig war und immer öfter in den Spiegel im Schlafzimmer ihres Vaters und auf ihre groben Hüften, ihre breiten Schultern, ihre braune Haut und den Flaum, nein, nein, die Haare auf dem Kinn und über den Lippen starrte, länger und länger darauf starrte, als sie im zwanzigsten Lebensjahr war, verfluchte sie den Mann und seine Hände, und während auf ihren Armen deutlich die Muskeln hervortraten und Kinn und Wangen blau wurden vom Rasieren, sorgte sie geschickt und mit starker Hand wie ein Mann (wie jemand, den nie ein Mann »packen« würde, jemand, der weder Mann noch Frau war) für die anderen Kinder und zog sie groß und begrub ihren Vater, der dies beschlossen hatte. Der Lehrer, während er dachte: Das gibt es nicht in Flandern, wo man nach einem bestimmten Ort wallfahrtet, weil dort Gefallene liegen, wo man Lehrern wie mir ein dreizehntes Monatsgehalt auszahlt! und dachte: Das ist eine Ausnahme, wie zum Beispiel, wenn plötzlich offenbar wird, daß ein Trust gebildet worden ist, um billige Arbeiterwohnungen mit dreihundert Prozent Profit an den Mann zu bringen!, wandte das Gesicht ab von dem Ding, das da sprach, das er haarig wie einen Affen sah, das mit Gastwirtsstimme sprach, das sagte: »Ich habe mich nie beklagt, es macht mich ruhig, daß ich, wenn es mit mir zu Ende geht, sagen kann: Ich habe das Meine getan! Die Kinderchen von unserer Lisa sind immer content, wenn sie mich sehen, weil ich ihnen Bonbons gebe, wenn Lisa nicht guckt. Und mir hat sie es zu verdanken, daß sie so gut verheiratet ist, und unser Jan, daß er eine so gute Stellung hat beim Zoll. Denn ohne mich würden sie auf dem Lande arbeiten, ohne viel von der Schule gesehen zu haben. Nur – an die Stadt kann ich mich nicht gewöhnen. Wenn ich könnte, wie ich wollte, oh, dann würde ich mir in unserem Dorf ein Häuschen oder Zimmer mieten oder irgendwo da draußen als Mädchen bei einem Pfarrer dienen. Denn in der Stadt sind alle immer so gehetzt. Und sie sehen einen überhaupt nicht. Sie denken, daß man ein Stück Dreck ist. Und kann ich das nun ändern, daß ...«

Der Lehrer stand vom Tisch auf, er sah die Umrisse des Raums nur mit Mühe, wegen des beißenden Lichts, er nahm ihren Hals in seine Hand und drückte seine Stirn gegen die Eisendrahthaare an ihrer Schläfe. Sie strich ihm über den Rücken, ihr Nacken wurde salzig und feucht, sie schob ihn weg und sagte: »Deshalb dürfen Sie nicht heulen« (To scream), und: »Sie werden doch wohl nicht zu schreien anfangen, he? Hören Sie, Sie dürfen nicht schreien!« Er konnte sie nicht richtig sehen, seine Augen gestatteten das nicht, er schaute durch Glas von minderwertiger Qualität, das Bild verschob sich parallel und dehnte sich (wie das von dem Karussell mit Pferden für die Kinder in einem Lager in Polen, die zum erstenmal in ihrem Leben sahen, wie ein Rummelplatz aufgebaut wurde, während sie in der Baracke eingeschlossen waren, so daß sie nur durch verformende Scheiben blicken konnten), und er sagte: »Ich werde nicht schreien, keine Bange!« Fliegen belästigten ihn, der Schweiß lief ihm von den Brauen und in die Star-Augen, so nahe konnte ihm niemand kommen, und als er wieder hinter dem Tisch Platz nahm, mit seiner Feder eine vertrocknete Fischschuppe lospolkte, sagte er: »In einer Tour schreiben, da Lust zu, daß ...« und dachte: Sie ist ein hölzernes Gerüst, das Gebein eines Schlosses, um das spielende Kinder tollen. Er schnaubte sich die Nase, verjagte die Fliegen, die seine Nase umtanzten, angezogen von seinem kalten Schweiß.

Dr. Korneel van den Broecke zur gefälligen Beachtung

1. Ich werde fliehen.

2. Mein Name steht auf der Rückseite der Tür meines Zimmers. Auf wessen Befehl wurde mein Name dort angebracht? Welcher Name wurde vorher verwendet?

3. *Zuerst* wurde ich von einem Polizisten geschlagen. Dagegen sind Maßnahmen zu ergreifen. Die anderen nannten ihn: Zara. Er war bewaffnet. Ein schwarzer Gürtel. Ein Zigeuner. Wurde als Kind abtransportiert in ein Lager in Polen. Block drei, glaube ich. Verbirgt sich dieser Polizist in dem Zimmer hier nebenan, Nr. 82, als der Patient Max?

4. Wann ich geschlagen wurde, weiß ich nicht mehr. Es ist Ihre Aufgabe, das zu klären. Auf jeden Fall wurde ich, nach der ersten Serie Schläge, die zwanzig Minuten dauerte, zu

Haakebeens Holz- und Möbelzentrum gebracht. Ich kann die Stelle zeigen, dem Geruch des Präparats nachgehend, womit das Holz bestrichen wurde. Da es Tag war und da der alte Mr. Edmond Haakebeen anwesend war, er gab die Befehle für die zweite Serie, war es vor fünf Uhr nachmittags, denn um fünf Uhr geht Herr Edmond Haakebeen immer zum Grote Markt, Bridge spielen; von fünf bis acht Uhr, in »La Taverne Brueghel«.

5. Bei der zweiten Serie trugen diejenigen, die mich schlugen, *vorschriftsmäßige* Knüppel. Sie ahmten dabei bellende und jaulende Hunde nach.

6. Als ich mit Fräulein A. H. und Mr. Sprange (Name unbekannt) auf Almout Tee trank, hat man mir ein Betäubungsmittel in den Tee getan. Von da an schlief ich, wo ich ging und stand. Das gleiche Mittel hat man mir auch hier ins Essen getan. Dafür können Sie auch gerichtlich verfolgt werden.

7. Crabbe beim Gartenschlauch.

8. Das hier ist kein *vorschriftsmäßiges* Hospital.

9. Der Wagen, der mich hierhergebracht hat, war ein Lieferwagen von Pier mit dem Strick. Glauben Sie ja nicht, daß mir das entgangen ist. Ich merkte auch das – als wäre ich blind – am Geruch. Ein Geruch von Schweinen und von Metall.

10. Ein möglicher Widerspruch zu Punkt 6: Auf Almout trank man Tee. Tee hält wach. Woher kommt der Tee? Gemäß der Legende von Bodidharma, der – über sich selbst wütend, weil er bei einer Meditation in Schlaf gesunken war – seine Lider abschnitt, so daß er seine Augen offenhalten *mußte*. Die Lider fielen zu Boden, daraus wuchsen Teeblätter. Nota: Crabbe sagte zu einem seiner Leute: »Damit du nicht in Schlaf fällst« (Schlaf: un-bewußt), »werde ich dir die Lider abschneiden.«

11. Wie konnte Crabbe ein Scharführer gewesen sein und Sprange (ein natürlicher Untergebener) ebenfalls? Also hat Sprange gelogen. Also lügt er auch jetzt, Doktor, wenn er mit Ihnen die Runde macht und Ihnen Dinge über mich ins Ohr

flüstert. Was ermächtigt Sprange dazu, in die Doktorenrunde zu kommen?

12. Die ersten zwei Schläge kamen von einem Polizisten, siehe Punkt 3. Er ist auf jeden Fall für einen Teil des bei mir verursachten Schadens verantwortlich. Die ersten beiden Schläge riefen eine Beule an meiner Schläfe hervor. Beweis: Die Beule ist jetzt noch spürbar. Meine Nieren sind auch noch geschwollen, etc. Die Sensation beim zweiten Schlage: Triplex, das bricht, verschiedene übereinandergeklebte Schichten, die bersten. Das Bild: Ein Haus, das in einem in Zeitlupe ablaufenden Film zusammenbricht, als würde es von einer unsichtbaren, unachtsamen Hand schwammgleich zerpflückt.

13. Ihr Versuch, meiner Internierung eine logische Begründung zu geben (als wäre mir das nicht egal), indem Sie Ihre Untergebene, Fräulein Fredine, eindringlich erklären ließen, ich sei in der Schule zusammengebrochen, weil meine Exgattin auf dem Spielplatz erschien (Tu parles!), ist total mißlungen. Ich akzeptiere derartige Auslegungen nicht, Mijnheer van den Broecke, denn sie nutzen Ihnen zuviel und mir zuwenig!

14. Ich bin jederzeit bereit, eine Erklärung abzugeben, daß mir Ihre Wärter – im Gegensatz zu den durch die Herren des Verbandes an mir verübten Gewalttaten – bei ihrem *notwendigerweise* unsanften Vorgehen *niemals* Schmerz zugefügt haben.

Ihr ergebener
Nr. 84

PS Ich hinterlasse selbstverständlich keine Adresse. Sie werden mich vergebens suchen. So wie Crabbe.

Wie Insekten schwärmten die ehemaligen Ostfrontler in den Garten, in Zivil, übel zugerichtet und voller Gewissensbisse über die unzureichende Stärke und Bewaffnung ihrer Mannschaften, stolz auf ihre Blessuren und ihren Glauben, und ich stand bei der marmornen Riesenfigur, die eine Fackel hob, während die Lichter von Almout in den Park strahlten und die erschrockenen Dienstmädchen zu hören waren, die den Parkettfußboden in Ordnung brachten und einander die Schuld an dem Brand zuschoben. Isaac Luria de Leeuw lehrt, die Seele eines Toten könne in die eines Unglücklichen übergehen, um ihn zu unterstützen und zu unterrichten, die Seele von Crabbe erreichte mich nicht. Mit den Männern von anderem Kaliber, der Elite, die er um den Leiter und um sich selbst vereinen wollte, hatte ich nichts zu schaffen. Seine Sprache, zuweilen in den Stimmen seiner Hopfenstangen auflebend, war kein Gemeingut, war Gekrächze, in der Hast lächerlicher, jämmerlicher Verschwörungen. Die Eiskruste um seine Seele ... Ach, eine ohrenbetäubende Dorffanfare, ein Wind!

Die Herren knabberten an ihren Erinnerungen.

»In Pillau war das was anderes, das lassen Sie sich gesagt sein! Daß Jan und ich je nach Danzig gekommen sind, das war kein Nonnenfurz! Aber Mijnheer, wenn ich Ihnen doch sage, daß wir da, Flamen oder nicht, einfach an die Wand gestellt wurden, die Hände überm Kopf, und uns nicht rühren durften, bis die Schiffe voll waren und abdampften! Sagt der Jan zu mir: ›Warte!‹ Und er kommt zurück, weiß wie Papier. ›Komm mit‹, sagt er. Es war da finster wie in der Hölle, aber wir sahen deutlich genug. Als eben ein Kahn bereitstand, hatten sich ein paar als Frauen verkleidet, um an Bord zu schlüpfen. Wir sahen sie hängen, die Röcke noch an und drunter die Stiefel, sie hingen an einem Hafenkran, ein Plakat um den Bauch. Der Jan, Sie kennen ihn ja, dem macht so leicht nichts was aus, nun, der wurde grasgrün. Und von oben rotzten sie immer in uns rein! Ob Sie's glauben oder nicht, wir haben unsere ganzen Ersparnisse, an die zehntausend Mark, zusammenkratzen müssen, um so'nen Weibern für jeden von uns ein Kind abzukaufen, und der Jan und ich haben dann im schönsten Plattdeutsch erzählt, daß wir die Väter seien, die alles verloren hätten, und das stimmte ja auch, wir hatten keinen rostigen Nagel mehr, und wir schrien wie zwei Verrückte: ›Unsere Frauen sind an Bord, bitte!‹ Und während die Granaten wie faule Eier um uns platzten, sind wir weggekommen mit dem Schiff. Nach uns hat es welche gegeben, die das gleiche versucht haben, mit einem Bündel Kinderkleidung und einem Kopfkissen, zu dem sie sagten: ›Ach, Kindchen, ach, Süßerchen!‹ Mensch, denen haben sie gleich eins mit der Pistole vor den Latz geknallt, und noch bevor wir die Anker lichteten, lagen da schon an die sechs auf einem Haufen, direkt auf ihren Kopfkissen ...«

»... und lagen bei Koldissy am Wrevameer. Die Lageberichte waren düster, aber wir klammerten uns an den Grundsatz: Wenn *wir* nicht durchhalten, ist ganz Europa im Eimer. Wir müssen den Damm gegen den Iwan halten, koste es, was es wolle. Erinnern Sie sich an den Winter? Nun, er hat uns geschafft. Ich mußte, weil ich der Jüngste war, eine Meldung zu der Flanke von Jef Landsman bringen. Ich konnte ihn nicht finden, er war da schon längst ausgeschaltet, aber das verschwieg man uns. Als ich auf meinem Krad über das Eisfeld knatterte, tauchte ein Weiler vor mir auf. Ich dachte, daß ich da was zu futtern finden könnte. In einer Blockhütte waren drei alte Männer, und sie standen auf, als ich reinkam. Erinnern Sie sich noch, wie dicht uns der Iwan auf der Pelle saß? Nun, sie waren still und haben mir sogar Brot und Ziegenkäse gegeben, und als ich zurückfuhr, hoben sie die Hand. ›Heil!‹ sagten sie, und es waren reine Russen, und ihre Landesgenossen, ihre Befreier, hahaha, waren schon am anderen Ende der Straße.

Das werde ich nie vergessen. Es wird mir immer vor Augen stehen wie ein ...«

»Wir haben unseren Urlaub in Hamburg verbracht.«

»Dem schlimmen Mangel an jungem Blut ist jetzt ein bißchen abgeholfen. Ein Glück! Denn wem junges Blut, frische Kräfte fehlen, der ...«

»Wir müssen wohl dran rühren, mir scheint, daß

achthundertsiebzig von unseren Freunden durch die Sorgen um die Unabhängigkeitsfront eingegangen sind.«

»Gelb und schwarz sind die Farben unseres Volkes, mein Bester, die Farben des Tigers, aber wenn es nötig ist, einer Geheimwaffe gegenüber der allgemein bekannten den Vorzug zu geben, dann werden es die Farben der Wespe ...«

So sprachen die Höflinge des toten Crabbe. Ihre Stimmen verwandelten den Krieg gemächlich in einen normalen Schrecken, eine politische Verschiebung, ein ökonomisches Kräftemessen, alles im Namen ihres Glaubens.

Ein Höfling fing mich auf, als wäre ich ein Salzsack. Er redete beruhigend auf mich ein, oder er schwieg, oder er gab mir einen Karateschlag ins Genick, das weiß ich nicht mehr, niemand hat es mir erzählt, er hat mir seinen Rock gereicht oder angezogen, und er oder sie haben mich nach der Züchtigung hier untergebracht, bei Korneel, der von jemandem, von Sandra oder vom Staat, dafür bezahlt wird, daß er mich im Auge behält. Ein Mißverständnis hält mich hier gefangen. Das nehme ich nicht hin. Ein Mißverständnis hat mich auch zu Sandra geführt. Zu der Zeit dachte ich, je störrischer, schneller, entschiedener ich nach dem Wild suche, um so deutlicher wird es hervortreten. Schwachkopf de Rijckel. Unterwegs ging dir der Jagdeifer verloren. Als das Wild sich zeigte, schon beim ersten Hindernis, das war, als Alesandra Harmedam Crabbe heraufbeschwor, ließest du das Gewehr, das Ding sinken.

Du verschwindest, Sandra, weil du zu dumm bist für Worte. Aufgesaugt durch deine Leidenschaft. Ein Luder in der Falle von Losungen, Sensationen, Erinnerungen. Die tierischen, von dir so kundig ausgeführten Fingerübungen sind ein Teil von dir, von einer scharfen, blendenden jungen Frau eines Nachts an der Mole, doch dieser Teil wird matter, verblaßt, ich nehme Abstand davon. Du lebst nun auf Almout, den Samen eines vermeintlichen Juden in dir. Das hast du nun davon, Sandra, du mit deinen Haaren, die gefärbt sind, auch unter den Achseln, auch zwischen den Leisten. Wenn du sie wäschst, werden sie schneeweiß. Du hast auch die lila Augen deiner Mutter (die im Haus Almout sang), man kriegt diese Farbe durch eine Injektion. Die Iris eines Albinos wird auch lila.

Sandra im Rollstuhl, ich fahre dich über den gepflasterten Deich, zwischen Rollschuhläufern, über den Spielplatz. Sandra mit den Männern, Löwin, Marionette, breitgewalzt durch einen Panzer, Spekulations-Gebäck daraus geschnitten! Sandra, Zwerg im Bett, deine Großmutter und deine Mutter beten und stricken neben dir, und in Höhe der Fensterbank läuft ein Fremdling vorbei, das Licht der Petroleumlampe erreicht seine klatschnassen Gesichtszüge. Sandra im Mai 1940, schon mit hohen Absätzen (Absätzchen, wenn du sie mit denen von Mama Alice vergleichst, die, wenn sie im Salon mit ihrem Ballkleid vor ihrem Mann posiert, der sein eigener Bruder ist, ihre Schuhe mit den höchsten Absätzen anzieht, die aus reinem Stahl) und mit Strümpfen, die hinten eine Naht haben. Sandra mit den gefärbten, kastanienbraunen Haaren, die die zartesten der Welt sind und manchmal in den Louis-quinze-Salons in einer Glasvitrine zur Schau gestellt werden, darunter ein unsichtbarer Motor, der sie aufwehen läßt wie eine ätherische Wolke, die nichts als Haar ist und gegen die die leichtesten Schamhaare einer leukämischen japanischen Jungfer Matratzenfüllsel, Seegras sind und die deinen Schädel umschließen wie ein Taubenei, Sandra. Du in deiner düsteren Welt von Bildsäulen und Verehrern von Bildsäulen, zwischen Balustraden, Geländern, eisernem Flechtwerk, Bannern, Zwergpalmen und Fahnen, du senkst im Mai 1940 die Wimpern, die Schatten werfen auf deine Wangen, und bei dem Zaun um den Tennisplatz hebst du einen Ball auf, der eingedrückt ist wie eine unbekannte Frucht (eine Granate), und du nimmst den haarigen Ball, den Schädel eines Säuglings, an deine geschwollenen Lippen und beißt hinein; an der Dornenhecke erscheint ein anderes Mädchen, ein Dorfkind ohne Strümpfe, ein rotznäsiges Ding, das in der rechten Hand eine Kerze für die erste Kommunion trägt und in der linken ein Gesangbuch. »Tag, Sandra vom Schloß«, sagt die Kleine, und du rufst: »Mama, Mama, guck dir die mal an!« Und als die Kleine verlegen weitergeht, denkst du: Ich habe das zarteste Haar der Welt, sie nicht!

Sandra vom Schloß, ich werde dir nie schreiben, nie mit dir telefonieren. Wenn ich dich auf der Straße treffe, werde ich dich nicht kennen. Das ist meine einzige Nachricht für dich von mir – x x x. Drei Küßchen.

Der Lehrer dachte: Sogar wenn ich geküßt werde (ich selbst küsse nie), vergesse ich nicht, daß ich ein Lehrer bin. Kuß kommt von dem lateinischen Wort *gustus* und von den gotischen Wörtern *kustus, kinsan,* dem entspricht das Niederländische *kiezen,* deutsch *küren, auswählen.* Elizabeth sagte: »Ich kann nicht aufstehen. Ich komme nicht aus dem Bett, solange du mir kein Morgenküßchen gegeben hast.« Ihre Mutter, zu Besuch, sagte: »Lizzie, ich sehe nie, daß dir dein Mann einen Kuß gibt.« Nein, gnädige Frau, ich küsse nicht. Und ich bin nicht besser und nicht schlechter als die Stämme der Balinesen, Charmorros, Lepchas und Thongas.

Ein Höfling, der Normand hieß, ehemaliger Direktor des Athenäums, vierundfünfzig, unverheiratet, Bibliographie: »Het geslacht-Saerens« (Das Geschlecht Saerens) 1942, »Onze Kongolese Broeders« (Unsere kongolesischen Brüder) 1961, sagte: »Crabbe, das ist ganz klar, hat uns in gewissem Sinne, wenn ich es so sagen darf, mein Bester, betrogen. Vielleicht klingt das zu hart, irgendwie, eigentlich, aber war es denn nicht so, daß unser Freund weniger darauf aus war, einen Großverband eines Großstaats und ein Groß-Volk zu realisieren, das ja schon in der ganzen Vergangenheit seine Größe bewiesen hat, nicht wahr, sondern möglicherweise – wenn auch durch Geist und Blut mit ihm verbunden – eher *über* die Geschehnisse, die er ungemein gut zu dirigieren wußte, ein persönliches Problem zu lösen versuchte, und daß er, mit aller Macht, in seiner Position der Allmacht, erst von Almout aus, dann durch die frei gewordene Führung des Bundes, nachdem der Leiter gefallen war, dann während des Langemarck-Stadiums und schließlich in den Tscherkessen, daß er sich also von einer Position aus, kraft derer ihm alles erlaubt war, sowohl im Erhabenen als auch im Schändlichen, mehr und mehr auf die Frage konzentrierte: Wie verhält sich der Mensch in seiner All-Macht, wenn es sozusagen keine Spaltung mehr gibt zwischen dem, was erlaubt ist, und dem, was nicht erlaubt ist, und wie verhalte ich, Crabbe, Mensch, mich in diesem luftleeren Raum? Und finden Sie nicht, mein Bester, daß Crabbe daran, an der Frage also, an einer Situation, mit der wir glücklicherweise oder leider nicht konfrontiert waren, gescheitert sein könnte – oder gehe ich zu weit? Sagen Sie ruhig, wenn Sie meinen, daß ich mich verrenne.«

Jemand, atemlos: »Nun, wenn Sie mich so fragen, dann scheint es mir wirklich flämisch zu sein, wie man noch in der Gegend von Anhalt sagt, das heißt: übertrieben.«

»Ich habe es befürchtet.«

»Denn schließlich hat er doch Hindernisse von nicht geringem Ausmaß überwunden! Ich denke an die Leere, die nach dem zwanzigsten Mai im Zentralvorstand der Bewegung herrschte, und an sein eigenhändiges Auftreten, als er den Kessel von Tscherkassy durchbrach, und so fort, das sind Kraftanstrengungen gewesen, die vielleicht wohl einen persönlichen Einsatz der Art voraussetzen, wie Sie eben bemerkt haben, eine eigene Aufklärung, falls Sie mir diesen Germanismus verzeihen ...«

»Sagen Sie ruhig auf deutsch: Aufklärung, mein Bester.«

»Vielen Dank. Wo war ich? Richtig – nun, also daß er durch die intellektuelle Kraftanstrengung, unzerstörbar verbunden mit der Metamorphose seiner physischen Natur, doch zu dem Zugang erhalten hat, was Mabille ›Das Gemach des Lichts‹ nannte.«

»Genau.«

Jemand, aufgeregt und den Mund voll Schokolade: »Aber alschie dasch weif schefunn ham o' er den Kerl mit den Brannflecken ummen Rockgürtel, von dem der eine schesacht hat, er sei schwarz schwesen wie d'Hölle unnen annrer, man habe ü'erhaupt nüscht äußerlich merken können, da sinn 'nen paar unter unch schwesen, die, na, rat mal, schmeint ham, daschech Crabbe sei, verkleid' alsch 'ne Nonne! Wasch ham die dasch unnersucht! Aber tot isch tot! Nee, dasch cheht zu weit. Die tippen d'neben, sachisch.«

»Daß Crabbe seinen richtigen Vater oder seine richtige Mutter nicht gekannt hat, spielt natürlich auch eine Rolle, das heißt allerdings nicht, ich würde an den Narren von Wien glauben, der ja behauptet, alles sei schon passiert, bevor man ein Jahr alt ist, aber wenn man so wie Crabbe aufwächst, so wild . . .«

»Aber können wir, mein Bester, nicht vernünftigerweise annehmen, daß er an den entscheidenden Punkt gelangt ist, an dem man weiß, einfach weiß? An den Punkt, wo man infolgedessen nichts mehr ausdrücken kann, sondern nur noch schweigt? Verschwindet?«

»Bei Crabbe ist nie die Rede gewesen von einer Idee, einer bewußten Idee, so, wie sie uns eher eigen ist. Erinnern Sie sich an die total intuitive Manier, mit der er unseren Rückzug durch Polen und Deutschland organisiert hat, so einfach aus dem Gefühl heraus? Ich befürchte, mein Bester, wir müssen annehmen, daß Crabbe, als er mit eigenen Augen sah, wie der Leiter ermordet wurde, das Böse der Situation auf sich genommen hat, und das ist in erster Linie die Schwäche, dann die Sünde und dann die Unredlichkeit, und daß er dieses Böse vervielfältigt hat und für seinen Teil erneut den Sündenfall erprobte, wobei er ein eigenes Gebräu von Gottesdienst – denn die meisten Rituale erweckten bei ihm den Eindruck von lieblicher Folklore – zur Wirkung brachte, das unsere Männer zu Hause und an der Front . . .«

»Sicher; seine Politik, die praktische und fragmentarische Form einer religiösen Vision, war ...«

Ein Funktionär: »Wir wohnten damals in Haregem, wo wir bei einem Lehrer untergetaucht waren. Und unsere Älteste sagt: ›Vater‹, sagt sie, ›ich bin hier nicht gern, es ist hier wie der Geruch von einem toten Menschen.‹ Aber wir konnten nicht weg, das verstehen Sie wohl, die Weißen hatten unsere Bude kurz und klein geschlagen. Und ich dachte: Meine Tochter ist ein närrisches Ding. Aber sie jammerte und wehklagte immerzu, und eines Abends – meiner Seel! – bringen sie doch einen Toten rein, also in das Häuschen, das auf dem Spielplatz stand. Sie müssen nämlich wissen, daß nicht weit von da ein unbewachter Bahnübergang war, erst war er bewacht, aber die Gemeindeverwaltung wollte keinen Mann und auch keine Frau dafür bezahlen, daß sie sich die Beine in den Bauch standen, und natürlich geriet hin und wieder einer unter den Zug. Und in das Häuschen auf dem Spielplatz, das auch für diesen oder jenen Halunken manchmal als Gefängnis diente, brachten sie gewöhnlich die Verunglückten rein. Wie in ein Hospital, alle? Und unsere Älteste sagt: ›Vater‹, sagt sie, ›morgen oder übermorgen bringen sie hier noch Crabbe rein.‹ Ich will tot umfallen, wenn's nicht wahr ist! Nun ja, innerhalb von sechs Monaten brachten sie da vier hin, und alle vier unkenntlich. Die hatten da kein Gesicht mehr, der Kopf war ab, die Rippen durchbohrten die Schulter und so, und jedesmal gingen meine Frau und meine Älteste nachsehen. Danach waren sie immer ein bißchen schwierig, in den ersten vierzehn Tagen konnten sie nicht schlafen, aber sie wollten und mußten sich überzeugen, ob Crabbe darunter war oder nicht. Doch ich schwöre es beim Kopf meiner Ältesten, Crabbe war nicht dabei!«

Gegen den Kaminsims gelehnt, auf dem – neben seinem Ellbogen – ein Porträt von einem Mann in Uniform stand (von einem jungen Mann mit herabgezogenen Mundwinkeln, mit *einer* Augenbraue, die die Stirn von Nase und Augen trennte, mit einem vorgeschobenen Kinn, das zu lang war, und mit einem bösen Blick, in dem sich Spott und heimliche Freude verbargen), wobei er für seinen Fuß mit dem verletzten Knöchel eine Stütze suchte, sprach der Lehrer und stockte. Er sah die Höflinge von Crabbe in einem Kreis vor sich, der am Rand zerfloß, die Reihen gingen ineinander über, und er dachte nicht nur, daß hier Feinde des Bundes Gas abließen, um den gesamten Zentralvorstand und einen Lehrer schlaftrunken in ihre Gewalt zu bekommen, sondern auch, daß die Höflinge jedes seiner Worte – was immer er auch sagte – als eine Huldigung an Crabbe auffassen würden, und auch, daß er in einer erschrockenen, bleiernen Stille zu reden aufgehört hatte, und auch, daß der Kreis der Höflinge an die Reproduktion von diesem oder jenem Monumentalproduzenten erinnerte (Kobolde, Reiher vor einem Garten, fallende Piotten vor einem Marktplatz), der sich an »Das letzte Abendmahl« von da Vinci gemacht hatte. Es ließ sich nicht leugnen: Judas war Sprange, die Börse mit den Silberlingen lag vor ihm, und das Salzfaß war umgestürzt, Petrus legte ostentativ seine gemarterten, übel zugerichteten Fischerhände vor sich hin, und Sandra, als Johannes, der kastanienbraune Getreue, jung, bartlos, schaute ärgerlich auf ihn, auf-ihn-den-Lehrer oder auf- ihn- auf-dem-Foto-neben-ihm, und sagte dann nicht einer zu den reglosen Torsos, die ihre erfrorenen oder abgeschossenen Gliedmaßen unter ihren Togen verbargen: »Jemand hat mich verraten«?

Der Lehrer (noch immer in dem Augenblick, da das Holz schmorte und es still war nach seinen letzten Worten) dachte, daß er es selbst ausgesprochen hatte, er, der in Crabbes Bett in Schlaf gesunken und im Garten neben Richard von Crabbe ausgesogen und weggeworfen worden war und der sich wieder aufgerichtet hatte, indem er willentlich und wissentlich das Gesetz brach, das besagt, man müsse das Böse und den Schmerz anderer auf sich laden, die Sünde anderer verbüßen. Und so, wie der Körper vom Schlaf zum Erwachen Veränderungen durchmacht, wie sich Blutdruck und Nervenströme verändern, so wurde auch der Versammlungssaal von Almout ein anderer, jedoch nicht klarer. In Korneels Zimmer wichen die Wände, und der Lehrer (wie jemand, der auf dem Tennisplatz die Brille verloren hat und beim Aufschlag den Schläger zu brüsk schwenkt, wodurch er von einem Schwindel gepackt wird und eine alles verformende Pupille bekommt, die eine schaukelnde Seekrankheit hervorruft und den roten Kies ins Unermeßliche dehnt – und womit bevölkert sich die Agora da? Welche Figuren tanzen dann präzis ins Blickfeld des Marktfrevlers?), der Lehrer dachte: Was ist nun wieder mit mir? Über einen gewissen Grad der Beschleunigung hinaus gibt es keine Schwerkraft mehr, der Astronaut schwamm für Sekunden in fröhlicher Unsicherheit, nicht wahr? Was ist nun wieder?

Es war in dem Monat, in dem sich die Katzen gegenüberstehen, meistens im Schatten, und der Kater miaut drei Zentimeter von dem scheinbar ungerührten Kopf der Kätzin entfernt, doch in dem Maße, wie ihre Augen glasiger werden, so daß die Iris ein senkrechter, schwarzer Strich in der zitronengelben Pupille ist, und wie sie regloser wird, nachdem sie sich gereckt und die Pfoten ausgestreckt hat, miaut der Kater leiser und stockt sogar für einen unteilbaren Augenblick; es war in dem Monat, da die Ochsen einander zubrüllen, die Matrosen ihre weiße Sommeruniform anziehen, im Monat Mai, als zwei Lastwagen mit Gendarmen und Verdächtigen Brugge (das Venedig des Nordens) in Richtung Süden verließen, während die Hunnen im Anmarsch waren und die Alliierten auf dem Ufer vor ihren brennenden Schiffen Schutz suchten. Die beiden Lastwagen fuhren schnell. Der Chauffeur im ersten Wagen hupte wild, da er sich den Weg durch Flüchtlinge bahnen mußte, die die Straßen verstopften, der zweite Wagen folgte in kurzem Abstand, er mußte oft einzelnen Personen ausweichen, vornehmlich Frauen, die, wenn der erste Wagen in einer Staubwolke vorbei war, meinten, der Weg sei frei, und unerwartet vor die Stoßstange des zweiten Wagens sprangen.

Wenn die beiden Lastwagen durch einen Flüchtlingspulk durch waren, wimmelte es auf der Fahrbahn sofort wieder von Menschen, zum Ärger des Fahrers von einem gelben DKW, der dem Konvoi in dreihundert Meter Entfernung folgte. Bei einem Stau in dem Grenzstädtchen Menen hatte sich der DKW dem zweiten Lastwagen sogar bis auf fünfzig Meter genähert. Eine Anzahl junger Leute, meistens aus der Besserungsanstalt Lendelede entsprungen, zu denen sich mehrere Geistesgestörte aus der Anstalt Malderijck gesellt hatten, versuchten, die Wagen aufzuhalten und zu stürmen. Sie wichen nur, weil die Gendarmen (deren Anzahl in den geschlossenen Wagen die Angreifer zumindest ebenso verblüffte, wie die Gendarmen verwundert waren, auf einmal mit so vielen jungen Leuten in Zivil und mit Schaum vor dem Mund konfrontiert zu sein) ihre Pistolen zogen und in die Luft feuerten. Außerdem verhießen ihnen die Gendarmen drohend, sie bei ihrer Rückkehr aufzuspüren. Die hungrige, kreischende und höhnende Bande, die genau wußte, daß von Rückkehr keine Rede sein konnte, machte immerhin Platz und ließ auch den gelben DKW durch, in der Annahme, er gehöre ebenfalls zu dem bewaffneten Konvoi. Der Fahrer des DKW, ein magerer, bleicher Jüngling mit Ausschlag im Gesicht, warf den murrenden Jünglingen im Vorbeifahren ein Päckchen Zwanzigfrancnoten zu. Sie grapschten nach den flatternden Scheinen, jubelten, winkten dem DKW nach und prügelten sich dann auf dem sandigen Weg um die Verteilung des Geldes.

Am achtzehnten Mai kam der Konvoi in der französischen Stadt Romazin an, vierzigtausend Einwohner, bekannt für ihre Prozession am zweiten Ostertag und für ihren Eifer. Ein Rathaus ziert den Parc Maréchal Joffre, und einige Überreste einer mittelalterlichen Burg sind noch in ihrem ursprünglichen Zustand zu sehen. Um die Stadt erheben ein paar mit Rosmarin bepflanzte Hügel ihre Rücken. Der Konvoi wurde von den Bewohnern Romazins übel aufgenommen, die auf dem Markt zusammengeströmt waren und beim Anblick der belgischen Kennzeichen laut den Verrat des belgischen Königs brandmarkten, der die Teutonen durchgelassen hatte.

Der Bürgermeister von Romazin und der Colonel der örtlichen Gendarmerie begrüßten nichtsdestoweniger den Konvoi und geleiteten ihn zur Kaserne des 31. Infanterieregiments. Flugzeuge kreuzten am Himmel, und die Flak trat regelmäßig in Aktion. Um diese Zeit waren die deutschen Vorposten in Ruiselede angekommen, nachdem sie Spione hingerichtet und in Vinkt die Kirche angesteckt hatten, wo Frauen und Kinder eingeschlossen waren. Der gelbe DKW fuhr in dem Augenblick, da der Konvoi den Kasernenhof erreichte, ein paar Meter durch die Hauptstraße, bog dann in die erste Seitenstraße rechts ein und parkte auf einem Kiesplatz, beinahe an der Kasernenmauer. Danach spazierte der Fahrer gleichgültig am Kasernentor vorbei und fragte die Wachposten, was die belgischen Wagen zu bedeuten hätten. Die Posten, ein Soldat und ein Sergeant, erklärten ihm, es handle sich um Fallschirmjäger, Spione und Landesverräter, die noch am selben Abend, nach einem Verhör durch die Sûreté, füsiliert werden sollten. Der junge Mann dankte ihnen, überreichte dem Soldaten einen Fünfzigfrancschein und dem Sergeanten einen von hundert Franc, nannte seinen Namen, der adlig klang, und gab beiden seine Nummer vom Intelligence Service. Sie verlangten mehr Geld, doch der junge Mann antwortete: »Heute abend«, ging schnell davon und verwünschte seine Ungeschicklichkeit. Anschließend zog er in das Hotel »Richelieu« ein, schräg gegenüber der Skulptur eines Bürgermeisters von Romazin. Den ganzen Nachmittag und die Nacht verbrachte der junge Mann am Fenster, durch das man auf das Übungsgelände und den Schießstand des 31. Infanterieregiments sehen konnte. Am neunzehnten Mai wurden die belgischen Gefangenen, diesmal in Begleitung von französischen

Gendarmen und zwei Leutnants der französischen Armee, in die Keller übergeführt, die sich unter der Steintreppe des Folklore-Museums befinden. Sie waren neunzehn an der Zahl, und unter ihnen befanden sich Maurice de Keukeleire und sein Leibwächter Jan Lampernisse. Am neunzehnten Mai verbrachte der junge DKW-Fahrer den Nachmittag auf der Terrasse einer Gaststätte gegenüber dem Museum, in Gesellschaft einiger Lastwagenfahrer, die kein Benzin mehr bekommen konnten, spielte Belote und trank Bier mit ihnen, blickte hin und wieder forschend auf die brodelnde Menge, die vor dem Museum wartete und die Gendarmen beschimpfte, die das Museum bewachten. Die Nacht verbrachte er zum Teil in einem anderen, nahe gelegenen Wirtshaus, und am Morgen saß er auf der Bank des kleinen Platzes mit den Platanen, der ebenfalls dem Museum gegenüberliegt. Am zwanzigsten Mai um zehn Uhr gaben die Gendarmen und die Soldaten der französischen Armee der beunruhigten Menge und ihrer eigenen Unruhe angesichts des stetig näher rückenden, siegreichen Feindes endlich nach. Die Menge verlangte, bevor die Flucht in die Häuser oder nach dem Süden einsetzte, den Tod der belgischen Spione. So marschierte um etwa zehn Uhr dreißig ein Peloton Soldaten an und nahm Aufstellung. Nachdem die erste Gruppe von vier Gefangenen an der Backsteinmauer seitlich vom Museum niedergestreckt worden war, stand der junge Mann von der Bank unter den Platanen auf und mischte sich unter die Menge. Vom Licht geblendet, kam Maurice de Keukeleire mit Jan Lampernisse, der seinen Arm festhielt, aus dem Keller. Er legte die wenigen Meter steif, ja träge zurück und stellte sich eine Armlänge von der Mauer entfernt auf, während die Soldaten die vier Toten wegschafften. Er erblickte den jungen Mann. Jan Lampernisse, dem ein alter Mann aus der Menge einen Tritt ins Gesäß versetzte, sagte etwas zu Maurice de Keukeleire, und dieser antwortete, ohne den Blick von dem jungen Mann abzuwenden. Der junge Mann schälte eine Apfelsine. Infolge eines nervösen Zuckens blinzelte er. Maurice de Keukeleire lächelte Crabbe zu, und dann drangen acht Kugeln in seine Brust und seine Schenkel, er war auf der Stelle tot. Jan Lampernisse, dessen Nase durchschossen war, lag über den Knien des Toten und bewegte sich noch, nachdem ein französischer Leutnant seinen Revolver auf ihn gerichtet und leergeschossen hatte. Crabbe wandte sich ab, ging zu seinem DKW, fuhr in Richtung belgische Grenze, erreichte zwei Tage später die ersten deutschen Truppen, radebrechte in gebrochenem Deutsch und wurde durchgelassen.

Darauf suchte Crabbe in dem Gewühl der Zeit an dem gewaltigen Fest teilzuhaben, das sich für einen Mann ausdehnt, wenn er Jagd macht auf andere Männer. Gott trotzend oder nicht, baute er mit dem Material von aufgestöberten und jagenden Männern persönliche strategische Probleme aus. Abgesehen von der Hetzjagd, die Adrenalin durch seinen Körper trieb, befaßte er sich auch mit einer Art Glauben im Hinblick auf das, was er durch die Kriegsjagd erreichen wollte, wenn der Streit »Europa oder die Asiaten« einmal gewonnen wäre, mit dem Glauben, der im Volk erweckt werden sollte, mit dem Nationalismus in einem blühenden Flandern, aufgegangen in das Ewige Reich, und mit dem totalen Glauben an: Glaube an sich selbst, Treue gegenüber einer Elite, Verantwortungsgefühl, ideologische Einsicht – was auch immer, dröhnende Schlagworte, die er der Masse notfalls einhämmern wollte, jenen Leuten, die dösig, ungeschult, ihre alltäglichen Sensationen ohne Sinn und Ziel ausbrüteten. Aber die Morgendämmerung für Technokraten und Ritter blieb aus, der Nebel wallte dichter und hing unbeweglich in seinem Hirn, als er unterwegs in einem Lager in Polen auf den hölzernen Pavillon stieß, den eine Sondereinheit von Zimmerleuten der Organisation Todt errichtet hatte, nachdem eine Inspektionskommission vom Roten Kreuz angekündigt worden war. Sie hatten es gründlich studiert, die OT-Mannen, nämlich das Problem: Östlicher Pavillon, Rummelplatz, Karussell mit

Pferdchen für jüdische Kinder, hier und da mit sehr logischen Ergänzungen, zum Beispiel mit Fenstern, die sich nicht öffnen ließen, denn es lohnte die Mühe nicht, die Kinder würden doch nur einen Tag – solange die Rote-Kreuz-Inspektion dauerte – in der Baracke bleiben, und das Glas war von der billigsten Sorte, so daß man nur unförmige Flecke von dahinter sah, die von Crabbe, Sprange und den Abgesandten vom Roten Kreuz, die mehr auf ihre Stiefel im Schlick schauten als nach den in einer Reihe angetretenen ältesten Kindern, die eine Ration Kuchen bekamen, und die Pferdchen des Karussells konnten sich nicht drehen, denn ein Motor war nicht vorhanden, und der wurde dazu benötigt. Drei Tage später stieß Crabbe wiederum auf diesen Pavillon, als alle Kinder in Reihen aufgestapelt waren. Sie trugen nur ihr Unterzeug, ihre blauen, nackten Schenkel waren angezogen, sie lagen eines neben dem anderen, in Klammern verschachtelt. Nicht eines hatte das Lächeln von de Keukeleire, das noble, höhnische Lächeln, mit dem der Leiter sich zu seinem Selbstmord hatte führen lassen.

Der Lehrer, nachdem Fredine ihn verlassen und heftig die Tür zugeschlagen hatte, rieb sich mit dem Ärmel das klatschnasse Gesicht ab. Er hatte Fredine umarmt, fast wie ein Liebhaber. Er räumte seinen Tisch ab, schob alle Papiere in einen Umschlag und legte einen Bogen Papier obenauf mit Anweisungen für den Doktor, der ihn behandelte.

Ich hatte die Papiere am Abend zuvor numeriert; Korneel konnte nun alles, die ganze Geschichte des Lehrers, hintereinander lesen, ich hatte sogar einen breiten Rand für eventuelle Anmerkungen gelassen. Übrigens hätte ich sie auch selbst anbringen können, »Agoraph« hier, »Claustroph« da, oder: »Drittes Stadium« (nach: Flucht und Verteidigung, der Angriff). Oder: »Schiz«. Ich hatte die Absicht, den Direktor anzurufen, sowie ich draußen war, von der Telefonzelle bei der Brücke von Hazegras. Ich hätte ihm gesagt, daß ich am

Leben sei und ihm Krebs und Kinderlähmung an den Hals wünsche. Und vielleicht wäre ich danach zur Schule gegangen, als sei nichts geschehen. Nichts. Kein Junge. Der nun irgendwo sicher bei seinen Eltern sitzt und in der Nase bohrt. Keine Sandra. Der ich nachgelaufen war wegen einer Geste, der, mit der sie auf den Knöchel ihres Zeigefingers biß, als sie den Autohändler einen Juden nannte, und die ich abermals sehen sollte, als sie sich in der Kammer neben der Küche auf Almout zum erstenmal in ihrem Leben in ihrem weißen Albinokörper befleckt fühlte, weil sie wußte, daß es die Wahrheit war, als ich sagte, daß ich beschnitten sei. Aber ich bin auf dem Deich nicht weit gekommen, ich habe niemanden anrufen können.

Auch den Autohändler Teddy Maertens nicht, der noch Sandras Pelzmantel hat. Ich habe nicht einmal den Aussichtsturm des Direktors der Schule gesehen, sie haben mich früher gefangen und hierhergebracht. Wieder. Das zweite Mal.

So, wie der Schlaf den Körper zur Ruhe bringt, hatte die Langeweile in seinem Verschlag den Lehrer ausgeruht. Er pustete den Staub von seinem Tisch. Was erlaubt ist, solange man im Bann einer Leidenschaft lebt, wird zu einem Rundtanz, wenn die Leidenschaft verebbt ist. Der Lehrer spürte, daß keine Notwendigkeit mehr bestand, in seinem Verschlag oder seiner Geschichte zu verbleiben. Er dachte: Ich entfliehe dieser Geschichte, dieser Verantwortung, und damit verantworte ich mich. Er schob den wackligen Stuhl zurück, spuckte auf die Flaschen, die er weder gezählt noch geordnet hatte. Und öffnete die Tür, die Fredine zugeworfen hatte. Er dachte: Das ist das Haus. Ich werde es erkunden. Das Haus, zu dem man mich in dem Lieferwagen gebracht hat, der nach Schweinen stank.

Er stand auf dem zugigen Flur, wo jedoch ein Uringeruch hängenblieb, erkannte den Flur nicht, durch den man ihn geführt hatte. Er vergaß den Namen zu lesen, der auf der Tür seines Zimmers stand. Er ging auf den Spitzen seiner quietschenden Schuhe, die Zunge zwischen den Zähnen, die Brauen hochgezogen, durch den Flur, an weißen Kitteln und weißen Müllbehältern vorbei auf eine Mattglastür zu, die er leicht öffnen konnte. Stand auf der Schwelle des Dienstboteneingangs. Ein grelles Sonnenlicht überfiel ihn draußen, eine Brise ließ die Kutter hinter dem Betonrand des Deiches tänzeln, und er war verwundert über die Wut, die er in sich spürte, glaubte anfangs, es sei die überwältigende Seeluft, merkte dann aber, daß er vor Wut kochte. Er ging bis ans Ende der Straße und erreichte die weite, unüberschaubare Mole.

Wir in unserem Land von zweihundert-und-zehn Flugzeugen und zwei Unterseebooten, wir arbeiten hart und sind im Ausland gern gesehen, fragen Sie mal überall umher, denn wir sind anpassungsfähig in geschäftlichen Dingen und emsig. Sonnabends fahren wir in unseren breiten amerikanischen Wagen (von denen in der Tat, Mijnheer, neunzig Prozent auf Kredit gekauft werden) an unsere eigene Küste. Wir untersuchen den Rand von Westflandern, der an die See grenzt. Wenn Sie auf die Karte schauen, sehen Sie, daß die Nordsee auf unsere Provinz drückt wie ein Turban auf das Profil eines wettergegerbten Fischers. Wir klagen nicht mehr als nötig. Umstände sind meistens, wenn Sie uns reden hören, das Werk anderer, der Vorsehung, der Regierung, der Fremdlinge. Wir, wir tun unser Bestes, aber die Umstände, nicht wahr ...

Manchmal begegnen wir dann, wenn wir sittsam am Kai von Ostende, der Königin der Badeorte, entlangwandeln, einem Mann, dessen Gesicht schrecklich zerquält, gebrandmarkt ist. Oft schreiben wir dies einem Übermaß an Alkohol und Frauen zu. Manchmal nicht. Manchmal, ohne daß der Mann deshalb widerwärtig oder unrasiert oder zerlumpt ist, erkennen wir ihn nicht als einen der Unseren. Eher als jemanden, der in der Klemme ist. So etwas kennen wir nicht. Wir stecken in keiner Klemme. Wir halten nichts von Widerlingen, Verantwortungslosen, Einsamen. Wir essen, wenn wir auf jemanden zuschreiten, der so ist, weiter unsere Frites aus der Tüte oder frische

Garnelen, wobei wir an die Wahl denken, die – zu Recht – die Stärksten von uns, die Gewieftesten an die Macht bringen wird, und dann, permettez, dann ist es doch ärgerlich, wenn so ein Mann, mitten auf dem Kai, die Hände in den Hüften, das Gesicht dem bewegten Wasser zugewandt, plötzlich einen lauten Schrei ausstößt, sinnlos und heftig. Der Lehrer dachte: Ich werde schreien. Ich will nicht, denn dann zerren sie mich unter die Dusche. Er schaute auf die bebende Fläche der See und stieß aus voller Kraft, so laut es seine Lungen zuließen, einen Schrei aus. Der dauerte an. Die Spaziergänger blieben stehen. Dem Deich gegenüber, bei einer Terrasse, sagte eine grauhaarige Mutter zu ihrem Sohn: »Hast du das gehört, Schatz?«

Ihr Sohn war erwachsen, trug aber eine kurze Hose. Er saß in einem Rollstuhl, und von seinen Lippen tropfte Speichel auf seine behaarten, rosigen Schenkel. »Nein, nein, nein«, sagte er und wackelte mit seinem schweren Kopf. Sie wischte ihm behutsam den Mund ab.

Nachwort

Der Roman »Die Verwunderung«, 1962 in Amsterdam veröffentlicht, gehört zu den bemerkenswertesten Prosaleistungen des ungewöhnlich vielseitigen flämischen Schriftstellers Hugo Claus, eines Dichters im universellen Sinne dieses Wortes, der nicht nur auf dem Gebiet der Epik als eine bedeutsame Gestalt der jüngeren, nach dem zweiten Weltkrieg in der niederländischen Literaturlandschaft heimisch gewordenen Generation hervorgetreten ist. Es gibt kaum eine Kunstgattung, die sich dem schöpferischen Impetus dieses ständig nach sublimen Ausdrucksformen und kühnen Gedankenbildern suchenden Experimentators der modernen niederländischen Literatur verschließt, gleichgültig, ob es sich um Lyrik, Prosa, Dramatik oder um den Film handelt. Doch das Variationsvermögen von Hugo Claus erschöpft sich nicht in einem griffsicheren Umgang mit den Gesetzen der verschiedenen Genres, er wechselt auch immer wieder – und nicht minder virtuos – die den alternierenden Richtungen der modernen Literatur zugeordneten ästhetischen Mittel oder verschmilzt sie zu einer für ihn charakteristischen Einheit von Impression und Expression, die vor allem in dem Roman »Die Verwunderung« dominiert. So ist sein bisher vorliegendes künstlerisches Werk dem Surrealismus ebenso verpflichtet wie dem Existentialismus, dem Neorealismus ebenso wie dem naturalistischen Roman der jüngsten Gegenwart. Dies bedeutet nicht, daß er seine Talente auf ein Spiel mit Formen konzentriert. Vielmehr drängt ihn ein weitgespanntes künstlerisches Anliegen dazu, die gesamte Palette moderner Ausdrucksformen zu erproben, um aktuelle Stoffe wirksam ins Wort zu heben. Hinzu kommt, daß Hugo Claus wie kaum ein anderer über einen kaskadenhaft aufsprühenden Einfallsreichtum verfügt, begleitet von der Neigung, Geschichten stark zu komprimieren. Dies macht seine Werke zu keiner bequemen Lektüre, da sie nicht nur Vergnügen am Artistischen bietet, sondern auch ein konzentriertes Mitdenken verlangt, nicht nur den Spaß am Absurden, Burlesken und Illusorischen stimuliert, sondern auch das detaillierte Erfassen dessen erfordert, was Hugo Claus mit seinen überraschenden und suggestiven Wortbildern stets ebenso engagiert wie hintergründig attackiert.

In »Die Verwunderung« werden komplizierte Vorgänge politischer, kultureller und historischer Natur innerhalb der flämischen Bewegung vor, während und nach der Zeit des zweiten Weltkriegs in vielfacher Verklammerung beleuchtet. Dabei hebt sich ein nahezu infernalisches Labyrinth des Niederganges und der geistigen Zersetzung des spätbürgerlichen Systems aus dem Verborgenen, in dem ein zunächst nur verwunderter, dann verwirrter und zum Schluß verstörter Durchschnittsbürger – der Lehrer De Rijckel – umhertaumelt, ohne das zu finden, mit dem er sich bisher identifizieren zu können glaubte, und ohne sich mit dem identifizieren zu können, was er bei seinem vermeintlichen »Zug zu einer glasklaren Helle« findet. Hugo Claus verallgemeinert den Irrweg des Lehrers zu einem moralischen und geistigen Entäußerungsprozeß des aus dem Biederen ins Bösartige getriebenen kleinen Mannes, wobei er sich einer ungewöhnlichen, von der modernen Lyrik beeinflußten Sprache bedient, die das Reale manchmal nur auf Zeichen und Signale reduziert, es aber manchmal auch in einem burlesken Wortwirbel seltsam widersinnige Figuren annehmen läßt. Nicht von ungefähr schrieb das »Utrechts Nieuwsblad« zu dem Roman: »Wir können nur sagen, daß wir das Buch schon zweimal gelesen haben und es wieder lesen werden, daß Claus uns keine tiefer dringende und vielseitigere Arbeit vorgelegt hat als diese ...« Das ist gewiß eine sehr positive Einschätzung des künstlerischen Niveaus, aber auch ein Hinweis auf die Kompliziertheit des Textes. Doch der Roman hat von 1962 bis 1973 zehn Auflagen erlebt – kein alltäglicher Erfolg und ein Zeichen für die Breitenwirkung seines Inhalts.

In der Tat: die Prosa von Hugo Claus bietet zwar keine leicht eingängige, aber doch eine jedermann zugängliche Lektüre. Der Autor schwingt sich nicht in Gefilde, in die ihm niemand zu folgen vermag, sondern nimmt seine Leser auf eine Exkursion mit, die es ihnen gestattet, eine ihnen anscheinend vertraute Umgebung auf abenteuerliche Weise in ihrer spätbürgerlichen Absurdität zu erfassen, nämlich als eine Teilwelt, die nur noch auf widersinnige Weise funktioniert, weil in ihr nicht mehr alles fließt, sondern bereits zerflossen ist. So befremdend und schockierend dies wirkt, so real und gegenwartsbezogen sind die Ausgangspunkte, und obwohl Hugo Claus lediglich das Irreale der spätbürgerlichen Realität in den Vordergrund rückt, bleibt die Verbindung zu dem gesellschaftlich historischen Tatbestand erhalten. Vor allem in »Die Verwunderung«, aber auch in anderen Prosawerken spielt das geschichtliche, jedermann offenbare Ereignis eine erhebliche Rolle und bildet ein solides Fundament für das Allgemeinverständnis der Aussage. Hinzu kommt, daß der Autor trotz seiner manchmal sehr verschlungenen Gleichnisse und mehrfach verwinkelten Perspektiven, trotz recht weit hergeholter Beispiele und Metaphern keineswegs vorwiegend als tiefgründiger Problematiker in Erscheinung tritt, sondern eher als kühler Spötter, brockiger Sarkast und ätzender Satiriker. Dies alles trägt in erheblichem Maße dazu bei, daß die Werke von Hugo Claus nahezu in jedem niederländischen Bücherschrank zu finden sind, ein Umstand, der einst einen Rezensenten veranlaßte, ihn etwas ironisch als den »Hugo Claus, den jeder kennt ...« zu apostrophieren, eine leicht abschätzige Anspielung auf die Vielseitigkeit des Autors, aber auch ein – möglicherweise unfreiwilliges – Lob für einen Dichter, der bei aller Kompliziertheit und Diffizilität seiner Sprache populär geworden ist, weil er trotz gelegentlicher Ausflüge ins Exklusive der Wirklichkeit auf der Spur blieb.

»Hugo Claus, den jeder kennt ...« wurde am 5. April 1929 im

nordwestbelgischen Brügge als Sohn eines Buchdruckers geboren. Nach dem Besuch der Akademie für Bildende Kunst und der Schauspielschule in Gent – ebenso wie Brügge in der Provinz Flandern gelegen, wo der legendäre flämische Volksheld Thyl Uylenspiegel seine Abenteuer bestand – begann Hugo Claus seine künstlerische Laufbahn als Lyriker und Maler. Die Malerei wurde jedoch schnell von der Poesie verdrängt. Seine drei unkonventionellen, von Mythen, Symbolen, Assoziationen herausfordernden Anspielungen und Zitaten aus dem europäischen Kulturerbe durchwirkten Gedichtbände »Registreren« (Registrieren), 1948, »Tancredo infrasonic«, 1949, und »De Oostakkerse gedichten« (Die Oostakker Gedichte), 1955, ließen ihn neben dem flämischen Schriftsteller Jan Walravens zu einem führenden Repräsentanten der sich von der traditionellen Lyrik abkehrenden, jüngeren niederländischen Dichtergeneration aufrücken. Vor allem »De Oostakkerse gedichten« kennzeichneten einen ersten Höhepunkt im poetischen Schaffen von Hugo Claus und waren weitgehend von den Eindrücken geprägt, die er während seiner Auslandsaufenthalte – 1951–53 in Paris, 1953–56 in Rom – von den modernistischen Strömungen der Nachkriegszeit empfing. Schon hier zeigte sich die außergewöhnliche Fähigkeit des Dichters, das Vorhandene und »Registrierte« mit dem Siegel einer eigenen Handschrift zu versehen. Gerade dies brachte ihm die wohlwollende Anerkennung der literarischen Rezension im niederländischen Sprachraum ein, die dem Wortexperiment große Bedeutung beimaß, vor allem dann, wenn es sich mit dem national Eigenständigen verband und nicht zum Epigonentum absank. Hugo Claus trug mit dazu bei, der flämischen Poesie breitere, internationale Räume zu erschließen und ihre Auskunftsmittel zu erweitern, und damit gehörte er zu jenen, die einer befürchteten künstlerischen Verengung oder Isolierung erfolgreich entgegenwirkten.

Zunächst freilich – vor dem Erscheinen der »Oostakkerse

gedichten« – mischte sich in den Beifall für die Wortkunst von Hugo Claus auch Skepsis über seine noch zu ungezügelt ins allzu Fernliegende schweifende Phantasie. Verklausulierte Gleichnisse, Zeitsprünge, schwer einzuordnende Rückgriffe auf literarische Zitate aus vergangenen Epochen, Analogien zu stark verschlüsselten oder sehr speziellen mythologischen Darstellungen und eine zwischen Traum und Wachen, Wahn und Vernunft wechselnde Reflexion behinderten das Verständnis. Zwar war das allgemeine Anliegen deutlich, nämlich die verdichtete Vorführung einer geistigen und existentiellen Entwurzelung des Menschen in der spätbürgerlichen Epoche, aber die »alogische Logik« der Wort- und Bildsprache von Hugo Claus, mit der er einen gesellschaftlich zerfahrenen Zustand auch vom Material her nachvollziehen wollte, kultivierte einen modernistischen Ästhetizismus, der die Aussage erstickte. Im Zusammenhang mit »Tancredo infrasonic« sprach ein niederländischer Kritiker von einer »Dichtkunst, geboren am Rande von Wahnsinn und Somnambulismus«, die Hugo Claus zu einer »Wirrnissprache« verleite, so daß die Gefahr bestehe, daß er »Äpfel für Zitronen« verkaufe. Wenn dies auch eine karikaturistische Übertreibung ist, so enthält sie doch den berechtigten Hinweis auf die Neigung von Hugo Claus, sich zu exzentrischen Gaukelspielen hinreißen zu lassen, die ins Abwegige führen. Später, mit und nach dem Erscheinen der »Oostakkerse gedichten«, gelang es ihm, seinen Hang zu phantasievoll esoterischen Eskapaden durch die Aufnahme von aktuellen Stoffen und genau umrissenen Gegenwartsbezügen zurückzudrängen – völlig überwunden hat er ihn jedoch nicht.

Nachdem Hugo Claus 1956 aus Rom ins flandrische Gent zurückgekehrt war, wo er bis zu seiner Übersiedlung nach Amsterdam im Jahr 1970 lebte, begann für ihn eine ebenso produktive wie erfolgreiche Schaffensperiode. Schon bald zeigte sich, daß dieses überragende Talent unter den flämischen Autoren nur schwer einer bestimmten Richtung zuzuordnen war, und auch die Vermutung, Hugo Claus werde zum Subjektivismus tendieren, erwies sich als irrig. Sein Feld war das lyrische, epische und dramatische Experiment, mit dem er als bürgerlicher Humanist auf den geistigen und historischen Niedergang des kapitalistischen Systems reagierte, wobei er mit einem ausgeprägten Sinn für das Wesentliche sowohl die Internsituation des Menschen als auch seine Bedingtheit durch äußere Ereignisse behandelte, die das System als Ganzes charakterisieren. Dies spiegeln unter anderem auch zwei Dramen wider, so das anläßlich der hundertsten Wiederkehr von Charles de Costers Uylenspiegel-Roman 1965 entstandene Volksstück »Thyl Uylenspiegel«, dessen Aufführung zu einem nationalen Ereignis wurde, und das Schauspiel »Het leven en de werken van Leopold II.« (Das Leben und die Werke von Leopold II.), 1970 veröffentlicht, das sich kritisch-satirisch mit der belgischen Kongo-Politik im vorigen Jahrhundert auseinandersetzt, sich dabei jedoch auf das gegenwärtige Verhältnis zwischen Belgien und dem Kongo (Zaire) bezieht. Die Verknüpfung von Vergangenem und Gegenwärtigem, von Individualperspektive und Gesellschaftssituation hat für Hugo Claus stets ihre Faszination gehabt, wie eine Reihe von bedeutenden Romanen aus seiner Feder belegen, wobei das historische Moment nicht nur auf dem Gebiet der eigentlichen Geschichte, sondern in allen Überbaubereichen in Erscheinung tritt. Dadurch bricht sich Tradition im Fokus der Gegenwart und umgekehrt, gleichgültig, ob es sich nun um kulturhistorische, geistesgeschichtliche oder politische Leitlinien handelt, denen der Autor folgt.

Auch in »Die Verwunderung« spielt das historische Moment in vielfacher Schichtung bis hin zu den jüngsten Geschehnissen im Sog der national bedingten Auseinandersetzung mit der deutschen Okkupation eine erhebliche Rolle. Dabei geht es weniger um die Darstellung der Konfrontation zwischen Widerstand und Besatzungsmacht nach dem Einmarsch der deutschen Wehrmachtsverbände am 10. Mai 1940 in Belgien als um die Untersuchung der Kettenreaktionen, die dadurch bei den Verfechtern der Großniederländischen Bewegung und anderer nationalistischer Strömungen im flämischen Raum ausgelöst wurden, aber auch um die Bewältigung des Themas Mitläufertum und Kollaboration während der Besatzungszeit. Ein solcher Trend zum Historischen – verbunden mit zeitaktuellen Sujets – legt die Vermutung nahe, daß Hugo Claus das Genre des historischen Romans bevorzuge, doch der Schein täuscht. Das geschichtliche Ereignis hat für den Autor die Funktion eines Symbolbildes mit realistischem Hindergrund, vor dem die Chimären der spätbürgerlichen Gesellschaft ihren absurden Reigen aufführen und immer mehr Einfluß auf das Individuum gewinnen. Ähnlich hat auch Ionesco in »Die Nashörner« das realistische Kernstück der Anpassung des Individuums an die faschistische Diktatur zu einer Aussage über den Zwang zum Absurden in der Spätbürgerzeit ausgeweitet, dem sich der auf sich allein Gestellte nicht oder nur schwer entziehen kann. Hugo Claus wendet sich allerdings konkreteren, die Allgemeinheit nicht nur allegorisch berührenden Zeitereignissen zu, um von dort her das Fortwirken von Verunsicherung und Zerfall auf vielen Ebenen nachzuweisen. So wird das äußerlich und innerlich Erlebte zum Gleichnis für das zwangsläufig Bevorstehende, das historisch Erfahrene zum Indiz für die Unfähigkeit der spätbürgerlichen Gesellschaft, humanistische Entwicklungen zu befördern. Zu diesen Indizien gehörten die regressiven Vorgänge in der westlichen Welt nach der Befreiung von den deutschen Okkupationsheeren. Unter der Oberfläche des wiedererlangten Parlamentarismus war die Gesellschaft zerrissen wie eh und je, der bürgerliche und kleinbürgerliche Teil der Widerstandsbewegung zerfiel abermals in klassenmäßig bedingte und politisch zerstrittene Interessengruppen, die Auseinandersetzung mit Verrat und Kollaboration berührte nur die Erscheinung, nicht Instrumentarium und Struktur des ökonomischen und ideologischen Anpassungsapparates, der jeder Machtform des Inhumanen zur Verfügung stand und es somit befestigte – die geistige und ethische Erneuerung der Gesellschaft, eine Katharsis im klassischen Sinne, wie sie viele Künstler und Wissenschaftler bürgerlicher Schule erhofft hatten, fand nicht statt. Hugo Claus gehörte zu jenen, die deutlich erkannten, wie sehr die Wirklichkeit die Idealwerte Menschlichkeit und Freiheit verzerrte und zur Farce herabwürdigte. Wie kraß er dies als einen Humanismus ohne Chance empfand, illustrieren einige Zeilen aus einem gegen Ende der vierziger Jahre veröffentlichten Gedicht:

»Die Tierhäute leben
Und Ameisen kriechen unter die Haut
In
Meine unmöglichen Hände
In meinen summenden Schädel
Ein Messer von Gold
Ein Haus in Astrachan
Eine Frau die Marihuana atmet
Ein kleiner sanfter friedfertiger Henker mit Kreidefingern
Der mein verlassenes Glück aderlassen kann
Ich bin verloren geboren.«

Die Worte »Ich bin verloren geboren« hatten für Hugo Claus zeitweilig den Charakter eines Leitmotivs, das einen großen Teil seiner künstlerischen Produktion durchdrang, sie waren jedoch nicht Ausdruck von lethargischer Resignation. Zwar gestaltete er vorwiegend »verloren Geborene«, enttäuschte und enttäuschende Antihelden, zwar stellte er ein Inferno des Wahnwitzes dar, aber mit einer Mischung von intellektueller Kühle, rebellischer Leidenschaft, gelassener Sezierkunst und emotionalem Aufbegehren, die ihn als einen streitbaren, kritischen Geist kennzeichnet, dessen vornehmstes Anliegen die Enthüllung der Wahrheit ist. Nicht von ungefähr hat er unter anderem auch Arbeiten von Dylan Thomas und Georg Büchner ins Niederländische übersetzt.

Im epischen Werk von Hugo Claus zeichnen sich zwei Hauptlinien ab, einmal stehen die zwischenmenschlichen Bereiche im Zentrum der Gestaltung, zum anderen die mannigfaltigen Wechselbeziehungen von Mensch und Gesellschaft. Zu den bedeutendsten Romanen, die sich mit der inneren Situation des Individuums befassen, seine sozialen Verhältnisse, seine Liebeskonflikte und seine psychische Bedrückung in der »unheilen Welt« darstellen, gehören »De Metsiers« (Die Metsiers), 1950 entstanden und im neorealistischen Trend geschrieben, wobei eine ins Asoziale abgeglittene Familie in den Mittelpunkt gerückt wird, »Omtrent Deedee« (Was Deedee betrifft), 1963 veröffentlicht, eine dem Naturalismus verpflichtete Analyse der neurotischen Verstörtheit und Einsamkeit des Menschen in der spätbürgerlichen Gesellschaft, sowie »Het jaar van de kreeft« (Das Jahr des Krebses), 1975 erschienen, eine harte Schilderung der von physischen und psychischen Schwären belasteten Liebesbeziehung zwischen einer unheilbar Kranken und einem im sozialen Nirgendwo dahintaumelnden Bürgersohn. Die Werke dieser Richtung erinnern vielfach an die des Amerikaners Truman Capote und dessen Landsmännin Carson McCullers. Anders dagegen die, in denen die Situation des Individuums in einem von Absurditäten beherrschten Machtgefüge demonstriert wird. Da ist Hugo Claus wie in seiner Lyrik ein mit surrealistischen Elementen arbeitender Experimentator, dessen ironische und satirische Phantasmagorien mit einem ausgedehnten Bildungshintergrund und weitgefaßten historischen Vorgängen korrespondieren, wobei er eine Technik verwendet, die auf Ezra Pound und Thomas Eliot hindeutet, allerdings in einer für ihn charakteristischen kritisch-distanzierten Wertung und Umformung. Dies wurde in dem 1953 publizierten Roman »Hondsdagen« (Hundstage) deutlich, der – wie es in einem niederländischen Kommentar heißt – »in einer giftigen Atmosphäre von Korruption und Ziellosigkeit badet«, und weitaus stärker noch in »Die Verwunderung«. Dieses

Meisterwerk der flämischen Literatur – wie es die keineswegs zum Überschwang neigende Zeitung »De Vlaamse Gids« nannte – ist ein so vielschichtiges, historische, gesellschaftliche und kulturgeschichtliche Vorgänge verbindendes Buch, daß man es als ein satirisches Kompendium der epischen Abrechnung mit klaren Erscheinungsformen des reaktionären Konservativismus bezeichnen kann. Der »Provinciale Zeeuwse Courant« stellte zu diesem außerordentlich verdichteten Werk fest: »Die burleskesten Purzelbäume ausführend, gönnt uns Hugo Claus hier als ein superber Clown einen Blick in die Seelen von völlig entgleisten und zerrütteten Menschen. Querschnitte, Streiflichter, Visionen von erlittenem Elend an der russischen Front und in Polen, geätzt mit der beißendsten Säure, wechseln ab mit Befreiungsdramen und Szenen von De Rijckels Abtakelung und makabrer, wahnsinniger Phantasie ...«

Der Roman »Die Verwunderung« setzt eine Reihe von Kenntnissen über historische und politische Vorgänge um die flämische Bewegung in Belgien voraus, die dem Niederländer und Belgier durch Atmosphäre, Geschichte und politische Auseinandersetzungen zwischen Flamen und Wallonen vertraut sind. Die historischen Wurzeln der flämischen Bewegung – die in der zweiten Hälfte des 19. Jahrhunderts entstand – reichen weit zurück, und der Umstand, daß der Kampf um nationale Selbständigkeit, Unabhängigkeit und Gleichberechtigung in den Niederlanden sehr oft mit der Forderung nach allgemeiner Anerkennung dieser oder jener landschaftlichen Mundart verknüpft war, erklärt sich aus der wechselvollen Geschichte der Niederlande sowie daraus, daß die sprachlichen und politischen Grenzen der einzelnen Provinzen selten übereinstimmten, wodurch immer wieder Minderheitenprobleme hervorgerufen wurden.

Im Verlauf eines über Jahrhunderte reichenden Prozesses hatte sich das Niederländische vom Deutschen gelöst und zu einer eigenständigen Nationalsprache entwickelt. Ein Grund dafür war die Abseitslage der niederländischen Provinzen, die – obwohl sie zum deutschen Reich gehörten – ihre sprachlichen, auf die Besiedlungszeit zurückgehenden Besonderheiten wahren konnten. Etwa vom 13. Jahrhundert an verschmolz der Kampf um eine eigene Hochsprache mit dem Streben der Niederlande nach nationaler Unabhängigkeit. Dabei bildeten sich vier Zentren der sprachlichen Dominanz heraus: das Limburgische, das Flämische, das Brabantische und das Holländische. Das Flämische (im nördlichen Flandern zwischen Küste und Schelde angesiedelt) war ein Schreibdialekt fränkischer Herkunft, der mit dem Aufblühen der flandrischen Hansestadt Brügge für das Mittelniederländische Bedeutung erlangte. Es wurde im 14. Jahrhundert durch den wirtschaftlichen Aufschwung von Südbrabant mit den Städten Antwerpen und Brüssel vom Brabantischen abgelöst. Im 15. Jahrhundert verlagerte sich das Schwergewicht von Handel und Seefahrt nach dem Norden, so daß die dortigen holländischen Mundarten zur Gemeinsprache der niederländischen Gebiete jenseits der Schelde wurden. Im 16. Jahrhundert wurden die Niederlande von Spanien beansprucht und teilweise besetzt. Spanische Truppen waren im Süden, in den Gebieten Flanderns und Brabants, stationiert. Dadurch kam es zu einer sprachlichen Zäsur zwischen den Nordprovinzen und dem Süden. Im Jahr 1579 bildeten die sieben nördlichen Provinzen zu Utrecht eine Union, die sich 1581 von Spanien lossagte. Nach langwierigen Kämpfen gegen die Spanier wurde den nördlichen Provinzen 1648 im Westfälischen Frieden die Unabhängigkeit zuerkannt. Die Südprovinzen dagegen, die »spanischen Niederlande«, gingen mit der sinkenden Macht Spaniens nach und nach an Frankreich über. Dort dominierte als Amtssprache das Französische, doch daneben behauptete sich das Flämische und Südbrabantische, das zwar die Entwicklung zum Neuniederländischen nicht bestimmte, die sich im Norden vollzog, aber den Anschluß nicht verlor.

Die Entwicklung der niederländischen Sprache im heutigen Belgien war durch die jahrhundertelange Bindung der dortigen Provinzen an Spanien, Österreich und Frankreich stark behindert. 1814/15 trat Österreich auf dem Wiener Kongreß Belgien ab, das unter Wilhelm I. von Oranien mit Holland zum Königreich der Niederlande vereinigt wurde. 1830 kam es unter dem Einfluß der Julirevolution in Frankreich zum Aufstand der französischsprachigen Wallonen in Belgien, das daraufhin unter König Leopold I. von Sachsen-Coburg Selbständigkeit erlangte, der vor allem die wallonischen Gebiete förderte. Der Kampf der Flamen – zusammengefaßt unter dem Begriff »Flämische Bewegung« – war unter diesen Bedingungen ein Eintreten für die politische Gleichstellung von Flamen und Wallonen, auch wenn sich dies zunächst auf sprachlicher Ebene abspielte.

Doch die flämische Bewegung war in sich auf zuweilen skurrile Weise zerstritten und uneinheitlich. Die recht komplizierte Geschichte der Niederlande und ihrer Sprache läßt retrospektiv zweifelsohne die unterschiedlichsten Deutungen zu, vor allem im Zusammenhang mit der Frage nach der politischen Klammer für den niederländischen Bereich. Dies nutzten einige nationalistische Kreise im Sinne eines Großmachtstrebens aus, das die berechtigten Forderungen der Flamen teilweise überwucherte. So entstand die Großniederländische Bewegung mit dem Ziel, die nördlichen Niederlande – die Provinzen jenseits der Schelde – unter flämischer Hegemonie mit »Flämisch-Belgien« zu vereinen. Dabei suchte man nach sprachlichen Urformen für eine neue, die Unterschiede zwischen dem Süd- und Nordniederländischen verschmelzende Einheitssprache. Grob gesehen, liefen diese Bestrebungen darauf hinaus, alle anderen Gebiete – möglichst unter Einschluß Luxemburgs – um das flämische Kernland südlich und nördlich der belgisch-niederländischen Grenze zu gruppieren. Bald aber entbrannte um dieses »Großniederländische Ideal« eine heftige Fehde, und die Personen, die

Hugo Claus in seinem Werk »Die Verwunderung« sowohl auf Schloß Almout als auch in der Herberge versammelt, wo der Lehrer De Rijckel übernachtet, bringen in ihren Reden und Gesprächen den ahistorischen Widersinn der extremnationalistischen Ideologie und ihrer Spielarten zum Ausdruck. Sie sind angesichts der realen Entwicklung der Niederlande und des kläglichen Schicksals der Extremisten in Flandern absurd – aber diese Absurdität ist selbst in ihrer satirischen Zuspitzung auf beklemmende Weise ein Teil der Wirklichkeit.

Nicht ohne Bedacht hat Hugo Claus den nordflandrischen Zipfel mit Oostende, Gent und Brügge als geographische Plattform für seinen Roman gewählt. In diesem Gebiet – im ersten Weltkrieg von den Truppen des kaiserlichen Deutschlands besetzt – gab es Versuche, die flämische Frage unter deutschem Einfluß zu lösen. So wurde die Flämische Hochschule zu Gent eingerichtet. Diesen Fakt nutzten die Flamen an der Front in einem offenen Brief an den König der Belgier, Albert I., auf ihre Weise aus. Es hieß dort unter anderem: »Durch die Schuld unserer Regierung haben die Deutschen die Flämische Hochschule zu Gent einrichten können ... Wir wollen ein flämisches Heer neben dem wallonischen, wir wollen eine flämische Verwaltung in Flandern, weil für uns darin die einzige Rettung liegt, weil wir weder Unterdrücker noch Unterdrückte sein wollen ... König Albert, Champion des Rechts ... unser Blut bieten wir feil, aber Ehrerbietung verlangen wir für unser flämisches Blut, Recht für unser Flandern, Freiheit für uns selbst und unsere Kinder.« In diesem Flugblatt spiegelte sich die Vernachlässigungspolitik der belgischen Regierung gegenüber Flandern wider. Tatsächlich waren die Offiziere Wallonen, die mit einer gewissen Verachtung auf die Flamen und ihre Sprache herabschauten, und die flämische Bewegung hatte es nicht geschafft, die Gleichstellung zwischen »flämisch Gesinnten« und »französisch Gesinnten« herbeizuführen. Doch die sogenannte

»Frontbewegung« oder der »Aktivismus« – entstanden um 1916/17 – leitete bald zum flämischen Nationalismus über. Dabei spielte Adiel Debeuckelaere als ein »Ruwaert« (Anführer) eine schillernde Rolle. Es wurde nicht klar, wo er aus Überzeugung handelte und wo als Überläufer. Als man ihn 1922 vor ein Kriegsgericht stellte, konnte er nachweisen, wie sehr er über die Politik der Deutschen im besetzten Gebiet gegenüber den Flamen enttäuscht war. Er wurde freigesprochen und konnte als Abgeordneter der Nachkriegsfrontpartei ins Parlament zurückkehren.

Nachdem Flandern in den zwanziger Jahren eine kurze wirtschaftliche Blüte erlebt hatte, setzte dort wieder eine Krise ein. Der Radikalismus griff weiter um sich. Es entstand eine Flämisch-nationalistische Partei, hinzu kamen eine Katholische Flämische Volkspartei mit dem Zentrum Gent, mehrere nationalistische Splittergruppen und der Dietse Nationalsolidarismus von Van Severen, der alle ultrarechten Theorien zusammenzufassen trachtete. Sein Nationalismus war dem Franzosen Charles Maurras entlehnt, dem Van Severen Elemente der katholischen Soziallehre hinzufügte. Die Form seiner Propaganda und seine Lehre von Führerschaft und Gefolgschaftstreue entstammte dem italienischen Faschismus und dem deutschen Nationalsozialismus. Damit fand er nicht nur im flämischen Kleinbürgertum, sondern auch bei »französisch gesinnten« und wallonischen Intellektuellen Anklang. Dies bewog ihn, den flämischen Nationalismus durch den »burgundischen Staatsgedanken« zu erweitern, der darauf hinauslief, das 933 geschaffene Königreich Burgund, das in den Jahrhunderten größtenteils an Frankreich übergegangen war, unter nationalistischen Vorzeichen neu erstehen zu lassen. Damit machte er sich einigen Anhängern der Frontpartei verdächtig, die es zwar für verlockend hielten, den »Großniederlanden« auch französische Gebiete hinzuzufügen, aber eine Überfremdung durch das Französische befürchteten. Van Severen wollte das »Dietse« oder »Dietsche« –

wie die Flamen und Brabanter noch heute ihre Sprache nennen – als ostgermanisches Grundelement zu einer neuen großniederländischen Gemeinsprache ausbauen, doch möglicherweise war dies nicht sein Hauptziel. Immerhin: trotz seiner Fehden mit der Frontpartei gelang es ihm, hohe Offiziere der belgischen Armee und Angehörige der katholischen Geistlichkeit für seine Ideen zu gewinnen. Er residierte auf dem Gut seiner Tante, wo er sich mit getreuen Paladinen umgab und »Knokploegen« (Rollkommandos) gründete, die seinen Ideen recht handgreiflich Nachdruck verliehen. Nach dem Einmarsch der deutschen Armeen in die Niederlande wurde Van Severen unter dem Verdacht des Landesverrats von belgischer Gendarmerie nach Frankreich transportiert. Dort wurde er – von einem betrunkenen Offizier, wie seine Anhänger später verbreiteten – 1940 erschossen.

Der »Leiter de Keukeleire« in »Die Verwunderung« ist im wesentlichen mit Van Severen identisch. Schwieriger ist es mit den anderen Figuren, die aus mehreren Vertretern divergierender Richtungen der großniederländischen Bewegung zusammengesetzt sind. Die zentrale, mythologisierte und in vollendete Bildsäulen gefaßte Figur des Crabbe trägt die Züge vieler, die von Debeuckelaere und die der Paladine von Van Severen, unter denen einer durch besonderen antikommunistischen Eifer herausragte. Er propagierte nach der Erschießung von Van Severen dessen »burgundischen Gedanken« weiter, ging als Freiwilliger an die Ostfront und fiel 1942. Wie zusammengesetzt die Figur des Crabbe ist, geht auch aus den absurden und widersinnigen Berichten über ihn hervor, nach denen er mehrmals gefallen und wieder auferstanden sein muß. Dies gehört zur Legende des »Heldischen«, mit der ein neuer Führerkult gespeist werden soll, gemischt aus Mythos und Wahnwitz, zur Vorbereitung weiterer Kreuzzüge gegen den Osten. Dennoch liegt in der satirischen Zeichnung von Hugo Claus auch das Burleske der Farce, in der sich die

Unmöglichkeit abzeichnet, aus den Wrackteilen der Vergangenheit ein seetüchtiges Fahrzeug der Revanche zu zimmern.

Der Lehrer De Rijckel – geführt von dem Knaben Verzele – lernt während seiner Wanderung, die zugleich ein Ausbruch aus dem Alltagsdasein des Subalternen ist, die makabre Gesellschaft von Ostlandrittern, Legendendichtern und Ideologen auf Schloß Almout und Umgebung kennen, die über die Umwertung der auch sie betreffenden Realität zu einer abermaligen Etablierung der »Bewegung« schreiten. Das, was er dabei erlebt, hält er später in der Heilanstalt für Geisteskranke in Tagebuchnotizen fest, die dem Roman »Die Verwunderung« als Grundtext dienen. Dabei werden bereits zwei Ebenen deutlich: einmal die der Auseinandersetzung mit der eigenen Biographie, zum anderen die der Feststellung objektiver Faktoren, die De Rijckel – der von sich einmal in dritter, einmal in der ersten Person spricht – in die Heilanstalt geführt haben. Diese Aufzeichnungen in der Anstalt – zwischen Wahn und Erkenntnis, Traum und Wachen festgehaltene Eindrücke – lassen eine zunehmende Konfusion erkennen. Der Stil wird immer infantiler, die Begriffe werden widersprüchlich benutzt oder sind sogar barer Unsinn, und am Ende schreibt der Lehrer so, wie er es keinem seiner Schüler gestattet hätte. Damit stellt sich die Frage der Objektivität oder zumindest Allgemeingültigkeit der Be- und Erkenntnisse des Lehrers. Im Gegensatz zu anderen belletristischen Darstellungen des Wahnsinns als Zeitsymptom bei Ungefestigten fehlt in dem Roman »Die Verwunderung« der den Betroffenen beobachtende Begleiter. Im »Doktor Faustus« hat Thomas Mann den im Irrsinn verzückten Adrian Leverkühn durch den Chronisten der Deutung überantwortet. Hugo Claus läßt den toll gewordenen De Rijckel sich selbst deuten. Wo ist hier die Plattform, auf der die Wechselbeziehungen zwischen objektivem Tatbestand und subjektiver Wertung klar hervortreten?

Die Frage läßt sich einfach beantworten: Wenn damit eine Fläche aus einem Guß gemeint ist, so gibt es sie nicht, wenn aber unter der Plattform ein in seine Bestandteile zerfallenes Konglomerat verstanden wird, dann ist sie existent. Sie wird in mehrfach abgestuften, widersprüchlichen und abstrusen Bildern von einer Realität erfaßt, die alogisch, stillos und zu keiner Leistung im positiven Sinne mehr fähig ist. Dabei stellt der Garten der Bildsäulen, Ausdruck eines gespenstischen Mythos der Pervertierung des Humanen, einen zentralen Ausgangspunkt dar. Einer das Zerstörerische dermaßen zum Kult erhebenden Gesellschaft kann ein Mensch wie De Rijckel nur im Wahnsinn nahekommen, und das bedeutet hier: mit Sinn für Wahn.

Hugo Claus zeichnet nicht das klinische Bild eines pathologischen Geisteskranken, sondern die Reaktionen eines Überempfindlichen, der die Dinge durch die Lupe des Minderwertigkeitsgefühls betrachtet und darüber immer mehr zerrüttet wird. Zeitlich bedeutet dies, je länger er sich in der Heilanstalt mit seinen Grübeleien abplagt, desto näher kommt er bei seinen Aufzeichnungen dem Vorfall, der ihn dorthin brachte. Die Ereignisse selbst kristallisieren sich dabei trotz aller ins Absurde oder Surreale verschobenen Traum- und Wahnbilder deutlich als konkret und real heraus, nicht als Hirngespinste, sondern als Verstärker von hektischen und flattrigen Schwingungen einer von vornherein überreizten psychischen Membran. Eine meßbare Ebene ist das für den Zeitgenossen offenbare historische Geschehnis, eine andere das Mosaik des subjektiven und objektiven Erfahrungsumkreises des Lehrers, in dem sich bestimmte Figurenteile als dominierend abzeichnen.

Die Verwunderung des Lehrers De Rijckel beginnt mit dem Gewahrwerden seines Aufbegehrens gegen eine ihm aufgezwungene Bedeutungslosigkeit. Er, den niemand recht ernst nimmt, der immer nur zur Verfügung zu stehen hat, ist nicht der Typ eines Professor Unrat – wie ihn Heinrich Mann beschreibt –, der sich durch erlittene Demütigungen an den von ihm Abhängigen schadlos hält. Freilich ist auch niemand von ihm abhängig, und das ist wohl der Gipfel der Bedeutungslosigkeit. Seine Frau – die er als Schülerin zu seiner Geliebten machte – lief ihm davon, sowie sie ihn nicht mehr als Mentor brauchte. Vielmehr: sie entzog sich ihm, und die Ehe scheiterte. Die Schüler beachten ihn kaum, auch nicht durch Streiche, und der herrschsüchtige, konservativ flämisch eingestellte Direktor benutzt ihn, um sich selbst als markige Persönlichkeit auf den Versammlungen seiner Partei ins Licht zu setzen. Im übrigen begegnet er ihm mit Herablassung. In dem Maße, wie De Rijckel dies unerträglich wird, beginnt er – zu seinem Erstaunen – wider den Stachel zu löcken. Dies wird an Kleinigkeiten deutlich, die sich summieren, bis sie den Lehrer zu einer ersten großen Aktion der Verweigerung treiben: statt den Direktor auf einer Versammlung mit einer Eloge anzukündigen, besucht er den Kursaal von – vermutlich – Oostende. Der dortige Maskenball ist keine Volksbelustigung, sondern die kostümierte Enthemmungsekstase der oberen Gesellschaft, und der Lehrer – mit Sinn für Wahn – gerät in ihren Sog. Der aber ist bösartig. Als er am nächsten Tag, geführt von dem Knaben Verzele, nach Almout aufbricht, nimmt er schon verwundert zur Kenntnis, wie milde er Verzeles Niedertracht gegenüber einem Blinden durchgehen läßt, und er spürt sogar das Verlangen, etwas Bestialisches zu tun, doch es fehlt ihm an Mitverschworenen. Crabbe habe den Lümmel in ihm nach außen gestülpt, bekennt er in seinem Tagebuch, und er fragt sich, ob seine Bedeutungslosigkeit nicht auch darauf zurückzuführen sei, daß er als klassisch gebildeter Philologe und artiger Interpret englischer und deutscher Literatur in seiner Gegenwart zwangsläufig keinen Dienstrang haben kann. Davor aber stand das Schockerlebnis des Gartens der Bildsäulen, jener spätbürgerlichen Parodie auf den klassischen Park mit den Hermessäulen. Das Makabre war für den Lehrer, daß die Mächtigen auf Schloß Almout sich in diesen

Zerrbildern des Unvollendeten und eines Mythos des Wahnwitzes kultisch spiegelten, gewissermaßen verherrlicht sahen. Daraufhin wuchs der Lehrer – durch Zufall als Gesinnungsgenosse der fossilen Machtgruppe auf Almout eingeführt – in diesen Garten hinein. Crabbe, der so dilettantisch Verehrte und die Symbolfigur der Revanche, füllt De Rijckel förmlich aus. Um in seinem Alltag Bedeutung zu erlangen, muß er diejenigen, von denen er abhängig ist, an Bösartigkeit und mit Hilfe von Mitverschworenen übertrumpfen. Die auf Schloß Almout versammelten Propagandisten einer extremistischen, im Gestern verhafteten Apologetik sollen ihn als den Ihren anerkennen – doch zu De Rijckels Bestürzung wird er ihnen verdächtig. Der Grund liegt äußerlich darin, daß er als ein unter falschem Namen Erschienener entlarvt wird. Aber die surrealen Traum- und Wahnbilder des Lehrers legen innere Ursachen anderer Art bloß. Er wollte eine Rolle spielen, aber nicht, um die »Idee« weiterzutragen, sondern um seine persönlichen Niederlagen im Leben durch Teilhaberschaft an der Macht zu kompensieren. Die auf Schloß Almout Versammelten sind jedoch Verschworene im Sinne einer expansiven, reaktionären Ideologie, von der De Rijckel im Grunde genommen wenig begreift. Sie ist nicht sein Feld, wie sich herausstellt, als er seinen Vortrag halten soll, bei dem er über die Relevanz des historischen Fakts nur mühsam hinwegsteigt und schließlich doch in eine Begriffswelt gerät, die beweist, daß er kein gläubiger Anhänger der Bewegung ist.

Das Erlebte auf Schloß Almout ist kein Trugbild, und auch nicht das, was den Lehrer dorthin führt. Es ist Hugo Claus mit seltener Wortkunst gelungen, die Realität des individuellen Alltags von De Rijckel, seine gesellschaftliche Situation, psychische Verfassung und Abhängigkeit von historischen Umständen durch die subjektiven Traum- und Wahnbilder hindurch transparent werden zu lassen. Außen- und Innenwelt sind einander adäquat, und der Lehrer ist ein Vereinzelter und Entwurzelter, ohne Gegengewicht zu den Verhältnissen, die ihn erbittern. In seinen Tagebuchnotizen werden Kommentare, Repliken, Berichte und Schilderungen festgehalten, die sich der Ausdeutung durch den Lehrer entziehen, sich ihm aber mit phänomenaler Präzision eingeprägt haben. Sie stehen zwischen den Visionen des Lehrers und zeigen an, welche Erlebnisbereiche ihn veranlaßt haben, die Macht der auf Schloß Almout Versammelten als Faktor zu akzeptieren. Im und nach dem Krieg war er Zeuge, wie sich Mitläufertum und Kollaboration äußerten und mit welch sonderbarer »Gerechtigkeit« sie geahndet wurden. Herr Haakebeen – Mitglied der nazistischen »Deutsch-Vlämischen Arbeitsgemeinschaft« (De Vlag), Holzhändler und Lieferant für die deutsche Armee – konnte sich nach der Befreiung der Verurteilung entziehen und wieder in der Maske des Rechtschaffenen einhergehen, andere dagegen, mit weniger guten Verbindungen, mußten für möglicherweise geringere Dienstleistungen zugunsten der Okkupanten büßen. Hinzu kamen die politisch Schwankenden, das Kleinbürgertum und die ihr Mäntelchen nach dem Wind drehenden Konjunkturritter. Diejenigen, die sich kurz nach der Befreiung zusammenrotten und eifrig dartun, daß sie eigentlich schon immer dagegen gewesen seien, sind nicht die Angehörigen der Widerstandsbewegung, sie benutzen sie lediglich, um mühe- und überzeugungslos in der Morgenluft der veränderten politischen Situation obenauf zu gelangen – De Rijckels in vielen Variationen und Abstufungen. Später trifft der Lehrer dann in der Umgebung von Schloß Almout auf Konjunkturritter der Revanche. Die Herberge, in der er übernachtet, ist keine gewöhnliche Dorfschenke, sondern ein Parteilokal der Unverbesserlichen, wo die ehemaligen Anhänger von de Keukeleire und Crabbe auf die Stunde warten, in der sie sich einem neuen Crabbe oder de Keukeleire anschließen können. Dies alles treibt den Lehrer immer wieder in den Wahn, so werden zu müssen wie jene, um Bedeutung zu erlangen, und er bemüht sich, in Crabbes Bildsäulengarten eine Heimstatt zu finden. Doch zu seiner

Verwunderung wird er nicht angenommen und wieder zum Opfer.

De Rijckel hat sich auf ein für ihn gefährliches Terrain begeben. Seine Erfahrungen haben zwar die Bereitschaft zur Bösartigkeit – möglicherweise aus Angst – in ihm genährt, aber es ist nicht sicher, ob er sich auf diesem Feld behaupten kann. So sieht er sich in seinen Traumvisionen einmal als Feldgendarm mit dem Blechschild und einmal als der von Feldgendarmen und ihren Hunden Gehetzte, einmal als der Folterknecht seiner Exfrau und einmal als der von ihr Gepeinigte, einmal als das Gefäß für Crabbe und einmal als der von ihm durch die Eiswüsten der Niederlage Getriebene. Dieser innere Zwiespalt hindert ihn daran, mit den Ewiggestrigen eins zu werden, und der Ungeist der makabren Gesellschaft auf Schloß Almout treibt ihn schließlich in die geistige Entmündigung. Am Ende steht der verzweifelte Aufschrei des Machtlosen.

Hugo Claus hat mit dem Roman »Die Verwunderung« auf die Gefahren des Antihumanismus in der spätbürgerlichen Welt am Beispiel des sich in seiner Heimat wieder nach vorn drängenden Nationalismus hingewiesen. Das Panorama ist so vielschichtig und in seiner künstlerischen Ausformung so absurd und tiefgründig, daß es einem Triptychon des Alpdrucks gleicht. Dennoch führt es nicht zur Resignation, sondern mahnt zur aktiven Wachsamkeit. Darüber hinaus ist »Die Verwunderung« ein glänzendes zeitkritisches Dokument und ein faszinierender Roman, der die konkreten Gegebenheiten in Belgien aufschlüsselt und uns zugleich mit der ungewöhnlichen, subtilen und differenzierten Wortkunst vertraut macht, wie sie der für sein lyrisches, dramatisches und episches Werk mehrfach mit dem Belgischen Staatspreis für Literatur ausgezeichnete Hugo Claus so virtuos beherrscht.

Udo Birckholz

Berlin, im Juni 1978

Inhalt